변경

11

변경
이문열 대하소설
11
3부 떠도는 자들의 노래
RHK
알에이치코리아

차례

아버지를 찾아서

"아직 멀었어?"

인철이 이마의 땀을 훔치며 광석에게 물었다. 광석은 과장된 경계의 눈초리로 주위를 둘러본 뒤 대답했다.

"응, 다 돼 가."

인철도 무심코 광석과 함께 주위를 돌아보았다. 옛날 강북(江北)에서 철거민들을 이주시키기 위해 열 평 남짓씩 쪼개 준 집터 위에 다닥다닥 붙여 지은 블록 집 사이로 난 고갯길에는 한여름 뙤약볕만 내리꽂힐 뿐 특별히 수상한 사람이 뒤따르고 있는 것 같지는 않았다. 그런데도 광석은 연신 뒤를 돌아보며 뻔한 길을 돌고 있는 눈치였다.

인철은 그런 광석의 태도가 왠지 못마땅했다. 미행을 경계하는 게 마치 무슨 대단한 직업 혁명가라도 된 것 같았다. 그게 과장이라면 그 과장이 우스꽝스럽고, 정말로 그래야 한다면 그건 또 그것대로 걱정이었다.

대학에 들어온 첫해 한 학기를 인철은 노광석과 붙어살다시피 했다. 동급생들은 거기에 한 형을 보태 '막걸리 삼총사'라고 부르고 자기들은 스스로 주가삼현(酒家三賢)이라 자칭했지만 감정적으로 더 가까운 것은 동갑내기인 그들 둘이었다. 아무래도 한 형과는 세 살의 나이 차이가 주는 거리감이 있었다.

그런데 경찰서에 끌려갔다가 돌아온 뒤로 광석은 사람이 달라진 듯 변했다.

주가삼현의 술자리에 어울리는 횟수가 줄고, 어울려도 이전의 그가 아니었다. 세상 모든 것에 회의적이던 태도는 철저한 부정(否定)으로 바뀌었고, 때로는 앞뒤 없는 공격성까지 드러냈다. 특히 화제가 정치나 사회적인 것이 되면 그 공격성은 듣고 있기가 으스스할 정도로 극단적이 되었다.

대신 인철이 모르는 또 다른 세계와의 거래를 시작해 날이 갈수록 인철에게서 멀어져 갔다. 그러다가 인철이 실존철학을 통한 자아(自我) 찾기에 나서면서 노골적인 빈정거림을 서슴지 않았다.

"존재란 무엇보다도 유적(類的) 특성을 가지고 있어. 역사나 사회로부터 단절된 존재는 없거나 무의미해. 그런 존재는 주관적 관념론의 변형이 아니면 말기적(末期的) 위기의식에 빠진 부르주아 철학이 조직한 허구야."

그런 말로 인철의 실존을 간단히 비웃어 버렸다. 그리고 인철이 문학회에 나가게 된 것을 알고 나서는 실망하고 분노하는 기색까지 드러냈다.

"나는 너도 나처럼 아버지 찾기를 하고 있는 줄 알았다. 좋은 길동무가 될 줄 믿었는데 이제는 우리 길이 달라졌구나."

"그게 무슨 소리야?"

"우리가 아버지를 찾아가는 데는 적지 않은 노고와 아울러 투쟁이 필요해. 그런데 네가 고른 문학의 길은 그 투쟁에 효율성이 너무 낮은 것 같아서."

그리고 그때부터는 인철과 추구 방법은 비슷해도 구체적으로는 무얼 하는지 전혀 짐작이 안 되는 어떤 길로 더욱 깊이 빠져드는 것 같았다. 때로 그도 밤새워 뭔가를 읽은 듯 눈이 벌겋게 충혈되어 등교했지만 읽은 게 무엇인지는 밝히지 않았고, 인철의 문학회처럼 그도 누군가와 모여 공통된 관심을 논의하는 것 같았지만 그게 어떤 종류의 사람들인지는 알 길이 없었다.

그러다가 지난 여름방학이 시작되기 전의 어느 날이었다. 광석이 인철을 학교 앞 대폿집으로 불러내더니 들을 사람도 없는데 소리 죽여 물었다.

"너 아직 그 책 가지고 있어?"

"무슨 책?"

"예전에 헌책방 점원으로 일할 때 사 두었다는 그 사회주의 사상 전집 말이야."

"그건 쇼오화(昭和) 일본어로 되어 있는 건데……."

인철은 공연히 으스스해져서 그렇게 말꼬리를 흐렸다. 작년 어느 날 술김에 그 책 얘기를 할 때의 은근한 자부심은 어느새 후회로 바뀌어 있었다.

2년 전 부산을 떠날 무렵 해서 그 책들을 손에 넣은 뒤로 인철은 용하다 싶을 만큼 그 듬성듬성한 낙질(落帙) 사회사상전집을 잘 보관해 보고 있었다. 여섯 권을 두 권씩 겹쳐서 두꺼운 시멘트 포대 종이로 싼 뒤 인철이 가지고 다니는 큰 가방 바닥에 나란히 놓고 그 위에 여러 가지 잡동사니를 쑤셔 담아 주의를 기울이지 않으면 그게 책인지 원래의 가방 바닥인지 알아보기 어렵게 위장한 채였다. 하지만 형사들이 주기적(週期的)으로 자신의 동태를 파악하고 있다는 것을 알게 된 뒤로는 은근히 짐이 되는 것도 사실이었다.

"알아. 그런데 그 책 좀 빌려 주지 않을래? 그걸 우리에게 읽어 줄 만한 형이 있어."

"그건 좀 곤란한데…… 그건 막 내돌릴 책이 아니잖아."

"막 내돌리는 게 아니야. 소중하고 귀한 원전(原典)이지. 그걸 연구하려는 거야."

"뭐? 누가?"

인철이 더욱 긴장해 그렇게 물었다. 그러자 광석이 엄중한 눈짓을 하며 말했다.

"쉿, 소리 낮춰. 내 전에 말했지? 아버지 찾기라고. 나는 그 사상의 내용을 알지 못하고는 아무것도 더 나아갈 수 없을 것 같아.

그래서 요즘 그쪽을 공부하는 중이야."

그러고는 더욱 목소리를 낮춰 달래듯이 말했다.

"너도 점원 자리에서 쫓겨나면서까지 그 책을 산 건 그런 뜻 아녔어? 지금은 소설 나부랭이에 미쳐 돌아가고 있지만 작년만 해도 그쪽에 대한 호기심이 대단해 보였는데……."

"하지만 그건 내 개인적인 호기심이야. 여럿이서 모여 요란스럽게 연구할 생각은 없어. 그저 틈나면 일본어를 시작해 혼자 한번 읽어 볼 생각뿐이었다고."

"어느 세월에? 그러지 말고 우리와 같이 공부하자. 그걸 바로 강독해 줄 좋은 선배도 있어."

"우리라면 어떤 사람들이야?"

그새 두어 잔 마셨지만 인철은 야릇한 긴장 때문에 조금도 취기를 느끼지 못하고 물었다. 그러자 광석은 인철의 의심이 무엇인지 짐작한 듯 변명처럼 말했다.

"그 선배 말고는 모두 재학생들이야. 서클 같은 거라고 생각하면 돼. 사상 연구회 같은……. 지금은 사회주의를 집중적으로 연구하고 있을 뿐이야."

"나도 잘은 모르지만 사회주의란 게 몇 달 혹은 1년 안에 떼고 다시 다른 사상 연구로 들어갈 수 있는 그런 게 아닐 텐데……. 그리고 그 선배 어떤 사람이야? 무얼 한 사람인데 오래된 일어판(日語版) 사회주의 원전을 너희들한테 강독해 줄 수 있어?"

"걱정하지 마. 남파 간첩은 아니니까. 문리대 철학과 60년대 초

학번 형이야. 또 우리도 그렇다고 무슨 엄청난 지하조직을 꾸민 불온 단체도 아니고."

광석이 그러다가 다시 한 번 은근한 목소리로 권했다.

"그러지 말고 너도 한번 나가 보는 게 어때? 우리하고 같이 학습하지 뭐. 어차피 너도 아버지 찾기를 위해서 한 번은 짚고 넘어가야 할 문제 아냐? 어쩌면 네가 지금 마음 두고 있는 그 문학을 위해서도 필요할지 모르고……."

하지만 그때만 해도 인철은 전혀 마음이 내키지 않았다. 그보다는 어떤 본능적인 공포감 때문에 되도록이면 그들로부터 멀리 떨어져 있고 싶었다. 그런데 인철이 거절할 알맞은 구실을 찾느라 잠시 말이 없는 사이에 광석이 다시 덧붙였다.

"피는 때로 논리를 우선하는 거야. 너의 요란뻑적지근한 실존도 결코 피에서 자유롭지는 못할걸."

사르트르는 일찍 죽은 아버지를 정액 몇 방울의 의미로 축소시켜 자신의 실존 탐구에서 제외해 버렸다. 나중에는 인철도 세 살 때 월북해 얼굴도 모르는 아버지의 의미를 그렇게 축소시켜 보려고 애썼지만 잘 되지 않았다. 피는 어쩌면 사유(思惟)보다 체험에 가까운 개념이고, 한국적인 연좌(連坐)의 논리에 자극되면 보다 절실한 실존의 일부가 되기 때문인지도 모를 일이었다.

그때는 더욱 그랬다. 광석이 상기시킨 피의 문제는 인철이 오래 잊고 있던 아버지를 다시 떠올리게 했다.

'그래, 그런 쪽으로의 아버지 찾기는 진정한 나를 찾기 전에 반드시 거쳐야 할 통과제의(通過祭儀)일지도 모른다. 그리고 그걸 위해서는 먼저 그의 이데올로기부터 이해하지 않으면 안 된다.'

생각이 그렇게 바뀌자 좀 전의 본능적인 공포가 가라앉으며 그 모임에 대한 호기심이 살아났다.

"그럼 한번 생각해 보지. 회원들이 모두 학생들이고 연구도 비교사상(批較思想) 차원이라면 말이야."

인철이 마음을 바꾸어 다가들자 이번에는 광석이 멈칫 물러났다. 그제야 그들 모임의 엄한 계율이 생각난 듯했다.

"아마 선배님이나 다른 회원들도 네가 온다면 반길 거야. 가족과 안락한 삶을 송두리째 민족 통일의 제단(祭壇)에 바친 투사의 아들을 누가 의심하겠어?"

자신 있는 권유와는 달리 어딘가 머뭇거리는 투로 그렇게 말했다. '통일의 제단'이나 '투사'란 낱말이 다시 인철의 경계심을 자극했으나 이미 해 버린 말을 되거둬들일 정도는 아니었다. 그런데 그로부터 거의 한 달이나 지난 그날 아침에야 간밤 늦게까지 원고지에 매달려 있다가 늦게 잠이 든 인철에게 광석의 전화가 왔다.

"회원들이 너를 보고 싶대. 사당동 쪽으로 나올래?"

"저기야. 저기 저 파란 대문이 열려 있는 집 보이지?"

길바닥의 복사열로 숨이 훅훅 막혀 오는 좁은 시멘트 골목 한 모퉁이에서 걸음을 멈춘 광석이 낮은 소리로 말했다. 인철도 덩달아 긴장해 낮은 소리로 대답했다.

"응."

"내가 먼저 들어갈 테니까 너는 이 골목을 지났다가 한 번 더 주위를 살펴보고 되돌아와. 안쪽으로 발이 쳐진 방문이 있는데, 거기 와서 노크해. 똑, 똑똑, 똑똑똑…… 알았지?"

광석이 그렇게 속삭이고는 빠른 걸음으로 인철에게서 멀어져 갔다. 그리고 손바닥만 한 나무 대문 앞에서 잠시 안을 살피다가 스며들 듯 안으로 들어가 버렸다.

광석의 긴장한 목소리와 표정 때문에 인철은 시키는 대로 했다. 찌는 듯한 더위도 잊고 꼬불꼬불한 골목길을 한참이나 오르다가 역시 아무도 없는 그 골목을 되짚어 내려와 파란 대문 앞으로 갔다. 마당이라기보다는 좁은 복도 같은 공간을 두고 본채에서 조금 떨어진 방 한 칸이 있었는데, 그 방문 앞에는 햇살을 가리기 위함인 듯한 대나무 발이 쳐져 있었다.

광석에게 들은 방식대로 노크를 하자 방문이 소리 없이 열리더니 어둠 속에서 나이 든 목소리가 들려왔다.

"어서 오시오. 발 앞 조심하시고……."

눈이 어둠에 익숙해지기를 기다려 인철은 방 안을 둘러보았다. 넓어야 세 평이나 될까, 그것도 한구석은 함부로 쌓아 둔 책과 여러 용도로 쓰이는 듯한 사과 궤짝, 그리고 이불 보퉁이가 점령하고 있는데도 방 안에는 사람이 일곱 명이나 앉아 있었다. 출입구는 인철이 들어온 그 문이 유일한 것이었다.

인철은 먼저 출입구가 하나뿐이란 것을 보자 피식 웃음이 터지려는 것을 억지로 참았다. 그렇다면 광석이 말한 그 암호와도 같은 노크법은 아무 의미가 없는 것이 되기 때문이었다. 혹시 이들은 암호 편지와 암호 해독법을 한 봉투에 넣어 태연히 우편으로 부쳤다는 바쿠닌유(類) 얼치기 혁명가들의 후예가 아닐까. 있지도 않은 혁명 군단(革命軍團)으로 허풍을 떨며 한밤을 지새우곤 했다는…….

"여러분께 새로 온 예비 회원 한 분을 소개합니다. 이름과 인적사항은 정식 회원이 된 후에 서로 알기로 하고 당분간은 학습만 여러분과 함께할 것입니다."

광석이 문득 몸을 일으켜 인철을 소개했다. 낯선 분위기 때문에 잠시 멍해 있던 인철은 서둘러 그런 광석의 소개를 부인했다.

"솔직히 말하자면 저는 회원이 되기 위해서 여기 온 게 아닙니다. 그냥 한 옵서버로서 제가 진작부터 궁금하게 여겨 온 것을 여러분이 공부하고 계시다기에……."

그러자 다시 나이 든 쪽이 위압적인 목소리로 받았다.

"우리도 찾아온다고 해서 모두 회원으로 맞아들이지는 않소. 귀하는 여기 노(盧) 동지…… 아니 노 후배가 보증했기 때문에 바로 학습회에 올 수 있게 된 거요. 어쨌든 좋소. 앉으시오."

그 말에 인철은 문 옆에 엉거주춤 앉았다. 노광석이 공연히 송구스러워하는 표정으로 그에게 인철을 설명했다.

"말씀드렸다시피 지금은 우리 학교 문학 서클에 열성적으로 관여하고 있습니다. 그러나 원래는 열렬한 애국지사의 아들로 매판

독재(買辦獨裁)의 탄압을 많이 받고 자란……."

"됐어. 하지만 먼저 본인에게서 얘길 듣고 싶은데……."

실제적으로 그 모임을 조종하고 있는 듯한 그 선배라는 사람이 그렇게 광석의 말을 끊고 인철을 향했다.

"이걸 뭐 고깝게 듣지 말고…… 내가 묻는 대로 솔직하게 대답해 주시오. 먼저 아버님에 대해 보다 상세하게, 그리고 정확하게 말해 주지 않겠소?"

처음 인철은 그 요구에 적잖이 기분이 상했다. 말하자면 어떤 자격 부여를 위한 절차 같은데, 거기에 낡아 빠진 혈통주의(血統主義)라니…… 싶자 솔직히 대답조차 하고 싶지 않았다. 그러나 말없이 앉아 인철이 하는 양을 살피고만 있는 나머지 다섯의 진지한 표정과 선배라는 사람에게서 풍겨 나오는 묘한 카리스마가 은근히 인철을 압박했다.

"한 사람에 대해서 말한다는 것은 전(全) 우주를 다 말한다는 것과 같을 수 있습니다. 아버지에 대해서라지만 어디서 어디까지, 그리고 어떤 면을 중심으로 말해야 될지 막연하군요."

그래도 바로 답하기가 마음 내키지 않아 인철이 그렇게 뜸을 들이자 그 선배가 다시 짤막하게 받았다.

"보통의 이력서를 참고로 하면 될 것이오. 학력과 경력, 그리고 사회적 직함을 위주로 하되 상벌(賞罰) 관계와 출신 성분도 가급적 소상히 밝혔으면 좋겠소만."

"출신 성분은 봉건지주로 분류될 수 있습니다. 현실 권력에서는 2백 년 이상 소외된 영남 남인(南人)이지만 대대로 몇백 석은 유지한 재지사족(在地士族)의 후예니까요. 그런 면에서 프롤레타리아 혁명에의 투신은 어떻게 보면 한국판 도약 이론(跳躍理論)으로 설명되어야 할지도 모릅니다."

"도약 이론은 그런 데 갖다 붙이는 게 아니고…… 어쨌든 좋습니다. 성장 환경 및 교육 관계는?"

"윗대에서는 천석꾼 소리를 들었다는 집안의 외아들이었으니까 물적(物的) 환경은 길게 말하지 않아도 짐작이 가실 것이고, 심적(心的) 환경은 아마도 유가적(儒家的) 인의(仁義)에 바탕한 영웅주의였던 것으로 보입니다. 그러나 한편으로는 일찍부터 구식 사회주의, 곧 집산주의(集産主義)나 무정부주의 같은 사상들과 단편적인 조우가 있었던 것 같습니다. 특히 그의 출발은 원래 아나키즘에서였다는 말도 있을 정도입니다."

"이상한 용어들을 쓰는군. 동경 유학까지 했다고 들었는데 교육 과정은 어떻게 되오?"

"자손이 귀한 집안의 외아들인데도 교육은 일찍부터 서울로 나와 신식으로 받았습니다. 곧 여덟 살 때 서울로 유학와서 교동국민학교에 입학했고 열여섯에 제일고보(경기고등학교)로 진학했습니다. 그러나 6·10 만세 사건에 연루되어 징역 10월 형을 받고 퇴학당하는 바람에 졸업은 제2고보(휘문고보)에서 했다고 들었습니다. 대학은 경성제대 농대 격인 수원고농(水原高農)에 지원했으나 낙방하고 이듬해 일본 동경 농대에서 농업경제학을 전공했습니다.

아마도 한국판 도약 이론이 형성된 것은 그 시기인 것으로 짐작됩니다. 그 뒤 동척(東洋拓植會社) 농장장 노릇을 했는데, 일제의 대표적인 착취 기관에 몸담았으면서도 조직 상부의 양해 혹은 지시에 따른 것이었다고 주장할 뿐만 아니라, 실제에 있어서도 그 경력 때문에 해방 후 당 조직 활동에서 피해를 입은 적은 별로 없었던 것으로 들었습니다."

거기까지만 해도 인철은 되도록이면 객관적이려고 애썼다. 그러나 사뭇 심문적인 태도를 버리지 않고 묻기를 계속하는 그 선배라는 사람의 대꾸가 인철의 심기를 건드려 왔다.

"철모르고 한 만세 운동을 빼면 처음부터 가망 없는 출신 성분과 경력이군. 봉건지주 출신에서 자본주의 혁명 단계를 생략하고 바로 사회주의 혁명을 추구한 점만 가지고 '도약 이론'이란 말을 붙인 모양이지만 내가 보기에는 그거야말로 터무니없는 비약이야. 어쨌든 계속해 보시오."

꼭 자신을 심문하는 것 같은 그런 말투가 인철의 혀를 더욱 뒤틀리게 했다.

"실은 저도 그렇게 생각합니다. 그런데도 딱한 소(小)영웅주의는 가망 없는 추구를 계속하지요. 해방 뒤에는 전농(全農: 전국농민대표자회의)에 관여하며 경북 일원의 추수 폭동(秋收暴動)을 배후 조종하고, 아마 '국회 프락치 사건'으로 짐작되는 어떤 사건에 연루되어 체포되기도 합니다. 그런데 그때마다 그를 가벼운 형으로 풀려나게 만든 것은 그가 거물이어서 누가 죄를 대신 써 준 게 아니라, 아직도 남아 있던 수백 석지기 전답이었던 것으로 보입니다. 그러다가 6·25 직전 해서는 이름을 바꾸고 농부로 위장해 하계리(下溪里)에 잠복하게 되지요."

"귀하께서는 아버님을 존경하지 않는군. 오히려 그 부분은 회개한 부르주아의 적극적인 투쟁 경력이 되겠는데."

"저도 그렇게 믿었지요. 그런데 그 뒤가 그렇지 못했습니다. 저는 그 때문에 그를 딱하게 여기게 되었고요."

"그 뒤가 어찌 됐소?"

"듣기로 그가 6·25를 맞은 것은 하계리 잠복지에서 감자를 캐던 도중이었다고 합니다. 산 밑 밭에서 감자를 캐고 있는데 갑자기 한 떼의 인민군이 들이닥친 거지요. 그걸로 미루어 그는 정말 아무것도 모르고 숨어 산 심파(심정적 동조자)에 지나지 않았는지 모른다는 생각이 듭니다. 인민군이 텃밭에 들어와 다발총을 들이댈 때까지도 해방전쟁이 시작된 걸 전혀 짐작하지 못하고 있었던 것 같으니까요. 그런데 남로당 계열이 서울시인민위원회를 장악한 7월 중순까지의 과도기 정국이 다시 그를 턱없는 환상에 빠지게 한 겁니다. 이승엽 일파의 조급한 세력 확장욕과 핵심 간부들이 죽거나 숨어 버려 생긴 인물난이 맞물려 서울시인민위원회가 그에게 출퇴근 때 호위병이 붙을 정도의 과분한 직책을 맡긴 일이 그렇습니다."

"그건 나도 처음 듣는 얘긴데…… 하지만 있을 수 없는 일 같지도 않군. 과분한 게 아닐 수도 있잖소?"

"저도 그렇게 믿고 싶습니다. 그런데 보름도 안 돼 북쪽에서 내려온 새 지도부에 의해 서울시인민위원회가 장악되면서 그는 하루아침에 철직(撤職)되고 말았습니다. 이유는 간단합니다. 자신들 순혈의 프롤레타리아가 맨발로 만주 벌판을 헤매며 투쟁할 때 동경의 따뜻한 하숙방에서 뒹군 부르주아 출신이라는 거지요. 그리고 쫓아 보낸 게 이름만 거창한 적 치하(赤治下) 수원 경성 농대의 학장 자리였습니다.

학생도 선생도 없는 그 대학 지방 캠퍼스 학장 관사에서의 첫날밤은 그의 부인 증언에 의하면 악몽 같았다고 합니다. 지붕은 새고 구들은 내려앉고 거기다가 밤새 모기에 뜯겨야 했다더군요. 그래도 그는 학장이란 이름 하나에 매달려 그 대학을 재건했지요. 꼬박 두 달에 걸쳐 흩어진 교수들을 모으고 이리저리 끌려가고 숨은 학생들을 달래 개강이랍시고 하려는데 유엔군의 인천 상륙이 있게 됩니다. 그들이 북에서 내려오는 걸 까맣게 몰랐던 것처럼 밀리는 것 역시 까맣게 모르고 있던 그는 이번에도 오래잖아 다시 돌아온다는 상부(上部)의 다짐만 믿고 노모와 어린 자식들, 그리고 젊은 아내를 불구덩이에 팽개쳐 둔 채 그들이 내준 군용 트럭 한구석에 끼어 앉습니다. 동료 교수 다섯과 제자 열아홉을 대동한 월북이었지요. 그리고…… 이걸로 끝입니다. 여러분께 애국지사 혹은 열렬한 투사로 알려진 얼치기 사상가의 이력은."

인철이 그렇게 말을 맺자 방 안이 한동안 보이지 않게 술렁거렸다. 거기 있는 모두가 반대든 찬성이든 인철의 말에 나름의 견해를 말하고 싶은 충동을 느끼는 눈치였다. 선배란 사람이 가벼운 손짓으로 그런 술렁거림을 가라앉힌 뒤 한층 엄한 심문의 눈길이 되어 인철을 쏘아보며 물었다.

"귀하는 아버지를 존경하지 않을 뿐만 아니라 오히려 경멸하는 것 같소. 그 이상 미워하거나……. 그렇다면 아버지 찾기는 이미 끝난 거요. 그런데 그의 사상은 알아서 무얼 하겠소?"

"피는 논리로 지워지는 것이 아닙니다. 또 내가 아버지를 지운 논리도 다분히 일방적이고요. 내가 불평하고 있는 것은 한 이념의 본질을 향한 것이 아니라 그 한국적 적용 과정에서 몇몇 예외적 인간들이 한 실수에 지나지 않을 수도 있으니까요. 만약 그에게 대의를 향한 진정한 자기 투척(自己投擲)이 있었다면 나의 부인(否認)은 언제든지 긍정과 시인으로 전환될 수도 있습니다. 그런데 그 자기 투척의 진정성을 확인하는 데 가장 효과적인 길이 바로 그가 선택한 이념 그 자체의 온당함과 아름다움을 확인하는 것입니다. 그래서 나는 그를 키워온 이념을 알고 싶은 겁니다."

그러자 그 선배라는 사람의 얼굴에 잠시 어떤 망설임 같은 것이 떠올랐다.

아마도 인철을 그쯤에서 내쳐 버릴 것인가, 어떻게든 달래 받아들일까를 얼른 결정짓지 못해 생긴 표정 같았다. 그러다가 이내 마음을 정한 듯 어조를 바꾸어 물었다.

"그렇다면 이해 못 할 것도 없군. 하지만 그전에 또 궁금한 것이 있소. 그건 귀하의 현실 인식이오. 귀하가 보기에 지금 우리 사회의 현실은 어느 단계에 와 있는 것 같소? 특히 박정희 군부 파쇼 정권의 행태와 관련해서 느낀 대로 말해 보시오."

"솔직히 저는 그런 것에 대해 깊이 생각해 본 적이 없습니다. 일종의 원죄 의식(原罪意識)이라 할까, 왠지 내게는 애초부터 발언권이 없는 것 같아서요."

"별난 원죄 의식도 있군. 하지만 그래도 대학에 적(籍)을 두고 있으면서 아무 느낌이 없다면 이상한데."

"굳이 말하라면 이렇다 할 정당성도 정통성도 없는 권력이 경제 개발을 통해 한 보상적(補償的) 정권으로 자리를 잡아 가는 중이라고나 할까요. 아니, 이제는 상당히 자신을 가져 장기 집권까지 꿈꾸게 된 단계라고 할 수도 있겠죠."

인철은 전해 삼선 개헌을 반대하는 데모가 대학가를 휩쓸 때 한번도 데모대에 끼지 못하는 자신을 변명하듯 읽었던 그 방면의 글들을 떠올리며 그렇게 대답을 끼워 맞췄다. 그러나 군사정부의 보상적 기능에 대해서는 별로 실감하지 못하고 있었다. 로스토우가 말한 도약 단계(跳躍段階)란 것도 저희 쪽에서는 한물간 경제이론가의 질 낮은 아첨 정도로만 느껴질 뿐이었다.

"그럼 김지하가 쓴 「오적(五賊)」이란 시는 어떻게 보았소? 정인숙 여인 피살 사건은? 와우아파트 붕괴는?"

그가 댄 그 사건들은 모두 그해 일어난 것들로, 「오적」이란 담시(譚詩)를 빼고는 인철의 의식에 그다지 강하게 와 닿지 못했다.

"솔직히 그 「오적」이란 시는 아직 보지 못했습니다. 다만 그걸 읽은 우리 문학회 시인 지망생들에 의하면 문학적으로는 그리 세련된 작품은 아니라더군요. 그래도 그걸 쓴 사람의 용기에 대해서는 감탄하고 있습니다. 정인숙 여인이 죽은 것은 신문에서 읽었는데 그저 배후가 좀 복잡한 치정(痴情) 살인 사건으로 여기고 있습니다. 와우아파트는 부실 공사로 무너진 거 아닙니까?"

인철이 짐짓 대단할 것도 없다는 투로 그렇게 반문하자 갑자기 그의 목소리에 열기가 더해졌다.

"짐작은 했지만 이건 좀 심하군. 이봐요. 사회적 현상들은 얼른 보아 별개로 일어나고 있는 듯하지만 종합하면 한 사회가 처해 있는 상황을 읽을 수 있는 거요. 정인숙 여인 피살 사건은 군부 파쇼 정권의 갈 데까지 간 도덕적 부패를 단적으로 드러내는 것이고, 와우아파트 붕괴는 그들이 면죄부(免罪符)로 삼으려는 경제적 보상의 허구성을 상징적으로 보여 주는 것이오. 그리고 「오적」은 그런 군부 파쇼 독재에 지성인들의 저항이 시작되었음을 알리고 있소. 종합적으로 박정희 군부 독재는 이제 말기적 상황에 빠져들고 있다는 것이오."

그러자 인철은 문득 그해 봄 수락산에 갔다가 주워 읽은 불온 삐라(전단)의 내용이 떠올랐다. 제목은 '색마(色魔)의 결혼식'으로 되어 있고 두 사람의 결혼사진이 합성되어 있는데, 남자는 박정희였고 여자는 죽은 정인숙이란 여인이었다. 곁들여 쓰인 글의 내용에는 박정희가 정인숙을 데리고 놀다가 '제 놈을 쏙 빼어닮은 새끼를 낳자' 그녀를 죽였으나 이제 머지않아 그도 죽으리라는 저주였다. 그때 인철은 거기서 남한 사회의 어두운 단면이나 어떤 정치적 조짐을 읽기보다는 북한 대남(對南) 선전의 치졸함을 느꼈을 뿐이었다.

또 인철은 그 얼마 전 어떤 유명한 가수가 "신고산이 우르르……"를 "와우산이 우르르……"로 바꾸어 부르다가 사법적 제재까지 논의된 적이 있음을 떠올렸다. 그때 역시도 그게 남한 사회의 어떤 면을 상징적으로 드러낸다기보다는 사법 당국의 호들갑으로만 느꼈다. 그런데 그것들이 김지하의 「오적」과 같은 선상에 놓이는 사회적 사건들로 논의되는 것을 보고 은근한 위축을 느꼈다. 그렇게 보면 그럴 수도 있다는 생각이 든 까닭이었다.

"그런데 그 같은 남한의 현 상황과 이곳의 사회주의 사상 연구는 어떤 관계를 가집니까?"

인철은 처음부터 안고 있던 불안을 누르며 짐짓 그렇게 물었다. 그러자 그의 목소리에 더욱 열기가 실렸다.

"학습이 단순히 관념적인 인식을 유도하는 것으로 그치지 않고 경우에 따라서는 행동으로 전화(轉化)되어야 할 신념 체계로까지 진행될 수 있어야 한다는 것이오. 거기까지 동의해야만 본 사상 연구회의 회원 될 자격이 있소."

"인식하지도 못한 것을 행동으로 전화시킬 수 있는 신념 체계로 삼기는 어렵겠지요. 하지만 제가 듣기로 이데올로기는 가치를 판단하는 기준이고 사회현상을 인식하는 수단이기도 하다고 그러더군요. 아버지의 이데올로기를 인식 수단으로 세계를 해석하고 나를 확정하는 것으로 마침내는 그를 승인하게 되는 것을 저는 소박하게 '아버지 찾기'라고 이름 했습니다."

"나를 확정한다는 것은 계급이나 소속 신분 같은 것을 말하는 거요? 그렇다면 계급이론을 듣고 싶은 거로군. 그 이데올로기의 '나는 누구이고 무엇을 해야 하나'에서 그 '누구'를 알고 싶단 말로 해석해도 되겠소?"

"우선은 대강 그렇습니다. 부르주아와 프롤레타리아 두 기본계급뿐만 아니라 주변 계급 또는 중간계급까지 포함해서요."

"유감스럽게도 마르크스의 저술에는 정색을 한 계급 이론이 없소. 애매하고 일관성이 부족한 언급이 산견될 뿐. 특히나 중간계급에 대해서는……."

그는 순정한 마르크시즘 이론가답게 그렇게 대답하고 노광석을 비롯한 그 방 안의 나머지 학습반을 향해 양해를 구하듯 말했다.

"마침 우리 진도도 『자본론』 제3권 개괄에 들어갔으니, 이 새로운 예비 회원의 물음을 오늘 함께 논의해 보는 것도 좋은 학습이 될 수 있겠소. 제3권 마지막에는 '계급들'이란 장이 있어 계급에 대한 짧은 논의가 나오니까. 그럼 먼저 마르크스 저작에 나오는 계급 이론 가운데서 내가 기억하는 한 모든 관련 구절을 찾아 검토해 보도록 하겠소."

그러고는 한번 책을 펴보는 시늉도, 무슨 질문을 하거나 동의를 구하는 법도 없이 『자본론』 몇 권 몇 장, '잉여가치론' 어디, 해

가면서 순전히 자신의 기억을 더듬어 한참이나 필요한 구절들을 끌어 댔다. 임금노동자와 자본가와 지주로 된 3대 계급과 중간계급 또는 중간적 계층들에 대한 암시로부터, 중간계급의 소멸 또는 프롤레타리아로의 편입으로 촉진되는 계급 통합과 프롤레타리아 독재로 실현되는 계급 폐지 따위를 경건하게 암송하듯 전했다. 감옥에서 몇 년 전향하지 않은 장기수들의 기억을 통해 전수받은 마르크시즘 원전치고는 아주 정밀해 보였다. 이어 그는 리카도를 인용해 중간계급이 증대하는 경향이며, 소득 낮은 예술가와 변호사 의사 학자 발명가 따위 비생산적 노동자로서의 중간계급이 더욱 늘어나리라는 마르크스 자신의 진단까지 소개한 뒤에 돌연 열기 띈 어조로 말했다.

"하지만 마르크스는 중간계급에 자본가 계급이나 노동자 계급에 부여했던 바와 같은 정치적 경제적 의미를 부여하지 않았으며 그들의 역할도 자세히 분석하지 않았소. 또한 마르크스는 자신의 저작 어디에서도 그들을 자본주의 계급 모델 안에 통합시키려는 시도를 한 적이 없소. 다시 말해 중간계급에게 기본계급의 지위를 끝내 부여하지 않고 주변 계급 또는 말 그대로의 중간 계층으로만 처리한 것이오. 선언과도 같은 계급투쟁론에 이어 '공산당 선언'에서도 쁘띠 부르주아의 앞날을 전망하면서 간접적으로 중간계급의 몰락과 소멸을 단언하고 있을 뿐이오."

그래놓고 그는 다시 책을 외듯 '공산당 선언'의 구절들을 단조로운 목소리로 보탰다. 중간계급의 하층에 속하는 소상인, 가게 주인, 그리고 일반적으로 은퇴한 장인(匠人), 수공업자와 농민 모두는 서서히 프롤레타리아로 전락한다. 이들의 소자본이 규모 면에서 현대산업을 영위할 수 있을 정도로 충분하지 못하고, 그로 인해 대자본가들과의 경쟁에서 빨려 들어가 버리고 만다는 것이 그 부분적인 이유이고, 이들의 특화된 숙련기술이 새로운 생산 방법으로 말미암아 아무짝에도 쓸모없이 되어 버린다는 것이 또 다른 부분적인 이유이다. 따라서 프롤레타리아는 모든 계급 성원으로부터 충원된다…….

"그렇다면 소멸될 계급, 몰락하게 되어 있는 그 중간계급을 굳이 의식해야 할 필요가 없지 않습니까?"

거기서 인철이 말없이 듣고만 있는 회원들의 침묵을 깨듯 그렇게 반문해 보았다. 선배라는 사람이 무엇 때문인가 잠깐 이맛살을 찌푸렸다가 받았다.

"계급을 통합하고 프롤레타리아 독재 실현으로 계급이 소멸될 때까지 길고 치열한 투쟁이 진행되는 동안 한 이정표 기능은 하겠지."

"하지만 그 투쟁에서 프롤레타리아의 승리는 역사적 필연이라고 하지 않았습니까? 그런데 왜 그렇게 싸워야 하는 거지요? 더군다나 중간계급은 자기존재까지 포기해 가며."

"부패하고 오욕 받은 역사의 바다에서 절로 사회주의 이상향이 솟아오르는 기적은 없소. 만약 중간계급에 어떤 역사적 사명이 있다면 그건 노동자 계급에 흡수되거나 연대하여 자본가를 타도하는 역할일 것이오. 그런데 귀하는 아버지 찾기를 한다면서 어째서 중간계급에 그리 관심이 많은 거요? 출신성분이 어떠하든 귀하의 아버지는 이미 무산계급의 대오에서 진군 중인 것 같은데. 그 내용이 계급 연대든 투항이든……."

"그게 좀 미심쩍은 데가 있어서요. 이를 테면 도약 이론에 의지한 잔존 방식의 선택 같은."

"조금 전에도 말했지만, 귀하의 아버지가 봉건지주 출신으로 부르주아 혁명 단계를 뛰어넘어 바로 프롤레타리아 혁명에 투신함으로써 살아남으려 했다는 뜻에서 하는 소리라면, 그건 아버지 찾기가 아니라 아버지 모욕이 될 거요. 그 이상 귀하가 아직도 아버지를 몰락해 가는 계급, 소멸해 가고 있는 계급에 머물러 있다고 억측하는 것이라 해도……."

"실은 마르크스주의적 중간계급이론 자체에도 억지와 무리가 있는 듯해요. 논리의 필연이 아니라 무산계급을 위한 도그마나 프로파간다 같은 데가 있어서……."

그러자 그 선배의 눈길이 실쭉해지더니 목소리에까지 못마땅해 하는 느낌이 거리낌 없이 드러났다.

"도그마나 프로파간다라……."

"중간계급을 제3의 기본계급으로 독립시키지 않고 몰락 혹은 소멸이 필연적인 주변 계급으로 규정하는 점. 그러면서도 무산자계급과의 연대 혹은 흡수 편입을 근거 없이 단정해 중간계급을 그쪽으로만 편향시키려고 선동하거나 계급투쟁론에서 드러내 놓고 그들과 연대한 무산계급의 승리를 필연으로 몰아가는 점, 그리고 어쩔 수 없이 중간계급의 증가를 인정하면서도 그들의 계급혁명 결정력을 무시하는 점……."

"혹시 귀하는 지금 막스 베버의 중간계급이론을 말하려는 것이오? 그의 시절 계급 현상을 과장해 펼쳐 놓은 데 불과한……."

"하지만 부끄럽게도 저는 그럴 만한 형편이 못됩니다. 아직 베버를 원어로 읽을 만한 실력이 없는 데다 요즘 이 나라에서는 베버 번역도 별로 활발하지 못해…… 있다면 내가 입주 가정교사로 있는 졸부의 거실 벽장식용으로 비치돼 있는 영어판 브리태니커 수준의 해설이거나 귀동냥으로 들은 서구, 특히 미국의 중간계급이 은연중에 행사하는 결정력 같은 데 착안한 거지요. 어쨌든 늘어나는 그들 중간계급의 비중은 그들로 하여금 자신들의 정치 사회적 결정력을 자신하게 만든 것 같습니다. 잉여가치를 두고 다투는 자본가와 노동자의 진흙탕 싸움에 짜증 낼 줄도 알고, 어떤 경우에도 자본가들에게 잉여가치를 독식하게 할 의향이 없는 것처럼 제몫 이상으로 잉여가치를 뜯어 가려는 노동귀족들에게도 더는 관대하지 않은 것 같더군요."

인철이 그렇게 말했을 때는 완강하던 그 선배도 조금 숙진 기세였다. 무턱 댄 반감이나 결기는 그사이 많이 가신 듯했다.

"나는 거기 동의하지 못하겠소. 미국의 중간계급이라면 미국 중산층 얘기를 하려는 것 같은데, 나는 아직 그들의 늘어난 비중도 커진 정치 사회적 결정력도 확인할 수 없었소. 있다면 독점자본의 농간과 복지로 위장된 부르주아의 자선에 과장된 착시(錯視) 현상이 있을 뿐이오."

그렇게 받는 어조는 아직 강경한 데가 있어도 마르크스 레닌 학습조를 지도하는 대선배의 권위적인 태도는 별로 드러나지 않았다.

"그렇지만 그들을 주변 계급 혹은 중간계급으로 처리해 역사변혁의 보조 역할, 그것도 어떤 특정 기본계급을 보조하고 사라지는 한시적 기능만 맡기는 것은 온당치 못한 일로 보입니다. 저는 오히려 그 중간계급에 적극적인 지위와 기능을 부여해 그들로 하여금 저 미치기 쉬운 두 기본계급을 제어하고 조정하도록 하는 논의 같은 걸 기대했었습니다. 어쩌면 생산과정에서 발생한 잉여가치를 어떤 구실로든 자본과 노동 어느 쪽도 독점하지 못하게 하는 배분의 정의를, 공정한 분배의 삼권분립을 담보할 주도적 세력으로서의 중간계급을 상상하고 있었는지도 모르겠습니다."

"재미있군, 재미있소. 귀하를 우리와 함께 마르크스를 논의할 신입 회원으로 환영하오."

낮고 딱딱 끊어 치는 박수와 함께 그 선배가 그렇게 말해 놓고 다시 어울리지 않게 웃음 띤 얼굴로 그 선배가 덧붙였다.

"내 늙은 이념의 스승들이 들으면 포복 졸도할 수도(pseudo; 가짜)이데올로기가 되겠지만 어쨌든 재미있소. 귀하는 특이하게 사고를 조직할 줄 아는 능력이 있는 것 같소. 좋소. 그게 언제까지가 될지 모르지만 함께 가 봅시다. 다시 한 번 신입회원으로 들어온 걸 진심으로 환영하오."

그렇지만 이번에는 인철 쪽의 입장이 달라져 있었다. 그 선배가 예사 아닌 정성으로 짧은 시간 펼친 마르크스주의 계급이론을 머릿속에 재구성해 보는 것만으로도 높이 솟은 벽 앞에 선 기분이 되어 있던 그가 무슨 변덕일까, 갑자기 그동안의 열정과 호기심이 산산이 흩어지며 욕지기가 나올 것 같은 격한 느낌에 시달리며 전혀 준비한 적 없는 대꾸를 했다.

"죄송스럽지만 전 여기서 이만 사양하겠습니다. 이제껏 그래 온 것처럼 혼자 가 보지요. 문득 돌아가신 할머님의 말씀이 떠오르는 군요. 할머니께서 이르시기를 소도 한 번 무릎 꿇은(넘어진) 언덕은 피해 간다고 하셨습니다. 난데없는 단순화인지 모르지만 이미 아버지 세대에서 한 번 무릎 꿇은 언덕을 다시 넘어가고 싶지는 않네요."

인철은 스스로 듣기에도 차갑다 싶은 목소리로 그렇게 잘라 말했다. 갑작스러운 데가 있기는 하지만 그것은 또한 그의 진심이기도 했다. 무슨 까닭인지 그래도 그 선배는 쉽게 인철을 놓아주지 않았다.

"이미 실패했다는 단정은 지나친 단견이거나 패배주의의 독단이오. 북의 인민 공화국은 아직 건재하고 모든 것은 진행 중일 뿐, 결정된 것은 아무것도 없소. 있다면 귀하의 아버님이 겪은 개인적인 비극과 좌절인데, 그것도 우리 이념의 본질과는 전혀 무관하오. 귀하의 말마따나 그 이데올로기의 '한국적 적용'에서 빚어진 '비극적인 소모'의 한 예에 지나지 않을 것이오."

"비극적 소모라고요?"

"혁명의 진행 과정에서 생기는 어쩔 수 없는 희생과 낭비 말이오. 거기다가 그 경황 없는 가족의 이산(離散)에 동정은 가지만, 그게 바로 그분의 최종적인 실패를 단정할 근거는 되지 않소."

"아버지처럼 월북했다가 1954년에 간첩으로 남파된 친척의 증언은 그가 해주 초대소(남파 거점) 소장으로 있다는 것이었습니다. 그 다음 일본에 있는 친척이 가져온 소식은 농림부의 관료라는 것이었고, 그다음은 원산농대 평교원(平敎員)이라는 것이었지요. 그러다가 월북자로 1964년에 남파되자마자 자수한 친척 아저씨가 전해 준 마지막 소식은 행불(行不)이라고 하더군요."

"행불이라면 행방불명이란 뜻이오?"

"그렇습니다. 저쪽에서도 간첩으로 남파되기 전에 마치 죽음을 앞둔 자에게 베푸는 관용처럼 몇 가지 청을 들어주는 관례가 있다더군요. 그 아저씨는 아버지와 고보(高普) 선후배가 될 뿐만 아니라 전쟁 전에도 각별한 사이라 남파 직전 북한 당국자에게 아버지를 한 번 만나게 해 달라고 청했다고 합니다. 그런데 며칠 뒤에 내려온 소식은 행불이라는 것이었습니다. 어수선한 우리 사회와는 달리 모든 것이 잘 조직되고 통제되어 있는 그 사회에서는 좀처럼 있을 수 없는 일이라고 하더군요. 그것은 아버지가 남에게 보여 주기 어려울 정도의 처참한 상황에 빠져 있거나, 최악의 경우 이미 처형된 뒤란 뜻으로 해석될 수도 있다는 것입니다……."

그것도 피의 작용일까, 아버지의 전락을 얘기하는 인철의 목소리는 자신도 모르게 축축하면서도 격앙된 것으로 변해 갔다. 그러다가 얘기를 그렇게 맺을 무렵에는 콧마루까지 시큰거렸다. 더 이어 가다가는 눈물까지 쏟게 될 것 같았다. 그 바람에 인철은 안간힘을 다해 냉정을 회복하려고 애쓰며 결론을 서둘렀다.

"어쨌든 저는 혼자 아버지를 찾아보겠습니다. 아무래도 저는 이곳에 잘못 온 것 같습니다. 그럼 안녕히들 계십시오."

인철은 그렇게 말해 놓고 도망치듯 그곳을 빠져나왔다.

뒷날 인철은 상당히 나이가 들어서까지도 어쩌다 그날을 떠올리게 되면 민망함과 난처함으로 그 황당한 퇴각을 씁쓸하게 돌아보고는 했다. 아버지를 찾아 그가 섬기던 이데올로기의 작은 승원(僧院)까지 찾아 갔지만 인철이 끝내 그 문안에 들기를 거부하게 한 것은 무엇이었을까. 무엇이 그로 하여금 다급한 모면 또는 참담한 패퇴와도 같은 심경으로 그가 그 문안으로 드는 것을 가로막은 것이었을까.

그로부터 십여 년 뒤 한국 좌파의 한 갈래 좌장(座長)으로 자리 잡은 그 선배는 한 유망한 작가로 떠오르는 인철을 묻는 그 방면의 추종자들에게 그날의 인철을 회상하며 이렇게 말했다고 한다.

"그는 '아비는 빨갱이었다' 계보에 속하지만, 이념적으로는 그에게 전혀 기대할 게 없을 듯싶다. 또 오이디푸스 콤플렉스형 인간이었지만, 나를 찾아왔을 때 이미 그의 주관적 참회는 그사이 아버지를 살해한 죄의식을 털고 아버지를 몰락하게 만든 또 다른 적들에 대한 복수감으로 대치되어 있었다. 그는 이데올로기에 사감(私憾)을 섞어 아버지를 박대한 북의 권력 핵심에 대한 원한을 감히 순정(純正)한 마르크시즘 쪽에 전가히였다. 그리하여 악의로 뒤틀리고 꼬인 아버지의 이력서를 만들어 들고 다니며 우리에게 그를 수소문하였으나, 끝내 찾아내기는 어려웠을 것이다. 그의 의식은 익기도 전에 군내를 풍기는 김칫독과도 같아 벌써 어쭙잖은 의사(擬似) 이데올로기로 악취를 풍겼다. 그런 의식으로는 설령 아버지를 찾는다 해도 그를 받아들이거나 감당해 낼 수 없었을 것이다. 틀림없이 그게 그날 내가 모처럼의 신명으로 열어 준 우리 순정한 이데올로기의 문안으로 그를 들 수 없게 만들었으리라고 본다."

그러나 그 말이 이미 확연하게 길을 달리하게 된 쪽의 냉정한 관찰인지 아니면 자기를 거부한 또 다른 개성에 대해 품은 앙심에서 비롯된 폄하인지는 잘 알 수가 없다.

급전(急轉)

벽에 달아맨 선풍기가 앞뒤 두 곳에서 바람을 뿜어내고 있었지만 다방 안은 후텁지근하기 그지없었다. 지하실 특유의 곰팡이 냄새와 담배 연기에 커피 향이 뒤섞인 공기도 불쾌하게 후각을 자극했다.

명훈은 카운터 곁에서 한참이나 그런 다방 안을 돌아보다가 구석진 곳에 있는 빈자리를 찾아 앉았다. 간밤에 마신 술이 다시 위와 머리를 역하게 자극했다. 모니카와 함께 지내게 되면서부터 시작돼 이제는 습관으로 굳어져 가고 있는 폭음이었다.

"무슨 차를 드시겠어요?"

명훈이 자리에 앉기 바쁘게 미니스커트 차림의 아가씨가 뛰어와 차 주문을 재촉했다. 예쁘긴 하지만 경망스러운 느낌을 주는 얼굴이었다. 그런 그녀가 공연히 거슬려 명훈은 퉁명스럽게 받았다.

"올 사람이 더 있어. 찬물이나 한 잔 가져와."

그러자 아가씨도 새침한 얼굴이 되어 홱 돌아섰다. 입술이 달싹거리는 게 뭔가 좋지 않은 소리를 입속으로 쫑알대고 있는 게 틀림없었다. 하지만 들리지도 않는 말을 꼬투리 삼아 시비를 걸 수는 없는 노릇이라 명훈은 불쾌한 대로 참아 넘겼다.

잠시 후에 돌아온 아가씨가 소리 나게 물잔을 탁자 위에 놓았다. 물이 잔 밖으로 튀지 않은 게 신통할 정도로 거친 손놀림이었다. 이번에도 명훈은 욱하고 속이 치밀었으나 화를 내기에는 구실이 약해 그냥 참아 넘기고 말았다.

물은 소독약 냄새가 채 가시지 않은 수돗물이었다. 얼음 한 조각 띄우지 않아 한 모금 마시자 구역질이 나려 했다. 그런 위를 다스리기 위해 명훈은 급하게 담배를 빼어 물었다. 그때 등 뒤에서 나이 든 목소리가 들렸다.

"그것 참…… 이걸 어떻게 해석해야 하나? 김영삼은 등신이고 김대중이가 똑똑한 거야, 아니면 김영삼이 순진하고 김대중이는 사기꾼이라고 해야 되는 거야?"

목소리에 이어 종이 부스럭거리는 소리가 들리는 것으로 미루어 신문을 보며 하는 말 같았다. 역시 비슷한 연배인 듯한 상대가 뒤틀린 목소리로 받았다.

"그게 정치지, 뭐. 김대중이가 똑똑한 거야."

그 말에 명훈은 딴 세상을 떠올리듯 그 전날 요란스럽던 라디오 보도를 기억했다. 야당 대통령 후보 경선(競選) 투표, 김대중 후보 역전승…….

"그렇지만 도무지 이해할 수 없어. 1차 투표 때 그렇게 큰 표차로 이겼는데, 2차 결선에서 되레 지다니."

"아직도 몰라? '이 총재 부탁합시다'……."

"이 총재 부탁합시다? 그게 무슨 소리야?"

"김대중이가 이철승에게 명함 뒤에 써 보냈다는 메모야. 2차 결선 들어가기 전에……. 나를 대통령 후보로 밀어 주면 당신을 신민당 총재로 만들어 주겠다는 뜻이지."

"그것 참 절묘하네. 그런데 이봐, 이철승계(系) 대의원 표가 몽땅 그리로 갔다 쳐도 이상하잖아? 김대중이 2차 투표에서 얻은 표가 처음 받은 표와 이철승계 합친 것보다 더 많다고."

"그러니까 김대중이가 똑똑하다는 거야. 듣기로는 그 사람 전날 밤 민주당 대의원들이 흩어져 자는 여관을 밤새 돌았다더군. 그리고 그 잘 드는 입으로 진산계(珍山系: 유진산 계보)까지 흔들어 놓은 거야. 영삼이는 축하 파티에 쓸 맥주 상자나 챙겨 놓고 늘어지게 자는 사이에 말이야. 영삼이 편인 자네가 보기에는 그게 사기 같겠지만 이번에는 사기가 아니라 전략이고 열정이라고."

"그런 일이 있었어? 좋아. 그랬다 쳐도 나는 마뜩잖아. 몰래 남의 발밑이나 파고……. 아마 이철승이한테 총재 자리 준다는 약속도 거짓말이 되고 말걸. 술수야, 사기나 다름없는. 정치가 그런 식으로 되는 거 나는 싫어."

명훈이 듣기에도 억지스러울 만큼 신문을 들고 있던 중년은 모든 걸 감정적으로만 이해하려 했다. 상대는 그에 비해 논리적이었으나 그런 투표 결과에 대해 느끼는 기분은 비슷한 듯했다.

"실은 나도 그래. 하지만 영삼이 그 펴엉신…… 어이구우."

그렇게 말끝을 흐림으로써 우회적이나마 공감을 표시했다. 그들이 하는 얘기 중에는 명훈이 듣거나 읽어서 아는 것도 있고 처음 듣는 것도 있었다. 그러나 이상하게도 모든 게 비슷한 의미로만 전해져 왔다. 자신과는 아득히 먼 세계의 일로서였다. 그때까지 엿듣게 된 것도 꼭 무슨 흥미나 관심이 있어서가 아니라 그게 귀에 들어오는 유일한 소음이기 때문이었을 것이다.

하지만 그 소음이 정치적인 것임을 알아차리자마자 명훈의 의식은 이내 두꺼운 창을 닫고 습관처럼 된 둔감과 마비에 잠겨 들었다. 그들은 그 뒤로도 한동안이나 더 그 무렵의 야당 대통령 후보 경선을 떠들었으나 그 이상 명훈의 의식을 파고든 말은 없었다. 간밤의 지나친 술 때문에 여태껏 메슥거리는 속과 지끈거리는 머리도 그런 마비와 둔감을 자연스럽게 도왔다. 인철이 나타난 것은 자신이 거기에 왜 왔는지조차 모를 만큼 멍해져 있을 때였다.

"형님."

귀에 익은 그 목소리에 명훈은 몽롱한 잠에서 깨어나듯 소리 나는 쪽으로 시선을 모았다. 검은 혼방 바지에 갈색 체크무늬 티셔츠를 걸친 인철이 입구 쪽에서 다가오고 있었다. 그 뒤를 마지막 보았을 때보다 10년은 더 늙어 보이는 어머니가 따라오고, 다시 그 뒤에는 경진이 명훈에게 눈길을 고정시킨 채 따라오고 있었다.

어머니와 경진을 알아본 명훈은 일순 그대로 일어나 달아나고 싶었다. 하지만 다방이 지하라 입구가 유일한 출구였다. 그들을 밀치고 달아나고 싶어도 이중 삼중으로 입구를 막아선 꼴이어서 그럴 수도 없었다.

그 바람에 명훈은 풀썩 주저앉듯 의자에 다시 앉았다. 뒤이어 인철과 경진, 어머니가 다가와 명훈을 에워싸듯 빈자리를 채웠다. 일이 왜 이렇게 되었지. 명훈은 한층 심하게 지끈거려 오는 머리를 두 손으로 감싸 안으며 기억을 더듬어 보았다.

인철의 전화를 받은 것은 전날 저녁 무렵이었다.

"형님, 접니다. 좀 뵈었으면 하는데요. 내일 시내로 나오실 수 있으시겠어요?"

"무슨 일이냐?"

이미 얼큰해 있던 명훈이었으나 전화를 거는 인철의 목소리에 어딘가 긴장의 기색이 느껴져 그렇게 되물었다.

"매우 중요하고 급한 일이에요. 만나서 말씀드릴게요."

지난달 등록금과 하숙비를 전해 줄 때만 해도 어떤 몰두의 기색뿐 별다른 일이 없어 보이던 인철이었다. 도무지 잡혀 오는 게 없어 대꾸를 늦추고 있는데 인철이 넌지시 덧붙였다.

"왜, 나오시기 불편하십니까? 제가 그리로 찾아갈까요?"

인철이 알고 하는 소린지는 모르지만 그 말은 명훈에게 가장 위협적이었다. 왠지 인철에게는 자신의 진창 같은 현실을 보여 주고 싶지 않아 명훈은 전화번호조차 망설이고 망설이다 지난번에야 마지못해 일러 준 터였다.

"찾아오긴 어딜 찾아와? 알았어, 내가 나가지. 지난번에 만났던 그 다방으로 가면 돼?"

공연히 다급해진 명훈은 그 이상은 캐묻지도 않고 그렇게 약속하고 말았다.

그런데 이제 이렇게 뜻밖의 일이 벌어졌다. 아무런 예비 동작이 없으면서도 세찬 일격처럼……. 명훈은 중대한 배신이라도 당한 사람처럼 인철을 노려보았다. 인철이 움찔하는 듯하면서도 물러날 기색 없는 얼굴로 그런 명훈의 눈길을 받았다. 그때 어머니가 먼저 입을 열었다.

"야야, 니 얼굴이 왜 글노(그러냐)? 꼭 죽구재비(죽을상)따. 요새도 그래 술 마이 마시나?"

"아뇨, 그저 좀……."

그렇게 얼버무리면서 얼굴을 들던 명훈은 무심코 경진의 얼굴에 눈길을 보내다 갑자기 심장이 얼어붙는 듯한 충격을 받았다. 자신을 빤히 바라보는 경진의 두 눈 가득 괸 눈물도 그러했지만 그보다는 그녀의 눈길에 어린 형언할 수 없는 슬픔과 한(恨)의 그늘 때문이었다.

"죄송합니다……. 형님의 당부를 잊은 것은 아니지만…… 하도 경진 누나의 말씀이 간절해서…… 그리고 어머님을 모셔 온 것은 경진 누납니다. 제가 아니에요."

그제야 인철이 띄엄띄엄 변명을 늘어놓았다. 명훈은 그 말에 앞뒤 없는 분노를 느꼈다. 그러나 다시 자신을 가만히 쳐다보는 경진의 눈길과 마주친 순간 그 분노는 그저 아득하기만 한 자포자기로 변했다. 아무런 근거가 없는데도 경진이 이미 자신의 모든 걸 다 알고 있다는 느낌이 들었다.

"인철 씨를 나무라지 마세요. 좀 더 늦어졌을지는 모르지만 전 반드시 명훈 씨를 찾아갔을 거예요. 인철 씨는 다만 그 시간을 절약시켜 준 것뿐이에요."

이윽고 경진이 애써 감정을 억제한 목소리로 그렇게 말했다. 오히려 목소리가 격한 것은 어머니 쪽이었다.

"참말로 니도 어지간하다. 어예 나이 서른이 넘어가지고 에미 애간장을 이래 녹이노? 그래 그동안 어딨었노? 뭐 한다꼬 에미 한 번 딜따볼 틈이 없드노? 니 그전에 인철이 부산에 있을 때 무심하다꼬 나무랬지만 인철이보다 니가 나을 게 뭐로? 내가 언제 돈 못 벌어오믄 내 자식이 아이라 카드나? 어째 사람 염량(炎凉)이 그 모양이로?"

그렇게 따지는 게 금방이라도 눈물을 쏟을 기세였다. 조금 전 정치 얘기를 주고받던 사내들이 의자 등받이 너머로 명훈을 힐끗 돌아보았다. 그 눈길이 명훈에게는 심심한데 좋은 구경거리를 만났다는 듯한 느낌을 주었다.

"그게 그저……."

명훈이 막막한 기분으로 그렇게 변명하려는데 다시 경진이 끼어들었다.

“어머니, 안 되겠어요. 우리 여기서 이러지 말고 어디 조용한 데 가서 얘기해요.”

오래 한 집에 살았던 며느리처럼 그렇게 어머니를 달래 놓고 한동안 명훈을 빤히 쳐다보더니 나지막하면서도 또렷하기 그지없는 목소리로 말했다.

“그전에 먼저 약속 하나 해 주실 수 있겠어요?”

“뭘?”

“이젠 비겁하게 달아나지 않겠다는 걸. 무안하고 두렵다고 숨어버리지 않겠다는 걸.”

“내가 언제…….”

“어쨌든 약속하실 수 있어요, 없어요? 정 약속하지 못하시겠다면 여기서 모든 걸 결정지을 수밖에 없고요.”

“그거야 뭐, 그러지. 까짓 거…….”

다시 힐끗 뒤를 돌아보는 앞자리 사내의 눈길에 쫓기듯 명훈이 그렇게 약속했다. 그제야 경진이 핸드백을 집으며 자리에서 일어나 뒤따라 일어나는 어머니를 부축했다. 그러고 보니 경진도 못 본 1년 사이에 몇 년은 더 늙어 버린 듯했다.

다방을 나온 그들이 자리를 옮겨 잡은 것은 근처의 깨끗한 한식집이었다.

점심때가 지나서인지 빈방이 많아 그들은 두 사람분의 식사 주문만으로도 조용한 방 한 칸을 차지할 수 있었다. 종업원이 주문을 받아 가고 그들만 남게 되자 어머니가 대뜸 말했다.

"인철이한테 니 얘기 들었다. 돈은 쪼매 버는지 몰따마는 왠지 마뜩한 돈 같잖다. 거다가 니한테 맡기 놨다가는 밑도 끝도 없고 죽도 밥도 될 같잖아 자(저 애)하고 우리끼리 의논해 정한 게 있니라. 그 얘기 하자꼬 이래 니를 불렀다."

그런 어머니의 말투는 단호하기 그지없었다. 명훈은 아직 멍한 중에도 그 결정의 내용이 궁금했다.

"무슨…… 일입니까?"

"니 결혼 날 잡았다. 음력으로는 구월 초이레고 양력으로는 시월 5일이다. 촉박하기는 하다마는 이만 하믄 서울 와 사는 일가친척들한테 청첩장 돌릴 시간은 된다. 자(저 애) 집도 좋다 카드라. 밤이 길믄 상그러운(좋지 못한) 꿈도 길다꼬, 이런 일 원래 오래 끄는 법이 아이라. 거다가 너 새(사이)도 너무 오래됐다. 자가 돌내골 와서 자고 간 것만 쳐도 이기 하마(벌써) 몇 년이로? 서른을 넘긴 니 나이도 글치마는 스물일곱 드는 자 나이도 처자 나이로는 만만찮다."

"그렇지만……."

"니는 더 긴말 할 거 없다. 하마 자하고 의논한 게 많다. 니는 잔말 말고 내 하라 카는 대로 따라하믄 된다. 어디서 뭘 하고 지내는지 몰따마는 거다로 다시 돌아갈 생각은 마라. 인제부터는 우리하고 같이 지내야 한다. 아이, 자가 니하고 인제부터는 꼭 같이 있을라 카드라. 두 번 다시 니를 안 띄울라(놓치려고) 카드라……."

어머니의 말은 한결같이 단정적이었다. 그러나 가만히 듣고 있으면 어딘가 자신의 의사라기보다는 누구에게서 지시받은 것을 전달하거나 통고하는 듯했다. 아무래도 몸 하나 까닥 않고 자신만을 바라보고 있는 경진이 의심스러웠다.

"이거 어떻게 된 거야? 무슨 일이야?"

명훈이 만난 뒤 처음으로 스스로 경진에게 말을 걸었다. 너무나도 돌연스러운 결정들이 준 충격 때문에 그녀에게 느끼는 죄의식을 잊게 해 준 것이었다.

"들으신 대로예요. 왜, 뭐 잘못된 거 있어요?"

경진이 눈 한 번 깜박 않고 그렇게 또박또박 대답했다. 명훈은 그런 그녀의 태도에 갑자기 숨이 콱 막혀 오는 기분을 느꼈다.

"하지만 결혼이란 것이……."

"그래요. 결혼은 두 사람이 하는 거죠. 하지만 이번 경우에는 저 혼자서 결정할 수밖에 없었어요."

"그게 무슨 말이야?"

명훈이 별생각 없이 그렇게 물었다. 그러자 경진이 명훈을 매섭게 쏘아보며 되물었다.

"정말 몰라 물으세요?"

그러는 그녀의 두 눈에서는 언젠가처럼 새파란 불길이 이는 듯했다. 이 여자가 내 현재를 어디까지 알고 있을까. 언뜻 생각이 거기에 미치자 명훈은 절로 움츠러들었다. 하지만 모든 걸 그녀의 결정대로 받아들일 수는 없었다.

"나는 아직 결혼할 준비가 안 됐어. 너하고는 더욱."

명훈은 억지로 오기를 일으켜 만난 뒤 처음으로 강한 어투를 썼다. 그때 마침 시킨 음식들이 들어오기 시작했다. 명훈은 내친 김이라 더욱 거침없이 나갔다.

"어이, 여기 맥주도 두 병 가져와!"

명훈이 그렇게 술을 주문하자 경진이 차갑게 말했다.

"안 돼요. 우선 술부터 줄이세요. 이봐요, 여기 맥주 필요 없어요!"

그렇게 되면서 방 안은 두 사람의 눈에 보이지 않는 싸움터로 변해 갔다. 경진과 어떤 묵계(默契)가 있었는지 어머니도 인철도 말없이 그런 명훈과 경진을 바라만 보고 있을 뿐이었다.

"야, 너 뭘 단단히 오해하고 있는데…… 나 정말 결혼할 마음 없어. 특히 너하고는. 그렇게도 몰라? 그때 너희 집에 가지 않고 바로 사라진 거, 그게 바로 너와 결혼할 수 없다는 뜻이었다고."

그녀에게는 쓰지 않던 거친 말투였다. 술이 그리 절박하게 필요한 것은 아니었지만 자신의 의사가 경진에 의해 저지된 게 난감하기 그지없어 그렇게 그녀의 결정을 흔들어 보려 했다. 하지만 그녀는 그런 명훈의 충동질에 흔들리지 않았다.

"좀 조용하세요. 잘한 것도 없으면서…… 지금 어머님과 인철 씨가 식사하고 계시잖아요?"

오래된 아내처럼 그렇게 핀잔을 주어 놓고 명훈은 아예 무시한 채 식사가 끝날 때까지 이것저것 어머니와 인철의 시중을 들었다. 그러면서 그들과 그런 자리에 어울리는 담소를 나누는 게 그렇게 자연스러울 수가 없었다.

명훈은 까닭 모를 소외감까지 느끼며 그들이 하는 대로 내버려 두었다. 애꿎은 보리차만 비워 대다가 그들의 식사가 거의 끝나 갈 무렵 해서야 그도 전략을 바꾸었다. 경진을 무시한 채 어머니를 대화 창구로 삼는 방식이었다.

"그런데 어머님, 이거 어떻게 된 겁니까?"

"뭐 말이로? 우리가 노량진 철길가에 세 들어 사는 꼴은 니가 보고 갔고오, 경기도 광주 대단진강 어딘강 갔던 얘기는 인철이한테 대강 들었을 게고, 내 식모살이 나서고 옥경이 공장 간 일도 알게고…… 야(이 아이) 만나게 된 일 말가?"

"그 일도 그렇지만 이 뚱딴지 같은 결혼 얘기는 뭡니까?"

"야는 인철이한테 듣고 내 일하는 집에 찾아왔대. 그래서 보이, 내 하마 돌내골서 볼 때부터 알았다마는, 갈 데 없는 우리 집 사람이라. 그래고 뚱딴지 같다이, 어째 니 결혼이 뚱딴지 같노? 니 나이가 적나? 너어(너희) 만난 게 어제아래(엊그제)라? 남은 밤잠 안 자 가며 어예든 산지사방 흩어진 이 집 다시 세워 볼끼 궁리해 짜낸 겐(것인)데……."

"우리 집 망한 거 벌써 20년 지난 일입니다. 이제 갈 데까지 다가 어머니까지 식모살이 나선 마당에 저 하나 마음에도 없는 결혼한다고 다시 일어섭니까?"

어머니의 말이 하도 태평스러워 명훈은 울컥 짜증이 났다. 거기다가 경진에게서 느껴지는 까닭 모를 억눌림 같은 것이 짜증을 더해 자신도 모르게 목소리를 높였다.

"집이 망했다는 거는 사람이 망했다는 뜻이다. 글치만 니나(너나) 모를까, 우리는 아무도 망한 사람이 없다. 인철이 어엿한 일류대 학생이고, 내나 옥경이 남의 밑에서 험한 일 한다꼬 해서 망했다고는 못 칸다. 새로 올 이 사람도 소학교 선생이니 망한 사람은 아이고……. 그러이 니만 지자리에 돌아오믄 된다."

어머니는 무슨 속셈에선지 여전히 태평스럽기만 했다. 그러나 명훈은 짜증을 넘어 화까지 났다.

"집도 절도 없는데 돌아가긴 어디로 돌아가요?"

"집이 없기는 왜 없어? 너만 돌아오믄 집은 곧 생긴다. 나도 설만 나믄 다 때리치우고 그 집에 돌아갈 게고 옥경이를 공장에서 집으로 불러들이는 것도 너어 하기에 달렸다."

그때 경진이 끼어들었다.

"어머님, 그 얘기는 제게 맡겨 주세요. 저 사람하고 정말 할 얘기가 많아요."

그러자 어머니는 잊고 있었다는 듯 갑자기 자리를 털고 일어났다.

"맞다. 그래기로 했제. 하기는 나도 인제 들어가 봐야 한다. 남의 집 사는 사람이 하루 종일 나와 어예 이래 오래 천연시리(스레) 앉아 있을 수가 있겠노? 그럼 나는 드가 볼란다. 인철이 니는 어엘(쩔)래?"

"저도 들어가 봐야 해요. 시험 준비가 있어서……."

사전에 무슨 약속이라도 있었는지 인철도 따라 일어났다. 자신을 그곳으로 불러내기까지 무슨 일이 있었는지를 전혀 알지 못하는 명훈으로서는 이용 가능한 정보원(情報源)인 그들이 한꺼번에 일어서자 답답하기 그지없었다. 험한 눈길로 인철을 따라잡으며 다시 자신도 모르게 목소리를 높였다.

"가긴 어딜 가? 이게 어떻게 된 건지 영문이나 일러 주고 가야 할 거 아냐?"

그러자 어머니가 느긋하게 돌아보며 인철을 대신해 받았다.

"야가 뭘 아노? 지사 우리가 시키는 대로 했제. 얘기는 거기 새 사람한테 듣거라."

그러는 품이 이미 경진을 며느리로 보고 하는 소리 같았다. 거기 화답하듯 경진이 상냥하게 작별 인사를 했다.

"그럼 어머니, 안녕히 가세요. 제가 곧 다시 찾아뵐게요."

명훈은 어이가 없어 엉거주춤 일으켰던 몸을 다시 주저앉혔다. 경진은 어머니를 마당까지 전송한 뒤에야 돌아왔다.

"이거 정말 무슨……."

다시 방 안으로 들어서는 경진에게 거칠게 따지려던 명훈은 갑자기 입이 얼어붙는 느낌에 말을 삼켰다. 명훈 맞은편에 살풋 앉으면서 고개를 들어 자신을 바라보는 경진의 눈길 때문이었다. 그때껏 세상에서 본 그 어떤 것보다 섬뜩한 느낌을 주는 눈길이었다. 이어 새어 나온 그녀의 목소리도 아직 남아 있는 술기운을 한꺼번에 싹 씻어 내는 차가움과 날카로움이 있었다.

"이제부터 무엇이든 묻거나 따지려 들지 마세요. 변명하려 들지도 말고."

그러고는 상 위에 놓인 핸드백을 들며 일어났다.

"따라오세요."

앞장서 나가 계산을 마친 경진은 곧장 큰길로 나가 택시를 잡았다. 그런데 알 수 없는 것은 명훈이었다. 이를 악무는 듯한 그녀의 당부가 무슨 깨지 못할 암시라도 된 듯 명훈은 행선지조차 물어보지 못하고 그녀를 따라 택시에 올랐다.

"성남으로 가요."

무슨 중죄인(重罪人)이라도 호송하듯 명훈을 뒷좌석 안쪽으로 밀어 넣고 뒤따라 택시에 오른 그녀가 짤막하게 행선지를 말했다. 아직은 성남보다는 광주 대단지로 더 잘 알려진 그곳으로 왜 자신을 데려가는지 궁금했으나 이번에도 명훈은 묻지 못했다. 명훈을 아예 무시하듯 창밖으로 눈길을 돌리고 있는 그녀의 찬바람 도는 옆모습 때문이었다.

차가 막히지 않는 시간이어서 그런지 차는 금세 시내를 빠져나가 제3한강교를 넘었다. 그리고 아직은 허허벌판이나 다름없는 강남을 지나 천호동 쪽으로 빠졌다. 그때 명훈은 혹시 그녀가 자신을 모니카의 요정으로 데려가는 게 아닌가 가슴이 철렁했으나 아니었다. 차는 내처 천호동을 지나 광주 대단지로 향했다.

성남에 이를 때까지 거의 한 시간을 경진은 어떤 표독스러움까지 풍기면서 말없이 창밖만 바라보았다. 그러다가 차가 대단지에 들어서서야 이리로요, 저리로요 하면서 가야 할 방향을 지시했다. 명훈이 보기에는 그곳 지리에 익숙한 것 같았다.

경진은 천막이나 거친 블록 집으로 이루어진 중심 상가에서 서너 골목 안으로 들어간 어떤 갈림길 앞에 택시를 세웠다. 자동차 두 대가 엇갈리기 어려울 정도의 좁은 길을 중심으로 구획 지어진 주택가인 듯한데, 이제 한창 집들이 들어서는 중이었다. 더러는 천막도 있었으나 대부분은 판잣집이나마 성의껏 지은 집들이었고, 개중에는 제법 멋을 부려 지은 블록 집도 있었다. 천막들이 걷히고 아직 남은 공터가 제대로 된 집들로 채워지면 그런대로 아담한 서민 동네가 될 듯싶었다.

"들어오세요."

그중에 한 블록 집으로 들어간 경진이 핸드백에서 열쇠를 꺼내며 짤막하게 명령했다. 명훈은 여전히 암시에 걸린 사람처럼 그런 그녀를 따라 그 집 안으로 들어갔다. 경진은 대여섯 평도 안 돼 보이는 좁은 마당을 가로질러 애초부터 세를 주기 위해 지은 듯한 ㄷ 자 본채 구석방 앞으로 가더니 자물쇠를 열었다.

방 안은 깨끗하게 정돈되어 있었다. 그중에 낯익은 어머니의 재봉틀과 종이를 바른 버드나무 고리짝이 있는 걸 보고 명훈은 그게 자기들 일가와 관련 있는 방임을 알아차렸다. 그러나 아무도 와 살지 않는 그런 방이 왜 필요한지는 알 길이 없었다.

"여기가 당분간 명훈 씨가 머무를 방이에요. 이쪽은 부엌이고."

먼저 방으로 들어간 경진이 방 한쪽의 미닫이를 열어 보이며 말했다. 거기에는 한 평 남짓한 좁은 부엌이 딸려 있었다. 몇 개의 취사도구가 역시 가지런히 정돈되어 있는 게 보였다. 모두가 새로 마련한 것들 같았다.

"이게 무슨 도깨비장난인지 모르겠네. 그럼 나더러 여기 와 살란 말이야?"

명훈이 더는 참지 못하고 물었다. 경진이 그 말에 눈을 하얗게 흘기더니 다시 핸드백을 집어 들었다.

"따라오세요."

방을 나온 경진은 꼼꼼히 자물쇠를 채운 뒤 다시 명훈을 끌고 그 집을 나왔다. 이번에 그녀가 간 곳은 거기서 다시 한 블록쯤 안으로 들어간 골목길의 한 공터 앞이었다.

"잘 보아 두세요. 여기가 우리 집터예요. 어머니가 마련해 두신……."

이미 앞뒤로 집이 들어서인지 명훈에게는 실망스러울 만큼 좁은 대지(垈地)였다.

"서른 평이에요. 원래 어머니가 노량진 집 세입자(貰入者) 자격으로 받은 분양증은 열 평짜리 무딱지였는데, 스무 평짜리 딱지를 사 보태 키우셨다더군요. 원래의 전세방을 사글세로 바꾸고 따로 갈무리해 두셨던 돈으로…… 나대지로 있어서 좁아 보이지만 잘만 지으면 당분간 우리 몇 식구가 살 집으로는 넉넉할 거예요."

명훈의 눈치를 읽었는지 경진이 서울을 떠난 후 처음으로 설명조의 말을 했다. 그러자 명훈은 더 듣지 않아도 어머니와 경진이 계획하고 있는 일이 무엇인지 알 수 있을 것 같았다.

"하지만 대지만 있다고 집이 저절로 지어지는 거야?"

명훈은 돌내골에서 겨우 열 평 남짓한 토담집을 얽느라 그토록 고생했던 일을 문득 떠올리며 이 아이가 몰라도 너무 모르는구나, 하는 기분에 자신도 모르게 빈정거리는 말투가 되어 받았다.

"그리고 집만 있다고 살아?"

"그 얘긴 돌아가서 해요."

경진이 갑자기 말머리를 돌리고 명훈을 다시 셋방으로 끌었다. 그때는 명훈도 경진이 오래 함께 산 아내 같은 느낌이 들었다. 하지만 그런 은연중의 화해는 오래가지 못했다.

"저녁을 먹으려면 시장을 봐 와야겠어요."

방으로 돌아간 경진은 부엌에서 헌 장바구니 하나를 찾아 들고 집을 나서며 말했다. 그러다가 순간적으로 자신의 불확실한 처지가 떠올랐는지 다시 차게 굳어진 얼굴로 덧붙였다.

"방 안에 그대로 계세요. 만약 여기서 한 발짝만 나가면 그때는……"

그렇게 말끝을 흐렸지만 명훈의 가슴에 와 닿은 단속의 효과는 컸다. 명훈은 다시 그 어떤 무서운 위협을 당한 사람보다 더 충실히 그녀의 당부를 지켰다. 한참 뒤 돌아온 그녀가 부엌에서 부스럭거릴 때까지 정말로 방 안에서 꼼짝 않고 담배만 태우고 있었다.

한 남자와 한 여자가 부부로 맺어진다는 것은 필연이나 우연으로만 간단하게 설명할 수 없는 무엇이 있다고 한다. 사람들이 연분이라고도 하고 운명이라고도 부르는 어떤 것. 그런데 저 아이와 나를 이렇게 맺으려 드는 것은 무엇일까 —. 경진이 다시 방 안으로 돌아오기를 기다리면서 명훈은 줄곧 그런 생각을 했다. 그만큼 그녀와 자신의 결혼이 실감 나지 않는다는 뜻이기도 했다.

그게 조금씩 실감으로 다가온 것은 조촐한 저녁 식사 뒤 경진이 다시 집 얘기를 꺼내고부터였다. 그녀는 핸드백을 뒤져 봉투 하나와 저금통장, 그리고 도장 하나를 꺼냈다.

"봉투에 든 것은 지난 1년 어머님께서 밤새 버선 기워 모으신 5만 원이에요. 원래 가지고 계시던 것에다 이번에 주인집에서 연말까지의 월급을 당겨 채우신 거예요. 그리고 그 저금통장은 제 것이에요. 20만 원에서 조금 모자라요. 거기서 5만 원은 우리 결혼 비용으로 제쳐 놓고 나머지는 집 짓는 데 보태 쓰세요. 잘은 모르지만 명훈 씨만 노력하면 방 세 개짜리 건평(建坪) 여남은 평 집은 참하게 지을 수 있을 거라더군요."

"서울에서도 한 시간은 달려와야 하는 이 허허벌판 같은 철거민 이주지에다 집 한 채만 지으면 삶이 모두 해결된다는 식이군. 여긴 먹지 않고 입지 않아도 살 수 있는 곳이야?"

"저 전출원(轉出願) 냈어요. 이곳은 취학아동이 많아 기존 학교 시설로는 어림도 없어요. 신설 국민학교가 하나도 아니고 여럿 생길 텐데, 근무 환경은 벽지(僻地) 도서(島嶼)보다 나을 게 없을 거예요. 따라서 제 전출원은 어렵잖게 받아들여질 테지요. 어머니도 이리로 돌아오시면 예전에 하시던 바느질로 이제는 어느 정도 생활이 되실 거고요. 이곳은 벌써 이주해 온 인구만도 10만이 넘고 앞으로 또 얼마나 올지 몰라요. 많게는 60만 이상의 대도시를 예측하는 사람도 있어요. 명훈 씨도 이곳에 진득이 터를 잡고 찾아보면 무언가 할 일이 있을 거예요."

"둘이서 머리를 맞대고 멀리도 내다보았네."

감동을 숨긴다는 것이 자신도 모르게 그런 빈정거림이 되어 흘러나왔다.

"명훈 씨이."

경진이 갑자기 날카로운 목소리로 명훈을 불러 놓고 한참을 가만히 쏘아보았다. 아득히 오래되었지만 기억에 있는 눈빛이었다. 몇 년 전인가, 그녀가 돌내골로 찾아왔을 때…… 명훈은 그 옛 기억을 떠올리며 절로 움찔했다.

"이렇게 태연스럽게 말하고 있는 나, 실은 그리 태연스럽지 못해요. 아시겠어요? 나도 죽는 것보다는 낫겠다는 심정으로 어렵게 어렵게 결정한 거라고요."

경진이 다시 자신의 감정을 억누르려고 애쓰며 그렇게 말했다. 그런 그녀의 눈에는 어느새 눈물이 가득 괴어 있었다. 명훈은 거기서 하마터면 모든 저항을 포기할 뻔했다. 하지만 문득 자신의 참담한 전략에 생각이 미치자 아무래도 그대로 받아들일 수 없다는 기분이 들었다. 자신보다는 그녀를 위해서였다.

"그렇게 어려운 결정을 왜 했어?"

명훈은 억지로 짜낸 빈정거림으로 자신의 감정을 감추며 물었다.

"또, 또…… 제발 그놈의 허세 좀 버리세요. 때가 되고 필요하면 정직할 줄도 아시라고요."

경진이 이제는 대들듯 그렇게 말해 놓고 더는 못 참겠다는 듯 울음을 터뜨렸다. 아무래도 명훈으로서는 짐작할 길이 없는 마음속의 고통을 잠시 그 울음으로 가라앉히려는 듯했다. 하지만 그때까지만 해도 명훈은 그녀가 자신이 모니카와 지낸 몇 달을 속속들이 다 알고 있다고는 생각하지 못했다.

"나는 지금 정직하게 말하고 있는 거야."

명훈이 그렇게 버티자 경진이 바로 흐느낌으로 받았다.

"그럼 술집 마담의 기둥서방으로 사는 게 정직하다는 거예요? 그렇게 진창을 구르다가 흐물흐물 썩어 가는 게 정직한 거예요?"

그 말을 듣자 명훈은 문득 발밑이 와르르 무너져 내리는 것 같았다. 그녀와 결혼을 하든 안 하든 그 일만은 그녀에게 알리고 싶지 않았는데 이제 바로 그녀의 입을 통해 듣게 된 까닭이었다. 아마도 인철에게서 들은 전화번호로 모든 걸 추적한 듯했다.

"저도 이 말을 하지 않고 모든 게 끝나 주기를 바랐어요. 그런데 기어이 내 입으로 말하게 해야겠어요? 꼭 당신을 상하고 나를 상하게 해야겠어요?"

경진은 두 볼을 줄줄이 타고 내리는 눈물을 닦으려고도 않고 명훈을 쳐다보며 소리쳤다. 이미 더는 저항하기 어렵다는 걸 느끼면서도 명훈은 마지막 힘을 짜내 버텨 보았다.

"그래서 우리 결혼은 안 된다는 거야. 나는 이미 네 남편이 될 자격을 잃은 사람이야. 아니, 네가 알던 이명훈은 이미 죽었다고. 혼은 죽고 고기만 어찌어찌 살아남아 움직이고 있을 뿐이야. 그 고기나마 편하게 살다가 썩게 두라고."

"안 돼! 그렇게 말하면 안 돼. 이제 더 말하지 마세요."

"여자는 신데렐라의 꿈 아니면 평강공주의 꿈을 꾼다고 하더군. 혹시 너 나를 상대로 평강공주의 꿈을 꾸는 거 아냐? 그렇다면 제발 꿈 깨. 여긴 그 온달도 없어. 있다면 겨우 죽어서도 썩지 못한 온달의 시체나 있을 뿐이라고."

"그만하시라니까요. 제발 그만하세요! 때로는 위악(僞惡)이 위선보다 훨씬 역겹다고요."

그녀가 두 손까지 저어 가며 명훈의 말을 저지하려다가 갑자기 자포자기한 사람처럼 명훈에게로 몸을 던지며 외쳤다.

"그래도 당신은 나를 사랑하잖아!"

움트는 싹

어머니가 그려 준 약도대로 따라가면서 인철은 어딘가 그 동네가 낯익다는 생각이 들었다. 하지만 아무리 기억을 더듬어 보아도 오류동(五柳洞) 야산 비탈에 온 적은 없었다. 그러다가 옥경의 자취방에 이르는 마지막 골목길로 들어서면서 인철은 비로소 왜 그곳이 낯익어 보이는지 알 것 같았다. 한 달 전인가, 노광석과 함께 갔던 사당동 달동네 때문이었다. 동네는 달라도 힘겹게 서울특별시에 편입돼 살아가는 사람들의 주거(住居)가 가지는 공통성이 그런 느낌을 준 것임에 틀림없었다.

옥경이 세 들어 사는 집은 뒷날 '닭장 집'으로 알려진 그런 집이었다. 처음부터 세를 놓기 위해 좁은 공간에 넣을 수 있는 한 많은 방을 넣어 그런 이름을 모르는 인철에게도 닭장을 연상시켰다.

옥경의 방 앞에 가지런히 벗어 둔 운동화 두 켤레가 일요일이라 옥경이 없을지도 모른다고 은근히 걱정해 온 인철을 안심시켰다.

"옥경이, 옥경이 있어?"

같이 자취하는 친구가 있다는 말을 들은 인철은 바로 문을 열지 못하고 문 앞에서 그렇게 먼저 옥경을 불렀다. 그러나 방 안에 인기척이 느껴지는데도 대꾸가 없다가 인철이 두 번 세 번 되풀이한 뒤에야 누가 웅얼거렸다.

"으, 으응. 누구야?"

"나야. 오빠다. 문 열어도 되겠니?"

"으응, 오빠? 오빠……."

그러나 그 목소리는 옥경의 것이 아니었다. 그걸 알아들은 인철이 물음을 바꾸었다.

"저 여기 옥경이 없어요? 이옥경이."

그러자 잠에 취한 다른 목소리가 대답했다.

"오빠? 오빠야?"

이어 방 안에서 무언가 부스럭거리는 소리가 나더니 잠기가 걷힌 옥경의 목소리가 새어 나왔다.

"오빠가 웬일이야? 잠깐 기다려."

그래 놓고 함께 있는 친구를 깨우는 소리가 나더니 얼마 뒤에 문이 열렸다. 딸그락하는 소리로 보아 안에 별도로 잠금장치를 가지고 있는 듯했다.

그새 이불은 개켜져 있었으나 둘의 얼굴은 아직도 단잠에서 깨어난 흔적을 다 지워 내지 못하고 있었다. 그 이유를 짐작하자 인철은 가슴이 아팠다. 반가움을 못 이겨 밝게 웃고 있어도 옥경의 얼굴에도 푸른 그늘처럼 피로가 얼룩져 있었다.

"뭐야? 말만 한 처녀들이 열 시가 넘도록 늦잠이나 자고……."

"어제 야근을 했어. 아침 여섯 시에 교대하고 돌아왔거든."

옥경이 숨기지 않고 이유를 밝혔다. 그 말을 듣자 인철은 옥경에게보다 함께 있는 친구 때문에 뒤늦은 사과를 했다.

"그랬어? 미안하게 됐다. 내가 좀 있다가 올걸."

"아니, 어차피 일어날 시간이야. 차라리 잘 깨워 줬어."

옥경이가 그렇게 대답해 놓고 그제야 친구를 돌아보았다.

"인사해. 우리 오빠야. 내 접때 얘기했지? 우리 작은오빠."

"안녕하세요? 옥경이하고 여기서 같이 지내고 있어요. 말씀 많이 들었어요."

목소리만큼이나 순하게 생긴 얼굴이었다. 옥경이 그런 그녀를 소개했다.

"보은(報恩)에서 올라온 앤데 회사 기숙사에서 나올 때부터 함께 방을 쓰고 있어. 별명이 부처님 가운데 토막이야."

그래 놓고 그녀에게 상기시켰다.

"너 참, 시내에서 열두 시 약속이라고 하지 않았어?"

그 말을 들은 아가씨는 얼른 시계를 보더니 급하게 세면도구를 챙겨 들고 밖으로 나갔다. 둘이 남게 되자 인철이 먼저 말했다.

"너도 나가자. 아침도 먹어야 하고……."

"나는 새벽에 참을 먹어 생각 없어. 오빠가 먹지 않았다면 모를까."

"나는 하숙집에서 먹고 왔어."

"그럼 여기서 얘기해. 나가 봐야 어디든 돈이야. 그런데 방금 하숙집이라고 그랬어?"

"응, 그거? 형님 덕분에 몇 달 호강하고 있어."

"큰오빠가? 그럼 큰오빠가 돌아왔어?"

거기서 인철은 잠시 난감한 기분이 들었다. 얼마 전까지 명훈이 빠져 있던 상태 때문이었다. 그러나 확실치도 않은 일로 옥경의 기분을 언짢게 하기보다는 바로 찾아온 용건으로 들어가기로 했다.

"실은 그 때문에 왔어. 형님이 돌아오셨을 뿐만 아니라 시월 초순에 결혼하시게 됐어. 엄마가 널 찾아오려 하시다가 아무래도 남의집살이라 몸을 빼기 나빠 내게 알리랬어."

"그래? 색싯감은? 갑자기 누구랑 결혼해?"

"너 기억나니? 전에 우리 개간할 때 돌내골에 한 번 내려온 적 있는 그 아가씨. 경진 누나."

"그럼 오빠가 그 언니와 같이 있었던 거야? 그러면서 지금껏 우리한테 아무 연락도 안 한 거야?"

옥경의 목소리에 가볍게 원망의 어조가 실렸다. 인철이 다시 난감해하면서도 형을 변호했다.

"그건 아니야. 형님도 그간 고생이 많으셨던가 봐. 당분간은 집으로 돌아올 생각이 없으셨는데, 경진 누나가 억지로 형을 끌고 온 셈이야."

그래도 옥경은 선뜻 마음이 풀리지 않는 듯한 말투였다. 큰오빠 명훈을 워낙 아버지처럼 의지해 온 터라, 그동안 자신을 버려둔 데 대한 원망이 적지 않은 듯했다.

"큰오빤 어디서 뭘 하셨는데? 결혼해서는 어떻게 살려고?"

"이것저것 하신 모양이야. 하지만 중요한 건 앞날이지 뭐. 지금 성남(광주 대단지)에서 집을 짓고 계셔. 우리 집."

"우리 집?"

"그래, 전에 어머니가 사 두었던 분양증 있지? 그걸로 받은 땅에다 짓는데, 서너 평 되는 큰 방만 해도 세 개야. 게다가 경진 누나가 국민학교 선생이니 그 월급만 가지고도 집만 되면 당장은 그럭저럭 살 수 있을 거야."

그사이 세수를 마친 옥경의 동숙생(同宿生)이 들어와 나갈 채비를 했다. 자신이 방 안에 있는 걸 거북해하는 것 같아 인철이 다시 옥경에게 말했다.

"어쨌든 우리 나가자. 아무래도 숙녀들 방에 이렇게 버티고 있는 게 실례인 것 같아."

"하긴…… 그렇지만 누가 오기로 되어 있는데."

"누가?"

그러자 옥경의 얼굴이 살짝 붉어졌다가 별거 아니라는 듯 웃으며 말했다.

"그러고 보니 오빠도 알 만한 사람이야."

"내가 아는 사람이라고?"

"그래, 만나면 알아볼 수 있을 거야. 그건 그렇고 올 때가 다돼 가는데. 좋아, 그럼 잠깐 오빠는 나가서 기다려."

생각보다 옥경의 외출 채비는 오래 걸렸다. 인철이 낮은 처마 아래서 점점 뜨거워져 오는 햇볕을 피하고 있는데 세수를 하고 전기다리미를 빌리고 하며 들락날락하던 옥경은 거의 십오 분이 넘어서야 방을 나왔다. 별나게 꾸민 티는 안 났지만 나름대로는 갖춰 입은 차림 같았다. 그런 옥경이 굽 낮은 구두를 신는 걸 보고 있는데 등 뒤에서 굵은 목소리가 들렸다.

"저어……."

인철이 돌아보니 몹시 눈에 익은 얼굴이었다. 상대편도 같은 느낌인지 움찔하는 것 같았다. 그때 옥경의 밝은 목소리가 소리쳤다.

"왔어? 지석(智錫) 오빠. 안 그래도 오빠 때문에 어쩌나 하고 있었는데 마침 잘 왔어."

옥경이 방금 들어선 청년을 보고 그렇게 말해 놓고 다시 인철을 보았다.

"오빠, 이 사람 어디서 본 것 같지 않아? 못 알아보겠어?"

그 말에 인철은 다시 그 청년을 살펴보았다. 나이는 자신과 같은 또래로 보이는데 약간 각진 턱이며 번듯한 이마가 눈에 익으면서도 누군지 얼른 알아볼 수가 없었다. 인철을 먼저 알아본 것은 오히려 그 청년 쪽이었다.

"혹시, 인철 형……."

그제야 인철도 그를 알아볼 수 있었다. 지석이, 권지석이……. 옛 갈릴리고아원 시절의 형제였다.

또래도 아니고 같은 방을 쓰지도 않았는데 인철이 그를 그렇게 잘 기억할 수 있는 것은 고아원에 들어가기 전에 있었던 일 때문이었다. 국민학교 5학년 초여름이었던가, 하루는 옥경이 울며 인철의 교실을 찾아왔다. 짝꿍인 남학생이 괴롭혀 오빠에게 이르려고 온 길이었다. 인철이 옥경의 교실로 달려가니 지석은 겁내지도 피하려는 기색도 없이 제자리에 버티고 앉아 있었다.

학년이 셋이나 아래라는 것만 믿고 달려간 인철은 먼저 그의 차림을 보고 멈칫했다. 검은 광목 팬티와 갈색 줄이 있는 시마지 천으로 성의 없이 지은 러닝셔츠. 차림만 보고도 고아원 아이임을 금세 알 수 있었다. 그때는 학교 아이들 누구도 고아원 아이와 시비를 하려고 하지 않았다. 학년마다 고아원 형제들이 서넛씩은 있어 잘못 건드렸다간 벌 떼 같은 그들의 공격을 받게 되기 때문이었다.

거기다가 그때 더욱 인철을 흠칫하게 한 것은 그가 해 놓은 짓이었다. 옥경과 둘이 쓰는 책상에는 정확하게 책상을 반분(半分)하는 선이 그어져 있었는데, 그 선을 넘어간 옥경의 물건은 무엇이든 예리한 칼로 선을 넘어간 만큼 잘려 나가 있었다. 3분의 1쯤 잘려 나간 연필, 귀퉁이가 삼각형으로 날아간 공책, 그리고 절반쯤 잘려 나간 책받침은 잘려 나간 단면의 정확함 때문에 더욱 섬뜩했다.

"야 인마, 너 왜 이랬어?"

그래도 달려간 기세가 있어 인철이 멱살을 잡으며 소리쳤다. 그러나 녀석은 눈도 깜박 않고 말했다.

"이 선을 넘으믄 뭐든 똥갈랐(짤라)뿐다꼬 캤는데, 저 가스나가 남의 말을 안 듣고……."

"아냐. 변소 갔다 오는 사이에 누가 우리 책상을 밀어 내 물건이 선을 넘어갔을 뿐인데 재가 저렇게 만들어 놨어."

옥경이 울면서 경위를 설명했다. 그 말을 듣자 인철도 더는 참을 수 없었다. 귀싸대기를 한 대 올려붙이고 발길질을 했다. 2학년이면서도 녀석의 덩치는 인철만 했다. 그런데도 어찌 된 셈인지 그 녀석은 가만히 맞고만 있었다.

거기다가 더욱 이상한 것은 그다음이었다. 홧김에 주먹질을 하고 오기는 했지만 언제 그의 고아원 형제들이 몰려들지 몰라 인철은 그날 오후 내내 불안했다. 그런데 그날 수업이 끝나고 집으로 돌아갈 때까지 그 학교에 다니는 여남은 명 고아원 아이들 가운데 누구도 인철을 찾아오지 않았다.

뿐만이 아니었다. 나중 인철 남매가 그 고아원으로 갔을 때 그들 주위를 돌며 가장 은근하게 대해 준 것은 녀석이었다. 세 학년이나 차이가 나지만 나이는 인철보다 한 살밖에 적지 않은데도 깍듯이 형이라고 부르며 흔히 있을 수 있는 고아원 조무래기들의 텃세를 막아 주었고, 옥경에게는 보이지 않는 보호막 역할까지 하는 눈치였다.

"너였구나. 여기 있었어?"

"같은 공장은 아니고. 저 오빠는 2공단 합성수지 쪽이야."

옥경이 지석을 대신해 그렇게 대답했다. 지석은 반가움 때문인지 수줍음 때문인지 얼른 말을 받지 못하고 있다가 한참 뒤에야 머뭇거리며 말했다.

"옥경이한테 형 이바구(이야기)를 듣기는 했지마는 여기서 이렇게 만날 줄은 또 몰랐네. 참말로 세상 살다 보이……."

"그렇구나. 밀양은 언제 떠났어?"

"인자 3년 쪼매 넘었는 갑네. 중학교 졸업하고 막바로 갈릴리에서 나와 뿌랬으이……."

"거기 그냥 있으면 고등학교까지는 어떻게 마칠 수 있었을 텐데."

"머리 다 굵었다꼬 그랬는지, 중학교 마치고 나이 거기는 더 있기 싫데."

그때 다시 옥경이 끼어들었다.

"우리 여기서 이러지 말고 나가. 어디 가서 차라도 한잔하며 얘기하는 게 어때?"

인철도 오래 바깥에 서 있은 뒤라 두말없이 옥경의 말을 따랐다. 달동네여서 그런지 한참을 걸어 내려와도 세 사람이 들어가 앉을 만한 장소는 보이지 않았다. 앞서거니 뒤서거니 하며 비탈길을 내려가다가 인철이 문득 물었다.

"너희들 무슨 약속 있었던 거 아냐?"

"응, 그거? 사실은 교회에 가는 약속이었어. 지석 오빠가 가 보자는 교회가 있어서."

"교회? 너 그럼 교회 나가?"

인철이 약간 뜻밖이란 느낌으로 지석에게 물었다. 고아원 시절의 강요된 예배에 질려 원생(院生)들이 교인으로 남는 경우는 드물었다. 지석도 왠지 쑥스러워하는 표정으로 말했다.

"우짜다 보이 작년부터……. 그런데 왜 이상하나? 형도 옛날에는 교회깨나 끌리(끌려)댕기는 거 같았는데."

"갈릴리를 떠난 뒤로는 교회를 돌아본 적이 없어. 그런데 네가 다시 나가게 되었다니……."

"나도 뭐 예수를 억시기(매우) 믿는다는 뜻은 아이고오, 그양(그냥) 의지 삼아."

그러다가 갑자기 무얼 생각했는지 눈빛을 달리해 물었다.

"형, 수원이 형 기억하나?"

"물론. 그런데 그 형 소식 알아?"

인철도 무슨 소중한 것을 잃어버렸다가 갑자기 되찾은 사람처럼 놀라움과 반가움으로 목소리를 높였다. 솔직히 말하면 수원이 형은 한번 헤어지고 나서는 인철의 의식 표면에 별로 떠오른 적이 없었다. 아마도 그 뒤 인철의 삶이 너무도 거칠고 고단해서였을 것이다. 그러나 언뜻 보았지만 너무 황홀해서 결코 잊을 수 없는 빛무리처럼 수원이 형은 인철의 의식 깊은 곳에 아직도 생생하게 살아 있었다.

이제는 그저 길고 추웠던 겨울처럼만 기억나는 갈릴리에서의 3년 가까운 세월 동안 그가 인철에게 베푼 것은 많았다. 먼저 그는 인철을 익숙하지도 않고 아무런 의의도 느끼지 못하는 그곳의 성가신 노역에서 빼내 책과 함께 있을 수 있도록 해 주었다. 또 생존 환경이 척박할수록 내부 규율도 강화되게 마련인 수용 시설(受容施設)의 특성대로 엄격함을 넘어 가혹하기조차 했던 갈릴리의 위계질서(位階秩序)에서도 구해 주어, 약간은 외롭지만 그 폭력과 억압 때문에 인철의 정신이 손상당하는 것을 막아 주었다.

그렇지만 세월이 지날수록 더 선명해지는 기억은 그런 개인적인 호의에서 비롯된 것이 아니었다. 그보다는 그가 몸으로 보여 준 어떤 고귀함, 혹은 거룩함의 빛 같은 것이었다. 그가 백 명이 넘는 갈릴리 형제들에게 베푼 사랑과 그때만 해도 곳곳에 남아 있던 문둥이촌이며 거지 움막들을 제 집같이 드나들며 쏟던 기이한 열정은 아직 어린 인철에게도 깊은 인상을 남겼다. 거기다가 식사는 되도록이면 원생(院生)들과 같이하고, 아무리 추운 겨울도 겹옷을 입는 법이 없던 그의 자학(自虐)에 가까운 금욕과 절제를 떠올리면, 그에 관한 기억은 어느새 눈부신 광배(光背)까지 두르곤 했다.

"바로 오늘 만날 끼라. 소식을 아는 정도가 아이고 실은 옥경이를 델꼬(데리고) 갈라 카는 교회가 바로 수원이 형이 세운 교회라꼬. 비까번쩍한 교회에 나가는 사람들이 보면 아직 교회라 칼 것도 없지마는."

인철이 까닭 모를 부끄러움으로 수원이 형의 기억을 더듬고 있는데 지석이 그렇게 일러 주었다. 그런데 그 말이 다시 인철에게 야릇한 충격을 주었다.

수원이 형은 옛날에도 주일학교 아이들에게 가장 인기 있는 반사(班師)였고, 인철은 그가 밤새 눈물을 흘리며 열렬히 기도하는 것도 본 적이 있었으나 왠지 교회와 연관 지어 기억되지 않았다. 인철에게 인상 지어진 교회는 턱없이 웅장하기만 한 건물과 과장된 기도와 연보 주머니와 때로 어린 그에게까지 들키곤 하던 장로(長老)들의 싸움, 그리고 구호품 밀가루와 헌옷가지 같은 것이 뒤범벅이 되어 있는 어떤 것이었다. 그런데 수원이 형이 그런 교회의 사람이었다니, 아니 목사가 되어 있다니……. 당시는 휴학 중이었지만 그가 신학생(神學生)이었던 것만 떠올려도 당연한 일이 인철에게는 낭패스러운 기분이 들 만큼 난데없었다.

그 바람에 얼른 대꾸를 못 하고 있는데 옥경이 반가운 표정으로 한곳을 가리켰다. 나중에 케이크점이나 베이커리 따위로 이름이 바뀌게 되는 생과자점이었다.

"우리 저 빵집에 가, 저기 가서 잠깐 앉아 얘기해."

"맞다. 그기 좋겠다. 내는 다방에 갈라 카믄 당최 돈이 아까버서. 차 한 잔 값이믄 빵이 얼만큼이로."

인철 남매를 따라 생과자점으로 들어오며 지석이 그렇게 말했다. 그게 잠시 화제를 수원이 형에게서 떠나게 했다. 그 틈을 타 옥경이 궁금한 것을 물어왔다.

"그래, 집은 무슨 돈으로 지어? 나 아직 몇 푼 모으지 못했고, 엄마도 집 지을 만한 돈은 어림없을 텐데."

"경진 누나가 모은 돈이 좀 있는 모양이야. 자세히는 모르지만 집 짓고도 얼마간 남겨야 한다고 의논들 하는 것으로 봐서는 적어도 집 지을 돈은 되는 모양이던데."

"그래, 그건 반갑네. 서울 올라와 당한 집 없는 설움만으로도 눈물이 막 나오려고 그래. 그런데 남겨야 한다는 건 또 뭐야?"

"택지(宅地) 분양 대금. 어머니가 산 것은 딱지에 붙은 권리금일 뿐이잖아. 그게 우리 땅이 되려면 서울시에서 공고하는 분양가를 납입해야 된다나."

"그건 몇 푼 되지 않을 걸로 알고 있는데. 원래가 철거민들을 서울시가 억지로 끌어다 놓은 거 아냐? 거기서 제발 살아만 주면 고맙겠단 식으로……."

"그런데 그게 그렇지 않은 모양이야. 전매(轉買) 금지 공고가 났는데 자칫하면 호된 값을 물게 될지도 몰라. 우리 분양증, 그거 제대로 된 건 어머니가 딴 사람한테서 산 거잖아? 전매한 거. 아주 좋잖은 소문도 있고……."

그러다 보니 내막도 모르고 남매의 얘기를 듣고 있는 지석에게 신경이 쓰였다. 예의라기보다는 식구도 아닌 사람에게 집안 사정을 시시콜콜히 드러내고 있는 꼴이었기 때문이었다. 인철이 잠시 말을 끊고 지석을 힐끗 바라보자 그 뜻을 알아차린 지석이 말했다.

"내는 없는 심(셈) 잡고 둘이서 얘기하라꼬. 보이, 억시기 오랜만에 만난 것 같은데."

"꼭 그런 건 아니고…… 그보다는 우리 집이 워낙 변화가 심해서 그래. 그런데 엄마는 어쩌실 거래? 그냥 식모살이 계속하실 거래?"

옥경이 아무렇지 않은 표정으로 인철에게는 상처처럼 느껴지는 식구들끼리의 비밀한 얘기까지 끌어냈다. 그제야 인철도 이대로 두어서는 안 되겠다는 기분이 들었다.

"집 다 짓고 형님 결혼할 때까지는 그대로 계실 모양이야. 그런데 너 어머니 식모살이하는 게 무슨 큰 자랑이냐? 그렇게 동네방네 들고 다니게 떠들게."

그러면서 지석을 바라보자 옥경도 인철의 뜻을 알아차린 듯했다. 그러나 겁내거나 당황하는 기색 없이 받았다.

"지석 오빠 때메 그래? 지석 오빤 한때 우리 식구였잖아? 갈릴리 형제. 그런데 식구끼리 못 할 얘기가 어딨어?"

"맞아, 인철이 형. 내는 신경 쓰지 마라 카이. 내는 식모살이를 할 어무이도 없는 게 서글픈 놈이라꼬."

지석이 다시 거들었다. 그러나 인철에게는 옥경이 말한 식구라는 말이 묘하게 마음에 걸렸다. 갑자기 둘의 관계가 궁금해져 화제를 바꾸었다.

"그런데, 참 너희들은 어떻게 만났어? 같은 구로 공단이라 해도 그 넓이가 얼마야? 더구나 단지(團地)까지 다르다면서?"

"응, 그래 됐어. 석 달 전인데 근기법 공부하다 만났어."

옥경이 다시 아무렇지 않은 표정으로 대답했다.

"근기법?"

"근로기준법(勤勞基準法) 말이야."

"근로기준법? 그걸 너희들이 왜 공부해?"

인철은 벌써 짐작이 가면서도 짐짓 물어보았다. 그러자 이번에는 지석이 대답했다.

"면장을 해 먹어도 알아야 한다꼬 형, 그거는 이래 된 기라. 이것도 취직이라꼬 한 몇 년 공돌이로 돌아 보이 작업환경이고 근로시간이고 하도 개판이라 우째 한마디 해 볼라 캐도 멀(뭘) 알아야 하제. 그래서 전부터 쪼매씩 모예 우선 우리 권리가 뭐고 의무가 뭔지부터 알아볼라꼬 시작한 기 바로 근기법이라. 글치만 아무리 알아보이 뭐 하노? 지지끔 따로 얘기를 할라 카이 통 맥을 출 수 있어야제. 공장이 달라도 필요할 때는 서로 힘을 합치믄 사용자한테 말이라도 지대로 함 부치 볼 낀데 말이라. 그래 생각다 못해 우선 이웃에 있는 공장끼리라도 우째 이어 볼라꼬 모옐 구실을 마련한 긴데, 생각도 못 한 옥경이가 거다 봉제 쪽의 대표로 터억 안 나왔나?"

그 말을 듣자 인철은 이번에는 다른 이유로 긴장이 되었다.

"뭐, 네가 봉제 쪽 대표였다고? 이제 겨우 1년도 안 되는 게 네가 뭘 알아?"

인철은 완연히 오라비다운 나무람을 섞어 옥경에게 물었다. 이번에도 옥경은 별로 움츠러드는 기색 없이 대답했다.

"오빠, 모든 일이 다 아는 데 시간이 그리 많이 걸리는 건 아냐. 특히 섬유나 의류 쪽의 사용자 횡포는 1년 아니라 한 달만 일해 봐도 넉넉히 알 수 있어. 오빠 같으면 아마 하루만 슬쩍 와 봐도 단박 뭐가 잘못돼도 크게 잘못됐다는 걸 알아차릴 수 있을 거야."

"잘못되긴 뭐가 잘못돼?"

인철은 역시 짐작 가는 데가 있으면서도, 그리고 그 때문에 다시 가슴 한구석이 저려 오는데도 그렇게 억지를 써 보았다. 옥경이 갑자기 달라진 눈빛으로 말했다.

"오빠, 정말 몰라? 아까 우리 자는 거 안 봤어? 지금 우리 봉제 공장 어떤지 알아? 재단사고 미싱공이고 시다바리고 모두 잠 한 번 실컷 자 보는 게 소원이야. 하루 여덟 시간씩 삼교대(三交代)에 두 번씩 들어가느라 낮밤 모른 지 하마 3주일째야."

"너희 공장 아주 잘되는 모양이구나. 더군다나 거기서는 수출품만 만든다면서. 그럼 그렇게 수출이 많이 되는 거야?"

"지금 우리 얘기에서 중요한 것은 수출이 아냐. 나는 지금 근로조건을 얘기하고 있는 거라고. 오빠 생각에는 바쁠 때는 그럴 수도 있다 싶겠지? 하루 여덟 시간이면 잠은 잘 것 같지? 하지만 그렇지 않아. 작업장에서 작업복 입은 채로 깜박 넘어간다면 모를까, 여덟 시간 가지고는 아무리 쥐어짜도 다섯 시간 이상 잘 시간이 안 나와. 우리에게도 생활이란 게 있잖아? 그 시간 동안에 밥도 지어 먹어야 하고 청소도 해야 하고 속옷이라도 빨아 입어야 해. 그 여덟 시간은 다 잘 수 있는 시간이 아니라 다시 열여섯 시간 노동으로 들어갈 정비 시간까지 포함된 거란 말이야. 그런데 그게 하마 3주일째야. 오늘같이 일요일에 쉬는 것도 한 달에 한 번이 안 돼."

그 말을 듣자 인철은 가슴부터 아파 왔다. 내가 대학에서 공허한 관념 속을 헤매는 사이, 삶의 현장으로 내몰린 이 아이는 그토록 가혹한 조건 속에서 노동에 시달리고 있었구나 —. 그런 생각에 잠시 입을 뗄 수가 없었다. 옥경이도 인철의 표정에서 무엇을 보았는지 더 말을 잇지 못했다.

"네가 하는 게 그렇게 힘든 일이었니? 그런 일을 벌써 1년째나 하고 있었어?"

이윽고 인철이 혼잣말을 하듯 그렇게 물었다. 하지만 아직 그의 반응은 사회적 의식과는 멀었다. 틀림없이 그에게도 치미는 격한 감정이 있었으나 그것은 분노보다는 슬픔에 가까웠고 그것도 철저하게 자신의 내부에 갇혀 있는 것이었다.

"정말 여공으로 일한다는 게 그런 거라면 그만둬라. 다 집어치우고 집으로 돌아가자. 이제 우리 집도 네가 일하지 않는다고 굶어 죽지는 않을 게다."

그런데 옥경의 반응이 뜻밖이었다. 금세 새파랗게 화가 난 얼굴이 되어 덤비듯 물었다.

"오빠, 정말 대학생 맞아? 이 땅의 지식인 맞느냐고?"

"갑자기 그게 무슨 소리냐?"

인철이 옥경의 갑작스러운 변화를 이해 못 해 그렇게 반문했다.

"하도 분통이 터져서 그래. 그건 꼭 이 소리 같잖아? 이 기집애들, 하기 싫으면 그만둬. 느이들 아니라도 일할 사람은 많아!"

"그게 그렇게 들렸어?"

"좋아. 그럼 나는 그렇다 쳐. 하지만 오빠, 여기서 일하는 많은 아이는 나같이 돌아갈 수 있는 집이 없어. 아니, 아예 집 그 자체를 모르는 아이들도 많아. 그들은 이보다 더한 조건이라도 여기서 일하지 않을 수 없어. 그런 아이들이 이 구로 공단에만 해도 5만이 넘어. 앞으로는 더 늘어날 거고. 정부가 말하는 공업화·선진화가 이루어지면 몇십만 몇백만으로 늘어날지 몰라. 그 아이들은 어떻게 해? 돌아갈 집이 없으면 살가죽을 벗기더라도 여기서 참고 일해야 해? 겨우 세끼 밥 얻어먹는 걸로 밤낮 없이 노예처럼 혹사당해야 해?"

물론 인철은 옥경이 하는 말을 알아들었다. 그러나 그 문제를 옥경이 같은 아이들이 해결할 수 있다고는 상상조차 되지 않았다. 더구나 그는 어쨌든 세 살 터울의, 보다 많이 배운 오빠였다.

"목소리 낮춰라. 남이 보면 다투는 줄 알겠다. 너 집 나가 있더니 많이 똑똑해졌구나. 하지만 세상에는 할 수 있는 일이 있고 할 수 없는 일이 있다."

우선 그렇게 옥경의 입을 막아 놓고 자신에게 유리한 논리를 재빨리 구성했다. 그때는 관념적으로 읽어 넘긴 영국 산업혁명 초기의 노동 실태를 쓴 책이 떠올랐다. 노동자들에게 동정적이긴 하지만 궁극적으로는 보수적 자본주의 관점을 지닌 것으로 보이는 그 저자의 견해를 인철은 슬쩍 끌어왔다.

"어디든 산업화 초기에는 그 같은 불합리가 있었다. 영국은 훨씬 가혹했지. 물론 앞선 나라들을 참고로 해서 그 불합리를 줄일 수는 있을 거야. 하지만 그건 네 일이 아니다. 네가 할 수도 없고 해서도 안 돼."

"그럼 나는 집에 들어가 식구들이 벌어다 주는 밥이나 얻어먹고 있으라는 거야?"

"좀 더 준비를 갖춘 뒤에 다시 일터를 찾아볼 수도 있겠지. 좋은 기술을 배우거나 공부를 더해 보다 대우가 좋은 곳에 취직하는 거 말이야."

"인철 형, 그건 아닌 거 같은데……."

그때껏 말없이 남매의 대화를 듣고 있던 지석이 끼어들었다. 조심하고는 있어도 그 또한 무엇엔가 격앙되어 있었다.

"실은 나도 말이라. 처음에는 형맨치로 그래 생각했다꼬. 그래, 이래(이렇게) 살면서 공부나 쪼매 더해 펜대 놀리는 직장으로 옮기던가 좋은 기술 배아 월급 많이 주는 자리로 올라서믄 그마이라꼬. 그런데 그게 아이라. 가마이 보이 여기도 무신 틀 같은 게 있어 한번 거다(거기에) 꼭 끼엣뿌믄(끼어 버리면) 옴짝달싹 못 하는 기라. 내도 이 3년 동안 코피까지 쏟아 가미 야학(夜學)도 댕기고 학원도 나가 봤다꼬. 그렇지만 파이라(틀렸다, 안 된다). 하마 이 구딩이에 처박히 가지고는 지가 아무리 용을 써도 여다서 빠져나갈 재주는 없는 기라. 기술을 배운다 카지마는 이렇게 기계화된 시대에 몸으로 배우는 기술이란 거는 여기서 거기라꼬. 올라가 봐야 조장, 공장장인데 그거는 기술이 아이라 세월값이고, 백 명 천 명 중에 하나 있는 자리라. 있다믄 대학 가서 배우는 길뿐인데 그거는 더 꿈도 못 꿀 일이고오. 공부하는 데는 내만 한 독종도 없을끼구마는 3년 동안에 해 논 게 인제 대입 검정고시 절반쯤 따 논 거뿌이라. 그것도 남은 과목은 수학 맨키로(처럼) 쎄(혀) 빠지게 해봐도 가망 없는 걸로…….”

“오빠는 아마 오빠의 경험을 가지고 그렇게 말하고 있을 거야. 그게 얼마나 드문 예외고 행운인지도 말해 줘.”

옥경이 마치 지석과 손발이 잘 맞는 한 조(組)처럼 그렇게 거들었다. 지석도 충실하게 옥경의 말을 받아들였다.

“내도 형 얘기 들었다꼬. 글치만 그거는 함부로 일반화할 수 없는 예외고 행운이라. 전근대적 전원 문화(田園文化) 시대나 가능했던 꿈이라꼬. 특히 우리 조선 시대맨쿠로……. 그때는 아주 드물기는 하지만 주경야독(晝耕夜讀)이라꼬, 낮에는 일하고 밤에는 공부해 과거에 합격하믄 관리로 출세하는 길도 있었제. 바로 상층부에 편입되는 길이라. 글치만 노동이 비바람이나 추위에 관계없이 이루어지고, 노동량 자체가 엄청나게 많아진 이런 세상에서는 처음부터 틀린 일이라꼬. 거다가 자본(資本)이란 게 사회를 움직이는 힘으로 요사를 부리기 시작하믄 한분(한번) 이 구딩에 빠진 놈은 마(그만) 파이라. 이리저리 꽁꽁 올가(옭아) 놔주지를 않는다꼬.

그뿐이 아이라. 사람이 몽지리(모조리) 형맨치로 공부하기 좋은 머리로 태어난 것도 아이고오, 그중에는 책 속에 파묻어 놔도 안 되는 머리도 있다꼬. 내맨치로 천생 노동자로 늙어야 할 팔자 말이라. 그것도 도로시(오히려) 그쪽이 훨씬 더 많을 끼라. 그런데 형같이 예외적인 경우를 들이대면 그 많은 사람은 우짜노? 옥경이 말마따나 앞으로 우리 같은 도시 노동자는 점점 많아질 낀데, 언제까지 이 모양 이 꼴로 밟히고 조뜯기미(쥐어뜯기며) 살아야 되나? 형, 참말로 이런 우리 이해 못 하겠나? 이런 세상을 안 바꾸믄 사람같이 살길이 없는 우리 말이라. 벌써 괴물 같은 정체를 드러내는 이 자본을 초장부터 길들이 놓지 않으믄 거기 눌리 일생을 착취당하다 죽어야 할 노동자 말이라."

그 말에 섬뜩해진 인철은 본능적으로 주위를 둘러보았다. 다행히도 빵집 안에는 그들 외에 손님이 없었고, 주인도 하나뿐인 점원과 함께 딴 얘기에 정신이 팔려 있었다. 인철은 자신도 모르게 가슴을 쓸며 정색을 했다.

"지석이 너도 목소리를 좀 낮춰야겠다. 어떤 경로로, 누가 네게 그런 생각을 불어넣었는지 모르지만 지금 같은 세상에서는 감옥 가기 십상인 생각이야."

"하, 참. 형도 와 그라노? 꼭 순사맨쿠로. 미안하지만 내한테는 그런 거 배아 줄(가르쳐 줄) 사람도 없다. 어디서 호븐차(혼자) 찾아 읽을라 캐도 그런 책은 벌써로 씨가 말랐고……. 그라고 형도 예수꾼들이 빨갱이 아인 거는 잘 알제? 그런데 목사인 수원이 형도 내 생각 안 나무래드라. 오히려 잘해 보라 카미 힘닿는 대로 도와 줄라 카드라."

그때 옥경이 다시 끼어들었다.

"오빠, 정말 왜 그래? 오빠는 우리나라에도 근로기준법이라는 게 있는 거 몰라? 지금 지석 오빠가 하는 일은 더도 말고 그 근로기준법이라도 지켜 달라는 거야. 대한민국 국회에서 정한 법을 그대로 지켜 달라고 요청하는 거뿐이라고."

그런 옥경의 말투에는 인철의 무지 혹은 의식 없음을 나무라는 투까지 있었다. 그게 묘하게 기분을 건드려 인철은 먼저 충격을 준 수원이 형 일은 잠시 제쳐 두고 옥경을 향했다.

"좋아. 지석이 네 말이 맞다 치자. 그래도 옥경이 너 내 말 잘 들어. 넌 앞으로 그런 데 나가지 마. 잊었어? 아버지 일. 네가 아무리 무관하다 해도 무슨 일이 생기면 틀림없이 네 뒤에서 아버지가 끌려 나올 거야. 동료 교수와 어린 제자들까지 끌고 월북한 골수 빨갱이 말이야. 근로기준법이 어디까지 어떻게 규정하고 있는지 모르지만 적어도 노동운동은 사회주의와 떼어서 생각할 수 없고, 그러면 너는 꼭 알맞은 희생감이야. 일이 터지면 너는 꼼짝없이 아버지의 지령(指令)을 받은 주모자가 되고, 너하고 함께 일한 사람들도 순수한 노동운동이 아니라 북한과 선이 닿은 반국가(反國家) 활동 또는 이적 행위(利敵行爲)가 되고 만다고."

"오빠, 나는 그것도 못마땅해. 어머니와 큰오빠에, 이제는 작은 오빠까지 왜들 이래? 내가 듣기로는 살인죄도 15년이 지나면 재

판이 면제된대. 그런데 전쟁이 끝난 지 하마 얼마야? 20년이 다 돼 가. 그런데 우리 죄도 아닌 걸로 왜 그렇게 주눅 들어 살아야 해? 나는 싫어. 그러지 않을 거야. 지레짐작으로 움츠러들지 않을 거라고. 오빠도 이제는 좀 거기서 벗어나 봐. 내가 보기에는 아버지가 문제가 아니라 아버지의 책임을 한없이 떠맡으려 드는 오빠가 더 문제 있는 것 같아."

"맞아. 인철이 형은 연좌제부터 맞붙어 싸워야 한다꼬. 그것도 신분 아닌 신분이 된 것 같은데, 그기 불합리하믄 그거부터 깨부사야지. 언제까지 거다 멕살(멱살) 잡히 끌리댕길 기고? 남보다 배운 기 적나? 머리가 나뿌나? 지 죄도 아인데 내 같으믄 택도 없다(어림없다)."

지석이 다시 그렇게 끼어들었다. 그 말이 이상하게 빈정거리는 것 같아 인철이 저도 모르게 목소리를 높였다.

"시끄러워, 이것들이……. 어쨌든 옥경이 너 말이야. 몸은 공순이가 돼도 정신까지 공순이가 되지는 마. 먹는 것 가지고 누가 더 먹느니 덜 먹느니 천박하게 다투는 데 끼어들지 말라고."

"오빠, 그것도 이상한 말이네. 공순이가 공순이 정신을 가져야지, 그럼 공주 정신이라도 가지라는 거야? 그게 뭐야? 공주도 아닌 게 공주처럼 구는 거. 현실을 아예 무시하란 말인데, 그래서 뭐가 된다는 거야?"

"그건 현실을 무시하는 것이 아니라 고귀한 지향(志向)을 가진다는 뜻이야. 고개를 땅에다 처박고 있으면 언제나 먹이밖에 찾지 않게 돼. 지금 있는 그 자리에 자신을 묶어 두지 말고 보다 높은 곳을 바라봐."

"그래서 큰오빠나 언니처럼 되란 말이지. 꿈만 기창해서 몸은 한층 더 진창을 구르게 되는. 나는 그렇게 살지 않을래. 아무리 초라해도 이 현실에서 발바닥을 떼지 않을 거야."

옥경의 말투로 보아 그런 방향의 논리화가 진행된 지 제법 오래인 것 같았다. 그게 어떤 계기에서 출발했는지는 알 수 없지만 짧은 시간의 설득으로 되돌리기는 어렵다고 판단한 인철은 다시 오빠의 권위에 의지했다.

"무식한 사람의 위험은 함부로 철학을 선택하는 것이고, 또 잘못되어도 바꿀 줄 모르는 것이다. 네가 나를 조금이라도 오빠로 생각한다면 잘 들어라. 나는 네가 악을 쓰는 여공들과 한 덩어리가 돼 노동쟁의를 하다가 경찰에 개 끌려가듯 끌려가는 꼴을 보고 싶지 않다. 그 꼴을 보느니보다는 차라리 너를 집 안에 끌어다 놓고 내가 벌어 먹이겠다."

그때 무엇 때문인지 생각을 바꾼 지석이 조금 전의 격앙을 툴툴 털어 버린 말투로 인철을 편들었다.

"맞다. 그거는 생각해 보이 글타. 안직은 우리끼리 모예 책 쪼가리나 돌려 보는 정도지만 뭐시든지 알믄 언젠가는 써먹게 되었는 기라. 우리가 움직이기 시작하믄 저쪽에서도 힘대로 나올 끼고, 그래 되믄 싸움은 불 보듯 뻔하다. 그런데 그 난판에 옥경이 니가 낑게(끼여) 있는 거는 우째 어불리지(어울리지) 않을 것 같네."

그래 놓고는 빙긋 미소까지 지으며 인철에게 말했다.

"형도 그런 걱정은 하지 마라. 내가 안 있나? 그래도 한때 한 지붕 아래서 오빠 동생 카미 지냈는데, 내가 우째 그걸 보고 있겠노? 그냥 재미로 알 꺼 쪼매 알아 두는 거로 생각해 도라(달라). 옥경이를 더는 깊이 안 끌고 가꾸마."

그런 지석의 말에는 정말로 핏줄 같은 생각이 들게 하는 진정이 담겨 있었다. 옥경이도 그쯤에서 순순히 물러났다.

"오빠, 그것까지는 걱정 마. 나 그럴 간도 없어. 오빠가 잘 알잖아? 나 겁 많은 거."

인철은 그래도 마음이 풀리지 않았다. 이번에는 지석을 보고 정색을 했다.

"나는 아직도 잊히지 않는다. 옛날에 네가 옥경이 물건들을 칼로 자른 일 말이야. 그때 정말로 섬뜩했지. 세상을 향한 네 증오심을 보는 것 같아서. 진심으로 너에게 물어본다. 혹시 네가 지금 하려고 하는 일, 그건 그런 증오에서 자유로운 거냐?"

"에이, 형도…… 그걸 안죽도 기억하나? 글치만 그걸 증오로 해석한 거는 잘못이라. 내가 그때 그런 거는 옥경이가 미워서가 아이라꼬. 서울서 전학 온 얼굴 핼간(해말쑥한) 가스나가 내 같은 원생(고아원 아이)한테는 천사같이 비더라꼬. 우째 운좋게 내 짝지(짝꿍)가 됐지만 그때 내한테는 달리 관심을 표띠낼(표시할) 길이 없드라꼬. 하다못해 고무(지우개) 동가리 하나 자(저 애)한테 줄 힘만 있어도 그래는 안 했을 끼라."

지석이 알아보게 불그레해진 얼굴로 그렇게 말해 놓고 힘주어 덧붙였다.

"지금 이 일도 미움으로 시작한 거는 아이라. 앞으로 싸우게 될지도 모르지만 그건 우리를 쥐짜(쥐어짜) 먹는 사람이 미워서가 아이라 쥐짜예 고생하는 사람들이 마음 아파 그럴 꺼라꼬. 못 먹고 못 입고 못 자 푸석한 얼굴에 비칠거리는 걸음걸이로 돌아댕기는 그 사람들을 못 잊어 그렐 꺼라꼬."

이상하게도 가슴 깊은 곳을 건드리는 데가 있는 말이었다. 하지만 그보다 더 충격적인 것은 책 속에서 관념적으로만 읽는 사회현상이 우리에게도 한 실제적인 조짐으로 나타나고 있다는 느낌이었다. 그로부터 10년 뒤에나 겪게 될 우리 사회의 진통을 예감한 정도까지는 아니라도, 전혀 무력하고 그래서 무의미해 보이던 이들 속에서 뭔가 새로운 것이 움트고 있음은 충분히 감지할 수 있었다.

인철이 수원이 형을 꼭 만나야겠다는 기분이 든 것은 그때였다. 인철은 아득한 추억 속의 사람이 아니라 현실적으로 기능하는 존재로서의 그를 만나고 싶었다. 갑자기 지석의 등 뒤에서 수원이 형을 본 것 같은 느낌이 든 까닭이었다.

"참, 너희들 수원이 형 교회로 간다고 하지 않았어?"

앞선 화제를 마무리하는 몇 마디가 오간 뒤에 인철이 문득 생각났다는 듯 물었다. 지석이 힐끗 시계를 보더니 말했다.

"으응, 실은 예배를 함께 보고 청년부 모임에 갈라 캤는데, 예배는 하마 틀렀뿌랬네. 지금 가 봤자 축도(祝禱)나 듣고 말 끼라. 뭐 여다서 쫌 더 애기하다 점심 먹고 가가(가서) 청년부 소조(小組) 활동에나 끼옛지(끼지) 뭐."

"청년부 소조 활동?"

"아, 그거? 말하자믄 그 교회 청년부 활동의 한 갈래라. 거다 청년부는 신앙을 중심으로 모이는 구미[組]가 있고 현실적인 삶의 문제를 함께 짚어 보는 구미가 있는데, 뒤에 꺼는 여기가 공단 근처라 그런지 암만 캐도 노동문제가 중심이 된다꼬."

"교회에서 노동운동을?"

진작부터 짐작은 했지만 그때의 인철에게는 너무도 연결이 안 되는 말이라 그렇게 묻지 않을 수 없었다. 지석이 하나도 이상할 것 없다는 표정으로 받았다.

"뭐 글타고 교회가 직접 나서서 하는 것는 아이고오, 우리가 궁금하게 여기는 게 있으믄 아는 대로 갈캐(가르쳐) 주는 정돈데, 인철이 형은 그기 뭐 이상하나? 신교(新教)는 아이지만 중남미(中南美)에서는 벌써부터 신부(神父)들이 노동문제에 팔을 걷어붙이고 나섰다 카던데. 또 일본 같은 데서는 하마 40년 전에 목사가 항만(港灣) 파업을 주동하기도 하고. 그 혹독한 군국주의(軍國主義) 시절에 말이라. 그게 고베[神戶] 항이라 카던강, 목사 이름은 가가와라 카지 암매."

"그거 모두 수원이 형이 가르쳐 준 거야? 그 소조란 그런 걸 배우는 모임이고?"

"그것도 뭐 꼭 그런 것만은 아이고오, 근로기준법 같은 법조문 뿐만 아이라 우리 같은 무식쟁이들이 읽기 어려운 책을 쉽게 이해할 수 있도록 해 주는 먹물들도 있고…… 궁금하믄 인철이 형도 오늘 함 가 보자꼬. 하기는 나도 수원이 형 처음 만나서는 쪼매 이상하데. 뭐 이런 거 하는 목사도 있나 싶었제. 그런데 댕기 보이 그게 아이라. 깊이는 모르지만 잘 해석해 보믄 성경 가르침에도 어긋나지 않는 모양이라. 우리 어릴 때 생각한 거맨치로 교회가 똑(꼭) 돈 많은 장로(長老)들만 위한 거는 아닌 갑더라꼬."

"그래, 오빠도 함께 가. 우선 수원이 오빠 그 부드럽고 따뜻하게 느껴지는 미소부터 보고 싶지 않아?"

하지만 인철은 목회자(牧會者)의 일요일이 어떤가를 잘 알고 있었다. 유년부(幼年部)부터 장년부까지의 예배 집전(執典)에다 곁들여진 여러 가지 사목(司牧) 활동만으로도 숨 돌릴 틈이 없을 정도로 바빴다. 거기다가 지석의 말대로 다른 교회에는 없는 활동까지 더하고 있다면 설령 수원이 형을 만난댔자 몇 마디 얘기조차 나누기 힘들 것 같았다.

"다음에 한번 조용히 찾아가 뵙지. 오늘은 그 교회 약도나 좀 그려 주고 수원이 형 만나거든 일간 찾아뵙겠다고 말씀이나 드려줘. 아니, 그 교회 전화 있지? 그 전화번호 일러 주면 내가 말할게."

인철은 그렇게 말한 다음 옥경을 향했다.

"집은 다음 달 말일이면 다 될 것 같아. 그때 식구들이 한 번 모일 건데 너도 시간 내 봐라. 어머니한테 전화해 날을 맞추면 될 거야. 그리고 다시 한 번 당부한다. 아까 내가 한 말 잊지 마라."

그날 지석, 옥경과 간단한 점심을 먹고 헤어진 인철은 며칠 뒤 시간을 내 수원이 형을 찾아보았다. 지석이 그려 준 약도대로 찾아가 보니 옥경의 자취방에서 그리 멀지 않은 야산 비탈의 천막 교회였다. 미리 전화를 넣어선지 기다리고 있던 수원이 형이 반갑게 맞았다. 헤어진 지 7년이나 되었고 그의 나이도 서른을 훌쩍 넘겼건만 변함없는 예전의 그 동안(童顔)이었다.

"앉거라. 보자, 몰라보게 변했구나. 우리 나이로 이제 스물둘? 셋?"

큰 군용 천막 둘을 이은 듯한 천막 안은 잘해야 스무 평이 넘지 않을 듯했다. 그 한 모퉁이에 휘장을 내려 목사관을 대신하는 공간으로 인철을 인도한 그는 거기 놓인 낡은 소파를 권하며 그렇게 물었다.

"쓸데없이 나이만 먹어 스물셋입니다. 학교도 또래보다 2년이나 늦었고."

인철은 왠지 부끄러운 마음이 들어 묻지도 않은 일까지 앞질러 고백했다.

"옥경이 편에 네 얘기 대강은 들었다. 길을 좀 돌기는 했지만 가야 할 곳에 간 것 같더구나."

수원이 형이 그렇게 말해 놓고 갑자기 감회 어린 눈길이 되어 인철을 살피며 덧붙였다.

"더구나 네 속에 갇히지 않고 건강하게 자란 걸 보니 반갑구나."

덧붙인 말에는 조금 알아듣기 어려운 데가 있어 인철은 대꾸 없이 그를 바라보았다. 그가 한층 더 짙은 감회를 드러내는 어조로 물었다.

"나를 만난 첫날을 기억하니?"

"옛날, 갈릴리에 들어가기 전…… 주일학교 반사로서가 아니었습니까?"

"그것 말고 내 정신이 한 특이한 개성으로 널 처음으로 감지하게 된 때 말이다."

"글쎄요……."

실은 인철도 가끔씩 그게 궁금했다. 갈릴리에 머물던 3년 내내 그가 베푼 아무 조건 없는, 그러나 유별난 호의의 원인이.

"너희 남매가 우리 갈릴리 식구가 된 첫해 겨울이었을 거다. 너도 기억하겠지만 너희들의 방은 밤에만 불을 때기 때문에 낮에는 추워 아무도 방 안에 있으려 하지 않았다. 모두 추위를 잊을 놀이를 하거나 양지 쪽에서 해바라기를 하고, 아니면 좀 더 따뜻한 원내 예배실에 모여 오글거렸지. 그런데 어느 추운 겨울날이었다. 너희들의 방을 돌아보고 있는데, 열여섯 개의 방에 아무도 없고 딱 한 곳 너희 바들로매실(室)에 네가 있더구나. 찬 시멘트 바닥에 담요 한 장을 깔고 앉아 책을 읽고 있는데, 몸을 덜덜 떨면서도 내가 들여다보고 있는 줄도 모를 만큼 너는 책에 빠져 있었다. 나는 처음에는 어쩌다 재미있는 책을 구해 그러고 있는 줄 알았다. 그런데 다음 날도 그다음 날도 마찬가지였다."

그제야 인철은 으스스한 기분으로 보낸 갈릴리에서의 첫 겨울을 떠올렸다. 그때 말입니다. 세상은 내게 칼날의 숲처럼 느껴졌습니다. 조심해 지나치려 해도 어딘가 베어 상처 입고 마는. 고아원 밖을 나서면 멸시나 동정의 눈길에 영혼이 베었고, 안에서는 비뚤어진 형들이나 총무 선생님의 원인 모를 미움과 폭력이 내 몸을 통해 또 영혼을 베었습니다. 그 방, 그 추위 속에 숨어 있는 게 가장 적게 상처 입는 길이었는지도 모르지요. 책은 한 핑계고요…….

"나는 처음 자폐(自閉)를 의심했다. 이 가엾은 영혼을 깜깜한 자신의 감옥에 갇히게 해서는 안 된다. 문득 그런 기분이 들어 그다음부터는 너를 유심히 보게 되었지."

"사실 형님이 아니셨으면 저는 그곳에서 그리 오래 배겨 나지 못했을 겁니다."

"그런데 좀 더 가까이서 너를 보며 느낀 것은 타고난 상처 같은 것이었다. 너는 무엇 때문인지 어린 나이에 벌써 깊이 상처 받고 있었다. 내가 너무 감상적으로 얘기했나?"

"그것도 어쩌면 정확히 보신 것인지도 모르겠습니다. 고아원에 수용되면서 내 유년의 낙원은 모두 상처가 되었습니다."

인철도 절로 감상적이 되어 대답했다. 하지만 그래 놓고 보니 다시 쑥스러운 기분이 들어 얼른 평상의 말투로 바꾸었다.

"그런데 형님은 그동안 어떻게 지내셨습니까?"

"나도 네가 떠난 이듬해에 갈릴리를 떠나 신학교로 되돌아갔지. 그리고 졸업 후 전도사로 한 몇 년 떠돌다가 재작년에야 목회자로서 안수(按手)를 받았다."

"형님 같으면 보다 좋은 교회에서 사목할 수도 있었을 텐데요."

"네게는 어떤 교회가 좋은 교회냐?"

그런 그의 반문에 인철은 문득 자신이 말을 잘못했음을 깨달았다.

"제가 너무 속된 말을 한 것 같습니다. 실은 형님께 신이 무엇인지 묻고 싶었던 겁니다. 이제 와서 돌아보니 생각나는 거지만 그때 형님이 우리 갈릴리에 돌아와 몇 년씩이나 머무른 것은 꼭 신병(身病) 때문만은 아니었던 것 같습니다. 틀림없이 방황하고 계셨어요."

"부인하지는 않겠다. 그때 실은 내가 관념적으로 상정(想定)한 신과 그리스도를 일치시키지 못해 헤매고 있었다. 왜 신은 이런 세계를 보고만 계시는가. 정말 그리스도가 바로 그분이라면 어찌하여 선악(善惡)을 불문하고 우리에게 재난이 닥쳐 오는가. 그런 회의가 일더구나."

"그런데도 그리스도를 따르려는 열정은 잃지 않고 계셨던 것 같은데요. 저희들에게도 그랬지만 문둥이촌이나 거지 움막에서도……."

"아, 그거. 회의는 해도 지울 수 없는 그리스도의 어떤 신성(神聖)만은 믿고 있었기 때문이지. 바로 언제나 고통받는 우리와 함께 계신다는 것."

"그럼 지금은 일치시키셨습니까?"

"일치시켜 가고 있는 중이다."

"그럼 왜 선악을 불문하고 인간에게 재난이 닥쳐 오는 것입니까? 왜 신께서는 이 부조리한 세상을 한없이 방관하고만 계십니까? 무얼 더 기다리고 계신 거지요?"

"네가 아직도 하나님과 교회로 돌아오지 못했다고 하더니 정말이구나. 하지만 하나님께서는 잠시도 우리에게서 눈을 떼신 적이 없다. 다만 우리를 믿고 모든 것을 우리 손에 부치셨을 뿐이다."

"하지만 그 바람에 세상은 더욱 참혹해졌는데도?"

"오랜만에 만나 우리가 이상한 얘기를 하고 있구나. 너 도대체 무얼 묻고 싶은 거냐?"

"공원(工員)들에게 근로기준법을 가르치시는 것도 그런 하나님의 뜻을 이루기 위해섭니까?"

인철도 약간 멋쩍은 기분이 들기는 했지만 내친김이라 바로 물었다. 그가 별로 표정 없는 얼굴로 받았다.

"그건 바로 본 것 같다. 나는 인간을 통해 역사(役使)하시는 하나님을 믿는다. 정당하게 줄 건 주고 받을 건 받는 것도 인간을 통해 드러내시는 하나님의 신성(神聖)이다."

그는 그래 놓고 갑자기 손님을 맞는 주인의 예절을 갖추었다.

"보다시피 제대로 갖추지 못한 교회라 차도 한 잔 내지 못한다. 이걸로 목이나 축여라."

그가 무슨 소중한 물건이나 건네듯 내미는 것은 드링크 한 병이었다. 가난한 신도들이 낱병으로 사 온 걸 서랍 속에 갈무리해 둔 것인 듯했다. 이어 한동안 두 사람의 얘기는 오랜만에 만난 사람들의 통상적인 내용으로 채워졌다. 그러다가 누군가가 찾아와 다른 약속을 상기시키자 갑자기 실무적인 어조가 되어 말했다.

"실은 네가 온다는 소리를 듣고 반가웠다. 내가 대강 들은 너희 형편으로는 네 공부하기도 힘든 줄 안다만 나를 위해 시간 좀 내줄 수 없겠니?"

"제가요? 신자(信者)도 아닌 절 어디 쓰시려고요?"

"여기서 네가 할 일은 많다. 네 도움을 기다리는 사람이 많다는 뜻이다."

하지만 그의 말을 알아듣자 인철은 갑자기 난처해졌다. 그는 그 무렵 자신이 설정한 삶의 무게에 조금씩 지쳐 가고 있었다.

"형님, 죄송합니다. 모처럼의 부탁인데…… 하지만 지금 저는 저 자신을 지고 가는 일만도 힘에 부칩니다. 남을 거둘 만한 힘이 남아 있지 않습니다."

그러자 그가 한동안 찬찬히 살피는 눈으로 인철을 보았다. 그러다가 무엇을 보았는지 가벼운 한숨과 함께 말했다.

"하기는 몹시 피로해 뵈는구나. 그렇지만 때로는 남의 짐을 지는 것이 자신의 짐을 더는 일이 되기도 한다. 마음이 내키거든 언제든지 나를 찾아오너라."

그리고 헤어질 때까지 두 번 다시 그 얘기는 꺼내지 않았다.

시저의 칼을 빌려 세계를 석권한 이래 기독교는 여러 번 역사의 동반자를 바꾸어 왔다. 황제 막센티우스를 타도하려고 일으킨 콘스탄티누스 부황제(副皇帝)의 군기(軍旗)에 십자가 문양(文様)이 들어가면서부터 한동안 교회는 황제 편에 서 있었다. 로마제국이 해체되어 황제가 부재(不在)하던 시절에는 '카노사의 굴욕'에서 그 절정을 보이듯 교황이 황제의 권위를 대신하기도 했고, '아비뇽의 유수(幽囚)' 뒤에는 왕들의 교회가 되었다. 세계가 봉건영주(領主)들에 의해 분할된 시절에는 그들의 교회로 기능했으며, 귀족들이 집단으로 힘을 가진 계급을 이루고 있을 때는 어김없이 그들과 함께였다.

그러다가 르네상스 이후 평민(平民)들이 사회 전면으로 떠오르기 시작하면서 그 다양한 대두(擡頭)의 양태만큼이나 교회의 동반자 선택도 혼란에 빠졌던 것으로 보인다. 일부는 의연히 왕들과 귀족들의 편에 서 있고, 나머지는 나름으로 파트너를 바꾸었다. 한자 동맹(Hansa 同盟)이 위세를 떨칠 때는 도시의 상인 계급에 주목했을 것이고, 농민들이 집단으로 봉기했을 때는 이른바 농민전쟁(農民戰爭)의 선두에 서기도 했다. 그런가 하면 또 일부는 새로운 계급을 형성해 가는 부르주아들을 유심히 관찰하고 있었다. 신구교(新舊教)의 분리는 그 혼란의 와중에서 일어난 춘사(椿事)였을는지도 모른다.

다소간의 우여곡절을 겪긴 했지만 다음 시대의 주인은 결국 부르주아가 되었고 교회도 그들의 것이 되었다. 그 뒤 백 년, 교회는 새로운 동반자와 함께 그 어느 때보다 번성했다. 교회는 교의(教義)에다 부르주아의 이상을 첨가하고 때로는 그 첨병(尖兵)이 되어 세계 곳곳에서 부르주아 지배의 길을 닦았다.

하지만 한 천재적 독학자(獨學者)가 찾아내고 결속시킨 새로운 계급이 지난 세기 말부터 그 강력한 모습을 드러냈다. 처음 부르주아에 대한 그들의 도전은 어림없어 보였다. 생산수단을 독점해 축적한 부(富)와 그 부를 배경으로 얻어 낸 국가의 무력으로 부르주아는 그들을 무자비하게 탄압하였고, 한동안은 성공적으로 그들을 분쇄한 듯도 보였다.

그런데 금세기 초 동(東)로마제국의 폐허에서 한 이변이 일어났다. 산업화의 기반이 미약하고 그래서 아직도 그 계급의 형성 자체가 불확실하던 곳에서 그들의 제국이 태어난 일이다. 아마도 보다 산업화된 옛 서(西)로마제국의 판도 안에서처럼 정예하고 조직화된 부르주아 계급의 부재(不在)가 원인이 된 듯도 싶지만, 어쨌든 그 뒤 그들의 성공은 놀라웠다. 그들은 단숨에 옛 동로마제국의 판도를 복원하고 부르주아와 세계를 반분(半分)하였다.

뿐만 아니라 그들은 부르주아 세계의 심장부에서도 한 유력한 계급으로 번성하였다. 부르주아들은 그들 다수의 힘과 욕구의 절박함에 밀려 여러 이름으로 굴복하고 패퇴하였다. 회개, 양보, 관용 같은 주관적 자기변명과 수정(修正) 사회보장, 복지(福祉) 같은 이름의 객관적 설득 장치로 자본주의의 틀은 겨우 유지되고 있지만, 그 실질에 있어서 두 세계의 차이는 정도의 차이에 지나지 않는다고 할 만큼 이 세기는 그들의 세기가 되었다.

종교를 민중의 아편으로 규정하는 그들의 이데올로기로 교회와 그들의 제휴는커녕 한동안은 양립(兩立)조차 불가능해 보였다. 하지만 필요하다면 자신들이 파괴한 바알의 제단을 성전(聖殿) 안에 다시 세우고 불태운 우상도 성상(聖像)으로 복원할 수 있는 기독교의 생존술(生存術)과, 도대체 소화불량을 모르는 제설 합일주의(諸說合一主義)적 특성은 진작부터 그들과 제휴의 고리를 찾아내었다. 원시 기독교의 공동생활과 사유(私有)의 부인 같은 것이 그런 고리 중에 하나가 될 것이지만, 교회가 더욱 우선해 고려한 것은 그들의 힘이었을 것이다. 그들이 다음 시대의 주인임이 명백하다면 이제는 옛 동반자와 작별을 준비해야 한다. 교회는 이제 역사의 동반자를 바꾸려는가…….

뒷날 인철은 기독교의 노동쟁의 개입에 대해 그렇게 문의한 적이 있다. 진보와 좌파의 폭력적인 논의에 시달리고 있던 때라 다분히 악의를 품은 듯 보이지만, 그게 처음부터 해방신학(解放神學)을 보는 시각은 아니었다. 오히려 수원이 형을 통해 본 그 한국적 원형(原形)은 은근히 감동적인 데마저 있었고, 실제로도 그의 출세작(出世作)의 한 중요한 모티프가 되었다.

진창을 건너는 법

거실에서는 후라이보이(곽규석)의 다급한 코맹맹이 소리에 이어 가족들의 왁자한 웃음소리가 들려왔다. 억만이와 시어머니, 시누이에다 이웃에서 텔레비전을 보러 온 아줌마가 어울려 내는 소리였다. 웃음 소리는 들리지 않지만 시아버지도 그들 속에 끼어 있을 성싶었다.

'역시 잘했어…….'

영희는 방바닥을 닦다 말고 속으로 그렇게 중얼거렸다. 거실이란 것도 실은 옛날의 중간 마루였다. 대여섯 평 되는 마룻바닥에 비닐 장판을 깔아 밑에서 새어 올라오는 찬바람을 막고, 또 트여 있는 앞마당 쪽에 이중 유리 미닫이를 달아 실내로 바꾸었다. 작은 십구공탄 난로 한 대만 설치하면 겨울이 와도 그리 춥지 않을 공간이었다. 영희는 거기에 헌 소파 한 벌을 구해다 놓고 거실이란 이름을 붙였는데, 식구들도 저항 없이 따라 주었다.

하지만 텔레비전과 전화를 들여 놓을 때는 적지 않은 저항이 있었다.

"어멈아, 이건 너무 과하지 않니? 우리 같은 집에 테레비가 가당키나 한 일이냐? 거기다가 비싼 전기료까지 물어야 한다며? 이웃을 둘러봐라. 테레비 있는 집이 몇 집이나 된다고……."

시아버지는 텔레비전을 보며 그렇게 걱정했다. 흑백 텔레비전은 국산이 나오고 있었지만 아직 조립 수준을 크게 벗어나지 못해 서민에게는 엄청난 고가품(高價品)이었다. 거기다가 대개는 조명용인 전기료도 부담이 되던 시절이라 노랑이로 소문난 시아버지에게는 텔레비전의 엄청난 전기 소모가 걱정스러울 법도 했다.

"편리야 하겠지만 전화 오고 갈 일이 얼마나 있다고……."

텔레비전을 보러 이웃 마을을 다니던 시어머니는 전화를 놓고 그렇게 타박을 주었다. 실제로도 그 백색전화(개인끼리 팔고 사는 게 허용된 전화)는 시어머니가 들으면 깜짝 놀랄 만큼 호된 값을 물고 들인 것이었다.

"아버님도, 참. 허락하셨잖아요? 50만 원은 집치장에 쓴다는 거. 텔레비전은 이제 필수품이에요. 사치품이 아니라고요. 앞으로는 신문보다 더 흔해질 거예요. 그리고 어머님, 이 전화 그리 비싼 거 아녜요. 미장원 하다 문 닫게 된 친구가 사정하길래 싸게 받은 거예요. 지금은 전화 올 만한 데도 걸 곳도 많지 않지만, 두고 보세요. 집에 있으면 다 그만큼 쓰게 돼요. 우선 아가씨 편물점만 해도 그렇잖아요? 어머님 아가씨에게 전화 거실 때마다 골목 네거리 가게 공중전화까지 가서야 하잖아요?"

영희는 대강 그렇게 두 사람을 달랬으나 속셈은 따로 있었다. 텔레비전은 거실 꾸미기와 마찬가지로 시댁 가족들을 구슬리기 위한 것이었고, 전화는 자신을 위한 장비였다.

광주 대단지에서 1차로 손을 털고 보니 영희에게 남은 것은 5백만 원 남짓의 현금과 두 장의 분양증이었다. 분양증 두 장이 남은 것은 워낙 요지라 영희가 원하는 값을 받기 어려운 탓도 있었지만, 그보다는 잊은 듯 묻어 두어도 좋을 것 같은 땅이었기 때문이었다. 16미터 도로와 8미터 도로가 만나는 모서리에 이어진 두 필지로, 경우에 따라서는 그 40평에 건물을 지어 활용할 수도 있었다.

그 밖에 더 계산해야 할 게 있다면 중간에 빠져나간 보살 마담의 원금 백만 원과 1년도 안 돼 원금을 곱으로 쳐 준 혜라의 백만 원이 더 있었다. 그중에서 광주 대단지에 자금으로 쓰인 돈은 혜라의 원금 50만 원뿐이라 결국 영희는 이미 백 5십만 원의 과실을 밖으로 빼돌린 셈이었다. 거기다가 억만이 저지른 50만 원이 더 있어 결국 영희가 빼돌린 돈은 2백만 원이 넘었다.

그렇게 빼돌린 돈까지 셈한다면 영희는 그 한 차례 투기에서 현금만으로도 곱장사는 되었고, 남아 있는 분양증을 넣으면 이익의 폭은 더 컸다. 영희는 그 이익의 분배를 놓고 한동안 고심했다. 처음 생각 같아서는 분양증을 숨기고 현금에서도 자신의 몫을 챙겨 두고 싶었다. 하지만 영희는 곧 마음을 바꾸었다.

'이제 시작이다. 여기서 내 앞으로 더 빼돌려 봐야 기껏 백만 원이다. 설령 분양증을 돈으로 바꾼다 해도 그 돈만으로 혼자 무엇을 해 보기에는 너무 적은 돈이다. 한 걸음 늦추자. 앞으로도 이 집의 잠재력은 내 자금으로 활용되어야 하고, 그러기 위해서는 더 많은 신임이 필요하다. 내 몫은 따로 빼돌려 둔 분양증만으로 충분하다. 현금으로 들어온 이익은 모두 이 집안에 돌려주자.'

영희는 그렇게 마음을 정하고 시아버지와의 정산(精算)에 들어갔다. 원래도 자본의 원리에 어두운 강칠복 씨였다. 거기다가 평생을 순박한 농부로 살아온 그에게 그 병리(病理)에 가까운 투기(投機)의 과일이 잘 이해될 리 없었다. 영희가 그동안의 경과를 설명하고 대강 계산을 맞춰 보이자 강칠복 씨는 겁부터 먼저 냈다.

"결국 압구정 논 판 돈 2백 6십만 원이 일곱 달 만에 4백 3십만 원이 되었다는 거냐? 중간에 억만이 놈이 일 한 번 저지르고, 너 그 비싼 하이야(택시) 타고 사흘거리로 광주 오락가락한 비용 다 물고도……."

"그런 셈이에요."

"네가 무슨 몹쓸 짓을 한 것 같지는 않다만 이거 이래도 되는 거냐? 야바위도 아니고 깡패 사다 딸라변(달러변) 놓은 것도 아닌데 일곱 달 만에 곱장사라……. 나는 무슨 조화 속인지 도통 알 수가 없구나. 정말 이래도 괜찮겠어?"

"걱정 마세요, 아버님. 요즘 땅장사 하룻밤에 두 곱 세 곱 뛰는 곳도 얼마든지 있어요. 이번에 크게 해 먹은 사람들한테 비하면 전 아직 조막손에 불과하다고요. 것도 지금 한창 배우는 중이라 겁이 많아 이 정도밖에 안 됐어요."

영희는 그래 놓고 짐짓 어리광을 부리듯 말했다.

"그런데 아버님, 여기서 한 50만 원 제가 쓰면 안 될까요?"

"그거야 뭐, 네가 번 돈이니까. 얼마를 쓰든……."

시아버지는 그렇게 대답해 놓고 다시 물었다.

"그런데 어디에 쓰려고?"

"집치장 좀 해야겠어요. 들여놓을 것도 좀 들여놓고. 허락해 주실 거죠?"

"집치장? 지금 이 집이 어때서? 갑자기 집치장은 왜?"

"사실 저 요즘 식구들한테 은근히 몰리고 있다고요. 무슨 장사 한다고 아버님하고만 쑤군대다가 시도 때도 없이 집을 비우고……."

"그거야 억만이 그놈이 제 구실을 못 하니 그렇지. 할망구도 그래. 지가 뭘 좀 알면 왜 너하고 나하고만 쑤군대고 말겠냐? 그런데 이제 와서 새삼 그게 왜? 너한테 뭐라든?"

"그건 아니지만, 뭘 하든 식구들한테도 떨어지는 것이 있어야 하잖아요? 그렇다고 돈을 앞앞이 나눠 줄 수도 없고…… 아무 말 마시고 제게 한 50만 원만 맡겨 주세요. 모두 좋아하게 집을 바꿔 놓을게요. 아버님도 좋아하실 거예요."

그리고 그 돈으로 한 일이 부엌을 입식으로 바꾼 것과 거실을 꾸민 일이었다.

코미디 프로가 계속되는지 거실에서는 연신 웃음소리가 그치지 않았다. 다행스러운 일은 저녁마다 좀이 쑤셔 못 견뎌 하던 억만이에게도 텔레비전이 적잖이 위로가 된다는 것이었다. 늦도록 그 앞에 앉았다가 건너와서는 영희가 챙겨 준 소주 한 병에 만족하며 잠들곤 했다.

아랫목에는 백일이 가까워 오는 태복이가 평온히 잠들어 있었다. 난산 끝에 낳은 첫아이였다. 아이의 잠든 얼굴을 보자 영희의 마음도 평온하고 아늑해졌다. 그래서 이제 그만 아이 곁에 누워 버릴까 하는데 거실에서 전화벨 울리는 소리가 들렸다. 이어 시누이의 목소리가 영희를 찾았다.

"언니, 전화 받아요."

영희가 전화를 받아 보니 대망(大望)부동산의 김 상무였다. 젊은 남자의 전화란 게 왠지 시집 식구들한테 부담이 돼 영희는 짐짓 말소리를 높였다.

"아니, 김 상무가 웬일이야? 이 밤중에."

"진작에 전화 드린다는 게 늦었습다, 누님. 그래도 절 잊지 않고 전화번호를 주셨는데."

"응, 그거. 실은 이제야 집에 전화를 놓게 되었길래. 요새 거기는 어떻게 돼 가나 하고."

"파장이죠, 뭐. 다 떠나고 오갈 데 없는 저희 같은 것들만 남아

파리 날리고 있습니다."

"그럼 정말로 신문 공고대로 되는 거야? 그 많은 사람 모두 다 휴시 조각 산 셈이냐고?"

영희는 남겨 둔 분양증이 걱정되어 저도 모르게 목소리가 진지해졌다. 김 상무가 애매하게 대답했다.

"글쎄요. 서울특별시장이 낸 공고니 그냥 헛말이 되지는 않겠죠. 하지만 돈 주고 산 게 휴지 조각이야 되겠습니까? 그건 그렇고 이젠 정말 여기 발 끊으신 모양이죠. 어째 한 번도 안 나오십니까?"

"거긴 파장이라며? 파장에 가 봐야 뭐 해?"

영희는 전화가 길어지는 게 눈치가 보여 억만 쪽을 힐끔 쳐다보았다. 억만은 새로 시작된 연속극에 정신이 팔려 있고 오히려 전화를 건네준 시누이가 이따금 영희 쪽을 할금거리는 눈치였다.

"파장은 막차와 달라요. 꾼은 오히려 파장에서 좋은 물건 줍는다는 말 못 들었어요?"

"나는 꾼이 못 돼서 파장은 자신 없어."

"실은 오늘 이상한 손님을 받아서 그래요. 전에 일찍 손 털고 간 영동 아줌마 있죠? 그 아줌마가 다시 떴더라고요. 아직 물건을 거두지는 않았는데 여기저기 묻고 다니는 게 다시 거둘 마음도 있는 모양이던데요."

"그래?"

"다른 데 들어가지 않으셨으면 누님도 한번 나오세요. 나도 뭔가 보이기는 하는데 통 감이 안 잡혀서……."

"내가 뭘 아는 게 있어야지. 알았어. 내 틈나면 한번 갈게."

영희는 그렇게 말하고 전화를 끊었다. 그러고 보니 성남에서 손을 씻은 게 벌써 석 달이 가까워 오고 있었다. 시아버지에게 당부해 현금을 은행에 묶어 두고 다시 손댈 만한 곳을 찾아보았으나 아직은 마땅한 곳이 없었다. 여의도는 개발계획이 진행 중이라 땅값의 추가 상승이 예상되고는 있어도 워낙 1차 상승이 가팔라 추가 상승폭에 자신이 없었고, 강남은 너무 광범위해 어디다 손을 대야 할지 가늠이 서지 않았다. 다만 연초(年初)에 기공식을 가진 잠실 지역이 좀 확실한 편인데 아파트 단지라 경험이 없어 아직 살피고 있는 중이었다.

"어디서 온 전화야?"

그래도 남편이라고 아주 무관심한 것은 아니었는지 영희가 수화기를 놓자 억만이 화면에서 눈을 떼며 물었다. 영희는 긴 설명이 귀찮아 반은 졸며 소파에 앉아 있는 시아버지를 향해 말했다.

"아버님, 저 내일 성남 한번 다녀올까 해요."

"응? 성남? 거긴 또 왜?"

"제가 잘 아는 복덕방이 있는데, 거기서 절 좀 보자네요. 한번 손 턴 곳이지만 그래도……."

그렇게 대답해 놓고는 억만에게 눈짓으로 알았느냐는 말을 대신했다. 억만도 더는 캐묻지 않고 텔레비전 화면으로 눈길을 돌렸다.

이튿날 영희가 성남에 도착한 것은 열한 시 조금 넘어서였다. 아침 설거지를 끝내고 출발한 데다 버스를 타고 가느라 시간이 걸린 탓이었다. 버스 정류장에서 내려 대망부동산으로 가는 동안 영희는 변한 거리의 모습에 섬뜩한 기분까지 들었다.

거리 양편으로 줄지어 들어서 있던 천막이나 가건물 복덕방들은 태반이 사라지고 남은 것들도 안에 사람이 있나 싶을 만큼 조용하기 짝이 없었다. 거기다가 사이사이 들어섰던 술집이나 식당들도 마찬가지로 줄어들어 여기가 석 달 전만 해도 그렇게 붐비던 바로 그곳인가 싶을 정도였다. 건물들이 천막이거나 가건물이어서 더욱 그랬는지도 모를 일이었다.

'이건 아니잖아? 완전히 죽은 거리야…….'

영희는 속으로 은근히 실망하며 대망부동산의 유리문을 열고 들어섰다.

"누님, 어서 오십쇼. 기다렸습니다."

그 많은 동생은 다 어디 갔는지 낯선 소년 하나와 텅 빈 사무실을 지키던 김 상무가 반색을 하며 맞았다. 그만은 아직도 기름이 자르르 흐르는 듯한 차림이요 표정이었다.

"버스를 타고 오느라 좀 늦었어. 그런데 모두 어디 갔지?"

"누구 말이에요? 아, 걔들? 나와 봤자 할 일도 없으니 모두 쉬고 있죠. 저쪽 당구장이나 다방에 죽치고들 있을 거예요. 아주 여길 뜬 놈들도 있고. 사장님도 요즘은 띄엄띄엄 나오세요."

"오다 보니 정말 파장이데. 이러다가 여기 개발 중도 포기되는 거 아냐?"

"그러기야 하겠어요? 하지만 걱정은 걱정입니다. 중도 포기야 않겠지만 기세란 게 있으니까. 신도시건 뭐건 결국 사람이 몰려야 하는 거 아니겠어요? 그런데 그 몰리는 기세를 꺾어 놨으니…… 어쨌든 여기 앉으세요."

김 상무는 그렇게 자리를 권해 놓고 멍하니 서 있는 소년을 날카롭게 쏘아보며 소리쳤다.

"인마, 뭐 해? 손님이 오셨는데 박카스도 한 병 안 내오고."

그러자 소년이 펄쩍 놀란 표정으로 사무실 구석 캐비닛으로 달려가 박카스 한 병을 꺼내 왔다. 너덜너덜한 상표에다 먼지까지 껴 있는 병이라 영희는 마시고 싶지 않았다. 그대로 받아 놓고 대각선으로 비스듬히 앉은 김 상무에게로 고개를 돌렸다.

"그런데 여기서 뭐가 느껴진다는 거지? 내가 보기엔 영 가망 없어 보이는데."

"바로 그겁니다. 영 가망 없어 보이는 거. 하지만 어차피 이곳은 신도시로 개발되어야 할 곳 아닙니까?"

"그건 그렇지."

"만약 서울시가 돈이 많다면 사람이 모이건 안 모이건 개발을 계속하겠죠. 그러나 가진 것 없이 개발하려면 결국 사람이 꾀게 해야 할 거 아닙니까? 그래야 자본도 몰릴 테니."

거기까지 듣자 영희도 김 상무가 하려는 말이 무엇인지 알 수 있을 것 같았다. 김 상무가 말한 그 '감'이 작동하기 시작한 것인지도 몰랐다.

"그러니 다시 판을 차려 줄 거다 이 말이지. 사람들을 떠나게 한 그 규제를 풀어 주어……."

영희가 그렇게 말하자 김 상무가 기분 좋게 웃으며 받았다.

"역시 누님이셔. 척하면 삼천리라니까."

"그렇지만 아닐 수도 있어. 관리들이란 거 이상하게 생각들이 꼬이면 영 삼천포로 빠지는 수도 있다니까. 고집도 아니고 뭐랄까, 그걸 경직된 사고라고 하나……."

"하지만 여긴 그럴 수 없을 겁니다. 그러고 싶어도 그러지 못할 거예요."

갑자기 김 상무의 표정이 굳어지며 그렇게 힘주어 대꾸했다.

"그건 또 어째서 그래?"

"실은 말입니다. 어제 영동 아줌마가 무얼 묻고 다녔는지 아세요? 지금까지 전매된 딱지가 얼마나 될까 하는 거였습니다. 나는 무심코 생각나는 대로 대답해 주었습니다. 하지만 돌아서서 가만히 생각해 보니 그게 아니더군요. 그래서 이번에는 꼼꼼히 그동안 우리가 거래한 것에다 다른 업자들을 감안해 계산해 보았죠. 줄잡아 2만 장은 될 것 같습니다. 어쩌면 그보다 많을지도 모르죠. 그런데 2만 장밖에 안 된다 해도 그게 무슨 뜻인지 아십니까? 그건 그 전매가 무효가 되거나 그에 가까운 불이익을 받는다면 2

만 명이 직접적으로 영향을 받는다는 뜻이죠. 그 2만 명도 대개는 한 집안의 대표라 실제적인 이해관계인은 줄잡아 10만이 되죠. 그런데 과연 뒤늦은 공고문(公告文) 한 장으로 그들이 가진 전매 딱지를 모두 휴지 조각으로 만들 수 있을까요? 그것도 내 집 마련의 절실한 염원으로, 그들로서는 거의 전재산을 들여 사들인 딱지를……. 아마도 영동 아줌마가 재고 있는 게 그거 같습니다."

"하지만 김 상무도 알다시피 딱지 장사를 한 건 대개 외지 투기꾼들 아냐? 막말로 돈 놓고 돈 먹기 하다 막차 탄 사람들, 2만 아니라 20만인들 무슨 할 말 있겠어?"

"그건 그렇잖죠. 영동 아줌마도 그랬고 누님도 그랬지만 그 사람들은 이미 서울시장 공고 이전에 거지반 빠져나가지 않았어요? 그리고 아직 가지고 있다 쳐도 그래요. 여차하면 실수요자에게 헐값으로 내던질 테고, 그리 되면 서울시가 마지막으로 상대할 사람은 실수요자 2만이 된다고요."

대답하는 품으로 보아 김 상무는 이미 여러 날 그 일로 앞뒤를 재어 본 사람 같았다. 하지만 그래도 영희는 김 상무의 논리에 선뜻 동의할 수 없었다. 경우에 따라서는 국가권력에 정면으로 도전하는 것이 될 수도 있는 그런 발상 자체가 섬뜩할 뿐이었다.

"까짓 2만…… 어릴 적에 들은 말이지만 6·25 때는 남로당이 백만이라고 떠들어 댔지만 휴전 때까지 별로 맥을 못 췄어."

영희는 문득 희미한 옛 기억을 떠올리며 그렇게 받았다. 그게 정말 어릴 적의 기억인지 자라면서 듣게 된 말인지는 알 수 없지만.

"그건 6·25 때 얘기고, 지금은 달라요. 무슨 빨갱이 하자는 것도 아니고, 그저 들어가 살 집 하나 지키자고 들고일어나는 사람들, 그거 정말 감당하기 힘들걸요. 누님은 군대에 가 보시지 않아 잘 모르시겠지만 2만, 그게 얼마나 많은 건지 알아요? 2개 사단입니다, 2개 사단. 거기다가 직접적인 이해관계인 합치면 금세 10만으로 불어날 텐데, 그거 무섭습니다."

"나는 김 상무 얘기가 더 으스스한데. 어쨌든 그거 믿고 다시 들어가 보잔 말이야?"

"아니죠, 그건 최악의 시나리오고…… 실은 그전에 얼마든지 다른 조치가 나올 수 있다는 겁니다. 사태를 아직 유동적으로 본다는 거죠. 그렇다면 지금 절반 이하로 떨어져 있는 전매 딱지들 다시 한 번 거두어 볼 만도 하지 않은가, 하는 뜻이죠."

"그래도 난 그건 자신 없어."

"영 누님답지 않으시네. 위험이 크면 이문도 많다는 거 몰라요? 저번에 먹은 것도 있으신데 한번 크게 걸어 보시지 않고……."

"내 돈이라면 그래 볼 수도 있어. 하지만 내가 굴리고 있는 돈은 내 것이 아냐. 한 번 실패하면 그대로 끊겨 버리고 마는 돈줄이라고. 그리고 그걸로 내 인생도 마감이야. 하기야 이런 내 속사정 김 상무가 어떻게 알겠어……."

영희는 그렇게 말해 놓고 한숨과 함께 덧붙였다.

"그러지 말고 — 바람이 다시 돌아오거든 내 꺼 남은 거 있지?

단대동 코너 요지 말이야. 그거나 좀 처분해 줘."

"그건 남겨 두었다 나중에 건물이라도 얹겠다고 하지 않으셨어요?"

"나도 그렇게 생각했는데 김 상무 말 듣고 보니 마음이 달라졌어. 최소 평당 5만 원은 받으려고 했는데 3만 원이면 넘길게."

"것도 지금으로 봐서는 과한데요."

김 상무는 금세 거간꾼으로 돌아가 그렇게 받아 놓고 몸을 일으켜 사무실 벽에 걸린 지도 쪽으로 갔다.

"보자, 그 땅이 어디더라? 지번이 얼마죠?"

영희는 외고 있지 못한 지번을 대는 대신 몸을 일으켜 김 상무 가까이 다가간 뒤 지도 한쪽을 손가락으로 짚었다.

"여기잖아? 이 코너."

"이건 이면도로와 소방도로 코너잖아요? 뭐, 별로 대단한 코너 같지도 않은데……."

"소방도가 아냐. 한쪽은 16미터고 한쪽은 12미터 도로라고. 거기다가 시청 부지하고도 멀지 않고……."

"보자…… 이 근처에 뭐가 들어서더라?"

김 상무는 부근 이곳저곳을 짚으면서 기억을 더듬었다. 그러나 표정이 그리 신통치 못한 것으로 보아 의지가 될 만한 큰 건물이나 관청이 별로 없는 것 같았다.

"그러지 말고 나하고 한번 가 보는 게 어때? 아직 한 번도 안 가 봤지?"

"가 보나마나죠 뭐. 이 바닥 눈 감아도 훤해요."

"그래도 가 보는 것과는 달라. 가 보면 감이 다를 거라고."

영희가 다시 한 번 그렇게 권했다. 김 상무가 잠깐 뭔가를 생각하는 것 같더니 손가락 마디를 두둑 꺾으며 시원스레 말했다.

"그럼 한번 가 보죠. 하긴 지금 뭐 할 일이 있는 것도 아니고……."

그러고는 사무실 구석에 멀뚱거리며 서 있는 소년을 돌아보았다.

"나 좀 나갔다 올 테니 사무실 잘 봐. 형들 중에 누구 돌아오거든 나 대신 사무실 지키라고 잡아 두고."

김 상무는 아직 자가용까지 유지하고 있었다. 코로나 구형이지만 건사가 잘돼 제법 반질거리는 차였다. 하지만 전에 있던 운전사는 내보냈는지 자신이 직접 끌고 나왔다.

차창을 통해 훑고 지나가 그런지 그곳의 경기 침체는 얼마 전 걸어 들어오면서 볼 때보다 훨씬 진하게 느껴져 왔다. 군데군데 짓다 만 건물들이 을씨년스럽게 서 있었고 문을 닫은 점포들이 드문 인적과 어울려 유령의 마을을 연상케 했다.

"참 큰일났어요. 7·10 조치가 부동산 경기만 잡아 둔 게 아니라고요. 건축 경기까지 잡아 놔 없는 사람들 밥줄까지 끊어 놨다고요. 여기 건축 경기가 흥청거릴 때는 날품 팔기도 수월했는데 지금은 다시 일거리 찾아 서울로나 가야 할 판이니…… 그래도 분양증 지키자면 여기 주민등록뿐만 아니라 실제로 거주까지 해야 하고, 겨울은 닥쳐 오는데…… 정말 남의 일 같지 않아요."

운전을 하면서 김 상무가 제법 진지하게 철거민들 걱정을 했다. 어쩌면 뒷날 그의 성공에는 그런 따뜻한 마음도 한몫을 했는지 모른다. 그와 영희의 인연이 그토록 길게 이어지게 된 데도.

"저기야, 저 코너."

차가 언덕길을 오른 지 얼마 안 돼 영희가 한곳을 가리키며 말했다.

"저도 알아요. 그렇지만 한 바퀴 휘둘러봅시다. 뒤로 동네가 얼마나 뻗어 갔는지. 동네로 보아 다른 출구가 몇 개가 되는지……."

"건 왜?"

"동네가 찼을 때 유동 인구를 계산해 보려는 거죠. 사람이 얼마나 들락거리는 길목이 될 건지 말입니다. 저기 건물을 짓는다면 값은 그걸로 결정되지 않겠습니까?"

김 상무는 천천히 차를 몰아 동네 안으로 들어갔다. 부동산 경기가 얼어붙어 건축 경기까지 주저앉았다고는 하지만, 전매 금지 공고에 영향을 받지 않는 실수요자(實需要者)들 중심의 소형 건축은 그래도 이어지고 있었다. 별로 길지 않은 골목 하나를 지나는 데도 공사 중인 주택이 세 군데였다.

"이리로 쭉 나가면 다시 큰길이 나오지, 아마."

김 상무가 그렇게 중얼거리며 완만한 언덕길을 따라 차를 몰았다. 거기서도 몇 군데 주택 공사를 하는 데가 있었다. 이미 짧아진 해를 의식해서인지 일하는 사람들의 움직임이 매우 빨랐다.

영희는 조수석에 앉아 김 상무가 동네를 다 돌기를 기다리며 일하는 사람들을 건성으로 바라보았다. 그런데 가장 등성이가 될 성싶은 안동네를 돌아나올 때였다. 무언가 강한 빛살처럼 영희의 눈길을 끄는 것이 있었다.

영희가 주의를 기울여 그쪽을 보니 특별날 것도 없는 주택 공사장이었다. 겨우 판잣집이나 면할 정도의 블록 집인데, 시멘트 기와로 지붕을 마무리하기 위해 목수와 인부 몇 명이 바쁘게 오락가락하고 있었다. 그래서 다시 고개를 돌리려는데 인부들 중 하나가 힐끗 영희 쪽을 돌아보았다.

"오빠다. 오빠로구나……."

영희는 하마터면 그렇게 탄성을 지를 뻔했다. 하지만 영희는 지그시 입술을 사리물어 터져 나오는 소리를 죽였다.

예전의 영희 같으면 그대로 차를 세우게 하고 달려 나가 명훈을 얼싸안고 보았을 것이다. 그러나 세상을 향해 받아치기를 시작한 그때의 영희는 달랐다. 명훈이 자신을 알아보지 못하게 얼른 고개를 돌린 그녀는 무턱대고 감정의 충동에 따르는 대신 냉정하게 앞뒤를 따져 보았다.

'오빠가 왜 여기에 오게 됐을까? 그새 막노동자로 전락하고 만 것일까?'

하지만 그렇게 보기에는 일하는 것이 너무도 당당했다. 막일하는 인부 특유의 찌들리고 지친 몸짓은 찾아볼 길이 없었다.

'그럼 여기 우리 집을 짓고 있는 걸까?'

그렇게 보기에는 또 명훈의 모습이 너무 초라했다. 곁의 인부들이나 다름없이 허름한 차림에 방금 들고 있는 건자재도 직접 인부의 하나로 일하고 있음을 보여 주는 것이었다. 게다가 영희를 더욱 혼란스럽게 하는 것은 그 밖에도 더 있었다. 돌내골에서 개간지를 경작하던 명훈이 거기에 집을 짓게 되기까지의 과정이 상상 속에서도 도무지 연결되지 않는 일이었다.

영희도 가족들이 끝내 돌내골을 떠난 것쯤은 알고 있었다. 그러나 그 뒤의 전전(轉轉)에 대해서는 들은 바도 없거니와 알려고 애쓰지도 않았다. 그대로 가다가는 자신이 도회의 뒷골목 진창에서 흐물흐물 녹아 사라져 버릴 것같은 불안에 빠져들면서, 그래서 살아남기 위한 표독스러운 결의를 굳히면서 오직 자신만을 바라보기로 한 까닭이었다.

"왜, 아는 사람입니까? 차 세울까요?"

눈치 빠른 김 상무가 그러잖아도 천천히 몰던 차의 속도를 더욱 떨어뜨리며 물었다. 영희가 줄곧 명훈에게 눈길을 주고 있음을 알아차린 것 같았다.

"아뇨. 그냥 지나가요."

영희는 그렇게 대답해 놓고 다시 차분하게 헤아려 보았다. 자신이 오빠 앞에 나타나도 좋을 때인지 아닌지를. 가슴에 뭉클하는 혈육의 정으로 봐서는 어찌 됐든 오빠를 부여안고 한바탕 눈물이라도 흘리고 싶었다. 하지만 그녀는 기어이 김 상무의 차에서 내리지 않은 채 그 골목을 빠져나왔다.

'오빠가 한 노가다로 일하고 있다면 우리가 만나는 것은 서로 간의 고통을 더할 뿐이다. 나는 아직 오빠를 도울 힘이 없고, 오빠만 부끄러운 삶의 현장을 내게 들킨 꼴이 된다. 오빠가 어렵게 터를 장만하고 우리 집을 얽고 있는 중이라도 결과는 크게 다를 바 없다. 적어도 오빠가 나를 도울 만큼 여유 있어 보이지는 않고, 그래서 오히려 목표하는 수준에 이를 때까지 앞도 뒤도 돌아보지 않겠다는 내 결심만 흔들리게 할 수도 있다. 그냥 지나가자. 좋은 다음 날 옛말로 되짚어 보기로 하고…….'

영희가 그런 결정을 내리게 된 데는 언젠가 가족들 걱정을 하는 영희에게 혜라가 해 준 말도 한몫을 했다.

"피니 정이니 하는 것, 때로 우리 앞을 가로막는 질퍽한 진창과도 같은 것이야. 진창을 가장 마뜩하게 건너는 법은 피해 가는 것이지. 길을 좀 돌더라도."

차가 골목을 빠져나와 명훈이 더는 보이지 않게 되었을 때에야 영희는 속으로 눈물을 삼키며 중얼거렸다.

"오빠, 미안해. 좋은 다음 날 꼭 찾을게."

한 작은 종말

"너는 거짓말을 했어. 봐, 메뚜기는 한 마리도 없잖아?"

명혜가 토라진 얼굴로 빈 사이다 병을 들어 보이며 말했다. 말간 병 안에는 메뚜기 두어 마리가 힘없이 비실거리고 있을 뿐이었다. 인철은 억울했다.

"아니야. 지난 토요일은 여기서 한 됫병을 채우고도 남아 강아지풀 줄기에 메뚜기를 줄줄이 꿰어 왔다고. 너희도 그때 다 봤잖아? 그러지 말고 저쪽 논으로 가 보자. 거기 가면 틀림없이 메뚜기가 우글거릴 거야. 따라와 봐."

인철은 그렇게 말하고 곁의 논으로 옮겨 누런 벼 포기를 들춰 보았다. 그런데 어디로 가 버린 것일까. 그렇게 많던 메뚜기가 한 마리도 보이지 않았다.

정말 진땀이 솟을 지경이었다. 그때 명혜가 다시 나타나 인철의 발 앞에다 빈 병을 내던지며 말했다.

"거짓말쟁이. 난 이제 집에 갈 거야. 가서 다 일러바치고 말 거야."

"아니야, 아니라니까. 정말……."

인철이 다급해서 그렇게 소리치며 명혜의 옷자락을 잡았다. 그러나 명혜는 아무 말 없이 인철의 손을 뿌리치고 논둑길로 달려가 버렸다. 울고 있는 것 같았다. 그게 인철을 더욱 괴롭게 했다. 안 돼, 안 돼……. 그러면서 허겁지겁 명혜를 뒤따르다가 갑자기 나타난 벼랑 아래로 굴러떨어지면서 잠에서 깨어났다.

꿈이었다. 그러나 꿈이라기보다는 방금 본 한 토막의 영화처럼 모든 정경이 생생하게 눈앞에 되살아났다. 무의식 깊은 곳에 잠겨 있던 것이기는 했지만 틀림없이 있었던 일의 기억이었다.

아마도 사라호 태풍이 있었던 그해 가을이었을 것이다. 수해를 입은 셋집이 복구되지 않아 아직 명혜네 집에 더부살이할 때였는데 어느 토요일인가 인철은 다른 아이들과 선불이란 곳으로 놀러 간 적이 있었다. 그런데 마침 벼가 누렇게 익어 가는 늦가을이라 돌아올 때는 메뚜기를 됫병으로 하나 가득 잡고도 강아지풀 줄기에 여남은 꿰미나 줄줄이 꿰어 올 수 있었다. 그걸로 영남여객 아주머니에게 잔뜩 칭찬을 들은 인철은 그다음 토요일 명혜와 병우, 그리고 옥경을 데리고 다시 선불로 갔다.

어른들로 보면 그들이 잡아 올 메뚜기보다 집 안에서 복닥거리며 소란을 떠는 아이들을 멀리 내보내는 구실로 더 요긴했겠지만,

어쨌든 인철은 그 나들이의 주장 격이 되어 의기양양하게 아이들을 이끌었다. 그런데 이 무슨 변괴일까. 막상 선불에 가 보니 벼 포기만 건드려도 사방으로 뛰고 날던 메뚜기 떼는 어디로 갔는지 넓은 논바닥을 이리저리 휘젓고 다녀도 통 보이지가 않았다. 그러다가 양지바른 곳에서 몇 마리 잡아도 건드리면 툭툭 쓰러지는 이상한 메뚜기들뿐이었다.

메뚜기 떼가 그렇게 자취를 감춘 까닭은 아마도 그 주일만 해도 두 번이나 내린 무서리에 있을 것이었다. 하지만 그때 이미 국민학교 5학년이었는데도 인철에게는 그 까닭을 설명할 길이 없었다. 데리고 간 아이들 셋에게 거짓말쟁이로 몰려 곤욕을 치르면서도 어떻게든 거기서 벗어나기 위해 좀 더 먼 논으로 그들을 이끌다 깜깜해진 뒤에야 빈손으로 돌아올 수밖에 없었다. 훨씬 지난 뒷날에야 비로소 일이 그렇게 된 까닭을 알아차리고 얼마나 억울해했던지.

그런데 그 오래된 기억이 왜 갑자기 꿈으로 나를 찾아왔을까……. 인철은 머리맡을 더듬어 담배를 찾으며 속으로 그렇게 중얼거렸다. 남향으로 난 창문에서 쏟아지는 빛이 감은 눈으로도 한낮이 다 돼 감을 짐작게 했다.

아주 뒷날, 거의 중년이 될 때까지 그랬지만 명혜 꿈을 꾼 날은 이상하게도 온몸이 나른해지고 감정이 풀어질 대로 풀어져 한동안은 안절부절못하게 되는 인철이었다. 그날도 담배를 붙여 물어 그런 기분을 진정시키려 했지만 한동안을 무슨 자우룩한 안개 속에라도 홀로 선 기분으로 꿈의 잔영(殘影)에 사로잡혀 있었다. 그러다가 담배 한 개비가 거의 다 타서야 느닷없이 후회스러운 기분이 되어 중얼거렸다.

'내가 너무 오래 너를 잊고 있었다…….'

그런 중얼거림이 실마리가 되어 의식이 서서히 되살아났다. 몸을 일으킨 인철은 새삼스러운 눈길로 방 안을 돌아보았다. 어제와 달라진 게 별로 없는 하숙방의 정경이 어지럽게 펼쳐져 있었다. 개는 법 없이 펼쳐져 있는 이부자리, 읽다 던져 둔 책들, 뭔가를 휘갈겨 둔 노트들, 그리고 방 한구석에서 나뒹구는 막걸리 주전자와 김치 조각이 말라붙은 접시…… 새벽에 취해 잠들 때 그대로였다.

방 한구석 앉은뱅이책상 위의 탁상시계는 열한 시를 가리키고 있었다. 이부자리를 빠져나온 인철은 파자마 차림으로 방을 나섰다. 수돗가에서 아무렇게나 목을 축이고 다시 방으로 들어가려는데 하숙집 아주머니가 부엌 미닫이를 열고 밖을 내다보며 물었다.

"학생, 또 술 마셨구나. 아침은 어떡할 거야?"

"좀 있다 점심 겸해서 먹죠."

인철이 그렇게 대답하고 방 안으로 발을 들여놓는데 아주머니의 걱정스러운 목소리가 뒤따라왔다.

"아무리 젊지만 몸을 그리 함부로 쓰는 거 아냐. 먹을 때 먹고 잘 때 자야지. 그리고…… 술도 학생으로는 너무 심한 거 같은데."

인철은 대꾸 없이 문을 닫았으나 아주머니의 그 같은 주의는 잠시 자신을 돌아보게 했다.

'그래, 나한테 지금 무슨 일이 일어나고 있지? 무언가 어디선가 헝클어진 것 같은데……'

하지만 휑한 머리에는 그 이상 떠오르는 게 없었다.

그런데 인철이 다시 자리에 누우려고 몸을 수그렸을 때였다. 문득 벽에 걸린 거울에 비친 자신의 모습이 눈에 들어왔다. 거울 속의 얼굴이 한지(韓紙)를 바른 유리창을 통해 들어온 빛을 받아 희게 빛나고 있었기 때문에 더욱 눈에 띄었는지도 모를 일이었다.

인철은 엉거주춤 거울 앞에 앉으면서 별생각 없이 그 안에 비친 자신을 들여다보았다. 강한 빛을 받아 희게 빛났을 뿐 자세히 들여다보니 불면과 술의 악순환에 멀겋게 뜬 피부였다. 거기에 이제 겨우 스물셋의 나이에는 어울리지 않게 굵은 주름들이 파여 있었는데, 그 주름들은 또 푸르스름한 그늘을 드러내고 있었다. 그중에도 베개를 잘못 베어 난 일시적인 주름이 특히 짙은 그늘을 드러내고 있어 보는 인철을 섬뜩하게 했다.

인철은 놀라 다시 한 번 자신을 천천히 살폈다. 그렇게 생각해서 그런지 거울 속에서 자신을 마주 보고 있는 얼굴이 낯설기 짝이 없었다. 한번도 용모에 자신을 가져 본 적은 없지만, 그래도 언제나 미덥고 넉넉해 보이던 그 얼굴은 이제 바래고 깎이어 막 부스러져 내리려는 석상(石像) 같았다.

인철이 참으로 오랜만에 주관(主觀)으로부터 한 발 물러나 자신을 돌아보게 된 것은 바로 그 거울 속의 모습이 준 충격 때문이었을 것이다. 무엇이 자신을 그렇게 변화시켰는가에 의문이 미치면서 그동안 너무도 당연하게 여겨 왔던 몰입을 다시 한 번 차분하게 점검해 보게 되었다.

한 형이 '운명의 첫 키스'라고 이름한 그 합평회 이후 인철은 오랜 예정을 실천하듯 문학에 앞뒤 없이 빠져들었다. 그는 소설로 그들 사이에 끼어들었지만 시에 대해서도, 수필과 희곡에 대해서도 관심을 보였다. 어쩌면 오래 분출을 갈망하였으나 또한 그만큼 엄하게 억제되어 있던 표현의 욕구가 한꺼번에 터져나와 문학 장르 전체에 탐욕을 부리고 있었는지도 모를 일이었다.

인철은 그 여름 동안에 여섯 편의 단편 비슷한 산문(散文)과 열다섯 편의 시 비슷한 운문(韻文)을 썼다. 그는 한 형을 중요한 자문 대상으로 삼고 그것들이 하나씩 형체를 갖출 때마다 비평을 구했는데, 한 형은 무엇보다도 인철의 그런 생산성에 감탄을 표시했다. 인철이 고른 주제나 그것을 표현하는 양식의 적절함에 대해서도 한 형은 찬사를 머뭇거린 적이 없었다. 그리고 그 감탄과 찬사는 다시 불같은 격려가 되어 인철의 새로운 생산을 자극했다.

그런데 곧 최초의 좌절이 왔다. 인철의 글은 틀림없이 화려하고 그 안에 담겨 있는 관념도 그 또래의 폭과 깊이를 훨씬 뛰어넘는 데가 있었지만 현실감과 핍진성(逼眞性)을 획득하지 못했다. 무언가 공소(空疎)하고 낯선 것이 있어 가능성 있는 습작(習作)임은 인정할 수 있어도 현실의 문단에서 통용되고 있는 작품들과는 거리가 있다는 느낌을 지울 수 없었다.

인철은 곧 그 원인이 자신의 문학 수업이 주로 의지한 불완전한 번역의 세계 명작 전집에 있음을 알아차렸다. 그가 이것저것 닥치는 대로 읽어 대던 시절은 거의가 1960년대 초중반으로, 우리 번역 문화의 수준은 아직 보잘것없었다. 특히 해외 문학 번역은 책임 있는 외국 문학 전공자의 직역(直譯)보다는 일본어판 중역(重譯)이 더 흔했다는 편이 옳다.

따라서 그것들을 텍스트로 삼은 만큼 어휘나 관념은 화려하고 거창해도 섬세한 이해나 적용은 한계가 있을 수밖에 없었다. 거기다가 은연중에 인철의 문장에 침전된 인구어(印歐語) 번역 문체의 특수성도 표현에서의 핍진성을 떨어지게 만들었다.

그제야 놀란 인철은 그동안 근거 없는 경멸로 소홀히 했던 한국문학으로 덤벼들었다. 다행히도 그때는 전후(戰後) 20년의 경제적 축적을 노린 문학 전집물이 범람하던 시절이었다. 인철은 세 종류의 한국문학 전집을 구해 그 특유의 독파력으로 맹렬히 읽어 젖혔다. 석 달이 지나자 좀 억지스러운 대로 국문학사에서 제목을 들은 현대소설은 대강 읽어 낼 수 있었다.

하지만 그걸로 인철의 섣부른 좌절감은 지워지지 않았다. 오히려 그 탐독은 새로운 막막함을 불러냈을 뿐이었다.

인철이 그렇게 나이 들도록 한국문학에 무시와도 다름없는 편견을 품어 온 것은 무엇보다도 교양주의(教養主義) 전통의 결여 때문이었다. 좀 특이한 분류법이지만 그 이전의 인철은 문학작품의 고전성 혹은 진지성을 주(註)가 많고 적음에 따라 결정하였다. 대개 본문과 활자의 크기를 달리한 그 주들은 인철에게는 문학을 통한 인문적 교양의 확대란 의미를 띠었는데 우리 문학에서는 그런 재미를 찾아볼 수가 없었다.

하기야 우리 문학작품에 주가 없는 것은 우리끼리의 얘기에서 특별히 그게 필요하지 않아서일 수도 있다. 서구 문학도 자기 나라에서 출간될 때는 특별한 경우가 아니면 주를 달고 있지 않다. 따라서 한국문학이 교양주의적 전통 축적에 소홀했던 것을 주가 있고 없고에서 찾을 수는 없겠지만 어찌 된 셈인지 인철은 일찍부터 그걸 한 중요한 잣대로 삼았다.

그런데 인철이 새롭게 다가가 본 한국문학은 그런 편견이나 고정관념을 씻어 버리기에 충분했다. 주가 달려 있지는 않지만 그걸 이해하기 위해 다른 지적(知的) 보충이 필요한 작품들은 우리에게도 있었다. 특히 1960년대에 결실을 맺은 전후문학(戰後文學) 작품들은 그 확인을 넘어 은근한 감탄으로까지 다가왔다. 그는 「소시민」에서 제법 세련된 교양주의를 찾아냈고, 『광장』『회색인』『원형의 전설』에서는 그의 또 다른 문학적인 기호(嗜好)인 관념성까지 확인하는 감격을 맛보았다.

그중에서도 최인훈의 『광장』은 그의 의식에는 아직도 벗어날 수 없는 원죄로만 작용하는 이데올로기가 한 소중한 문학적 자산이 될 수도 있다는 걸 깨우쳐 준 점에서 또 다른 의미를 가졌다. 그가 다시 아버지 찾기를 시도하게 된 것도 그 작품에서 받은 자극 때문으로 해석해야 한다. 마침내 아버지를 지워 버리지 않고 얘기할 수 있는 길을 찾았다 —. 인철이 남긴 그 책의 독후감에서는 그런 구절까지 보인다.

물론 그때도 서구 문학 일변도로 연마된 그의 문학적 감수성이 시건방을 떨지 않은 것은 아니었다. 어쭙잖은 이데올로기, 혹은 그것에 바탕한 제도나 권력에 희생된 인간상을 잘 형상화한 작품으로 『25시』를 들고 나와 『광장』을 의식적으로 깎아내린 적도 있었다. 구성과 인물의 배치에서 저쪽은 얼마나 입체적이고 다채로운가. 이야기의 방식은 생생하면서도 잔잔하고, 관점이나 배경의 설정에서도 어떤 총체성을 획득하고 있다. 그런데 이쪽은 얼마나 빈약하고 단조로운가. 평면적이고 작위적인가…….

하지만 그런 폄하는 발표된 지 벌써 10년이 지났는데도 여전히 유지되는 감탄과 감동의 분위기에 대한 반발이자 이제 막 출발하는 자의 치기였다. 겉보기에는 도저(到底)한 문학적 자존심으로 세상의 견해를 거역하고 있어도 인철의 진심은 그렇지가 못했다. 혼자가 되어 다시 그 책을 떠올리면 알 수 없는 불안과 위압감에 내몰렸고, 나아가서는 드디어 우리에게도 시작된 그 위대한 전통의 축적에 가담하고 싶은 열망에 빠져들기까지 했다.

아주 오랜 세월이 지난 뒤, 그 자신 한 중견 작가가 되어서야 인철은 좀 객관적이 되어 왜 『광장』이 그 자신뿐만 아니라 우리 문학사에서도 그토록 중요한 의미를 갖는가를 곰곰이 생각해 보게 되었다. 그 결과는 가벼운 작품론 형태로 어떤 문학지에 실렸는데 그 서두는 대강 이렇게 시작된다.

한국의 관념소설, 특히 6·25를 소재로 한 이데올로기적 관념소설의 계보를 훑어보면 우리는 거기서 정치적 차단 장치를 가진 프리즘으로 분광(分光)된 한국문학사를 만나게 된다. 6·25는 햇볕처럼 여러 가지 이데올로기적 색상을 내포한 사태였고, 문학은 거기에 포함된 여러 갈래의 색상을 분석하기 위해 들이댄 유효한 프리즘 중에 하나였다. 그러나 정치적 차단 장치가 그 분광에 개입함으로써 그 모든 색상이 다 드러나는 데는 오랜 세월에 걸친 단계적 전개가 필요하였다. 반공(反共)이란 차단 장치가 엄격하게 작동되던 시절, 문학의 프리즘을 통과해 나온 6·25는 푸른색 계통의 색조만을 드러낼 수밖에 없었다. 1950년대 초중반, 뒷날 반공 소설로 비하되기도 한 일군(一群)의 작품이 바로 그러하다. 『카인의 후예』에서 『깃발』까지의 전개로, 굳이 이름을 붙이자면 '청색 시대'라 할 만하다.

그다음은 4·19의 세례를 받으면서 느슨해진 차단 장치의 틈새로 붉은색이 스며 나오기 시작한 시대다. 처음 그것은 푸름의 한 대비, 혹은 배경으로 활용되었으나 나중에는 꽤 짙은 농도로 푸른색에 개입했다. 1960년대 초반의 일로 이 시절의 가장 빛나는 성취는 『광장』이다. 하지만 그 '보라 시대'는 너무 짧게 끝나 버려 이후의 전개로 볼 만한 것은 별로 없었다.

군사정권의 대두와 함께 한국 이데올로기 문학은 한동안 청색 시대로 환원한 감이 없지 않았다. 그러나 1970년대가 열리면서 다시 한 색상이 겹겹의 차단 장치를 뚫고 조심스레 흘러나왔다. 유보(留保)의 노란색이었다. 판단이 유보되거나 필요 없는, 어린아이의 눈으로 본

6·25 문학이다. 나는 그때 이런 걸 보았지만 어려서 어느 편이 옳았는지 잘 모르겠다는 식인데, 여기에는 아직도 겹겹이 막혀 있는 붉은색에 대한 용인의 태도가 은연중에 숨겨져 있었다. 「장마」는 그런 '황색 시대'의 대표적인 작품이 될 것이다.

그러다가 정당성과 정통성의 기반이 한층 취약해진 1980년대의 군사정권 아래서 보다 강경해진 반공 이데올로기의 외양과는 달리 이변이 일어났다. 어느 시인의 노래처럼 버스를 갑자기 우로 몰면 승객은 오히려 좌로 쏠리듯 폭발적인 사회의식의 좌경화(左傾化)로, 이전의 정치적 차단 장치가 제어 기능을 상실하자 6·25의 마지막 색상이 마침내 쏟아져 나왔다. 어폐가 있을지 모르지만 '붉은 시대'의 전개로, 그 절정에는 이른바 '빨치산 문학'이 있을 것이다.

이러한 논의를 단순하게 적용하면 『광장』은 우리 이데올로기 소설의 네 경향 중에 한 경향을 대표하는 것에 지나지 않는다. 그런데도 그 책이 오래 잊히지 않는 것은 간색(間色)의 총체성, 혹은 종합성에 있을 것이다…….

그렇지만 그때 인철을 감동시킨 것은, 이미 말했듯, 그 작품이 바탕한 교양주의와 관념성이었을 것이다. 그리고 그 감동은 곧 자기 점검의 계기로 작동돼 인철은 갑자기 자신의 인문 교양적 축적을 되돌아보게 되었다.

뒷날 인철은 "모든 것을 다 아는 바보"란 표현을 즐겨 썼는데, 실은 그때 찾아낸 자신의 모습이 바로 그랬다.

'아, 나는 모든 책을 읽었어라…….'

인철은 흥이 오르면 곧잘 그런 허풍스러운 탄식을 되뇌었다. 그리고 또래들과 둘러앉은 대폿집에서는 저항 없이 그런 탄식이 먹혀들기도 했다. 정규의 교육 과정에서 일탈함으로써 벌어들인 시간을 유용(流用)한 결과이겠지만, 절대적인 독서량으로 보면 또래들을 은근히 압도할 수도 있었다.

그랬는데…… 엄밀히 되돌아보니 그게 아니었다. 자신에게 축적된 것은 정연한 인문 교양이라기보다는 뒤죽박죽의 잡학(雜學)에 가까웠고, 그나마 독학자의 편견과 독단으로 뒤틀려 있기 일쑤였다. 산중의 엉터리 도사처럼 도통(道通)한 것은 그 자신과 그에게 홀린 얼치기 제자에게일 뿐이었다.

무엇 하나 제대로 아는 것이 없다. 한번 그런 기분이 들자 그것은 점점 과장되어 마침내는 혼란으로 자라 갔다. 이제야말로 제대로 읽고 바로 이해하지 않으면 안 된다는 자각이 먼저 지식에 어떤 체계와 일관성을 요구했고, 이어 그 요구는 감당하기 어려운 절박함으로 인철을 짓눌렀다. 읽어야 할 책의 목록은 하루에도 수십 개씩 늘어나는 데 비해 시간은 터무니없이 헤프게 지나갔다. 급한 마음에 서문에서 서문으로, 해설에서 해설로 건너뛰다 소스라쳐 정독(精讀)으로 들어가면 금세 아득한 절망이 기다렸다. 읽어야 할 책이 너무 많구나…….

한번 그런 혼란에 빠지자 그 여름 스스로도 놀랄 만큼 샘솟던 말들은 일시에 물줄기가 막혀 버린 듯 말라붙어 버리고 말았다.

갑자기 말에 자신이 없어지면서 이미 읽어 둔 것, 또렷이 기억하고 있는 것들까지 의심스럽게 만들었다. 뿐만 아니라 나중에는 자신이 다시 말할 수 있게 될 것인가마저도 의심스러워졌다.

'뭐가 잘못되었다, 잘못되어도 크게 잘못되었어…….'

인철은 거울 속의 누렇게 뜬 얼굴과 푸릇푸릇해 뵈는 주름들을 보면서 홀로 그렇게 중얼거렸다. 무엇이 잘못됐을까. 그때 아련하게 전화벨 울리는 소리가 들리더니 이어 하숙집 아주머니의 목소리가 마루방을 건너왔다.

"학생, 학생 있어? 전화 받아."

인철이 송수화기를 넘겨받고 보니 정숙이었다.

"뭐 해? 또 하숙방에서 궁상 썩이고 있어?"

그렇게 들어서 그런지 정숙은 애써 지은 듯한 밝은 목소리로 그렇게 물어봤다. 지난번 헤어질 때를 떠올리고 멋쩍어진 인철이 더듬거리며 받았다.

"응, 실은 방금 일어났어."

"거 참, 고약한 병이네. 나도 문청(文靑: 문학청년) 병 앓는 애들 여럿 봤지만 너처럼 고약하게 앓는 애는 또 첨이다. 그럼 오늘 약속도 까맣게 잊고 있었겠네."

"약속? 무슨 약속?"

인철은 얼른 기억이 안 나 그런 물음으로 자신이 잊고 있었음을 그대로 실토하고 말았다. 정숙이 나무람의 어조를 비꼼으로 바꿔 인철의 기억을 일깨웠다.

"나이도 많지 않으신 분이 벌써 건망증이 있으시군요. 오늘 내 친구 생일 파티……."

그제야 인철도 퍼뜩 그날의 약속이 떠올랐다. 그러나 마지못해 승낙하던 때의 성가신 느낌과 함께였다.

"아, 그거? 그랬지. 하지만 정말 꼭 가야 하나?"

"네가 그러고 들어앉았으니까 더욱."

"내가 뭘 어쨌다고……."

"몰라서 물어? 학교도 안 나오고, 사람도 안 만나고…… 너 무슨 자폐증에라도 걸린 거 아냐? 하여튼 나와. 나와서 사람들하고 어울려. 너하고 썩 잘 어울릴지는 모르지만 좋은 아이들이야. 술도 좋은 술로 실컷 마시게 해 줄게."

정숙의 목소리는 사뭇 설득 조였다. 지난번 만났을 때가 한층 선명하게 기억나 인철은 더 마다할 수가 없었다.

"알았어. 그런데 우리 어디서 만나기로 했지?"

"약수동 종점. 오후 네 시야. 시간 어기지 마."

정숙이 그러면서 전화를 끊었다. 인철도 전화를 끊고 나니 꼭 나쁘지도 않을 것 같다는 생각이 들었다. 그러고 보니 중간고사 끝난 뒤로는 거의 학교도 나가지 않았고, 한 형이나 광석은 물론, 용기를 비롯한 밀양 친구들마저 만나지 않은 지가 보름은 넘은 듯했다. 정숙이 말한 자폐증이라는 말이 예사롭게 들리지 않을 정도로 자신 속에 갇혀 지낸 보름이었다.

"학생, 어디 나갈 거야?"

전화 내용을 듣고 있었는지 하숙집 아주머니가 제 방으로 돌아가는 인철에게 그렇게 물었다.

"아, 네. 이따가 세 시쯤엔……."

"그럼 밥상 차려 줄까? 보니, 이발도 좀 해야 될 것 같은데. 학생 목욕탕 다녀온 것도 본 지 한 달은 넘는 것 같고."

"그건 아니지만…… 편한 대로 하십쇼. 뭐 어차피."

인철은 그렇게 우물거리고 자기 방으로 돌아가 새삼 그날의 외출에 대해 생각을 가다듬어 보았다. 그동안 한쪽으로 밀려나 있던 정숙의 존재가 갑자기 부풀어 오르며 책에 대한 탐욕과 실망 사이를 오락가락하던 의식이 조금씩 현실감을 되찾았다.

나흘 전인가, 정숙이 갑자기 인철의 하숙방을 찾아온 것도 그 시간 무렵이었다. 방도 치우기 전에 들어온 정숙은 먼저 코부터 감싸쥐었다.

"뭐야? 이 냄새. 이건 썩는 것도 아니고, 쉬는 것도 아니고…… 어디 아파?"

"아니, 그냥 느긋하게 지내다 보니……."

그러자 정숙이 더는 못 참겠다는 듯 일어나며 말했다.

"미안해. 내가 이런 일에 익숙하면 어떻게 방이라도 좀 치워 줘야겠는데, 난 자신 없어. 이런 데선 우선 견디기가 힘들어. 차라리 요 앞 골목 어귀에 있는 다방에서 기다릴게. '향수'던가. 하여튼 세수하고 빨리 그리로 나와."

인철이 다방으로 나가니 정숙은 그새 커피를 시켜 혼자 마시고 있었다. 다방 출입문을 들어서던 인철은 자신도 모르게 걸음을 멈추고 그런 그녀를 바라보았다. 동네 다방이라 요란한 실내장식이 있는 것도 아니건만 「트로이메라이」 선율이 잔잔히 흐르는 다방 안은 커피를 마시고 있는 그녀와 어울려 묘한 이국 정취를 풍겼다.

'참 잘 어울린다…….'

그러나 그것은 감탄이 아니라 서먹함이었다. 자신의 하숙방에서는 잠시도 견디지 못하던 그녀가 고전음악과 커피 향에는 녹아들 듯 편안하게 앉아 있었기 때문이다.

"뭐 해? 앉지 않고."

인철을 발견한 정숙이 잔을 탁자에 놓으면서 고개를 까딱했다.

"뭐 내 얼굴에 묻은 거라도 있어?"

"아니, 그저……."

"그저 뭐야? 뭣 땜에 그렇게 멀거니 사람을 바라보았지?"

"멀거니가 아니고 참 잘 어울린다는 생각……."

"뭐가 잘 어울려?"

"글쎄…… 저 「트로이메라이」 가락, 커피 향, 소파 이런 것들과 네가."

그러자 정숙이 문득 정색을 하며 받았다.

"실은 나도 그 비슷한 생각을 하고 있었어. 너를 두고 말이야."

"나를 두고?"

"응, 네가 왜 그런 하숙방하고 어울리지 않는지. 왜 네가 그런

방 안을 뒹구는 게 이렇게 싫은지."

"그런 하숙방이라면?"

"김치 쪼가리가 말라붙은 양재기, 땟국 흐르는 이불, 홀랑홀랑 벗겨져 나뒹구는 옷가지며 양말짝, 그리고 그 퀴퀴한 냄새…… 그게 다 너와 연관 있는 것인데도 도무지 그 연관을 인정할 수 없단 말이야. 네가 그냥 시궁창에 내던져져 있는 것 같아 견딜 수 없어."

이미 헤어져 있을 때는 별로 생각하지 않게 된 그녀였으나 그 말은 적지 않은 충격이었다. 그사이 자라난 그녀와의 거리가 새삼 씁쓸하게 느껴졌다.

"미안해. 너는 이걸 또 돼먹잖은 소공녀 취향, 서구(西歐) 취향이라고 하겠지?"

"'밑바닥 출신은 역시 할 수 없어'라는 말보다는 덜하겠지."

인철도 별로 감정을 숨기지 않고 받았다. 그러자 그녀의 표정에 감출 길 없는 서글픔이 떠올랐다.

"우리 뭐가 잘못되고 있는 것 같아. 열흘 만에 만나서 겨우 주고받는 말이 이런 거라니. 이렇게 서로 할퀴고 있다니……."

그녀가 그래 놓고 도리질이라도 치듯 머리를 흔들며 말했다.

"싫어. 우리 만남이 이런 식으로 변해 가는 거."

"나도 그리 유쾌하지는 않아."

거기서는 인철도 진심이 되어 그렇게 받았다. 그러나 어디서부터 그런 무거운 분위기를 풀어야 할지는 막막했다.

"그런데 정말 뭐야? 무슨 일이 있는 거야?"

정숙이 안타까운 눈빛으로 인철을 바라보며 물었다. 안타까운 것은 인철도 마찬가지였다. 자신이 빠져 있는 상황도 그랬지만 둘의 관계가 그런 식으로 진개되는 것도 설명할 길이 없었다.

"일은 무슨…… 책을 좀 읽고 있어."

"무슨 책이야? 무슨 책을 읽는데 그리 요란해? 학교도 안 나오고, 사람도 안 만나고."

"이것저것…… 실은 나 지금 조금은 비참한 기분이야. 사람은 그 때문에 만나기 싫은 거고."

"그건 또 무슨 소리야? 책 읽는다며? 책 읽는데 왜 비참해? 요즘 뭐 쇼펜하워라도 읽는 거야?"

"그렇게 쉽게 말하지 마. 내게는 심각해."

"뭐가 그리 심각해? 답답해서 그러니까 알아듣게 말해 줘. 나한테도 그만한 것 물을 권리는 있잖아?"

그런 그녀의 표정을 보자 인철도 더는 얼버무릴 수가 없었다.

"실은 말이야, 요즘 아주 막막한 기분이야. 모처럼 내가 할 만한 일을 찾아냈다고 생각했는데 갑자기 자격 미달이란 판정을 받은 기분이거든."

"너 글 쓰고 싶다고 하지 않았어? 아니, 그렇게 길을 정했다고 말했잖아? 그리고 실제로 여름 내내 썼고. 그런데 자격 미달이란 소린 또 뭐야? 글 쓰는 데도 무슨 자격이 있어?"

정숙은 바르게 핵심을 찌른 셈이지만 거기서 인철은 다시 마음이 닫히기 시작했다. 묘한 자존심에다 그 무렵 인철이 조금씩 절

망해 가고 있는 그녀의 몰이해(沒理解)가 새삼스럽게 상기된 까닭이었다. 모든 것을 다 이해할 것 같으면서도 실은 이해하고 싶은 것만 이해하는, 합리적이란 구실의 상식.

"있을 수도 있지. 어떤 글을 쓰느냐에 따라. 누굴 독자로 상정(想定)하느냐에 따라."

인철은 그렇게 대답해 놓고 짐짓 가벼운 말투로 바꿨다.

"야, 우리 딴 얘기 하자. 아무리 가까운 사이라도 모든 게 똑같은 시간에 똑같이 이해되지는 않아."

"또 그 소리…… 나는 그럴 때 네가 정말 싫더라. 갑자기 우리 사이가 천 리나 멀어진 듯해."

정숙이 새침해져 그렇게 받다가 갑자기 생각을 바꾼 듯 다시 표정을 풀었다.

"맞아. 우리 그런 얘기 그만하자. 실은 나도 이러려고 널 만나러 온 게 아닌데. 저 어린 왕자와 여우처럼 네 시에 널 만나게 되어 있으면 세 시부터 행복해지던 때로 되돌아가고 싶어서였는데……."

그런 그녀의 표정에서는 어떤 애잔함 같은 것이 느껴졌다. 평소에는 그녀와 어울리지 않는 것이었는데, 그날은 어찌 된 셈인지 잘 어울려 보였다.

"야, 우리 정말로 남녀로 사귀는 거 맞아?"

정숙이 갑자기 인철을 빤히 쏘아보며 도전적으로 물었다. 누가 듣고 있는 것도 아닌데 인철이 공연히 난감해 벌개진 얼굴로 어물거렸다.

"글쎄, 내가 그렇게 말한 것도 같고…… 하지만 네가 그런 말을 했는지는 영 기억이 안 나네."

"나는 그 반대론데, 나는 몇 번이고 그렇게 말한 것 같아. 그런데 너에게서 그 말을 들은 기억은 없어."

"근데 갑자기 그건 왜……?"

"오면서 생각했는데 우리가 지금 뭘 하고 있나를 말이야. 나는 문제 없이 우리가 서로 사랑하고 있다고 믿어 왔지만 갑자기 아닌 것 같았어. 그 비슷하지만 무언가 다른 놀이를 하고 있다는 기분, 아마도 겉보기에 비해서는 공허하기 그지없는 내용의……."

정숙이 그래 놓고 다시 쓸쓸한 미소를 지었다. 그녀가 하는 말이 주는 절실한 느낌 때문일까, 그 쓸쓸함이 그대로 인철에게 전해져 왔다. 그러자 느닷없이 그녀가 애처로워지며 오랜만에 감상적인 연애 분위기가 되살아났다.

"왜 그렇게 되었을까? 네 말마따나 우리가 사랑을 너무 관념적으로 이해하고 있기 때문일까?"

그녀가 혼잣말처럼 그렇게 중얼거리다가 갑자기 단정적으로 말했다.

"맞아. 그걸 거야. 맨날 술집이나 다방에서 다른 사람이 이해하고 정의해 둔 관념에 우리 사랑을 꿰맞추려 한 거. 머릿속의 상대는 서로 휘황찬란하기 그지없는데, 마주 보고 있는 사람은 언제나 알듯 말듯 그대로이고……."

"아니, 나는 있는 그대로의 네가 좋아 사랑했어. 터무니없는 내

관념에 지치고 신물 나서."

인철이 그렇게 받았으나 진심으로 자신 있는 말은 아니었다. 그때 정숙이 발딱 몸을 일으키며 말했다.

"우리 이러지 말고 나가자. 교외선이라도 타고 어디 밖으로 나가 보자. 사방 벽으로 막힌 공간 말고 어디 시원한 곳엘……."

그날 인철과 정숙이 저물 무렵 해서 교외선(郊外線)을 타게 된 것은 그런 정숙의 즉흥적인 발상 때문이었다. 밖으로 나다니기를 별로 좋아하지 않는 인철도 그날은 마지못해 그런 그녀를 따라나섰다. 목적 없이 교외선에 오른 그들이 역시 즉흥적인 결정으로 송추(松秋)에 내린 것은 날이 어두워질 무렵이었다.

"오늘은 어려운 말 하지 말고 그냥 서로를 느끼며 걸어 봐."

계곡 입구에서 인철의 겨드랑이 깊숙이 팔을 찔러 넣으면서 정숙이 말했다.

나중에 돌이켜 생각해 보면 정숙에게는 인철을 찾아올 때부터 뭔가 불안정한 정서를 내비치고 있었던 듯했다. 말과 말이 연결 없이 비약하고 행동도 돌발이 많았는데 그렇게 깊이 팔을 찔러 넣은 것도 그랬다. 뿐만 아니라 계곡을 오를 때는 걸음을 과장스레 비틀거려 체중을 실어 옴으로써 인철에게 전에 느낀 적 없는 묘한 자극을 주기도 했다.

"이걸 보디 랭귀지라고 하나. 괜찮은데, 지성이니 사상이니 예술이니 하는 것들과 무관한 너를 이렇게 느끼는 것도. 넌 아주 따뜻한 남자 같아. 손도 부드럽고……."

이제 더는 따라온 점포나 식당이 없이 이미 어둑해지는 계곡 입구에 들면서 정숙은 더욱 대담하게 말했다. 그때는 인철도 묘하게 들뜬 기분이 되어 그녀와 비슷한 말투로 받았다.

"너도 괜찮은 여자네. 보들보들하고 향긋하고……."

그러자 정숙이 깔깔거리고 웃었다.

"이제 뭐가 제대로 되는 건지 몰라."

그러더니 한 군데 바위 뒤쪽으로 인철을 잡아당겼다.

"한번 나를 힘껏 안아 주지 않을래? 키스해도 좋아."

그때는 제법 뜨거운 입김까지 느껴졌다. 인철도 분위기에 이끌려 그녀를 껴안았다. 그러나 키스는 언제나처럼 이마에 하는 가벼운 입맞춤으로 끝나고 말았다. 사랑을 너무 관념적으로 키워 온 탓일까, 아니면 '상것들에게 욕보는 것'에 강박관념 같은 공포를 느끼며 삼사십 대를 생과부로 보낸 어머니의 영향 탓일까. 아직 인철에게 몸으로 하는 사랑은 거북하고 어색하기 짝이 없었다. 거기다가 정숙의 실망스러워하는 듯한 한숨 소리가 한층 인철을 위축시켰다.

그러나 정숙은 여전히 자신의 열정에 취해 있는지 계속해서 돌발적인 행동을 했다.

"우리 저 집에 가서 저녁 먹자. 저 집에는 들어가 앉을 방이 있을 거야. 방을 얻어 둘만 들어가서 남의 눈치 볼 것 없이 편하고 맛있게 먹는 거야."

날이 저물어 더는 계곡을 오르지 못하고 되짚어 내려오는데 정숙이 한 식당을 가리키며 말했다. 너무 호화롭게 꾸며져 있어 학생인 그들에게는 어울리지 않을 성싶은 한식집이었다. 정숙이 말없는 인철을 할끔 보다가 오금을 박듯 말했다.

"오늘 또 궁상맞게 비싸니 사치니 하는 소리 하면 나 화낼 거야. 엉뚱한 데 자존심을 걸어 네가 내겠다고 나서도. 내게 맡겨 줘. 오늘이 서울 아버지한테 용돈 받은 날이야."

하지만 그녀가 한 돌발 행동의 절정은 아무래도 서울로 돌아온 뒤에 있었다. 그들이 서울역에 내린 것은 밤 열 시가 좀 넘은 시각이었는데 정숙이 갑자기 인철의 팔에 매달리며 말했다.

"우리 오늘 밤 집에 들어가지 말고 같이 지낼까? 여기서 멀지 않은 곳에 깨끗한 여관이 있어. 대전 아버님 어머님이 함께 상경하시면 묵으시는 곳이야."

아직도 남녀의 성관계를 '잔다'는 말로 표현하던 시절이었다. 그 당돌한 말을 듣자 인철은 자신도 모르게 얼굴이 확 달아올랐다. 그러나 그보다 더 달아오르는 곳은 아랫배 쪽이었다. 정확히 어디랄 것도 없이 뜨거운 불덩이 같은 것이 확 훑고 지나가는 듯했다.

하지만 너무 갑작스럽고 뜨거운 불꽃이라 욕정으로까지 달아오르지는 못했다. 그보다는 돌연히 당한 기습 같은 느낌에 까닭 모르게 가슴이 뒤틀려 왔다. 이어 그것은 무슨 참지 못할 모욕이나 도전처럼 인철의 정념을 비뚤어지게 했다.

"꽤 익숙해 뵈는구나. 여관에서 남자하고 같이 자자는 거."

인철이 별로 깊은 생각도 없이 자신의 불붙은 정념을 그렇게 비뚤어진 방식으로 나타냈다. 여자를 몸으로 경험해 본 적은 없지만 그날 인철이 느낀 욕정은 참으로 별난 데가 있었다. 만약 유혹해 온 것이 낯모를 창녀였고 그가 화대(花代)를 감당할 수 있는 처지였다면 인철은 그대로 따라나섰을 것이다.

정숙이 화들짝 놀라며 인철을 바라보았다. 그녀도 그제야 자신의 말에 담길 수 있는 그 같은 의미에 의식이 쏠린 듯했다.

"너, 너…… 사람의 말을 그렇게밖에 들을 수 없어?"

그러면서 인철을 쳐다보는 눈에 금세 눈물이 어렸다. 입술마저 꼬옥 깨무는 게 슬픔보다는 분함 때문인 듯했다. 가로등이 반사돼 반짝이는 그녀의 눈물을 보고서야 인철은 아차, 했다. 하지만 이미 늦은 뒤였다. 뒤이어 그녀의 흐느낌이 터져 나왔다.

"너 정말 나쁜 애구나. 몸만 세상 밑바닥을 헤맨 게 아니라 정신까지 함께 바닥을 뒹굴었어. 어쩌면 그렇게 사람을 모욕할 수 있어……."

그대로 두면 길바닥에 주저앉아 홰울음이라도 터뜨릴 것 같았다. 인철이 당황해 그런 그녀의 허리를 껴안았다. 그리고 자신도 무슨 말을 하고 있는지 모를 정도로 허덕이며 그녀를 달랬다.

정숙의 흐느낌이 잦아든 것은 인철이 겨우 그녀를 달래 데리고 들어간 다방에서였다. 그동안 인철이 한 말 중에 어떤 것이 위로가 됐는지 작은 손거울을 꺼내 들여다보며 운 자욱을 세심하게 지운 그녀가 다시 한 번 설명하듯 말했다.

"나는 우리 사이가 이상하게 말라 시들어져 가고 있는 것 같아 불안하고 초조해. 뭐가 다른 애들과 다른가 궁금하기도 하고…… 그래서 어떻게든 만나는 방식을 바꿔 보자고 한 소린데. 그냥 하룻밤 네 곁에서 편안히 쉬어 봤으면 했는데……."

"미안해."

"너도 사는 태도를 좀 바꿔 봐. 정말이지, 너같이 그렇게 사는 애는 없어. 뭐가 그리 심각해? 아니면 세상에 무슨 불만이라도 있는 거야?"

"그건 아니고 그저 내 삶의 모든 것이 결정되기 전에 좀 진지하게 생각해 보겠다는 정도야. 아니면 할 수 있는 데까지 완벽하게 준비하고 싶다고 할까."

"그게 바로 네가 터무니없이 심각하단 증거야. 때가 되면 모든 건 절로 확실해지고 결정도 거기에 따라 자연스럽게 이루어질 거라고. 미리 그렇게 주눅 들 거 없잖아? 제발 부탁인데, 우선 그놈의 냄새나는 하숙방부터 나와. 어디 여럿이 함께 있는 기숙사로 가든지, 차라리 독서실이라도 얻든지……."

정숙이 그러다가 갑자기 꺼낸 말이 그 초대였다.

"참, 너 다음 금요일 나하고 어디 가지 않을래?"

"어딜?"

"지금 네 분위기하고는 전혀 다른 곳."

"글쎄, 그게 어디냐니까."

"실은 친구 생일에 초대를 받았어. 쌍쌍 초댄데 나하고 같이 가 줘."

"그게 어떤 친군데?"

"고등학교 때 봉사 활동하면서 알게 된 친구들인데…… 맞아, 너 성겸이라고 전에 한 번 만난 적 있지? 얼굴 보얗고 얌전하던 친구 말이야. 걔하고 어울리는 애들인데, 이번에 우릴 초대했어."

"아, 그 부잣집 자식 아니, 저희 아버지가 무슨 회사 사장이라던 그 친구?"

"맞아. 접때 너도 보았겠지만 다들 예절 바르고 교양 있는 애들이야."

이성(異性) 친구는 아직 인철에게는 익숙한 개념이 아니었다. 케케묵은 놈이 되기 싫어 이해하는 척하고는 있어도 언제나 불쾌한 게 정숙의 남자 친구들이었다. 그 때문에 인철은 내심 그 초대를 거절하고 싶었으나 그날 밤의 분위기가 그렇지 못했다. 자신의 부주의 혹은 둔감으로 그녀를 한 번 울린 뒤라 마지못해 응하고 말았는데, 벌써 약속한 날이 닥쳐 온 것 같았다.

내키지 않는 마음으로 세수를 하고 인철이 하숙집을 나선 것은 세 시가 조금 넘어서였다. 네 시에 약수동 버스 정류장에서 정숙을 만나기로 되어 있는 만큼 그리 시간이 넉넉한 것은 아니었으나, 인철은 한껏 늑장을 부리는 기분으로 버스에 올랐다. 차창 밖은 어느새 낙엽 날리는 늦가을이었다.

"오늘은 제법이네. 정시 도착이야. 복장도 단정하고."

정류장에 내리자 진작부터 와 기다리던 정숙이 환하게 웃으며 인철을 맞았다. 그러나 인철은 어색할 것임에 분명한 그 저녁의 모임이 걱정돼 정숙의 말이 제대로 귀에 들어오지 않을 지경이었다. 일부러 골라 뽑은 듯 한결같이 알 만한 집 자식들로 이뤄진 그들 패거리의 성분도 마음에 들지 않았지만, 그보다는 그들의 몸에 밴 느끼한 교양과 예절이 더욱 부담스러웠다.

"팔자에도 없는 신사들을 만나자니 긴장한 모양이지."

자신도 모르게 빈정거리는 기분이 되어 인철이 그렇게 대답했다. 정숙이 굳이 그걸 모르는 척하고 한층 밝은 목소리로 말했다.

"걔네들 집, 실은 여기서 꽤 멀어. 택시를 잡아타고 갈 수도 있지만, 우리 그냥 걷자."

"그럼 거기서 가장 가까운 버스 정류장에서 만나지 그랬어?"

"그게 바로 여기야."

"잘산다는 집이 뭐 그래? 그렇게 버스 정류장이 멀어 불편해서 어떡해?"

인철이 이제는 드러내 놓고 불평스러운 말투로 나왔다.

"자가용이 있으면 불편할 것도 없지 뭐. 공기 맑고 전망 좋고…… 요즘은 달동네만 산 위로 올라가는 게 아냐."

"그럼 산 중턱까지 올라가야 한단 말이야?"

"걱정 마. 그렇다고 걷다가 다리 부러지는 일은 없을 거야."

인철이 계속 삐딱하게 받자 드디어 정숙도 새침한 얼굴이 되어 쏘아붙였다. 그제야 지나쳤다는 느낌이 들어 인철도 쓸데없는 심술을 억눌렀다.

"저기야. 저기 저 산 위에 큰 양옥 보이지? 푸른 지붕에 창이 많고……."

한동안 말 없이 언덕길을 오르던 정숙이 산 중턱 한곳을 가리켰다. 초라한 판잣집 동네와 한참 떨어진 고급 주택가였는데, 그 한편의 높은 축대 위에 푸른 지붕의 커다란 저택이 눈에 들어왔다. 최신 공법으로 한껏 멋 부려 지은 집이었다.

"저 집 저래 봬도 굉장한 집이다. 원래 삼풍(三豊) 재벌 큰사위 집으로 지었대. 그런데 뭐가 맞지 않아 한번 살아 보지도 않고 내놓은 걸 걔네 아버지가 사들인 거야."

아무래도 인철과 화해해야겠다고 생각했는지 종전과는 달리 사근사근해진 목소리였다. 인철도 굳이 마다할 까닭이 없어 부드럽게 받았다.

"걔네 아버지는 뭘 하는데?"

"일제 가전제품 한국 총판. 요즘은 좀 그렇지만 몇 년 전만 해도 대단했던가 봐. 그때 번 돈으로 부평 쪽에 큰 공장을 지었을 정도라니까."

"전형적인 매판자본(買辦資本)이군."

다시 무엇 때문인가 기분이 뒤틀어진 인철이 그렇게 확실하지도 않은 혐의를 씌우자 정숙이 발끈했다.

"자꾸 그러지 마. 이따가 너도 보겠지만 걔네 아버지 매너 좋은 신사야. 어디서 어디까지를 매판으로 봐야 할지 모르지만 저만큼 되기 위해 노력도 할 만큼 한 모양이고."

쏘아붙이듯 말했지만 그녀도 굳이 인철의 심사를 건드릴 마음은 없어 보였다. 인철이 무어라고 받기도 전에 이내 배려하는 목소리가 되어 덧붙였다.

"너 혹시 저기 가고 싶지 않으면 그렇다고 말해. 지금이라도 전화해 주고 안 가면 돼."

"실은 왠지 자신이 없네. 아무래도 나는 거기 어울리지 않을 것 같아서."

인철도 솔직하게 대답했다. 그러자 그녀가 한동안 말가니 인철을 바라보더니 억지스러운 웃음과 함께 달랬다.

"때로 난 토옹 알 수가 없더라. 너란 사람 그 도도한 자존심은 어디 가고 그렇게 자신 없어져? 네가 어디가 어떻게 모자라 걔네들과 어울리지 않는다는 거야? 그건 지나친 자의식이야. 네가 정말로 걔네들과 어울리지 않는다면 무엇보다 내가 널 데려가지 않아. 나도 걔네들에게 너 때문에 무시당하기는 싫거든. 그런데 난 지금 너를 자랑하려고 데려가는 중이란 말이야."

위로가 되지 않는 말은 아니었으나 그래도 인철의 마음은 좀내 풀리지 않았다. 어쩌면 그때 이미 그날의 비극적인 결말이 어떤 예감으로 인철에게 와 닿고 있었는지도 모를 일이었다.

거의 이십 분 가까이 걸어 그 집 대문 앞에 이르렀을 때 인철은 다시 한 번 자신도 모를 위축을 경험했다. 한 길은 될 성싶은 축대 사이에 세워진 철문의 위용 때문이었다. 굵은 쇠창살에 품위 있는 조각 주물(鑄物) 장식을 입혀 둔 것인데, 영화에서 본 외국의 대저택 철문 그대로였다.

정숙이 초인종을 누르자 사람은 보이지 않고 목소리만 흘러나왔다. 또래의 젊은 남자 목소리였다. 정숙이 자신을 밝히자 이번에도 사람은 나타나지 않고 지잉, 하는 소리와 함께 철문 옆의 쪽문이 열렸다.

한 길 정도의 돌계단을 오르자 갑자기 시계가 트이며 꽤 넓은 정원이 나타났다. 서양식으로 잘 손질된 향나무를 중심으로 몇 그루 잎 진 활엽수들이 늦은 가을을 보여 주고 있었으나, 외래종이어서 그런지 잔디밭에는 아직 푸르름이 남아 있었다. 잔디밭 사이에 깔린 포석으로 이어진 현관으로 쭈뼛쭈뼛 걸음을 떼어 놓는데 현관문이 열리며 누군가가 나와 소리쳤다.

"정숙이구나. 어서 와."

그러면서 보기에도 귀공자 같은 인철 또래의 젊은이가 나와 정숙에게 자연스럽게 손을 내밀었다. 넥타이까지 맨 와이셔츠 위로 받쳐 입은 털실 조끼 때문에 어른스럽게 보이기는 해도 앳된 얼굴이었다. 그는 이어 인철에게도 손을 내밀었다.

"반갑습니다. 박승수라고 합니다. 정숙이 애 편에 얘기 많이 들었습니다."

"이인철이라고 합니다."

인철도 마지못해 손을 내밀었다. 그러나 그와 정숙의 자연스러운 악수를 보고 심사는 벌써 뒤틀어진 뒤였다.

박승수의 안내로 넓은 거실을 가로지르고 있을 때 벽 한쪽에서 문이 열리며 안주인인 듯한 중년 부인이 나왔다. 그 안쪽에서 무언가 지글거리는 소리와 함께 음식 냄새가 풍겨 나오는 것으로 보아 그쪽이 주방인 듯했다.

"안녕하셨어요, 어머니."

정숙이 까닥 고개를 숙이며 인사를 올리자 안주인이 진심으로 반가워하는 표정을 지으며 받았다.

"이게 누구야? 정숙이 학생 아냐? 요즘 어째 통 안 들르더니…… 하지만 잘 왔어."

그렇게 보여서 그런지, 그런 그녀에게서는 왠지 며느리를 대하는 시어머니 같은 살가움이 느껴졌다. 그게 다시 인철의 심사를 건드렸다. 그녀가 다시 인철을 향했다.

"이 학생은 누구야? 전에 못 본 것 같은데."

그러자 박승수가 다시 인철을 소개했다.

"손님이에요. 정숙이가 파트너로 데려왔는데, 같은 대학교 동급생이랍니다."

"그래? 잘 왔어요. 반가워요."

안주인은 여전히 웃음기 머금은 얼굴로 환영해 주었으나, 인철에게는 어딘가 경계하는 듯한 기색이 느껴졌다.

"안녕하세요? 이인철입니다. 불청객이 되지나 않았는지 모르겠습니다."

한껏 예절 바르게 대답했지만 기분은 한층 어색하고 거북해졌다. 다행히도 안주인은 무엇이 바쁜지 오래 그들을 잡고 있지 않았다.

“그럼 2층 승수 방으로 올라가 놀아요. 여기 상이 다 차려지면 부를게.”

그렇게 말하고는 종종걸음 쳐 주방으로 돌아가 버렸다. 인철은 말없이 승수와 정숙을 따라 2층으로 올라갔으나 느낌은 마치 두 번째 어려운 관문을 통과한 것 같았다.

승수의 방은 작은 거실을 낀 두 개의 방 중에 하나였다. 인철의 가늠으로는 하숙방의 네 배는 넘어 보이는 큰 방이었는데 방 안은 낯익으면서도 낯설기 그지없었다. 낯익다는 것은 영화나 외국 잡지에서 흔히 본 것이었기 때문이고 낯설다는 것은 자신의 현실과 너무 먼 내용들 때문이었다. 침대, 외제 오디오 세트와 다방 음악실만큼이나 많은 레코드 판, 원목 가구와 역시 보통 앉은뱅이책상의 네 배는 됨 직한 입식(立式) 책상 같은 것이 그랬다.

인철은 시비라도 거는 기분이 되어 방 안을 꼼꼼히 살폈다. 부(富)가 주는 위압감에서 벗어나기 위한 구실을 찾은 것인데 다행히도 이내 찾아낼 수 있었다. 그것은 책이었다.

비록 많지는 않아도 인철의 하숙방에서 가장 부피가 많고 중심이 되는 것은 책이었다. 그러나 그 방에서 책은 책상 한 모퉁이에 두 줄로 꽂혀 있는 대학 교재와 사전 몇 권이 전부였다. 승수의 전공 서적인 듯했는데, 그 빈약한 서가가 비로소 인철의 기분을 안정시켜 주었다. 별것 없는 졸부(猝富)의 자식……. 하지만 그렇게 억지로 찾은 안정도 오래가지는 못했다. 인철과 정숙이 방 안을 둘러보는 동안 방석을 찾아 내오던 승수가 갑자기 방석을 제자리로 갖다놓으며 말했다.

"야, 우리 밖에 나가 소파에 앉자. 어차피 애들이 다 오면 방은 좁을 테고 또 니네 여자애들은 방바닥에 앉기도 거북할 테니."

그래서 바깥 작은 거실로 자리를 옮겼을 때였다. 담배를 태워도 될까 생각하며 거실을 둘러보고 있는데 거실 양쪽 벽을 대신하고 있는 책장이 눈에 들어왔다. 바닥부터 천장까지 원목 가구로 잘 짜 맞춘 책장인 데다 유리문까지 달아 들어올 때는 그저 벽이거나 가구의 일부거니 하고 지나쳐 버린 것이었다. 그런데 이제 자세히 살펴보니 적어도 천 권은 넘어 보이는 책이 그 안에 가지런히 정리되어 있었다.

물론 그 책 중에는 졸부들의 장식용을 겨냥하여 쏟아져 나온 『브리태니커』나 표지에 영어 제목을 도안해 둔 『역사의 연구』 완역질, 그리고 금박 글씨의 이런저런 호화 전집들이 없는 것은 아니었다. 그러나 어떤 책장은 한 권 한 권 필요에 따라 사 모은 것임에 분명한 단행본으로 가득 차 있었다.

당시 인철의 안목으로는 어지간한 도서관에 못지않은 장서들이었다.

"문학을 공부하신다지요? 참 부럽습니다."

인철이 책장을 둘러보는 동안 정숙과 무언가 자기들만의 얘기를 주고 받던 승수가 갑자기 인철의 옆구리를 꾹 찌르듯 그렇게 말했다. 평소 탐내 오던 책에 정신이 팔려 있던 인철이 얼른 대꾸가 생각나지 않아 머뭇거리는데 다시 승수가 제법 어른스러운 한숨까지 곁들이며 덧붙였다.

"저도 고등학교 때는 문예반이었던 적도 있었는데 처지가 남 같잖아서…… 부모님 성화로 딴 전공을 하고는 있어도 언제나 애틋한 기분은 있습니다."

"뭐 저도 아주 그 길로 결정한 건 아닙니다. 그냥 어쩌다 보니 국문과에 들어갔고, 가까이 문학이 있으니 기웃거리는 정도지요."

"그래도 그거 어디 아무나 하는 겁니까? 축복받은 사람들이나 할 수 있는 겁니다."

승수는 그렇게 말했으나 인철에게는 왠지 그게 반어적(反語的)으로 들렸다. 거기다가 문학까지 다 아는 척한다는 느낌에 은근히 비위가 상했다.

"축복이 아니라 저주겠지요. 저도 실은 도망갈 수만 있다면 그 저주로부터 도망갈 생각입니다."

인철이 그렇게 받자 인철의 기분을 눈치챈 정숙이 농담조로 끼어들었다.

"글쎄 얘가 이렇다니까. 거기 미쳐 벌써 몇 달째 사람도 잘 안 만나고 하숙방에만 틀어박혀 있으면서 뭐 그 저주로부터 도망갈 생각이라고? 누가 배배 꼬인 문청(文靑) 아니랄까 봐서."

하지만 인철에게는 그 말에 대꾸할 겨를이 없었다. 인철이 앉은 소파는 계단 쪽을 마주하고 있었는데 방금 그 계단을 올라오고 있는 사람이 준 충격 때문이었다. 간단하게 차린 다과상을 들고 층계를 올라온 그 집 식모는 다름 아닌 인철의 어머니였다.

먼빛으로 두 사람의 눈길이 마주친 순간 인철이 잠시 정신이 아뜩해 굳어 있었던 것처럼 어머니도 얼굴빛이 허옇게 변해 일순 온 몸이 굳어 버린 듯 걸음을 멈추고 서 있었다. 하지만 그 뜻밖의 상황이 준 충격에서 먼저 깨어난 것은 어머니였다. 어머니가 찻잔을 받쳐 든 채 인철에게 눈을 깜짝였다. 그때서야 깨어난 인철은 쉽게 그 뜻을 알아차렸다.

'서로 모르는 척하자는 뜻이겠지. 하지만 어떻게 해야 하나…….'

거기서 짧은 순간이지만 인철은 묘한 갈등에 빠졌다. 떳떳하게 어머니임을 밝힐 것인가, 아니면 어머니의 눈빛대로 모르는 척 넘어가 버릴 것인가가 얼른 판단되지 않아서였다. 그사이 소파 쪽으로 다가온 어머니가 찻잔을 테이블 위로 옮기면서 태연한 표정으로 승수에게 말했다.

"아이고, 큰학생 친구들인 모양일세. 우선 차 한 잔 마시면서 얘기하소. 그래고 사모님이 달리 뭐 필요한 거 있으면 말하라 카디더."

그러자 승수는 어머니 쪽은 돌아보지도 않고 인철에게 물었다.

"들으니 술 잘하신다던데 식사 전에 맥주라도 한잔하시겠어요?"

"아뇨, 됐어요."

그때까지도 갈등에서 헤어나지 못하고 있던 인철이 펄쩍 뛰듯 그렇게 대답했다. 그리고 그것으로 결정은 나 버린 셈이었다. 어머니와 자신의 관계를 떳떳하게 밝힐 기회는 사라져 버렸다는 느낌 때문이었다.

"그럼 알았니더. 재미있게 노소."

어머니는 안심하는 표정이 되어 그런 말을 남기고 서둘러 아래층으로 내려갔다. 그날따라 심한 안동 사투리였다. 그런데 실로 알 수 없는 일은 어머니의 늙어 가는 뒷모습을 보면서 인철이 느낀 느닷없는 종말감이었다. 끝났다. 지금 여기에서의 모든 것은 이제 끝났다.

지적 허영과 탐욕도, 속된 선망과 갈급도 문학도, 그리고 어쩌면 정숙과의 사랑 놀이도…….

길은 다시 시작되고

“내 아들이라 카는 소리가 아이라, 인물 하나사 어디 내놓은들 빠질로(빠지겠나)? 그런데 참 알 수 없제. 저 인물에 복은 왜 그 모양인 동…….”

결혼 예복으로 쓸 양복으로 갈아입자 어머니가 부신 듯한 눈으로 명훈을 쳐다보며 말했다. 옥경도 옆에서 거들었다.

“옛날부터 신성일이보다 낫단 소리 들은 인물 아네요? 하긴 새언닌 오빠 인물만 가지고도 속았단 말은 못 할 거예요.”

그러자 어머니가 금세 얼굴에서 웃음기를 거두었다.

“여자 속골병 들이는 게 사나 인물만 번지르르한 거라. 명훈이 니 참말로 정신 차리거래이. 인자 더는 시대가 어떻고, 팔자가 어떻고 해 싸미 함부로 처신 마라. 너어 아부지같이 기집자슥 다 잊아뿌고 지 생각만 하는 사람 되지 마란 말이따. 새사람이 야무이(야무지니) 한번 믿어는 본다마는 결국은 모든 게 가장(家長)인 니 할 노릇이라."

어머니는 그렇게 말해 놓고 옥경에게 물었다.

"시계 몇 시로? 시간 다 안 됐나?"

"아직 한 시간 남았어요. 예식장이 여기서 가까우니까 지금 나가면 될 거예요."

옥경이 시계를 들여다보고 나서 그렇게 대답했다.

"인철이는 잘하고 있는 동 몰따. 그게 아아가 물렁해서…… 자, 그래믄 나가자."

어머니는 갑자기 어두워진 얼굴로 그렇게 중얼거렸다. 인철은 예식장 사람들 상대와 부조기(扶助記)를 맡아 미리 식장에 나가 있었다. 일생에 한 번 있는 일이기 때문이어선지 그날은 아침부터 은근히 들떠 가던 명훈도 그런 어머니의 표정에 잊고 있었던 인철의 일을 문득 떠올렸다.

일요일도 공휴일도 아닌데 인철이 느닷없이 성남으로 명훈을 보러 온 것은 지난주였다.

"형님, 하숙은 우리 처지에 아무래도 사치인 것 같습니다. 이제 우리 집도 생겼으니 여기서 통학을 하죠. 곧 기말고사만 치면 방학도 되고."

인철은 담담한 말투로 그렇게 말했으나 명훈에게는 뭔가 심상치 않은 이유가 있어 보였다. 인철의 말대로 그곳에서 통학이 전혀 불가능한 것은 아니었다. 버스만 제때 만나면 두 시간 안 걸리는 거리라 실제 통학하는 대학생들이 있기는 했다. 그러나 아직 자리 잡히지 않은 신도시라 배차(配車)가 고르지 못하고 결행(缺行)이 잦아 자칫하면 길에서 버리는 시간이 학교에서의 수업 시간보다 많아질 우려도 있었다.

"그게 잘될까. 방학 때까지라도 그냥 있지 그래……."

명훈은 그렇게 인철을 달래 돌려보냈다. 하숙을 그만두고 집으로 돌아오려는 이유를 묻고 싶었으나 왠지 그럴 수 없었다. 두어 달 전보다 몇 살은 더 먹은 듯 보이게 짙어진 얼굴의 음영과 깊어진 눈빛에서 풍기는 어떤 고뇌의 빛 같은 것 때문이었다. 이 아이에게 무슨 일이 있다. 어쩌면 나로서는 도무지 이해하지도 못할 무슨 큰 일이……. 그런 느낌 때문에 그날 명훈은 아우가 돌아간 뒤에도 못내 가슴이 무거웠다.

어머니와 함께 예식장에 도착하니 벌써 성미 급한 하객들 몇이 와서 기다리고 있었다. 신부 측은 예식장이 집 부근이라 그런지 부조기 부근에 제법 많은 사람이 웅성거렸다.

예식장과의 여러 가지 성가신 절충이 다 끝났는지 인철은 신랑 측 부조기 곁에 단정하게 서 있었다. 부조기 책상에 앉은 것은 명훈에게도 낯익은 인철의 오래된 친구 하나였다. 둘 모두에게 처음 어른들의 일을 맡아 한몫을 하고 있다는 자부심 같은 게 엿보여 명훈을 은근히 안심시켰다.

이제 드디어 결혼을 하는구나. 미리 온 친척들과 수인사를 나

눈 뒤 예식홀 출입구에 서서 하객들을 기다리며 명훈은 묘한 감회에 젖어 들었다. 어머니와 경진이 서둘러 잡은 날짜를 한 달이나 비워 그날로 결정하기는 했지만 명훈은 전날까지도 자신의 결혼이 실감 나지 않았다. 정말로 내가 결혼해도 되는가. 나도 아내와 자식을 가질 수 있는가.

"여어, 이명훈. 너도 결국 할 건 다 하게 되는구나."

누군가 아플 정도로 세게 명훈의 어깨를 치며 큰 소리로 말을 건넸다. 명훈이 퍼뜩 정신을 차리고 돌아보니 황석현이 등 뒤에 와 있었다. 인철이 청첩장을 보낸 건 알고 있었지만 오리란 확신은 없었는데 오히려 남보다 일찍 나타나 명훈을 감동시켰다.

"아니, 황 형. 황 형이 어떻게 다……."

"아무리 바쁜 사쓰말이(경찰 출입 기자)지만 이명훈이 결혼식에 내가 안 오고 누가 오나?"

만난 지 1년이 넘는데도 어제 만났다 헤어진 것처럼 황이 그렇게 너스레를 떨어 놓고 함께 온 말쑥한 신사를 팔꿈치로 밀어내며 물었다.

"그건 그렇고 여기 이 사람 낯익지 않아?"

"안녕하시오, 이 형?"

명훈이 미처 그를 알아보기도 전에 그 신사 쪽에서 먼저 손을 내밀었다. 그제야 명훈도 그를 알아보고 떨리는 목소리로 받았다.

"김 형, 아니, 김 박사가 어떻게 여길 다……."

겨우 사람은 알아봐도 10년 전과 너무 달라져 절로 말이 더듬거렸다. 미군 부대 하우스보이 시절의 그는 살갑기는 했지만 그보다는 요령꾼의 인상이 더 짙었다. 그런데 명훈 앞에 나타난 것은 누가 봐도 그의 예사 아닌 성취를 알아볼 수 있을 정도로 어딘가 중후하면서도 세련된 신사였다.

"이번에 귀국했어. 황 기자가 연락해 주길래 시간을 냈지. 결혼 정말 축하해."

오랜 미국 생활 탓인지 발음에 낯선 억양이 있었지만 말투는 옛날이나 다름없었다. 거기다가 얼굴에 드러나는 깊은 감회가 옛정을 새롭게 해 주었다.

"그래도 여러 가지로 분주할 텐데. 고마워, 형."

명훈이 겨우 옛날의 말투를 회복해 그렇게 받자 곁에 있던 황석현이 거침없이 김 형의 근황을 알려 주었다.

"아이비리그에서도 인문학으로 알아준다는 대학 PHD(철학박사)야. 하지만 미국 박사가 됐다고 옛날 뺀질이 어디 가나? 저 친구 저래도 미국에 앉아 있으면서 여기 정치할 거 다 해 국립대학교 교수 자리 보장 받고야 귀국한 거야."

그 말에 김 형의 얼굴에 좀 거북해하는 표정이 떠올랐다.

"거기서 뿌리내릴까도 생각해 봤지만 사람 마음이 그렇지 않데…… 그래서 유학 선배를 통해 이력서를 보냈지. 황가, 너, 사람 그렇게 모함하는 거 아니다."

굳이 그렇게 해명하고 황에게 항의까지 하는 것으로 보아 여전히 유지되는 자신의 옛 인상에 신경을 쓰는 눈치였다. 명훈도 굳이 김 형의 옛 인상에 매달려 있고 싶지는 않았다. 10년이면 강산도 변한다는데 하물며 사람이야, 하는 기분과 더불어 오히려 그의 변화 쪽에 더 기대와 호기심이 일었다. 황석현에게도 본인이 달가워하지 않는 옛 인상으로 굳이 김 형을 짓이겨 놓으려는 의도 같은 건 없어 보였다.

"이거, 내가 우리 귀한 박사님을 너무 함부로 말했나. 그건 그렇고 오늘 이명훈이 결혼식 날만 아니라면 어디 가서 코가 비뚤어지게 한번 마셔야 하는 건데……."

그렇게 선선히 물러섰다. 하기는 명훈도 삼십 분 후가 결혼식이 아니라면 근처 대폿집에라도 끌고 가고 싶을 정도로 그들이 반가웠다. 대학교수와 최대 일간지의 기자. 어떻게 보면 그 자신과는 까마득한 거리가 있는 사람들이지만 그렇게 마주 보는 느낌은 10년 전의 그것과 크게 다르지 않았다.

"나는 당장 함께 나가 대포 한잔하고 싶은데. 김 형 꿀꿀이죽 지금도 가끔 생각날 때가 있거든. 어쨌든 신혼여행 갔다 오면 바로 한번 만나자고. 나 같은 밑바닥 인생에겐 하늘 같은 교수님이고 대(大) 기자님이지만 옛날 얘기로 술 한번 제대로 취해 보는 것도 괜찮은 일 같아."

"그러지. 돌아오는 대로 꼭 연락해, 우리 시인."

황석현이 그렇게 말해 놓고 갑자기 양해를 구하는 표정을 지었다.

"그런데 말이야. 오늘 예식을 끝까지 못 볼지도 몰라. 이놈의 기자질이란 게 일요일도 없다니까. 어디 들러야 할 곳이 있는데 예식 끝나는 걸 보자면 거기까지 이동 시간이 안 나와. 여기 김 박사도 들러야 할 데가 있는 모양이고."

그사이 시간이 흘러 하객들이 줄지어 밀려들기 시작했다. 어느 지역 출신 어떤 성씨이건 마찬가지지만 동향인이나 집안 사람들이 가장 많이 사는 곳은 서울이게 마련이다. 뒷골목도 밑바닥을 헤매며 느끼던 외로움과는 전혀 어울리지 않게 많은 일가친척이 용케 알고 예식장을 찾아 주었다.

그들이 밀려들자 황과 김은 자연스럽게 자리를 비켜 예식장 한 구석으로 가 버렸다. 명훈도 오랜만에 만난 일가친척의 축하를 받느라 더는 그들하고만 어울릴 수는 없었다. 일가친척 가운데에는 명훈의 손을 잡고 눈물까지 글썽이는 노인들이 있어 결혼을 더욱 실감 나게 했다.

그런데 결혼식을 십 여 분 남겼을 때였다. 점점 더 예식장의 분위기에 휩쓸려 들면서도 마음 한구석에서 종내 사라지지 않던 불안이 드디어 현실로 나타났다.

"어이, 이 서방. 나 좀 봐."

하객들에게 둘러싸여 있는 명훈에게 귀에 익은 여자의 목소리가 들려왔다.

이어 사람 사이를 헤집고 나타난 것은 모니카의 어머니였다. 어디서 마시고 왔는지 벌써 몸을 잘 가누지 못할 정도로 취해 있었다.

"여긴…… 웬일이십니까?"

심장에 차가운 얼음이라도 갖다 댄 듯 오싹한 느낌을 받으면서도 명훈은 애써 침착을 가장하며 물었다. 갑자기 모니카의 어머니가 입에 거품을 물었다.

"웬일이라니? 야, 이 서방 너 정말 몰라서 물어? 좋다. 그럼 내 대답해 주지. 장모가 사위 장가가는 날에 안 와 볼 수 있어? 그래서 왔다, 왜?"

그 말에 명훈은 갑자기 다 틀렸다, 는 기분이 들며 온몸에서 힘이 쭈욱 빠져나갔다. 결혼 날을 받은 뒤로 명훈이 가장 걱정해 온 것은 바로 그런 사태였다. 여기서 더 망신당할 것 없이 이대로 자취 없이 사라져 버릴까, 하는 생각까지 들었다.

"여기 이러지 마십쇼. 누가 장모고 누가 사위란 말입니까?"

명훈이 무너져 내리기 전의 마지막 안간힘으로 그렇게 버텨 보았다. 자신을 위해서가 아니라 그 결혼에 목을 매고 입술이 터져가며 서둘러 몰아 온 사람들을 위해서였다. 그러자 그녀의 목소리는 더욱 높아졌다.

"야, 이 서방. 너 정말 그렇게 뻔뻔하게 나올래? 정말로 줄줄이 증인 세우고 결혼사진까지 내놔야 바로 댈 거야?"

주위에서 막아 주는 사람이 없으면 바로 덤벼들어 멱살이라도 잡을 기세였다. 그때 희끗 신부 화장을 마치고 신부 대기실로 들어가는 경진의 뒷모습을 보지 못했더라면 명훈은 그대로 달아나고 말았을 것이다. 나야 어찌 되든 저 아이는 구해야 한다. 명훈은 그런 결의로 자신을 다잡았다.

"이보십시오, 모니카 어머님. 뭘 잘못 알고 오신 것 같습니다. 구차스러운 인연은 있으나 나는 댁 같은 사람의 사위가 된 적이 없으니 좋은 말로 할 때 물러가십시오. 아니면 경찰을 부르겠소."

명훈은 짐짓 목소리를 차갑게 해 쏘아붙였다. 그게 불에 기름을 끼얹은 격이 되었는지 모니카의 어머니가 이제는 인정사정 볼 것 없다는 듯 악을 쓰고 나왔다.

"뭐? 경찰? 오냐. 당장 경찰 불러와. 여기서 끝을 보자고. 나는 그래도 1년 가까이나 사위, 장모 하며 한솥밥 먹은 정을 생각해 조용히 타이르려 했더니…… 어서 가서 경찰 불러와. 그게 혼인 아니면 어떤 게 혼인인지 알아보자고!"

그렇게 되자 온 예식장 안이 술렁거리기 시작했다. 어머니와 옥경이 달려오고 인철도 허옇게 질린 얼굴로 나타나 어쩔 줄 몰라 했다. 사람들이 달려들어 힘으로 그녀를 끌어내 보려 했지만 그녀가 힘을 다해 버둥거리는 바람에 소동은 커지기만 했다.

그런데 뜻밖의 구원이 왔다. 명훈이 이젠 정말 더 견딜 수 없다는 기분이 되어 예식장 밖으로 뛰쳐나가려 할 때였다. 갑자기 날카롭고도 처절한 여자의 목소리가 예식장 안의 소동을 일시에 정지시켰다.

"엄마, 엄마앗!"

그 소리에 사람들의 시선이 일제히 소리 나는 쪽으로 쏠렸다. 눈이 뒤집혀 있던 모니카의 어머니도 술로 멀겋게 풀린 시선을 모아 그쪽을 보았다.

소리를 지른 것은 방금 층계를 올라온 모니카였다. 끔찍하게 들리던 목소리와는 달리 옷차림은 화사하기 그지없었고 얼굴도 짙은 화장으로 요염한 빛까지 띠고 있었다. 그러나 어머니를 노려보는 그녀의 두 눈에서는 세찬 불길이 쏟아지는 듯했다. 그녀 뒤로는 시녀처럼 따라온 젊은 아가씨 둘이 있었는데 둘 다 명훈에게 낯익은 얼굴이었다.

"이게 누구야?"

잡고 있던 사람들의 옷깃을 놓은 모니카의 어머니가 제정신을 차리려고 애쓰며 중얼거리듯 말했다. 그런 그녀를 쏘아보며 모니카가 다시 한 번 날카롭고 처절한 목소리로 소리쳤다.

"엄마, 정말 나 죽는 거 보려고 그래애?"

그러자 모니카의 어머니는 온몸에서 기운이 다 빠져나간 사람처럼 축 늘어졌다. 붙들고 있는 사람들이 아니었더라면 그대로 주저앉고 말았을 것이다.

"이제 어머닐 놔주세요. 별일 없을 거예요."

모니카가 그걸 보고 사람들에게 차분히 말했다. 말리던 사람들이 말없이 그녀의 옷깃을 놓자 모니카의 어머니는 금세 쓰러질 듯 비틀거렸다.

"얘들아, 어머니 좀 부축해 드려. 빨리!"

모니카가 이번에는 단호한 명령조로 데리고 온 아가씨들에게 말했다. 아가씨들은 표독스러운 눈길로 명훈을 노려보다가 모니카의 재촉을 한 번 더 듣고서야 모니카의 어머니를 부축했다.

"어머니 모시고 밖으로 나가. 택시를 잡고 ― 어서 집으로 데려가라고."

모니카는 표정 한 번 찡그리는 법 없이 아가씨들에게 그렇게 말해 놓고 명훈에게로 돌아섰다.

"명훈 씨, 죄송해요. 어머니가 좀 취하셨나 봐요. 줄곧 지키고 있었는데 깜박하는 사이에……."

으스스한 기분이 들 정도로 예절을 갖춘 사죄에 이어 축하까지 곁들였다.

"그리고 결혼 축하드려요. 부디 행복하게 사세요."

아가씨들이 넋 빠진 듯한 모니카의 어머니를 데리고 나가고 다시 모니카가 공손한 목례까지 보낸 뒤 조용히 층계로 내려가 버리자 식장은 이내 평온을 회복했다.

"곧 결혼식이 시작되겠습니다. 복도에 계신 하객들은 식장으로 들어와 자리를 잡아 주시기 바랍니다."

복도에 걸린 스피커에서 그런 안내 방송이 흘러나왔다. 그제야 잠깐 동안 영화의 정지 화면처럼 굳어 있던 명훈 주위도 분주하게 움직이기 시작했다.

누군가 와서 명훈의 팔을 끌며 말했다.

"시간이 다 됐습니다. 입장 준비를 하셔야 합니다. 신부 대기실로 가시죠."

그 뒤 예식은 신통하리만치 별다른 사고 없이 진행되었다. 무엇에 쫓기는 듯한 사회였지만 실수는 없었고 주례사도 길이에서나 내용에서나 흠이 없었다. 신부의 태도에도 좀 전의 소동이 준 충격의 흔적은 별로 나타나지 않았다.

하지만 신랑인 명훈은 그날의 예식이 거의 기억에 없을 만큼 다른 두 가지 방향으로 신경이 쏠려 있었다. 하나는 모니카나 그 어머니가 다시 나타나지나 않을까를 살피는 것이었고 다른 하나는 경진의 표정을 훔쳐보는 일이었다. 그러다가 예식이 끝나고 신랑 신부의 행진이 시작되어서야 비로소 안도의 한숨을 내쉬었다.

진작부터의 약속대로 신혼여행은 뒷날로 미뤄지고 신랑 신부는 성남의 새집에 꾸민 신방으로 향했다.

"그래도 평생에 한 번 있는 일인데 경주라도 하루 안 갔다 오고……."

아무래도 신혼여행이 없는 게 마음에 걸리는지 식장 앞에서 택시에 오르는 명훈과 경진을 보고 어머니가 그렇게 말끝을 흐렸다. 경진이 아무 일 없었던 듯 다소곳한 신부의 어조로 받았다.

"저희는 신혼여행을 안 가는 게 아니고 미룬 것뿐이에요. 너무 마음 쓰시지 마세요, 어머니."

그런 경진의 태도에 명훈은 다시 속 깊은 안도의 숨을 내쉬었다. 무슨 이유에선지, 그리고 언제까지일지 모르지만 적어도 그날은 모니카의 일을 없었던 일로 치려는 듯했기 때문이었다. 하지만 그래도 택시 안에 둘만 남게 된다 싶자 까닭 모를 불안이 일었다.

그때 무슨 구원 요청이라도 받은 듯 옥경이 달랑 택시 앞자리에 오르며 말했다.

"택시 자리 비워서 뭐 해? 어차피 나도 그리로 가야 하니까 큰 오빠하고 같이 갈게요."

그 바람에 자칫 어색하게 굳어질 뻔했던 둘만의 자리는 겨우 피할 수 있었다. 새집에 이른 뒤에도 예식장에 오지 못한 친척들과 집을 짓는 동안에 알게 된 그곳 사람들 몇이 기다리고 있어 둘만의 자리는 만들어지지 않았다. 인철과 어머니도 가까운 집안 아주머니 두 분과 택시로 뒤따라와 낮 동안은 그런 대로 제법 잔칫집 같은 분위기가 이어졌다.

"세월은 흐르고 갈 사람은 가도 대(代)는 이래 이어지는구나. 너어 아버지 그래 훌훌히 떠나 뿌고 어맴(시어머니)까지 세상 베리실(버리실) 때는 눈앞이 다 캄캄하디…… 이 어린것들 데리고 어예 한세상 사노 싶디."

어머니는 옷고름으로 눈물을 찍으면서도 명훈의 결혼을 못내 감격스러워했다. 집안 아주머니들도 덩달아 목메어하며 경진의 손을 쓸었다.

"참말로 이게 어떤 큰집 새댁이로? 너 시어마이(시어미) 돌내골 신행(新行) 들 때만 해도 소 한 마리를 잡아 상것들까지 풀어 먹일 정도로 큰 잔치했디라. 그런데 이 콩짜가리만 한 집에…… 글치만 잊지 마래이. 자손이 남아 있고 근본만 지키믄 언제든 집은 다시 일라선다. 옛말 하며 살 날 온다."

그러다가 명색 신방이라고 꾸민 방에 둘만 남게 된 것은 밤 열두 시에 가까운 시간이었다.

둘만이 남게 되면서 명훈은 다시 긴장에 빠져들었다. 사람들에게 둘러싸여 있는 동안도 모니카의 일이 목에 걸린 가시처럼 뜨끔거려 오던 터였다. 그런데 둘이 되어서도 경진은 종내 그 일을 입에 담지 않았다.

"이제 우리가 부부가 되긴 된 건가요?"

둘이 되어 처음 그녀가 한 말은 그런 물음 아닌 물음이었다.

"법적으로는 아직도 혼인신고가 남았지."

긴장이 명훈의 목소리를 본의 아니게 퉁명스럽게 했다. 그녀가 별 뜻 없는 말간 눈길로 명훈을 건너보다가 다시 앞서와 같은 말투로 물었다.

"이젠 제가 아내 같은가요?"

"아내 같은 게 아니라 바로 아내잖아? 그러려고 그렇게 사람을 몰아댄 거고."

그러자 그녀가 뜻 모를 한숨을 푹 내쉬더니 오래 함께 살아온 사람처럼 말했다.

"좀 피곤하군요. 일찍 주무시지 않겠어요?"

"아직 안방에 어머니와 손님들이 그냥 계시는데…… 하지만 피곤하면 일찍 자리 보고 누워. 불만 안 끄면 되지 뭐."

명훈도 익숙한 남편처럼 그렇게 대답하고 공연히 거추장스럽게 느껴지는 양복 윗도리를 벗었다. 경진이 옷을 받아 벽에 걸린 옷

걸이에 거는 사이 방 윗목에 놓인 상이 눈에 들어왔다. 밥상보를 젖혀 보니 격식을 갖춘 합환주는 아니었지만 청주 한 병과 안주 몇 가지가 정갈하게 차려져 있었다.

"잘됐군. 이부자리 봐 두고 우리 술이나 한잔하지. 이건 첫날밤 예식에도 있는 거 아냐?"

경진은 이번에도 고분고분했다.

"그러죠. 하지만 과음하시지는 마세요."

그러면서 알루미늄 상자에 얹힌 이불 보퉁이를 풀어 새 이불과 요를 펴기 시작했다. 명훈은 그녀가 다가와 마주 앉기를 기다려 술병을 땄다.

하지만 그동안에도 모니카의 일은 여전히 목에 걸린 가시처럼 의식 깊숙한 곳을 찔러 댔다. 어쩌면 당연히 그 일을 꺼내야 할 경진이 제때에 꺼내 주지 않아 더 아프게 따끔거리는지도 몰랐다. 명훈이 술이 채 오르기도 전에 먼저 그 일을 꺼낸 것은 그 은근한 고문을 견디지 못해서였을 것이다.

"미안해, 그리고 고마워."

명훈은 첫잔을 받아 조심스럽게 비운 뒤로 자신의 잔만 내려보고 있는 경진의 손을 잡으며 죄를 자복(自服)하는 범죄자의 심정으로 그렇게 말했다.

"뭘 말이에요?"

"낮의 그 여자. 그리고 당신의 초연한 태도."

그러자 경진이 명훈의 손을 잡아 자신의 배 언저리에 갖다 대며 타이르듯 말했다.

"아이 듣는데 그런 말씀 하시는 거 아네요. 우리는 오늘 새로운 삶을 시작했어요. 힘들여 단절한 어두운 과거에 더는 가위눌리지 마세요."

악몽

천장의 백열구(白熱球) 촉수가 낮아서인지 이상이 생긴 시력 탓인지 맞은편에 앉은 남자의 얼굴이 희미해지며 부지런히 움직이는 입술만 또렷하게 눈에 들어왔다. 마치 청각이 마비된 듯 그의 말소리가 전혀 들리지 않는 것이 인철에게는 다급하기 그지없었다. 이 자가 무슨 말을 하는지 알아들어야 하는데…… 하지만 그보다는 자포자기적인 열망이 더 컸다. 깨어나서는 무슨 일이 일어나도 좋으니 제발 한숨 푹 잘 수 있었으면…….

"어어, 이 새끼 봐. 자고 있잖아?"

갑자기 그런 고함 소리와 함께 목이 홱 뒤로 젖혀졌다. 누군가 머리카락을 움켜쥐고 거세게 머리를 뒤로 젖힌 것이었다. 인철에게는 머릿가죽을 벗기는 듯한 아픔이나 갑자기 거칠게 젖혀진 목에 오는 충격보다 방금 아슴아슴 의식을 덮어 오던 졸음이 싹 달아난 게 더 고통스러웠다.

"자지 않았습니다. 전 자지 않았……."

인철이 메마른 입술을 힘겹게 움직여 그렇게 변명하는데 다시 눈 어름에 번쩍 불이 일었다. 누군가 따귀를 후려친 것이었다.

"그럼 인마, 사람의 말이 말 같지 않아? 왜 묻는데 대답이 없어?"

"무얼…… 뭘 물으셨습니까?"

그래도 금세 의식을 덮어 오는 졸음을 걷어 내려고 안간힘을 쓰면서 인철이 황급히 되물었다. 일어나서 따귀를 때리고 다시 제자리에 앉은 상대가 이번에는 목소리를 차갑게 낮추어 받았다.

"말했잖아. 1966년 1월부터 6월까지의 행적을 대라고. 그때 어디 있었고, 뭘 했어?"

"부산에 있었습니다. 부산에……."

"부산 어디야? 무슨 동네 몇 번지에 있었느냔 말이야?"

그제야 인철은 그 물음의 중요성을 섬뜩하게 상기했다. 이 부분을 증명하지 못하면 나는 꼼짝없이 월북자가 된다. 북한으로 넘어가 아버지를 만나고 여섯 달의 밀봉(密封)교육을 받은 뒤 다시 남파된 간첩이 되고 만다…….

"4월쯤인가 남부민동 헌책방을 나와 한 보름 서면(西面) 쪽의 공사장에서 일했습니다. …… 다시 광복동 중국집에 두 달쯤 있었고…… 부산진 가구 공장에서도 한 달쯤 일했고 그러다가 토성동

낙화 공방(烙畵工房)에……"

"그 거짓말은 벌써 열 번도 더 들었어. 그러지 말고 위장 전향(僞裝轉向)해 출소(出所)한 장기수(長期囚)의 위장 사업체에 인도되기 전에 여섯 달을 바로 말해. 네가 말한 중국집도 광복동에 없고, 가구공장도 공사장도 확인되지 않았어. 그 헌책방에서 불온서적을 입수하고 난 뒤 사라진 그 여섯 달을 대란 말이야."

위장 전향한 장기수란 말이 다시 인철의 의식을 위기감으로 일깨웠다.

'안 돼. 내가 여기서 지면 그 마음씨 좋은 털보 아저씨도 함께 당하고 만다…….'

"거짓말이 아닙니다. 의심스러우면 저와 함께 찾아보시죠. 함께 가서 확인해 보시면 될 거 아닙니까?"

인철은 그렇게 말해 놓고 위기감에 자극된 순발력으로 새로운 제안을 보탰다.

인철은 이미 수십 번도 더 되풀이한 그 말을 절규처럼 외쳤다. 그때 정강이에 뜨끔한 통증이 왔다. 곁에서 인철이 하는 말을 한마디도 빼지 않고 꼼꼼히 기록하고 있던 사내가 어느새 일어나 다가와 인철의 정강이를 걷어찬 것이었다.

"이 빨갱이 놈의 새끼가 보자 보자 하니까 여기가 어디라고 악을 써? 중정(中情: 중앙정보부)으로 안 끌고 가고 이리 모시니까 경찰이 아주 물렁해 보이는 모양인데, 정말 한번 해 볼까? 우리도 인마, 하려고 들면 육해공(陸海空) 다 돌릴 수 있어. 학생이라고 신사적으로 대해 주니까 간땡이가 부어서……."

아픔보다는 밀폐된 공간 안에서의 무력감이 인철을 위축시켜 말문이 막히게 했다. 가만히 인철을 보고 있던 취조관이 한 번 더 달래듯 말했다.

"우리가 증거가 모자라 너를 송치(送致)하지 못하는 거 아냐. 또 중정으로 넘겨 그들이 마무리 짓게 할 수도 있어. 하지만 네 처지가 너무 딱해 도와주려고 이렇게 잡고 있는 거야. 그러니 우리에게 협조해. 네가 받고 있는 것은 간첩 혐의지만, 협조만 잘하면 빠져나갈 수도 있어. 첫째로 너는 법적으로는 이제 겨우 스물두 살이고 이 방면의 전과나 특별한 이력도 없어. 거기다가 네 아버지의 지령에 따라 포섭됐다면 충분히 작량감경(酌量減輕)의 여지가 있지. 그래서 우리 손에서 매듭지으려고 이러는 거야."

제법 정이 배어 있는 목소리였다. 그러나 인철은 본능적으로 거기에 담겨 있는 더 무서운 악의를 읽어 내고 긴장을 늦추지 않았다. 그와 같은 방식으로 호소하듯 말했다.

"그러니까 제가 진작부터 사정하지 않습니까? 한 번만 절 데리고 부산에 가 주십시오. 그러면 반드시 그때 제가 거기 살았다는 걸 증명해 내겠습니다."

취조나 고문은 인철의 경험에는 전혀 없는 일이었다. 그러나 아버지 어머니의 경험을 핏줄을 통해 물려받은 것일까, 그의 대처는 꽤나 의연한 데가 있었던 듯했다. 상대가 다시 한 번 인철을 관찰하는 눈길로 바라보다가 곁에 있는 취조 보조원에게 눈짓을 했다.

취조 보조원이 알아듣고 필기구를 놓더니 방을 나갔다. 무언가 상부의 지시를 구하러 가는 듯했다.

그가 방을 나가자 취조관이 의자 등받이에 걸어 두었던 양복 상의에서 담배를 꺼냈다. 최고급 '청자'였다. 그가 담배를 빼어 물다 말고 힐끗 인철을 보더니 갑을 내밀었다.

"담배 피워?"

"네."

"그럼 한 대 피워."

그제야 인철은 지난 이틀 밤낮 동안 한 개비의 담배도 피우지 못한 걸 떠올리고 갑작스러운 구걸 심리까지 느끼며 공손하게 담배 한 개비를 뽑았다. 그 순간 코를 찔러 오는 담배 냄새가 세상의 그 어떤 향기보다 더 향기로웠다.

"천천히 피워."

취조관이 라이터로 불을 붙여 주며 그렇게 말했다.

자신도 담배에 불을 붙여 길게 한 모금을 빨았다 내뿜은 취조관이 만난 뒤 처음으로 인간적인 어조가 되어 말했다.

"나도 법적으로 겨우 스물한 살짜리 대학생을 간첩 혐의로 취조해 보기는 처음이다."

그러나 인철은 방금 담배 연기와 함께 빨아들인 니코틴의 일시적 마취 작용 때문에 그 말에 제대로 반응할 수 없었다. 불시의 타격을 받은 것처럼 휑한 머릿속과 흔들리는 몸을 지탱하기 위해 책상 모서리를 한 손으로 잡았다.

무언가 할 말이 있는 듯하던 취조관이었으나 그 말을 끝으로 사적인 감정을 더는 토로하지 않았다. 오랜만에 혈관에 공급된 것이라 그랬는지 니코틴이 강렬한 각성 효과를 내어 인철도 잠시 졸음을 잊고 다음 전개를 나름대로 추측해 보았다. 갑작스러운 취조 중단이 무엇을 뜻하는지 문득 궁금해진 까닭이었다.

기록을 맡고 있던 사내가 돌아온 것은 그로부터 오래지 않아서였다. 어쨌든 나쁘게 되어 가고 있는 것 같지는 않다는 결론으로 인철이 스스로를 격려하며 기다리는데, 돌아온 그가 취조관에게 다가가 무언가 귓속말을 했다. 그러자 취조관이 의자 등받이에 걸어 두었던 윗도리를 벗겨 입으며 사무적인 어조로 그에게 지시했다.

"그럼 저녁 먹이고 재워."

인철은 자신에게 한 말이 아니었지만 그게 무엇을 뜻하는지 금세 알아들었다. 아마도 자신이 함께 부산으로 가서 그때 거기 있었다는 것을 증명하겠다는 주장이 받아들여진 듯했다.

취조 보조수 겸 기록을 맡았던 사복(私服)은 직속상관인 듯한 취조관의 지시에 따라 인철에게 저녁을 먹인 다음 구내의 어떤 방으로 데려가 재웠다. 이따금 그런 용도로 쓰이는 듯 창문에 굵은 쇠창살이 박히고 출입구는 밖에서만 여닫을 수 있게 설비된 방이었다.

인철은 그날의 나머지가 거의 기억에 없을 정도로 저녁도 먹는 둥 마는 둥하고 그 방의 냄새나는 이부자리에 꼬꾸라졌다. 그리고 꿈조차 없는 달고 깊은 잠에 빠져들었다가 다음 날 아침 누가 세차게 흔들어서야 눈을 떴다.

"가서 세수하고 외출 채비해."

겨우 눈을 떠 쳐다보니 어제의 기록 담당이었다. 인철은 가까운 화장실로 가 대강 세수를 했다. 내주는 수건으로 얼굴을 닦다 보니 어느새 감시자 하나가 늘어 있었다. 역시 사복 차림으로, 보기에도 대공(對共) 전문 형사 티가 났다.

가까운 식당에서 간단하게 아침 식사를 마치고 택시에 오른 그들이 서울역에 이른 것은 아홉 시경이었다. 개찰구로 가기 전에 새로 감시역을 맡게 된 형사가 슬쩍 양복 윗도리를 젖혀 보이며 나지막하지만 단호한 목소리로 경고했다. 인철은 모르고 있었지만 10여 년 전 그의 형 명훈도 겪어 본 적이 있는 방식의 경고였다.

"수갑을 채우지 않았다고 딴생각 마. 저분도 마찬가지야."

인철이 그가 열어 준 윗도리 안쪽을 들여다보니 겨드랑이 쪽에 가죽 케이스에 든 권총이 차가운 빛을 쏘아 내고 있었다. '007' 영화에 나오는 것처럼 띠를 어깨에 매게 해 둔 권총 케이스였다.

원래도 도주 같은 것은 생각해 본 바 없었으나 그들의 숨겨진 무장(武裝)을 보자 오히려 인철은 그 충동을 느꼈다. 자신이 그토록 엄중한 호송을 필요로 하는 혐의를 받고 있다는 사실이 새삼 두렵고 불안해진 까닭이었다. 이건 할머니의 말씀대로 우선 피하고 보아야 하는 홍수의 첫물머리가 아닐까.

그런데 그 충동을 억누른 것이 서울역에서 받은 또 다른 종류의 대우였다.

인철을 가운데 세운 두 형사가 이제 막 개찰이 시작된 개찰구를 지나면서 각기 지갑을 꺼내 신분증을 내보였다. 그러자 달갑잖은 눈으로 신분증을 확인한 개찰원이 가운데 있는 인철을 눈짓으로 가리켰다. 뒤따라오던 형사가 나지막하지만 또렷한 목소리로 말했다.

"사상범이오! 수사상 필요해 임의동행(任意同行) 중이고."

그 말에 개찰원이 흠칫하며 인철을 보더니 누구에겐지 모르게 고개까지 가볍게 숙이며 공손하게 받았다.

"가셔도 좋습니다."

하지만 인철은 오래오래 그때 그 개찰원의 눈길을 잊지 못했다. 말 그대로의 경외(敬畏), 곧 우러름과 두려움이 묘하게 얽힌 눈길이었다. 그가 한 말도 어쩌면 인철에게 한 말이 아니었을는지 모르지만 인철은 왠지 자신을 향해 하는 말로 들었다. 그들 앞뒤에서 형사의 말을 들을 수 있었던 여행객들의 눈길과 반응도 마찬가지였다. 한편으로는 끔찍해하면서도 다른 한편으로는 까닭 모를 위압과 경외를 느끼는 눈길과 표정으로 자신을 살피고 있는 듯했다.

"사상범……."

기차에 오르면서 인철은 새삼스러운 느낌으로 그렇게 되뇌어 보았다. 유년의 추억 속에서 그 말은 얼마나 끔찍한 것이었던가. 아버지와 거의 동의어처럼 쓰이기도 한 그 말은 또한 불행과 재앙의 동의어이기도 했다. 그러나 한편으로는 알 수 없는 경외심을 일으키기도 했는데 인철은 그걸 핏줄의 몫으로 여겼다. 그런데 그날 사람들의 눈길과 표정에서 읽은 것은 그게 아버지이기 때문에 느끼는 감정이 아니라 사상범 일반에 느끼는 사람들의 공통된 감정이라는 점이었다.

어쩌면 한 혁명가를 길러 내는 정신적 기제(機制) 중에 하나는 바로 사람들의 그 같은 반응인지도 모른다. 다른 사람에게 자신을 두렵고 의미 있는 존재로 인식시킨다는 것만큼 인간의 허영에 유혹적인 것도 없을 것이다. 그런데 사상범이 되는 것은 바로 그한 지름길이 된다.

이미 아버지 대에서 피와 불의 세례를 받은 뒤라 인철에게는 내처 그 길을 가도록 하는 효과까지 내지는 못했지만, 그 같은 사람들의 반응이 준 변화는 컸다. 무엇보다도 자신을 바라보는 보이지 않는 눈길을 의식하게 된 것이 그러했다. 어쨌든 이번 일에 대처하는 데 결코 천박하거나 비겁하게 보여서는 안 된다. 기차에 오르면서 인철은 그런 돌연한 결의까지 다졌다.

인철의 그 같은 결의를 강화시켜 준 일은 기차 안에서 한 번 더 있었다. 기차는 인철로서는 처음 타 보는 당시 최고 등급의 통일호였는데 그러다 보니 좌석이 지정돼 있어 앉을 데가 없었다. 그러자 주위를 살피던 형사가 때마침 다가오는 여객 전무를 불러 세우더니 신분증을 보이며 말했다.

"나 시경(市警) 대공계(對共系) 요원인데 자리 좀 부탁합시다. 지금 중대한 사상범을 호송 중이라……."

그러자 금세 긴장한 표정으로 형사들과 인철을 번갈아 보던 여객 전무가 싹싹하게 일러 주었다.

"여기서 뒤쪽으로 객실 두 칸을 더 지나치면 특실이 나옵니다. 거기 비어 있는 자리로 적당히 쓰십시오."

인철이 형사들과 특실로 가 보니 거기에는 또 다른 충격이 기다리고 있었다.

등받이를 자주색 비로드로 감싸고 윗부분에 하얀 시트를 댄 의자며 산뜻한 커튼으로 분위기부터 보통 객실과 달랐다. 거기다가 당시로는 가장 고급한 교통수단의 가장 비싼 자리를 산 사람들이란 것 때문에 품게 된 선입견인지도 모르지만, 좌석의 반쯤을 채우고 있는 여객들도 인상부터가 달랐다. 통일호도 처음 타 보는 인철에게는 갑자기 낯선 세계에 떼밀려 들어온 듯한 느낌까지 들었다.

"저기 앉아."

뒤따르던 형사가 익숙하게 의자를 돌려 놓아 네 좌석을 마주 보게 한 뒤 창문 쪽을 가리키며 인철에게 말했다. 인철이 말없이 그가 가리킨 자리에 앉자 통로 쪽 자리에 마주 앉는 게 나름대로의 고려가 있는 자리 배정인 것 같았다.

"자고 싶으면 의자 젖히고 자. 아무리 통일호라도 부산까지 대여섯 시간은 걸릴 테니."

그래도 그동안 낯이 익었다고 취조실에서 기록을 담당하던 형사가 그렇게 인심을 썼다. 이틀 밤을 꼬박 새운 터라 간밤의 예닐

곱 시간으로는 잠이 모자란다고 본 듯했다. 인철에게도 잠의 유혹이 불현듯 되살아났다.

인철은 거의 반사적으로 의자를 젖히고 몸을 뉘었다. 그 낯선 안락감이 다시 인철에게 엉뚱한 성취감 같은 걸 느끼게 했다. 사상범이 됨으로써 갑자기 자신의 신분이 한 단계 상승했다는 어이없는 착각과 함께.

하지만 몸과 마음이 지쳐 있고 누운 자리가 편안하다고 해서 금세 잠이 쏟아지지는 않았다. 자기들끼리 얘기를 주고받으면서도 힐끔힐끔 인철에게 주의의 눈길을 던지는 형사들이나 악몽처럼 퍼뜩퍼뜩 떠오르는 취조실이 느슨해졌던 인철의 긴장을 되살렸다. 자신이 받고 있는 엄청난 혐의가 원래의 무게를 되찾고 취조실을 떠나면서 잠시 잊었던 공포와 불안이 다시 의식을 짓눌러 왔다.

인철은 자는 척 눈을 감은 채 자신이 거기까지 끌려오게 된 경위를 새삼 더듬어 보았다. 연행되는 순간부터 단절된 현실 인식을 회복하기 위한 시도였다.

그날 정숙을 따라 생일잔치에 갔다가 식모살이를 하는 어머니를 본 인철이 받은 충격은 컸다. 그것은 무심코 이어 가는 자신의 삶을 거짓되고 허영에 찬 것으로 규정하게 했을 뿐만 아니라, 그 무렵 들어 한창 몰두해 있던 문학까지 경원하게 만들었다. 전통적인 가치관에 얽매여 있는 그에게는 그 어느 쪽도 어머니의 그 같은 처지를 용인할 권리를 갖지 못한 것으로 단정되었다.

시들한 대로 이어져 오던 정숙과의 사랑도 그날 이후로는 사치스럽고 가방 없는 놀이가 되었다. 용돈의 차이로만 인식되던 빈부(貧富)의 차이는 본질적인 신분의 문제로 확대되어 갑자기 그녀가 자신과는 전혀 어울리지 않는 계층의 사람처럼 서먹하게 느껴졌다. 거기다가 박승수네 집에서 어머니를 만나게 된 일에 대한 그녀의 반응은 그때껏 그녀에게 쏟은 동경과 열정을 순식간에 거두어 버렸다.

"왜 그래? 무슨 일이야?"

인철이 갑자기 일어나자 난처한 얼굴로 그렇게 묻던 정숙은 대문께까지 따라 나오면서 인철을 잡아 두려 애썼다.

"뭣 때메 맘 상했어? 내가 뭘 잘못한 거야? 아니면 승수 걔?"

인철이 갑작스레 떠나려는 까닭을 알려고 애쓰면서도 한편으로는 벌써 이제 더 참을 수 없다는 결의 같은 것을 다지고 있는 기색이었다. 그러다가 인철이 끝내 이유를 밝히지 않고 대문을 나서자 그녀는 대문 안쪽에서 걸음을 멈추었다.

"알았어. 이유는 나중에 들을게. 하지만 난 여기 남겠어. 나라도 남아 주는 것이 오래된 친구에 대한 최소한의 예의 아니겠어?"

그녀는 그러면서 습관적인 미소를 떠올렸으나 인철은 그게 이를 앙다문 것보다 더한 경멸과 적의의 표정이라는 것을 직감적으로 느꼈다. 순간적이지만 자신이 버림받았다는 느낌까지 들 정도였다. 며칠 뒤에 어쩔 수 없이 진상을 밝혔을 때도 그랬다.

"겨우 그거였어? 그게 어때서? 나 처음부터 네가 부잣집 아들이라고 좋아한 거 아니다. 니네 엄마 그러셔야 할 사정이 있으면 남의집살이도 하실 수 있는 거지. 더군다나 요즘 세상에 직업에 귀천이 어딨어?"

정숙은 한없이 너그럽고 이해심 많은 사람처럼 받았으나 인철은 바로 그런 그녀에게서 그때까지도 두 사람을 잇고 있던 마지막 끈마저 무참히 끊어지는 것을 느꼈다. 진정한 이해도, 같이 아파할 연민도 없는 그런 종류의 너그러움은 아직 날카롭게 살아 있는 인철의 자존심에 오히려 더 깊은 상처를 주었다. 겨우, 라고, 아니다, 아니다. 세 번 아니다. 너는…….

이제는 정말 끝이라는 기분으로 정숙과 헤어진 인철은 그날부터 다시 하숙집에 틀어박혔다. 그러다가 학기 말 시험이 가까워 출제 범위를 알아 두려고 오랜만에 등교한 날이었다. 한 형을 만나는 바람에 낮술을 한잔 걸치고 오후 늦게야 하숙집으로 돌아왔는데, 기다리는 사람들이 있었다. 사복형사들로, 인철이 방 안으로 들어갔을 때는 이미 수색을 끝낸 뒤였다.

그들이 무슨 대단한 증거물처럼 인철의 책상 위에 쌓아 둔 것은 바로 일본판 사회주의 사상 전집이었다. 여섯 권 중에 로자 룩셈부르크의 『자본 재축적론(資本再蓄積論)』이 빠진 나머지였는데, 인철은 그걸 보자 이내 일의 발단을 알 것 같았다. 노광석의 간청에 못 이겨 그 책을 내준 게 한 달 전이었던가.

"이인철 맞아?"

방 안에 앉아 기다리던 형사가 앉은 채로 그렇게 물었다. 심장에 갑자기 찬 얼음 조각이 와 닿는 듯한 느낌으로 엉거주춤 서 있던 인철이 냉성을 회복하려고 애쓰며 태연을 가장했다.

"그런데요. 누구시죠?"

"시경에서 나왔어. 나 이런 사람이야."

형사가 대답과 함께 신분증을 내보였다. 하지만 인철에게는 그 신분증의 글씨도 사진도 눈에 들어오지 않았다. 그때 인철이 보이지 않는 곳에서 퇴로를 막고 있던 다른 형사가 방 안으로 들어서면서 위압적으로 말했다.

"우선 앉아. 먼저 협조를 받아야 할 일이 있을 것 같으니까."

그리고 인철이 앉자 두어 발짝 떨어진 등 뒤에 앉았다. 미리 앉아서 기다리던 맞은편 형사가 차분하게 말했다.

"사실 우린 수색영장이 없어. 말하자면 자네가 없는 동안에 방 안을 뒤진 건 위법이지. 먼저 그 수색에 사후(事後)지만 자네의 동의가 필요하네. 또 우리는 압수영장이 없어. 하지만 저 책들은 참고로 가져가야겠는데, 거기에 대해서도 동의해 주어야겠네. 그리고 마지막으로 연행인데…… 역시 구속영장은 없어. 임의동행 형식으로 우리를 따라와 줬으면 좋겠어. 내가 이렇게 특별히 양해를 구하는 것은 자네가 범죄의 혐의가 확인되지 않은 학생 신분이기 때문이야."

그의 차분한 어조가 인철에게도 진정의 효과를 주어 비로소 반발할 여유를 가지게 했다.

"만약 제가 동의하지 않는다면 어떻게 됩니까?"

"뭐, 그래도 현실적으로는 큰 차이가 없어. 자네를 강제 구인(拘引)하고 차차 하자를 보완하면 되지. 하지만 그렇게 되면 자네 고생이 더 심해질 거야. 어쩌면 수사 자체가 중정(中情)으로 넘어가게 될지도 모르고."

그 말에 인철은 자신도 모르게 움츠러들었다. 한 번도 겪어 보지 않았는데도 중앙정보부란 말은 위협적이기 짝이 없었다. 그 바람에 대꾸가 늦어지자 형사가 기다리지 않고 이었다.

"그럼 우리와 함께 가기 전에 몇 마디 묻겠어. 저 전집의 나머지는 어디다 감췄나?"

"애초부터 완질(完帙)을 구한 건 아닙니다. 어쩌다 아니, 서점에서 일할 때……."

인철은 갑자기 다급해진 마음이 들어 그 책들을 손에 넣게 된 경위를 자세히 털어놓았다.

"그러잖아도 다음으로 입수(入手) 경위를 물으려던 참이었는데 미리 말해 주니 문항이 하나 줄었군. 그럼 우리가 어떻게 자넬 찾아오게 되었는지 짐작은 가나?"

"짐작 가는 데가 있습니다."

인철은 무턱대고 시치미를 떼 보려다가 솔직하게 대응하기로 마음먹고 그렇게 대답했다. 상대가 반짝 관찰의 눈길을 내비치다가 다시 물었다.

"말해 줄 수 있겠나?"

“제가 이 책을 가지고 있다는 것을 아는 사람은 별로 없습니다. 그중에 하나가 최근 저 책들 중에 한 권을 빌려 갔는데, 그가 소속된 단체가 좀 불온한 데가 있어서…….”

“호오 그럼 적어도 노광석이 불온 서클에 관여하고 있다는 것은 알았다는 뜻이군.”

“그 이상 직접 옵서버로 참가해 본 적도 있습니다.”

인철은 선수라도 치는 기분으로 그렇게 묻지 않은 것까지 앞질러 대답했다. 부인할 수 없을 바에야 사실대로 말해 상대의 의심을 줄이겠다는 나름의 계산에서였다. 상대가 다시 관찰의 눈길이 되어 인철을 살피다가 변화 없는 어조로 물었다.

“옵서버? 그건 무슨 뜻이지?”

“구경꾼으로 참석했다는 뜻입니다.”

“불온 서클인 줄 진작부터 알고 있었다면서? 불온 서클에 무슨 구경거리가 있나?”

“그때까지는 그렇게 위험한 불온 서클인지 몰랐습니다. 그냥 사상 연구 단체로 알고…….”

“위험한 불온 서클인지 알고는 참여하지 않았다는 뜻인데, 그럼 책은 왜 내주었나?”

형사의 말투가 깐깐해지며 심문 조가 되어졌다.

“노광석은 대학에 와서 사귄 친구 중에 가장 친한 녀석이라…….”

“그 책의 내용은 알고 있나?”

"모릅니다. 저는 아직 일본어를 배우지 않아서……."

거기서 인철은 다시 자신의 결백을 증명할 호기(好機)를 만났다는 기분이 되어 조금 여유를 되찾았다. 형사가 한동안 말없이 인철을 살피다가 일어날 채비를 하며 함께 온 형사 쪽으로 눈길을 돌렸다.

"어이, 이 형사, 그럼 가지. 저기 책 싸 들어."

그리고 인철에게도 어느새 명령조가 되어 말했다.

"협조해 줘 고마워. 아까 말했지만 우리와 함께 가 줘야 되겠어."

제법 길고 까다로운 심문을 예상하고 있던 인철은 그 갑작스러운 심문 중단이 공연히 당황스러웠다. 마치 자신을 변호할 기회를 박탈당한 기분이었다. 인철은 그 서클의 모임에 갔을 때 받은 느낌을 솔직하게 털어놓아 자기 변호의 발판으로 삼을 작정이었다.

"아직 말씀드리지 않은 게 있는데……."

인철이 다급한 김에 그렇게 스스로 못다 한 얘기의 서두를 꺼내보았지만 형사는 별로 관심을 드러내지 않았다.

"그건 가서 얘기해. 아직 얘기할 기회는 많아. 우리가 묻고 싶은 것도 많고……."

하지만 그 형사는 예민한 수사 감각을 지닌 사람 같았다. 인철을 가운데 태우고 택시 뒷좌석에 앉으면서 누구에게랄 것도 없이 중얼거렸다.

"이거야말로 태산명동(泰山鳴動)에 서일필(鼠一匹) 아냐? 아무래도 헛다리 짚은 것 같은데……."

정보 형사에게 품은 선입견에 어울리지 않게도 제법 문자까지 섞어 하는 소리였다.

형사들이 인철을 데려간 곳은 시경 청사가 아니라 어떤 낯선 동네의 오래된 2층 건물이었다. 택시를 탈 때 그들이 운전사에게 뭐라 행선지를 대기는 했다. 그러나 서울 지리에 밝지 못한 데다 처음 겪는 갑작스러운 연행으로 제정신이 아닌 인철은 자신이 끌려가는 곳을 종잡을 수 없었다.

일제 때 무슨 관사나 기숙사로 지어진 듯한 그 건물은 꽤 넓은 마당으로 이웃집들과 격리되어 있었다. 지프 두어 대가 주차돼 있는 썰렁한 마당을 지나 왠지 음습하게 느껴지는 건물로 들어서자 현관 오른편으로 작은 사무실 같은 게 있었다. 책상과 의자는 여러 개 놓여 있었으나 자리를 지키는 사람은 몇 안 됐다.

"무슨 일이야?"

입구 쪽에 다른 것들보다 좀 큰 책상에 앉아서 뭔가 서류를 보고 있던 중년이 인철을 데리고 들어서는 두 형사에게 반말로 물었다.

"뭐 특별한 거 없었어?"

그러자 인철에게 주로 질문을 던졌던 형사가 인철이 듣기에도 놀랄 만큼 세밀하게 하숙집에서 있었던 인철과의 대화를 보고 조로 반복했다. 어떤 말은 토씨 하나 틀리지 않았다.

"그래에?"

다 듣고 난 중년이 까닭 모르게 오싹해지는 눈길로 인철을 훑어보더니 두 형사에게 명령했다.

"305호실로 데려가."

인철은 그 와중에도 305호실이란 말에 의아한 느낌이 들었다. 그 건물은 2층이었기 때문이었다. 그런데 형사들이 인철을 데리고 간 곳은 뜻밖에도 지하실이었다.

붉은 백열등이 켜져 있는 지하로 내려서자 인철의 불안과 공포는 갑자기 배가(倍加)되었다. 기껏해야 읽지도 못하는 일본어로 된 불온서적 몇 권을 소지한 죄밖에 없다는 걸 떠올리고 당당해지려 애썼으나 잘되지 않았다. 방음장치 때문인지 유별나게 중후해 보이는 문을 열고 방 안에 들어섰을 때는 벌써 온몸에 소름이 돋고 팔다리가 후들거릴 지경이었다.

나무로 된 커다란 책상 하나와 몇 개의 의자만 놓여 있을 뿐 별다른 집기가 없는 방 안에는 두 사람이 기다리고 있었다. 한 사람은 취조를 담당하고 한 사람은 기록을 담당하게 되어 있는 듯했다. 형사들은 좀 전 사무실에서와 비슷한 형태로 그중의 한 사람에게 인철을 인계한 뒤 방을 나가 버렸다.

"앉아."

인철을 인계받은 사람이 책상 맞은편의 비어 있는 의자를 눈짓으로 가리키며 인철에게 말했다. 인철이 품고 있는 취조 형사에 대한 선입견과는 다른 인상에 제법 부드러운 목소리였다. 그 바람에 다소 여유를 되찾은 인철이 천천히 방 안을 둘러보며 앉았다.

인철의 정면, 시멘트 미장으로 마감된 벽에 태극기와 박정희 대통령의 사진이 걸려 있는 게 눈에 들어왔다. 그곳이 시경의 별동(別棟)이든 분실(分室)이든 관공서의 일부라는 점에서는 당연할 수도 있었으나 인철에게는 왠지 어울리지 않게 느껴졌다. 그래서 자신도 모르게 거기 시선이 머물러 있는데 갑자기 눈앞이 번쩍했다.

"이 쌔끼가 어디서 거물 티를 내고 있어? 어디 한눈을 팔아, 순 빨갱이 간첩 놈의 새끼가."

본능적으로 맞은 뺨을 두 손으로 감싸 쥐며 소리 나는 쪽을 보니 기록을 위해 종이와 펜을 준비한 채 책상 한 모서리에 그림자처럼 붙어 앉았던 형사가 그새 제자리로 돌아가 앉고 있었다. 그게 시작이었다. 그 뒤로도 주로 폭력을 쓰는 것은 그 취조 보조 겸 기록 담당이었다. 대답이 성의 없다고 느끼거나 졸기 시작하면 어김없이 그가 일어나 호된 손찌검을 하고 제자리로 돌아갔다.

그에 비해 취조를 담당한 쪽은 오히려 느긋했다. 눈앞에서 벌어진 일을 전혀 못 본 사람처럼 서류를 뒤적이며 물었다.

"이인철이. 1948년 6월 22일생. 맞아?"

"네, 그렇습니다."

"고생깨나 하며 자랐군. 그래도 머리는 있는 놈 같고 하지만 여기서 잔머리 굴릴 생각은 마. 보자, 뻔한 질문은 생략하고……."

그러면서 그는 서류 몇 장을 건성으로 넘기다가 갑자기 날카로운 눈빛이 되어 인철을 쏘아보았다.

"여기서부터 시작하지. 그래 일본은 어떻게 건너갔나?"

"네에? 일본요?"

인철은 너무도 뜻밖의 말이라 저도 모르게 목소리를 높였다.

"물론 밀항(密航)이겠지. 그 밀항을 누가 주선했나? 어떤 조직이야? 누가 어떤 방법으로 널 일본에 데려갔어?"

"일본으로요?"

그때 다시 기록을 담당하던 형사가 소리 없이 다가와 발로 허벅지를 호되게 걷어찼다. 그 타격이 얼마나 세찼던지 인철은 의자에 앉은 채 옆으로 넘어질 뻔했다. 간신히 몸의 균형을 잡고 있는 인철의 귀에 제자리로 돌아가 앉는 그의 혼잣말 같은 목소리가 들렸다.

"이 쌔끼가 한국말도 모르나? 대답은 않고 왜 자꾸 남의 물음을 반복해?"

"이, 일본은 가 본 적이 없습니다. 정말입니다."

인철의 다급한 대답에 취조를 맡은 쪽은 여전히 아무것도 본게 없다는 듯 느긋하게 말했다.

"그래애? 그럼 평양에도 가 본 적이 없겠네. 밀봉교육도 받은 적이 없고, 학원 침투 지령을 받은 적도 없고……."

"네에? 뭐라고요?"

"잘 들어. 너는 1966년 부산에서 네 아버지가 보낸 간첩단에게 포섭되어 일본으로 밀항했어. 먼저 네 아버지와 친분이 두터운 조총련 간부 집에 며칠 머물다가 북송선을 탔지. 그리고 평양에 도착해 네 아버지와 만난 뒤 6개월에 걸친 밀봉교육을 받고 다시 남파되었어. 어때? 우리 수사가 틀렸나?"

"아닙니다. 저는 결코 일본도 평양도 간 적이 없습니다. 뭘 잘못 알고 계신 겁니다."

인철은 새로운 종류의 공포에 사로잡혀 이를 덜덜거리면서도 힘을 다해 부인했다. 상대가 별 변화 없는 어조로 받았다.

"그럼 일본어판 사회주의 사상 전집은 어디서 구했나?"

"그건 제가 서점에서 점원으로 일할 때 우연히, 정말로 순전히 우연히……."

"우연치고는 너무 공교롭군. 잘 들어. 이건 소화 32년판으로 국내에는 원래 많지도 않았지만 그나마 6·25를 전후해 자취를 감추다시피 했어. 그런데 어느 간땡이 부은 놈이 17년이나 목숨 걸고 지켜? 그리고 그걸 헌책방에 가져와? 그걸 말이라고 하나?"

"그건 책방 주인 아저씨한테 물어보면 증명할 수 있습니다. 남부민동 청림서적이라고 아직도 그 헌책방이 남아 있을 겁니다."

"좋아, 그렇다면 조사해 보지. 그건 그렇고. 그럼 1966년 4월부터 9월까지는 어디 있었나? 위장 전향(轉向)해 형 감면을 받고 나온 정윤기에게 인계되기 전까지는?"

"정윤기요?"

"모르겠다고 잡아뗄 거야? 인두로 목판을 지져 그림을 그리던 그 털보 말이야. 거기서 다시 여섯 달이나 사상 학습을 받은 거야 말 못 하겠지만 밥 빌어먹은 일은 부인할 수 없겠지?"

인철은 그제야 그 낙화방 주인의 이름이 기억났다. 그러나 그에게 그런 어두운 경력이 있었다는 것은 처음 듣는 말이었다. 절로 소름이 끼쳐 왔다.

"제가 그분 밑에서 점원으로 일한 것은 사실입니다. 그러나 저는 그분이 사상범으로 복역(服役)한 일이 있었다는 건 전혀 몰랐습니다. 그저 마음씨 좋은 주인아저씨였을 뿐입니다. 사상 학습 같은 것은 정말로 없었습니다. 도대체 그분이 사상에 대해서 이러니저러니 하는 것조차 들은 적이 없습니다."

인철은 이제 자신뿐만 아니라 그가 진심으로 좋아했던 사람을 위해서라도 적극적이 되지 않을 수 없었다. 취조관이 살피는 눈길로 그런 인철을 바라보다가 변화 없는 목소리로 물었다.

"네 말대로 청림서적에 있었다 치자. 그럼 그 서점을 나와 정윤기에게 갈 때까지 6개월의 행적을 대 봐."

"서면의 공사장에서 노가다로 일했습니다. 그러나 도저히 배겨내지를 못하고 보름 만에 그만두고 며칠 일자리를 구해 돌아다니다가 전봇대에 붙은 쪽지를 보고 광복동에 있는 중국집으로 가서 일했습니다. 이름이 산동반점(山東飯店)인데, 진씨(陣氏) 성을 쓰는 화교가 경영하는 중국집이었습니다. 그러나 일은 고된데 월급은 적고, 또 잠자리도 식당 문을 닫은 뒤 의자를 모아 놓고 자야 하는 곳이라……."

그때만 해도 인철은 일본 밀항과 월북이란 터무니없는 혐의만은 벗을 자신이 있었다. 그런데 그게 아니었다. 한편으로는 끊임없이 인철이 대는 증거를 확인하는 눈치면서도 그들은 같은 질문을 반복하며 꼬박 이틀 낮과 밤을 지새웠다. 그러다가 이제야 선심 쓰듯 부산으로 사실 확인을 나서게 된 듯했다.

"어이, 일어나. 다 왔어."

누가 옆구리를 찌르며 나직이 말하는 소리에 인철은 깊은 잠에서 깨어났다. 곁에 붙어 앉아 있던 형사였다. 그새 기차는 도심으로 들어서고 있었다. 속도를 떨어뜨린 기차의 차창에 비친 풍경으로 미루어 범일역(凡一驛)에서 부산진역 사이거나 부산진역에서 본역 사이쯤 되는 것 같았다.

본역을 나올 때 다시 한 번 서울역에서와 같은 작은 실랑이가 있었다. 이번에도 인철의 승차권을 요구하던 검표원은 사상범이란 말 한마디에 군소리 없이 물러섰다. 그의 위축과 경외를 드러내는 눈길이 인철의 의식에 긴장과 고양을 아울러 주었다.

"청림서적으로 가기 전에 일러 줄 게 있어. 우리가 조사한 바로는 그 서점 주인 작년에 죽었어. 그리고 부인은 아무것도 몰라. 너를 기억조차 잘 못 하더라고. 그런 상황에서 어떻게 너를 증명할 수 있는지 미리 생각해 놔. 널 위해 미리 일러 주는 거야."

역 앞에서 택시를 잡으며 문초에 참여했던 형사가 그렇게 귀띔해 주었다. 인철은 그제야 왜 그 뻔한 사실을 확인하는 데 그렇게 오랜 반복 심문이 필요했던가를 이해할 수 있을 것 같았다. 주인 아저씨가 죽었다면 내가 어떻게 그 책을 구하게 되었는지를 증명해 줄 사람은 없다. 그런 생각이 들자 일면으로는 맥이 쭈욱 빠지면서 다른 한편으로는 팽팽한 긴장이 느껴졌다. 그렇다면 이제 일본 밀항과 월북 및 남파(南派)로 이어지는 저들의 시나리오를 부정할 수 있는 길은 그때 내가 부산에 살고 있었음을 증명하는 것뿐이다…….

하지만 그때만 해도 인철은 그 증명에 자신이 있었다. 적어도 보름 간격으로만 존재 증명(存在證明)을 할 수 있어도 밀항이니 월북이니 하는 터무니없는 혐의는 벗을 수 있을 것이라고 믿었다. 그런데 그게 뜻밖으로 어려웠다. 서점 주인아저씨는 그 봄 흔히 '주당 맞았다'고 표현되는 일종의 뇌일혈로 죽었고, 그 충격 때문인지 아직도 반쯤은 얼이 빠진 듯한 아주머니는 인철을 잘 알아보지 못했다. 그보다는 인철이 대놓고 밥을 먹었던 근처 국밥집 아주머니 쪽이 유리했는데, 그녀도 겨우 인철을 알아보았을 뿐 큰 도움은 되지 않았다.

"그리고 아주머니, 내가 저 책방을 그만둔 뒤에도 여기 몇 번 왔잖아요? 중국집 그만두고 여기 와 막걸리를 마신 적도 있고. 서면 공사장에서 첫 간조(임금) 받은 날도 여기 왔는데……."

그녀가 자신을 알아봐 주는 것에 감격한 인철이 그렇게 그 뒤의 존재 증명까지 구하자 아주머니는 갑자기 질린 얼굴이 되어 발뺌을 했다.

"그거는 잘로 모리겠는데. 밥집이라는 게 총각 하나만 왔다 갔다 하는 게 아이이…… 거다가 그기 하마 몇 년이고? 보자, 4년이 넘었는데 내가 우째 무시로 들락거리는 손님들 일일이 다 기억하고 있겠노? 말이사 바른말이따마는 총각이 하도 쎄워(우겨) 싸이 글치, 지금 여기 이 대학생이 그때 안죽 애리애리하던 그 점원 아아(아이)가 맞는지도 아사무사(아리송)하다."

그 뒤는 더욱 어려웠다. 중국집은 한국 사람 손에 넘어가 도대체 인철이 거기서 일했다는 사실을 증명해 줄 사람조차 없었고, 근처 대폿집도 주인이 바뀌어 인철에게 유리한 증언을 기대해 볼 길이 없었다. 공사장도 그들이 말한 그대로였다. 봉제 공장인가 뭔가를 짓는다고 들었는데 공장 대신 이런저런 사무실이 들어선 5층 건물에 가서 4년 전 그 건물을 지을 때 거기서 한 보름 남짓 일했다는 것을 증명해 줄 사람을 찾기는 쉽지가 않았다.

다행히 인철이 한 달 남짓 몸담았던 가구 공장은 원래 있던 자리에서 멀지 않은 곳으로 옮겨 남아 있었다. 그러나 거기서도 온전한 존재 증명을 받아 내기는 어려웠다. 인철이 친하게 지냈던 호마이카(포마이카) 칠 기술자나 맘씨 좋던 공장장은 없고 그새 눈에 띄게 형편이 좋아진 듯한 사장만 그대로였는데, 사복형사가 신분증을 들이밀고 인철이 받고 있는 무시무시한 혐의를 은근히 암시해서인지 사장의 대답은 애매하기 짝이 없었다.

"글쎄…… 당사자가 여기서 일했다 카이 일하기는 한 모양입니더마는…… 전(前) 공장장 이름도 알고 고 사기꾼 같은 호마이카 칠쟁이도 아는 걸로 보아서는…… 근데 솔직히 말씀드리믄 지는 저 학생 별로 기억에 없어예. 명색 사장이라 저끼리 들락날락하는 허드레 일꾼들까지 눈여겨봐 두지 않아서. 글타꼬 무신 대단한 월급쟁이라꼬 이력서 받고 채용한 것도 아이고오……."

그렇게 말끝을 흐리는 게 되도록이면 인철이 거기서 일했다는 걸 부인하고 싶은 눈치였다. 그러다가 형사가 더욱 꼬치꼬치 캐묻자 앞뒤 없이 짜증까지 냈다.

"내사 참말로 이기 무신 난린지 모리겠다. 어디 내가 알고 빨갱이를 일꾼으로 썼겠는교? 아매 그때 일손이 딸래(딸려) 이것저것 깊이 몬 따지고 허드레 일꾼 쓴 모양인데 참말로 저 총각이 여다서 일했는지 아인지는 똑 부러지게 말할 자신 없구마."

"한번은 사장님께서 제가 책을 읽고 있다고 야단까지 치지 않으셨습니까? 한 가지라도 기술이나 똑똑히 익혀 입에 풀칠할 궁리는 않고 책은 무슨, 하시면서 절 걷어차셨는데요."

인철이 그렇게 기억을 상기시켜 보았으나 소용없었다.

"되도 않은 기 공부한다꼬 책 처억 펴고 앉았는 꼴 내 몬 보지. 글치만 그런 또달(등신)이가 어디 한둘이래야지. 눈에 띄믄 한마디쓱 따끔하게 했지마는 자네한테 그런 거는 기억 안 나는데…… 그래고 그게 바로 1966년 8월이라꼬는 더 확인해 줄 자신 없고오……."

그렇게 냉정하게 발뺌을 했다. 그때쯤은 인철의 위기감도 갈 데까지 가 있었다. 여기서 명확한 증거를 확보하지 못하면 나는 꼼짝없이 밀항자가 되고 월북자가 되고 만다……. 그런 생각이 들자 지푸라기라도 끌어 쥐고 싶은 심경이었다. 인철은 안간힘을 다 해 쥐어짠 기억력으로 그때 일을 떠올리다가 문득 한 가지를 더 기억해 냈다.

"그때 사장님, 저 아래 진역 쪽 역마차 다방 마담하고 친하게 지내지 않으셨습니까? 한번은 사모님이 그 마담 머리끄덩이를 쥐고 싸우신 적도 있었던 것 같은데……."

그러자 사장은 버럭 화까지 냈다.

"그거는 넘의(남의) 사생활 아이가? 그래, 그때 마담하고 쪼매 친하다가 마누라쟁이가 게거품 물고 나서는 바람에 내 우새(창피당함) 한번 크게 했다. 와?"

그래 놓고는 갑자기 사람이 변한 듯 차게 잘라 말했다.

"어디서 조(주워) 들었는지 모리겠다마는 그걸로는 안 될 꺼로. 그거사 내 뒤를 쪼매만 캐믄 금방 나오는 얘기이까는…… 미안하지만 내는, 내 기억에는, 당신 같은 사람 일꾼으로 쓴 적 없다꼬. 형사님들도 그래 아이소."

인철은 그 말을 듣자 온몸에서 진땀이 솟았다. 자신에게는 너무도 뻔한 여섯 달이 다른 사람에게는 소재(所在)조차 분명찮은 기간으로 변하고 있었기 때문이었다. 나중에 어른이 되어서도 인철은 되도록이면 명백한 소재 증명을 남겨 두려는 버릇이 있었다. 특히 북한 대사관이 나와 있는 제3국을 여행할 때가 그랬는데, 그것은 아마도 그때의 그 막막하고 공포스러운 체험에서 비롯되었을 것이다.

그날 인철이 마지막으로 기대를 건 것은 토성동의 그 한의원이었다. 비록 문제가 된 기간 이후지만 2년 넘게 그 집에 있었고, 함께 지낸 사람도 많아 거기 가면 유리한 방증(傍證)을 찾을 수 있을지 모른다는 생각이 들었다. 그런데 그리로 가는 택시 안에서 본 극장 간판 하나가 무슨 계시처럼 인철의 눈길을 끌었다. '항도극장'이란 외화 재개봉관(再開封館)이었다.

"저어 형사님, 만약에 말입니다, 저 극장에서 4년 전 상영한 영화 프로들을 제가 알아맞힐 수 있다면 제가 그때 여기 있었다는 증거가 되겠습니까?"

"뭐? 그게 무슨 증거가 돼?"

형사가 성의 없이 그렇게 받았다. 인철은 한층 간절하게 매달리는 기분으로 말했다.

"제가 그 기간 일본에 가고 월북까지 했다면 어떻게 부산 변두리 극장에서 상영되고 있는 영화 프로를 알고 있겠습니까?"

"그렇지만 그건 나중에 이럴 때를 대비해 따로 알아 두었을 수도 있잖아?"

"하지만 알리바이를 조작하려면 그보다 더 확실한 것도 많은데 하필이면 극장 프로를 외겠습니까? 그리고……."

그때 다시 인철에게 유력한 증거 보강 자료가 떠올랐다.

"제 하숙방에 가면 옛날 일기가 있습니다. 저는 영화를 보거나 책을 읽은 뒤에는 일기에 그 감상문을 쓰는 버릇이 있는데, 그걸로 증명이 되지 않을까요? 일기까지 조작했다면 할 말이 없지만……."

그러자 잠시 무언가를 생각하던 형사가 비로소 호의적인 반응을 나타냈다. 차를 돌려 그 극장 앞에 세운 뒤 인철에게 먼저 물었다.

"그때 여기서 본 영화 제목 기억나는 게 뭐, 뭐야?"

인철은 그 물음에 벌써 반은 구원받은 기분으로 옛 기억을 더듬었다.

"정확할지 모르지만 그 무렵으로 가장 오래된 것은 「간 화이타(건 파이터: 총잡이)의 초대(招待)」란 것이 있습니다. 율 브린너가 총잡이로 나오는 전형적인 서부영화였습니다. 콘래드 원작인 「로드 짐」이란 영화도 그 무렵에 본 것 같은데 인상 깊었습니다. 「롱 십」이란 바이킹 영화도 있었고요, 히치콕 감독의 영화도 한 편 기억납니다. 「지난여름 갑자기」였던 것 같은데요."

형사는 인철이 댄 영화 제목들을 꼼꼼하게 수첩에 받아 적더니 극장 안으로 들어갔다.

"이것들이 기록을 제대로 가지고 있는지 몰라……."

그런 중얼거림에는 인철을 위해 걱정하는 울림까지 있었다. 한참 뒤에 극장에서 나온 형사는 묘한 눈빛으로 인철을 보다가 슬쩍 물었다.

"너 정말 영화 한 편 보면 날짜까지 다 기억해 두냐?"

"그건 아니지만 그때의 어떤 상황과 얽혀 달과 초중순 정도는 기억하는 수도 있습니다."

"「간 화이타의 초대」란 영화가 1966년 5월 초순에 상영되었던 것은 어떻게 기억했어?"

"그때 날이 따뜻해 남방셔츠만 입고 극장에 들어갔다가 극장 안이 추워 몹시 떨었거든요."

그러자 형사가 다시 한 번 인철을 살피다가 비로소 호의를 감추지 않고 말했다.

"어쨌든 상부에 보고는 드려 보지. 하지만 일기 같은 게 확실한 증거가 될지 몰라."

그러고는 주위를 두리번거리다가 가까운 파출소로 인철을 데리고 갔다. 아마도 서울시경으로 전화를 넣으려는 것 같았다. 조금 자신을 회복한 인철이 그에게 새로운 주문을 보탰다.

"일기는 1966년 것부터 있을 텐데요. 전부 가져왔으면 좋겠습니다. 또 1966년 4월에는 제가 그 책을 사게 된 경위가 소상하게 적혀 있을 겁니다. 위험한 줄 알면서도 왜 그 책을 가지고 싶었는지도요. 그것도 그 책이 일본이나 북한에서 얻은 것이 아니라 제가 어쩌다 사게 된 것이란 증거가 될 수도 있으니까요."

그런데 결과적으로 인철을 구해 준 것은 그의 기억력과 그것을 뒷받침하는 일기들이 되었다. 기차로 다시 서울에 올라와 그날 밤 늦게 시경 분실로 돌아갔을 때 인철을 맞는 사람들의 태도부터가 전과는 아주 달랐다.

"앞으로 조심해. 그리고 친구 주의해서 사귀고. 짜식들 말이야, 사상 연구회면 사상이나 연구할 것이지 난데없는 인공기(人共旗)는 왜 걸고 단파(短波)방송은 왜 들어? 그러니 배후를 의심하지 않을 수 있어? 거기다가 일본어판 사회주의 사상 전집이라…… 너도 용궁(龍宮) 갔다 온 줄 알아."

책임자인 듯한 중년이 그렇게 으름장을 놓았지만 인철을 대하는 태도는 이미 간첩 용의자를 대하는 대공 부서(對共部署) 요원의 그것은 아니었다. 별다른 심문 없이 간단한 조서만 받고 그 밤 안으로 인철을 내보내 주었다. 문제가 된 책만은 돌려주지 않았는데, 그것도 압수가 아니라 소유권 포기 각서를 받는 형식이었다.

나는 누군가

"엊저녁부터 새초롬한(흐리고 쌀쌀한) 날이 똑 무신 일낼 같디, 참말로 일냈더라, 일냈어."

아침상을 물리기 바쁘게 실을 사러 시장 거리에 내려갔던 어머니가 집 안으로 들어서면서 그런 말과 함께 혀를 찼다. 신문을 들여다보고 있던 명훈이 무심코 물었다.

"무슨 일인데요? 밖에 무슨 일 있어요?"

"사람이 얼어 죽었다 안 카나? 저짝에 탄리(炭里)라 카등강, 왜 세입자(貰入者)들 모예 있는 데…… 글쎄, 거다 있는 움막에서 알라(아기)가 하나 얼어 죽었다 카드라."

어머니가 아랫목 이불 속으로 언 손을 디밀며 그렇게 말하면서 다시 혀를 찼다. 그래도 명훈은 어머니의 말이 믿기지 않았다. 잠자리에서 일어난 뒤로 아직 방 밖을 나가 보지 않아 바깥의 추위를 느껴 보지 못한 까닭이었다.

"에이, 어머니도. 아직 동짓달도 다 안 갔는데 벌써 사람이 얼어 죽어요? 그것도 집 안에서. 잘못 들으셨을 겁니다. 어린애라니, 무슨 급성(急性) 병이겠죠."

"아이라 카이. 시에서 대책을 늦가 세와 조(줘) 그래 됐다꼬 세입자들이 난리라. 출장소(성남 출장소)에서도 쫓아 나오고……."

그제야 명훈은 자신이 알고 있는 탄리 근처를 떠올려 보았다. 그곳은 주로 동대문 쪽에서 무허가 판잣집을 철거당하고 온 사람들이 살고 있었다. 그러나 판잣집이라도 내 집을 가졌던 사람들은 진작에 20평씩 대지를 분양받아 집을 얽어 나갔지만 세입자들은 서울시의 방침이 정해지지 않아 처음 실려 온 제자리에 움막을 치고 당국의 대책을 기다렸다.

그런데 움막도 움막 나름이었다. 그나마 돈이 있는 사람들은 판자와 거적으로 움막을 얽어 닥쳐 올 겨울에 대비했다. 하지만 돈이 없는 사람들은 각목 몇 개에 거적을 걸어 겨우 바람이나 피했고, 더욱 심한 경우에는 비닐로 하늘만 가려 비와 이슬에 젖는 거나 막을 뿐이었다. 기억이 거기에 이르자 비로소 명훈도 어머니의 말이 사실일 수 있다는 생각이 들었다.

"하긴……."

명훈이 그렇게 어정쩡하게 시인을 하며 담배를 달아 붙였다. 그때까지만 해도 그런 일이 있었구나, 하는 막연히 딱한 기분뿐이었다.

하지만 담배 한 개비가 다 타기도 전에 명훈의 마음에 알지 못할 변화가 일었다. 문득 얼어 죽은 게 어린애라는 게 떠오르고, 다시 비통에 빠진 젊은 부부가 연상되었다. 난데없이 갈수록 뚜렷이 불러 오는 경진의 배가 그 사이에 끼어들기도 했다.

"아이, 니 어디 갈라꼬?"

담배를 끈 명훈이 밖으로 나가려고 옷을 걸치자 그새 뭔가 딴 생각에 잠겨 있던 어머니가 물었다. 그때까지도 여전히 막연한 기분으로 몸을 일으켰던 명훈이 어머니의 물음에 무슨 암시라도 받은 듯 얼결에 대답했다.

"거기 좀 가 보려고요. 탄리……."

"거다는 왜? 거다 니 아는 사람 있나?"

그 물음이 갑자기 명훈을 곤혹스럽게 했다.

"아뇨, 그저 남의 일 같잖아서……."

명훈은 기분대로 그렇게 대답해 놓고 비로소 물었다.

"어머니도 가 보셨어요?"

"갔다 온 사람한테 얘기 들었다. 자봉틀(재봉틀) 실 사로(사러) 간 점방에 그쪽에서 보고 온 사람이 있어 저어끼리 그래 떠들대."

어머니가 그래 놓고 허술한 차림으로 나서려는 명훈에게 주의를 주었다.

"그것도 뭔 구경 났다꼬 가 볼라 카나? 가디라도 옷 든든히 입고 가래이. 바깥 날씨가 여간 쌀쌀하지 않다."

그 바람에 명훈은 진작 꺼내 놓기는 했어도 아직은 철 이르다 싶은 점퍼를 걸치고 방을 나왔다.

밖은 어머니의 말처럼 찬 날씨는 아니었다. 명훈은 긴한 볼일이라도 있는 사람처럼 걸음을 빨리해 탄리 움막촌으로 갔다. 현장은 구경꾼이 몰려 있어 멀리서도 알아볼 수 있었다.

명훈이 걸음을 빨리해 다가가 보니 짐작대로 허술하기 짝이 없는 움막이었다. 손가락만 한 각목 몇 개로 까치집처럼 얽어 뼈대를 세우고 비닐을 덮어 겨우 비와 이슬이나 피할 수 있을 정도였는데, 그곳에서는 출장소 직원들과 이웃 주민들 간에 한바탕 실랑이가 벌어지고 있었다. 출장소 직원들이 거적으로 움막을 감싸려 하고 있고 주민들은 그걸 말리고 있었다.

"사람 죽은 뒤에 뭐 하는 거여? 눈가림만 하면 되는겨?"

"그 꺼적 반만 미리 나놔(나누어) 조부렀어도 이런 꼴은 안 봤을 것이고마잉."

"순 나쁜 놈의 새끼들, 언제는 두 손 처매 놓고 구경만 하다가 이기 무신 짓들고?"

주민들이 저마다 출장소 직원을 나무라며 그들이 들고 온 거적들을 낚아채 땅에다 패대기쳤다. 출장소 직원들이 벌건 얼굴로 땀을 뻘뻘 흘리면서 우물거렸다.

"지금이라도……."

"촤라(치워라), 고마. 버스 지나간 뒤에 손 흔들기다. 어다서(어디서) 얄팍한 수작할라꼬?"

그러는 동안에도 움막 안에는 사람의 기척이 없었다. 벌써 시체를 옮겼나 싶어 명훈이 힐끗 들여다보니 찢어진 비닐이 너풀거리는 움막 안에 30대 중반의 젊은 여자가 넋 나간 얼굴로 무언가를 꼭 안고 있었다. 아마도 포대기에 싸여 있는 어린아이의 시체 같았다. 그녀의 등에는 원래 그녀의 것이 아니었던 듯한 새 담요 한 장이 덮여 있었다.

열두 살에 6·25를 겪었고, 그 뒤로도 험한 세상에서 끔찍한 꼴 많이 보아 온 명훈이었다. 그런데 그 무슨 감정의 과장인지 그날 명훈은 태어나서 가장 끔찍한 광경을 보고 있는 기분이었다.

"신랑은 며칠 전에 노가다 하러 서울 가고 아직 안 왔다며?"

"죽은 애도 애지만 그냥 두면 어른까지 죽겠다. 빨리 병원으로 옮기지 않고 뭐 하는 거야?"

"앰블란스 오믄 실어 갈라꼬 기다린다 카네. 그냥 업고 갈라 카이 앙정불정(앞뒤 없이) 죽기살기로 꼼짝 않을라 칸다꼬."

모인 아낙네들의 수군거리는 소리가 들려왔다. 그게 난데없이 한 불행한 젊은 남자의 얼굴을 연상시켰다.

'저들의 죄는 무엇일까. 무엇이 저들 불행의 원인이 되었을까.'

명훈은 습관적으로 그들의 개인적인 책임 혹은 불행을 추측해 보았다. 역시 습관적으로 가능한 여러 원인이 나왔다. 남편의 불성실이나 무능일 수도 있고, 아내의 낭비벽 혹은 치료에 비용이 많이 드는 질병일 수도 있었다.

명훈은 다시 한 번 그 여자를 쳐다보았다. 허름한 한복을 걸친 채 넋을 놓고 있는 순박한 아낙의 얼굴에서는 그 불행과 관련된 어떤 특별한 혐의도 찾아낼 수 없었다. 만약 책임이 있다면 아내와 자식을 그 허술한 움막에 팽개쳐 두고 막일을 나가 사흘이 지나도 돌아오지 않는 남편 쪽에 있을 것 같았다. 그때 다시 들려온 이웃 아낙네들의 주고받는 소리가 있었다.

"애기 엄마도 애기 엄마지만 애기 아버지가 더 걱정이야. 돌아와 이 꼴 보고 그냥 참아 낼까."

그렇다면 이제 그 움막에서 벌어진 끔찍한 일은 명훈이 알 수 없는 개인적인 불행이 그 원인일 수밖에 없었다. 하지만 그때 명훈은 이상한 발상의 전환을 경험했다.

'아니, 이 끔찍한 일을 개인의 책임이나 예외적 불행으로 치부해 버릴 수는 없다. 어떤 이유에서건 이런 일이 우리 사회에서 일어나는 것을 용인해서는 안 된다.'

아마도 그런 발상의 전환은 그 무렵 명훈이 겪고 있는 혼란과 무관하지 않았을 것이다.

결혼과 더불어 새로운 삶을 시작한 명훈은 당연히 일자리부터 찾았다. 하지만 두 달이 넘는 그때까지도 마땅한 일자리를 찾지 못하고 있었다.

그는 먼저 사무직 쪽을 기웃거렸다. 그러나 중등(中等) 과정이 거의 비어 있는 삼류대 야간부 1년 중퇴로는 어림도 없었다. 학력(學歷)을 보는 데서는 학력에 밀리고, 실력을 중시하는 데는 시험에 자신이 없었다. 또 공무원이나 군속(軍屬)은 연좌제로 신원 조회에서 걸렸다.

다음으로 생각해 본 것은 기술직이었다. 그 역시 익힌 기술이 없는 데다 새로이 기술을 익히기에는 너무 늦은 나이였다. 기껏해야 싼 임금의 미숙련 노동자로 일하는 길밖에 없는데, 아직 그렇게까지 자신을 내던질 각오는 되어 있지 않았다.

경진이 국민학교 교원으로 나가고 어머니가 삯바느질로 조금씩 살이에 보태 당장 생계를 이어 가는 데는 어려움이 없었으나 명훈은 갑작스러운 불안으로 초조해지기 시작했다. 자신의 무직(無職) 상태가 일시적인 현상이 아니라 오래갈, 구조적인 문제 같은 느낌이 든 까닭이었다.

'지금 이 사회구조는 그 자체로도 생산력을 가진 자본에 의지할 수 없으면 지식으로 살거나 노동으로 살아야 한다. 그런데 나는 머리로도 손발로도 살 수가 없고, 이윤을 추구할 자본은커녕 구멍가게를 열 밑천도 없다…….'

그런 생각을 하면 암담해졌다. 그러다가 그 무렵 들어 전에 없던 의문이 일었다.

'물론 이렇게 되고 만 데는 나의 개인적인 책임도 있고 예외적인 불행도 있다. 하지만 그렇다고 나 홀로 모든 걸 책임져야 할 것 같지는 않다. 혹시 이 구조가 필요하기 때문에 나 같은 사람을 생산해 낸 것은 아닐까. 어떤 보이지 않는 힘이 이 구조를 유지하기 위해 나를 이렇게 몰아온 것은 아닐까.'

명훈이 잠시 자기만의 어두운 상념에 빠져 있는 사이에 누군가

가 와서 움막에 카메라를 들이댔다. 차림이나 움직임으로 보아 인근에 사는 지방 주재 기자인 듯했다. 뒤이어 어딘가 한군데 몰려 있다가 달려온 듯 대여섯 명의 기자가 더해졌다. 그들은 생선 썩는 냄새를 맡은 쉬파리 떼처럼 움막 주변에 들어붙어 죽은 아기를 꼬옥 끌어안고 있는 여자에게 질문을 퍼부어 댔다. 그러나 그녀는 아무 소리도 들리지 않는 사람처럼 대답이 없었다.

몇 번이나 되풀이 물어도 아무런 반응이 없자 기자들은 취재원(源)을 구경꾼들 속에서 찾기 시작했다.

"누구 이 집 주인 이름 아는 사람 없어요?"

"바로 옆집 주인은 누구죠?"

그들이 그렇게 외치고 다니는 바람에 잠시 움막 근처가 소란해졌다. 그들의 행태를 잘 아는 명훈이었지만 그날은 눈살이 절로 찌푸려졌다. 그들의 시선은 사건의 외양에만 머물러 있을 뿐 누구도 의미에 관심을 가지는 눈치가 아니었다.

그때 뒤늦게 도착한 기자 하나가 다시 움막에 카메라를 들이댔다. 명훈이 보니 방금 사진을 찍고 있는 펜탁스 카메라 외에도 특별한 렌즈까지 부착된 카메라를 몇 개 더 목에 걸고 있는 게 날라리 주재 기자가 아니라 본사에서 온 사진기자 같았다. 사진을 찍는 방식도 그전의 날라리들과는 사뭇 달라 잘 모르는 사람도 그의 예사롭지 않은 전문성을 짐작할 만했다.

하지만 명훈을 참을 수 없게 한 것은 바로 그런 촬영 방식이었다. 다른 기자들이 움막, 사람 합쳐 두어 장 찍는 시늉만 하고 취재에 들어간 데 비해 그는 사진만을 목적으로 한 듯 각도와 배경을 달리해 거듭 셔터를 눌러 댔다. 그가 죽은 아이의 얼굴을 찍기 위해 포대기를 슬쩍 젖히자 그때껏 굳은 듯이 아이의 시체를 안고 있던 여자가 움찔하며 몸으로 렌즈를 막았다. 그런데도 그 사진기자는 이리저리 렌즈를 돌려 대며 죽은 아이의 얼굴을 잡으려고 애를 썼다.

"아주머니, 잠깐만요. 잠깐이라니까요."

보다 못한 명훈이 그에게 다가갔다.

"이보쇼. 아무리 취재라지만 이거 너무 심한 거 아뇨? 죽은 애를 두고 뭐 하는 짓이오?"

명훈이 등 뒤에서 그렇게 나무라듯 따지는데도 사진기자는 여전히 촬영에 열중해 뒤 한 번 돌아보지 않았다. 까닭 모르게 치솟는 분노로 쭈그리고 있는 그의 등짝을 그대로 냅다 차 버릴까 하는데 누가 명훈의 등을 쳤다.

"명훈이 아냐? 여기서 뭐 해?"

명훈이 움찔하며 돌아보니 황석현이었다. 왼손에 두툼한 노트와 볼펜을 들고 있는 게 그도 취재차 나온 듯했다. 명훈으로서는 전혀 뜻밖이었다.

"황 형이야말로 여기까지 웬일이야, 이렇게 일찍?"

"데스크 특명이야. 사건 보도는 주재 기자가 보내는 대로 나가지만 박스 기사가 따로 하나 필요하다나?"

"경찰청은?"

"출입처 갈렸어. 지금은 허울 좋은 기동 취재반이야."

"하지만 겨우 세 살배기 어린애 하나 죽었는데 천하의 《동양일보》가 기동 취재반을 보내?"

명훈이 짐짓 어이없다는 듯 그렇게 받자 황이 정색을 했다.

"그건 아니지. 세 살배기 어린애야 어젯밤에도 수없이 죽었겠지만 노숙(露宿)이나 다름없는 허술한 움막 안에서 얼어 죽은 애는 애뿐일걸. 그것도 서울 변두리에서 밀려난 철거민 가족은. 그리고 이 사건에는 서울시의 도시계획뿐만 아니라 신도시 건설 계획 전반에 걸친 문제점이 얽혀 있어. 아니, 점점 늘어나는 이 나라 도시 빈민 문제가."

"역시 《동양일보》구나."

명훈은 솔직하게 감탄해 주었다. 그러고 보니 아직도 움막에 바짝 붙어 있는 사진기자가 어깨에 멘 가방에도 《동양일보》의 마크가 찍혀 있었다.

"그런데 집이 이 근처야?"

"저기 언덕 쪽이야. 실은 우리도 이번에 철거민 분양증 사서 한 칸 얻었어."

"그럼 여기 산 지 제법 됐겠네."

"이제 한 네댓 달 되나. 그런데 왜?"

"그만하면 이 바닥 실정에 훤하겠군. 잘됐어. 그럼 여기서 인적(人的) 사항 좀 취재한 뒤 나하고 얘기 좀 하자. 기다려."

황석현이 그래 놓고 여기저기 흩어져서 주민들을 상대로 취재를 하고 있는 기자들 중 하나에게로 다가갔다. 《동양일보》의 광주 지국 기자 같았다. 그에게서 몇 가지를 물어 자신의 취재 수첩에 옮겨 적은 황은 이내 명훈에게로 돌아왔다.

"어이, 박 기자. 여기 말고도 취재할 데가 몇 군데 있다고 했지? 어쨌든 신개발지 전모를 보여 주는 셈치고 구석구석 잘 찍어 봐. 나는 이 친구하고 가서 따로 심층 취재를 좀 해 보겠어. 이따 한 시쯤 보자. 성남 출장소 앞에서 만나 점심이나 같이해. 나머지 스케줄은 그때 다시 의논하고."

황은 그제야 움막에서 떨어지는 사진기자에게 그렇게 말하고 명훈을 바라보았다.

"어디 가서 얘기 좀 해. 아니, 집에 어머님 모시고 계셔?"

"그래."

경진이 우겨 어머니가 식모살이 그만두고 돌아온 것이 겨우 지난달이라 떳떳하지는 못한 대로 명훈이 그렇게 대답했다. 황이 그렇다면 생각해 볼 것도 없다는 듯 말했다.

"그럼 집으로 가. 어머님께 인사도 올리고……."

그러는데 사이렌 소리가 들리며 구급차 한 대가 근처 공터로 들어왔다. 황과 함께 자리를 뜨려던 명훈이 마무리를 구경하는 기분으로 발길을 멈췄다. 사람들이 그제야 죽은 아기를 안고 있는 여자 곁으로 다시 몰려들었다. 여자도 한 번 경험이 있어선지 말은 없었지만 명백히 경계를 드러내는 자세로 웅크렸다.

"정석 어머니, 이제 가시지요."

다가갔던 허름한 차림의 남자들 중 하나가 그렇게 여자에게 말을 붙였다. 여자가 포대기를 꽉 껴안으며 비로소 외마디 비명 같은 소리를 질렀다.

"안 돼! 안 돼! 우리 애야!"

"알라(아기)를 뺏을라 카는 게 아이라요. 같이 퍼뜩 병원으로 가입시다. 빨리 가믄 알라를 살릴 수 있을 동 모르잖십니꺼?"

"우리 애긴 안 죽었어. 정석이는 잠들었다고. 애기 아버지 돌아오면 깨날 거야."

그러자 처음 말을 붙였던 사람이 그녀의 팔을 잡으며 달랬다.

"정석 아버지도 병원에 있어요. 기다리니까 어서 일어나십쇼."

다른 사람들도 달려들어 그녀를 움켜잡았다. 여럿이 힘으로 들어서라도 구급차로 옮길 생각인 듯했다. 그걸 알아차렸는지 그녀의 눈길이 휙 바뀌더니 갑자기 온몸으로 저항하기 시작했다.

"나는 아니야! 나는 안 그랬어! 새벽에 하도 추워 깨어 보니 그때 벌써 애가 이상했어. 흔들어도 깨지 않고 자꾸자꾸 볼이 식어 갔어! 그래도 날만 밝으면, 하고 있었는데 영 깨나지 않아. 하지만 여기 귀를 대고 들어 봐. 가슴도 뛰고 숨소리도 들려. 가끔씩은 몸도 옴지락거려. 우리 애기는 깊이 잠든 거야. 깊이, 깊이. 그래서 깨우지 않고 있는 거야. 그냥 재워 두고 있는 거라고……."

여자가 죽은 아기를 안은 채 앰뷸런스에 들려 올려질 때까지 비명처럼 외친 말들을 조리 있게 연결하면 대강 그랬다.

"아이고, 이기 누구로? 그때 그 학생 아이가? 그때만 해도 애리애리해 비디(보이더니) 그새 어른이 다 됐네. 인제 뭐라꼬 부르노, 어예튼 들어온나."

명훈이 황과 함께 집으로 돌아가자 어머니가 한눈에 황을 알아보고 반가워했다. 황도 생각 밖으로 깊은 감회를 드러냈다.

"그간 고생 많으셨지요? 진작 찾아뵙지 못해 죄송합니다."

"죄송하기는, 바쁜 사람이, 내가 해 준 기 뭐 있다꼬……."

"아닙니다. 어쩌면 이렇게 햇볕 보고 사는 게 다 어머님 덕분인지도 모르죠. 그때 제가 받은 돈도 어머님 형편으로는 아주 큰돈이었을 텐데……."

"별소리를…… 내가 해 준 기 뭐 있다꼬. 결혼할 때 부조한 거만 해도 그때 준 돈 몇 곱은 될따."

"아닙니다. 사실은 그때 서울로 돌아와 바로 자수(自首)하고 운좋게 기소유예 받아 다시 이 길로 들어서게 된 겁니다. 더 숨어 다녔으면 혐의만 키우고 지금쯤은 정말로 감옥 깊숙이 처박히게 되었을는지도 모르지요. 하기야 그쪽으로는 거물(巨物)이 되었을는지 모르지만……."

"그렇다면 누구 공(功)이든 그거는 잘된 일이따. 사상, 그거 암만 좇아댕기 봐도 남을 거 별로 없다."

"뭐 사상이랄 것도 없지만……."

둘이 그렇게 주고받는 걸 보고 명훈은 묘한 감동을 받았다. 단 한 번 만난 사람들끼리도 저렇게 깊은 친분이 맺어질 수 있구나,

싶으면서 황과의 지난 인연을 새삼 돌아보게 되었다.

미군 부대에 함께 근무했을 때로부터 4·19 직전부터 한 방에서 지낸 몇 날, 그리고 단속적이기는 하지만 2년을 넘기는 법이 없었던 만남들로 채워진 둘의 10여 년이었다. 그러나 그동안 명훈은 한 번도 그에게서 오래된 벗으로서의 익숙함과 편안함을 느끼지는 못했다. 이상하게도 혈연과 같은 끈끈한 정뿐 진지한 정신의 교류를 나누고 있다는 기분은 없었다. 아마도 만날 때부터 존재했고 그 뒤로도 끝내 좁혀지지 못한 학력과 지식의 격차에다, 갈수록 벌어지는 사회적 신분의 격차를 명훈이 너무 예민하게 의식한 탓이었을 것이다.

그런데 그날은 달랐다. 어쨌든 너는 내 친구다, 오래된 친구 — 그런 기분이 명훈으로 하여금 전보다 훨씬 대담하게 자신의 생각을 드러내게 했다.

"보자, 기자질 한다 캤제. 무슨 신문이라꼬?"

지난 감회는 이만하면 풀 만큼 풀었다는 듯 어머니가 불쑥 물었다. 명훈이 민망한 기분으로 황을 대신해 말을 받았다.

"어머니도 참 기자질이 뭡니까? 기자질이…….《동양일보》기자라고 하잖았어요?"

"《동양일보》라꼬? 나도 알따(알겠다). 일제 때부터 대단한 신문이랬제. 해방 뒤에는 우익으로 돌아섰지마는……. 그라믄 황 기자라 부르꾸마. 황 기자, 뭐 해 주꼬? 우리 집에는 차나 술이나 지금 가서 사다 준비해야 되기는 마찬가지따. 오랜만이이 고마 술 한잔

할래? 그래고 점심이나 먹고 가라."

"대낮부터 술은…… 황 형은 지금 일하는 중입니다."

이번에도 명훈이 나서서 그렇게 막았으나 황은 생각이 달랐다.

"아닙니다. 술 한잔 주십시오, 대신 막걸리로 조금만요. 점심은 사진기자와 함께하기로 했으니 번거롭게 준비하지 마시고요."

"사진기자라고? 그럼 같이 데리고 오지 왜? 어디 있노? 내 불러오까?"

"그 사람 지금 취재 중이에요. 사진 찍어야 됩니다. 저도 여기 오래 앉아 있을 시간은 없고요. 그냥 옛날처럼 깍두기에 막걸리나 한잔 주시라니까요."

황석현이 그렇게 말려 자리는 둘만의 낮술 한잔 자리로 낙착을 보았다. 어머니가 주전자와 장바구니를 찾아 들고 집을 나간 뒤에 황이 두툼한 취재 노트를 펼치면서 말했다.

"술상 들어오기 전에 취재나 좀 하자."

"내가 뭐 아는 게 있어야지. 그건 이따가 밖에 나가서 딴 사람에게 알아보고 옛날 얘기나 좀 하지."

명훈이 그렇게 사양하자 황이 농담 비슷이 받았다.

"아냐, 네가 가장 적절한 취재원일 수도 있어. 너 아는 것만 물을게. 이 집 짓는 데 얼마 들었어?"

"그거야 알지. 그렇지만 어떤 표준은 되지 못할걸. 내가 인부들하고 같이 일해 지은 집이라서."

"그렇다면 그런 형태의 표준 건축비라도 되겠지. 그래, 얼마 들었어?"

"건축비만?"

"그럼 집 짓는 데 건축비 말고 뭐가 더 있어?"

"땅값도 있고 세금도 있지."

"땅은 분양증 사서 지은 거라며. 그리고 여기도 집 짓는 데 세금이 있어?"

"분양증을 샀다는 것은 철거민들한테서 분양받을 권리를 샀다는 뜻이야. 아직 서울시에 내야 할 토지 분양 대금은 책정되지도 않았어. 그리고 아무리 철거민 이주 지역이라지만 집을 지으면 취득세를 내야 하는 것은 마찬가지고."

"그건 얼마나 돼?"

"그것도 아직. 나와 봐야 돼. 법대로라면 꽤 될걸."

"설마 서울의 일반 주택하고 같기야 하겠어? 분양 대금도 그렇고. 좋아. 어쨌든 순건축비만 말해 봐."

"집은 담장까지 끝내고 나니 한 12만 원 남짓이었어. 다른 사람들 시키면 이런 규모는 15만 원에서 20만 원까지 들 거야."

"몇 평이지?"

"건평만 열두 평. 그러나 눈치 보아 가며 달아 낸 게 있어 실제는 열다섯 평쯤 될 거야."

"골조는?"

"벽돌이야. 시멘트 벽돌."

무엇 때문인지 황은 한동안 집 짓는 일만 꼼꼼히 물어 적었다.

그러다가 신개발지 일반의 문제점에 대해 묻기 시작한 것은 어머니가 술상을 들여올 무렵이었다.

"마이 먹지 못할 꺼라 카이 간단히 채렸다 술은 오이(온전히) 두 되고."

어머니는 황이 뭔가를 노트에 옮겨 적는 걸 보고 술상만 들인 뒤 자리를 피해 주었다.

"이곳의 불결한 위생 문제라든가 모자라는 공동 시설, 후생 복지 등은 이미 여러 번 보도되었고, 나도 좀 들은 게 있어. 부동산 투기도 몇 번 다뤄 줬지. 그런데 말이야, 그래도 아직 석연찮은 게 있어. 혹시 그쪽 좀 알아?"

그 말에 명훈은 좀 난처한 기분이 들었다. 지난 두 달 일 없는 나날을 보내면서 명훈이 눈여겨보게 된 것은 줄지어 들어선 천막 복덕방이었다. 그때는 이미 서울시의 전매 금지 공고가 나 많이 줄어들었지만, 명훈의 본능적인 후각은 거기서 부패한 돈 냄새를 맡고 있었다. 그것은 무엇보다도 복덕방 근처를 어슬렁거리는 건달들 때문이었다. 이른바 퇴역 주먹들이었는데 그들 나름으로는 몇 갈래 계보까지 형성하고 있는 듯했다. 주먹이 꾀는 곳은 무언가 먹을 게 있다 —. 하지만 바로 그런 이유 때문에 명훈은 짐짓 복덕방 쪽을 외면해 오고 있었다. 다시 그 세계로 돌아갈 수 없다는 것은 이제 자발적인 결의 이상의 어떤 강박관념 같은 것이 되어 있었다.

"그쪽은 솔직히 별로 신경 안 써 아는 게 없어."

"그래도 너는 바로 이해 당사자(利害當事者) 아냐? 그것도 가장 예민한 이해 당사자."

"내가?"

"분양 권리증, 여기 말로 딱지 사서 집 지었다며? 그런데 전매 입주자 불하 가격은 아직 미정이고……."

"아 그거. 그거야 서울시에서 하는 일이라……."

"그렇지 않아. 내가 궁금한 것은 그래도 아직 은밀하게 살아 움직이는 부동산 경기야. 가격은 떨어졌지만 여전히 딱지는 전매되고, 돈 있는 사람들이면 모두 이곳을 기웃거린다는 거야."

"모르고 막차 타는 사람들이겠지 뭐."

"그런데 가만히 생각해 보면 그렇지 않다니까. 뭔가가 이곳 부동산 경기를 되살리려는 움직임 같은 게 느껴진다고. 첫째로는 서울 신데 막상 전매 금지 공고를 내놓고 보니 이곳 경기가 말이 아니잖아? 부동산 경기만 죽은 게 아니라 건축 경기까지 죽어 이곳 영세민들의 생계까지 떠맡아야 할 처지가 되었단 말이야. 거기다가 따로이 개발비를 확보하지 못한 서울시로 보면 처음부터 이곳의 도시 개발은 전매 입주자, 특히 중산층 전매 입주자에게 기대하고 있었는지도 몰라. 철거민들이야 뻔하잖아. 설령 땅을 공짜로 나눠 준다 해도 이곳에 설 것은 판잣집과 움막밖에 없어. 결국 이 신도시가 제대로 개발되려면 돈 많은 전매 입주자들의 민간 자본에 의지해야 되는데 서울시는 지난번 전매 금지 공고로 그걸 막아 놨단 말이야. 부동산 투기를 막기 위한 조처라지만 그건 자가 당착(自家撞着)이야. 어떤 식으로든 조정되지 않으면 안 되는. 지금 살아나고 있는 부동산 경기의 한 흐름은 그 당착을 꿰뚫어 본 데서 나온 것인지도 몰라."

"다른 것은?"

"역시 내가 유심히 보고 있는데 도시 빈민 문제의 출발일 수도 있는 가난의 권리화 현상이야."

"가난의 권리화?"

"그래, 내가 붙여 본 이름인데 다수(多數)의 조직된 가난이 가지는 힘을 말해. 원래 자본주의 논리로 가난은 불행이고 비참이고 치욕이야. 그러나 자본주의가 가지는 부(富)의 집중 경향 때문에 그들 가난을 도시 주변에 모음으로써 이제 다수가 된 가난은 불행과 비참으로 남겨지기를 거부하고 있어. 가난은 사회에 대해서 무엇이든 요구할 수 있는 힘이 되고 권리가 된 거야. 어쩌면 사회주의는 그 권리가 가장 논리적이고 성공적으로 조직된 예의 하나일지도 모르지. 가난을 가장 고귀한 신분의 징표로 삼고 있으니까."

"그럼 여기서도 사회주의 의식이 자라 간다는 뜻이야?"

"그렇게 자라 갈 수도 있겠지. 아니, 반드시 그렇게 자라 갈 거야. 하지만 아직은 6·25 때 받은 혹독한 불의 세례가 기억에 남아 있어 곧장 그리로 가지는 못할 거야. 다만 그때그때 활용할 수 있는 한 권리는 될 수도 있을 거란 추측이야."

"설마……."

명훈은 아무래도 황석현의 말이 실감 나지 않았다. 그러나 황석현은 흔들림 없는 말투로 물었다.

"그런데 네가 보기에 전매 입주자가 얼마나 될 것 같아?"

"글쎄…… 세 집에 하나? 아니면 절반?"

"그들은 살이들이 어떤 거 같아?"

"비슷비슷하지 뭐. 어렵게 어렵게 살다가 겨우 집 한 칸 마련한 사람들이 태반이야. 그것도 서울서 한 시간이나 떨어지고 아직은 허허벌판인 위성도시에다……."

"역시 생각대로야. 서울시는 부동산 투기를 막기 위함이라고 하지만 이미 늦었어. 지금 전매 입주자들은 부동산 투기꾼들이 아니라 마지막 실수요자야. 철거민이나 크게 다를 바 없는 처지의. 투기꾼들은 그전에 차익을 빼 먹고 이미 손을 씻은 상태라고. 또 아직 남아 있다 해도 마찬가지야. 마지막으로 집을 지을 사람들은 결국 실수요자들이니까. 돈 있는 사람들이 미쳤다고 이런 곳에 겨우 열 평, 스무 평짜리 대지 사서 집을 지어?"

"그건 그렇겠지. 그런데 그게 무슨 힘이 돼?"

"생각해 봐. 15만 가구의 3분의 1이면 5만 가구. 그것도 이 집이 전 재산이나 다름없는 빈민층 5만 가구를 어떻게 함부로 대해? 그것도 언제든 그들 편이 될 수 있는 또 다른 빈민층 10만 가구가 그들과 붙어 있는데. 바로 그거야. 아직까지도 분양증 전매가 이루어지고 있는 것은 그들의 힘을 믿기 때문일 거야."

그렇지만 명훈에게 실감 나지 않기는 매일반이었다. 어쨌든 전매 금지는 처음부터 정해져 있던 원칙이고, 그것은 금지 공고로 재

확인되었다. 그런데 명백히 규정을 어긴 사람들이 아무리 다수인들 무슨 힘이 있겠는가.

"우선 너부터 생각해 봐. 만약 서울시가 네게 전매 금지 법규를 어겼다고 엄청난 분양 대금을 납입하라고 한다면 가만히 있겠어? 또 실제로 그걸 물 힘은 남아 있는 거야? 다른 사람도 같다고. 한 배를 타고 있는 같은 계층이야."

황석현의 그 같은 말에 명훈은 묘한 충격을 받았다. 말의 내용보다는 계층이라는 단어 때문이었다. 그동안 여러 계층 사이를 떠돌며 살았지만 명훈은 한 번도 자신이 그들과 같은 계층이라고 느껴 본 적이 없었다. 떠돌다가 잠시 이곳에 들른 사람, 곧 떠날 사람 — 그런 기분으로 그들과 어울리고 헤어져 왔다.

"그런데 그 계층이란 말, 그거 무슨 특별한 용어야?"

명훈이 불쑥 그렇게 묻자 황석현이 의아한 얼굴로 명훈을 바라보았다.

"그건 아니고 그저 사회적 지위가 비슷한 층이라는 뜻이지."

"사회적 지위라면?"

"글쎄…… 이 사회에서는 경제력과 관계된 것이 가장 우선으로 고려되지 않을까?"

황석현이 그렇게 대답해 놓고 다시 한 번 명훈을 살피다가 고개를 끄덕이며 덧붙였다.

"아마도 계층이란 말이 마음에 들지 않는 모양이군, 특히 네가 여기 이들과 같은 계층이라는 말이."

"실은 그래. 나는 벌써 넉 달째 이들과 함께 살고 있고 앞으로도 한동안은 이들 속에 있게 될 거야. 실제 삶의 환경도 이들과 크게 다르지 않아. 지식과 경력도 이들과 나를 확연히 구분할 수 있는 잣대는 못 돼. 그렇지만 솔직히 말해 한 번도 이들과 내가 같은 부류라고 생각해 본 적이 없어."

그러자 황석현은 갑자기 중요한 것을 상기해 냈다는 듯 정색을 하고 물었다.

"그러고 보니 나도 오래 궁금하게 여겨 온 것이 있어. 도대체 너는 누구야? 옛날 미군 부대에서 만났을 때부터 그랬어. 네게는 어딘가 뒷골목의 타락과 범법(犯法)의 냄새 같은 게 배어 있었어. 그런가 하면 이해 못 할 만큼 순수한 이상과 열정이 아울러 느껴지고. 너와 함께 보낸 4·19 때도 그래. 깡패들의 패싸움 판에서 진정한 너를 보았다 싶으면, 의거(義擧) 부상 학생에, 대학 문예반의 시인 지망생이 되어 나타나고, 부패한 정치꾼의 하수인 노릇을 하는 게 안타깝다 싶으면, 어느새 지난 시대의 체험으로 곰삭은 아나키스트의 충실한 제자야. 심지어는 군대에 가서도 그랬다며? 5·16날 반란 진압군으로 출동했는데 중앙청 앞에 이르러 보니 혁명군이 되어 있더라고? 출신도 그래. 어김없이 날 때부터의 도회지 사람이라고 보았는데, 알고 보니 4백 년 유서 깊은 문중의 큰집 주손(冑孫)이야. 그것도 네 말마따나 상것들 같으면 종손(宗孫) 소리를 듣고도 남을 12대 장손. 그래서 고색창연한 기분으로 바라보려 하면, 어느새 월북한 골수 남로당(南勞黨)의 맏이가 되어 경찰의 감시 아래 있는 거야. 여자도 마찬가지야. 프로스트의 시(詩)를 주고받으며 사귀다가 미군 고급장교에게 빼앗긴 여대생 애인이 있는가 하면, 한눈에도 화냥기가 철철 넘치는 백치 같은 여자와 싸구려 여관에서 뒹굴어. 정신적인 부분은 더하지. 어떨 때는 그야말로 몽매(蒙昧)하다는 기분이 들 정도로 어둡다가 어떨 때는 뜻밖의 예민함으로 시대를 읽어. 마비된 의식을 안타깝게 여기다 보면 놀랄 만한 감수성으로 사회현상들을 해석하고 소화해 내. 실은 말이야, 원래부터 공통점이 별로 없고 그나마 갈수록 그 공통점이 줄어 가는 우리 사이를 이토록 길게 이어 가게 한 것도 그런 네게 내가 느끼는 신비감에 가까운 혼란 때문인지도 몰라. 한참 너를 만나지 못하면 그 뒤가 궁금해서 견딜 수 없을 정도로."

"내가 그랬나?"

명훈은 황석현의 혼란을 인정하기보다는 그가 뜻밖으로 세밀하게 자신을 기억하고 있다는 것에 감격해 그렇게 말을 받았다. 무엇이 그를 자극했는지 황은 원래의 주제를 잊은 듯 한층 감정 어린 목소리로 말을 이었다.

"그 뒤도 그래. 개간을 끝내고 겨울에 나를 찾아왔을 때 너는 신선한 충격까지 주는 '상록수(常綠樹)'였어. 하지만 그해 가을 너를 찾았을 때는 이미 네 말마따나 '시드는 대지'의 비틀거리는 주인이 되어 있더군. 말은 여전히 농촌 재건의 기수(旗手)였지만 내가 느낀 것은 머지않은, 불가피한 이농(離農)이었지. 그런데 2년 뒤 너는 또 전혀 예상 밖의 인물로 서울에 나타났어. 봉급보다 이자

(利子) 수입이 많은 도시의 예비 소시민(小市民)이랄까, 어쨌든 아주 성공적인 서울 편입을 보여 주더군. 반년도 안 돼 네가 떼인 돈을 찾기 위해 내 힘을 빌리러 왔을 때도 그렇게 급속한 탈락을 예상하지는 못했어. 그러나 어느 날부터 다시 소식이 끊어지고, 2년 뒤 대낮부터 술 냄새를 푹푹 풍기며 나를 찾아왔을 때는 다른 분위기였지. 그게 뭔지 정확히는 모르지만 옛날에 맡았던 그 뒷골목의 썩는 냄새가 났어. 그러다가 이 가을의 갑작스러운 결혼과 이 철거민 이주지에의 정착…… 도대체 너는 자신이 누구라고 생각해? 너는 누구야?"

"글쎄, 나도 모르겠어. 왜냐하면 그 어떤 나도 내가 결정했던 것은 아니니까. 듣고 보니 나도 꽤나 요란한 변화를 겪으며 산 것 같은데 실상 그 주체인 내게는 모든 게 한끝에 이어진 흐름이었어. 순간순간의 결정은 있었겠지만 지나고 보면 나는 그저 떼밀려 온 것 같은 기분이라고. 어떤 구조가 저항 못 할 힘으로 나를 자기 속에 우겨 넣고 있는 과정이랄까……."

"그렇지만 내가 너를 지금의 외양만 가지고 도시 빈민 계층에 집어넣으려고 했을 때 너는 단호하게 부인하지 않았어? 그건 네가 누구라는 걸 알고 있다는 뜻이야. 도대체 너는 누구야?"

황석현은 정말로 궁금하다는 표정으로 거듭 물었다. 원래 명훈은 그런 물음에 대해 생각해 둔 게 없었다. 그러나 황의 질문을 받는 사이에 문득 답이 떠올랐다.

"떠도는 자. 이것도 계층이 될는지 모르지만."

"떠도는 자? 말뜻대로라면 부랑민(浮浪民), 혹은 부랑 인구(浮浪人口)라는 게 있기는 하지. 그러나 그것은 어떤 계층이라기보다는 일시적 상태를 가리키는데."

"비슷한 말일 수도 있는데 그대로는 아니야. 내 이해가 옳은지 모르지만 부랑은 어떤 사회적 사건 혹은 물리적 사태에 의해 떼밀린 상태로, 그 원인이 되는 사태가 해결되면 그런 상태도 해소돼. 그런데 내가 말하는 떠돎에는 의식적인 것이 포함되어 있어. 의식을 획득한 의도적 부랑이라고나 할까."

"그럼 그 떠돌이 의식은 뭘까?"

"도달 불가능한 것에의 지향? 그 때문에 떠돎이 일시적인 상태가 아니라 지속적인 현상이 되게 하는……."

명훈이 오랜만에 고향에 돌아온 기분으로, 그리고 스스로 느끼기에도 눈부신 언어적 순발력으로 자신을 정리해 가고 있었다. 적어도 그 순간만은 정확하게 자신을 규정하고 있다는 믿음이 있었다.

"그런 것도 의식의 내용이 될 수 있을까. 그런데 도달 불가능한 지향이란 무얼 말하지?"

"이 세상에서는 뿌리내릴 수 있는 곳이 없다는 말이 될까?"

"그건 또 왜 그래?"

"내리고 싶은 곳이 이미 존재하지 않는 과거나 아직 오지 않는 미래의 이상향(理想鄕)에 있으면 그렇게 되겠지."

명훈 속에 있는 시인은 조금 전까지의 자기 해석을 잊고 감성적인 미화와 변명에 빠져들기 시작했다. 황석현이 그 모순을 놓치지 않고 지적했다.

"그렇지만 너는 빈번이 현실적이고 구체적인 목표를 가지고 있었잖아? 그 달성에 꽤나 집착했고. 거기다가 조금 전에는 그저 어떤 흐름에 떼밀려 온 것 같다고 말하지 않았어? 어떤 구조가 저항못 할 힘으로 널 우겨 넣고 있다고도."

따지고 보면 명훈의 그런 모순은 그 무렵 들어 분열을 시작한 자아에 있었다. 자기 내부에 갇혀 있는 자아는 의연히 자신의 실패를 자신에게서만 찾았다. 욕망과 능력의 부조화(不調和)에 혐의를 걸고 자신의 능력이 모자람을 한탄하기보다는 욕망이 지나치게 컸음을 나무라는 식으로. 그러나 사회와 접촉을 시작한 자아는 자신의 실패를 전과는 다르게 설명하고 싶어 했다. 어떤 음험한 구조가 있어 그 필요 때문에 자신을 그렇게 몰아 온 것이 아닌가, 하는 의심에서 출발한 일종의 사회적 자기 변명이었다.

하지만 명훈은 아직 그 모순의 원인을 알아차리지 못했다. 황의 반문에 잠시 당황하다가 솔직하게 대답했다.

"나는 어떻게든 부랑민과 나를 변별시키고 싶었는데 다르다면 그렇게밖에 구별할 수 없어서. 하지만 내가 어떤 구조에 끼여 점점 그것이 원하는 형태로 확정되어 가고 있다는 느낌도 사실이야. 내겐 아무 선택권도 없이 비자발적으로……."

"나는 네 삶에서 기본계급으로 편입되기를 희망하면서도 끝내 편입에 실패한 주변 계급의 한 양태 같은 느낌을 받는다. 이를테면, 부르주아에도 프롤레타리아에도 편입될 수 없는 봉건영주와 농민과 수공업자(手工業者)를 버무려 놓은 듯한."

낯선 용어들이긴 했으나 명훈은 황의 말이 무엇을 뜻하는지는 알아들을 수 있었다. 언뜻 정확히 자신을 파악한 듯도 했지만 아직 그대로 받아들이고 싶지는 않았다.

"나를 설명하는 한 방식은 되겠지. 하지만 별로 받아들이고 싶지는 않네. 그 설명에는 정신적인 요소가, 특히 주관적인 의식의 부분이 너무 무시되어 있어. 나는 그냥 떠도는 자로 남겠어. 아직은 나 자신을 잘 설명하지 못하고 있지만."

그렇게 논의를 얼버무렸다. 그제야 황도 너무 길을 돌았음을 느꼈는지 다시 취재로 돌아가 단지(團地) 내의 다른 문제점을 묻기 시작했다.

나는 무엇인가. 황이 돌아간 뒤에도 명훈은 그대로 술상머리에 앉아 조금 전에 얼버무린 논의를 홀로 가만히 곱씹어 보았다. 그러나 이미 낮술이 올랐는지 정연한 사고는 이어지지 않고 아슴아슴 잠만 왔다.

"명훈아, 명훈아이, 여 쫌 나온나 보자."

갑자기 어머니의 절박한 부름이 명훈을 막 빠져들려는 낮잠에서 끌어냈다. 놀라 문을 열고 내다보니 장바구니를 들고 마당에 서 있는 어머니의 얼굴이 시퍼랬다.

"무슨 일이십니까? 어머니."

"얼른 옷 입고 함 나와 봐라. 이거는 참말로 그양 넘어갈 일이 아이라. 이것들이, 이것들이 참말로. 아무리 사람이 망해 저어하고 한 구딩에 산다 캐도……."

"글쎄 무슨 일인데요?"

"암만 캐도 황 기자 점심은 끼려(끓여) 먹이야 될따 시퍼 장에 갔다 오는데, 아이, 세상에 요런 못된 쌍놈들이 있나? 조 앞 길모팅이 복덕방 천막 있제? 고 앞을 지나오는데, 아이 고놈들이, 고 배라먹을(빌어먹을) 눔들이……."

어머니는 분해서 숨이 막히는지 한참이나 가쁜 숨을 내쉬다가 다시 이었다.

"고 복덕방 살짝곰보하고 얌생이 쒐지(염소수염)하고 영감탱구 몇이 술을 처먹고 있길래 못 본 척 지내오는데 말이라, 그중에 한 눔이 길을 척 막으면서 술 한잔하고 가라 안 카나. 하도 어척(어처구니)이 없어 그양 피해 올라 카는데 그기 주척주척 길을 막고…… 장다래끼(장바구니)를 부뜰고…… 참 이거, 세상이 어예 될라꼬 이래노?"

어머니는 밖에서 당한 일을 그렇게 늘어놓다가 아직도 방문을 열고 내다보는 명훈에게 화를 냈다.

"자가 얼릉 옷 입고 나오라 카이, 뭐 하노? 에미가 이 꼴을 당했는데 그래 뻴쭈미(멀거니) 내다보고 구경만 할라 카나?"

그제야 명훈도 벗어 두었던 점퍼를 걸치고 마당으로 나갔다. 그새 마루에 걸터앉은 어머니는 분을 못 이겨 가는 눈물까지 흘리고 있었다.

"하도 뿌들고 안 놔줘, 쌍놈도 아이고 대낮에 왜 이래노, 카미 좋은 소리로 나무랬디, 아이(아니), 그 쇠쌍놈이 입에 못 담을 소리를 마구 안 펴 대나? 지보고 욕하고, 말 놨다꼬……. 이거 참말로 세상이 어예 될라 카노? 아무리 세상이 망했지마는 지가 어예 내 보고 호년('년'이라고 하는 것)을 하노? 니 얼릉 가 봐라. 가서 내한테 와 비라(빌어라) 카고, 말 안 듣거든 고놈의 메떼기(메뚜기) 같은 영감탱구 땅에 태기(태질)라도 쳤뿌래라! 고 자발없는 주딩이를 문땠부든 동(문질러 버리든지)……."

어떻게 보면 억지스럽기조차 한 어머니의 결벽(潔癖)이요 자존심이었다. 네 아이를 거느린 홀어머니로 전쟁 뒤의 험한 20년을 헤쳐 왔고, 마침내는 식모살이까지 경험한 터였다. 그런데도 반상(班常)의 문제, 특히 계급적 자존심을 건드리는 일에는 도무지 참지를 못했다.

"우리가 여기 와 이래 사이 저하고 똑같은 줄 아는 모양이제. 어디서 씰레(쓸려) 왔는지 씨도 성도 모르는 것들이, 사람을 어예 보고…… 숭악한 개똥 통천(通賤)이들이. 눈코 붙었으믄 다 같은 사람인 줄 아나……."

어머니와 같은 논리 구조는 아니었지만 그들이 자기들을 다르게 보아 주지 않는다는 것에 분노하기는 명훈도 마찬가지였다.

"이 영감쟁이들이 우리를 어떻게 보고……."

명훈도 그렇게 내뱉으며 신발 끈을 조였다.

떠나기 전날

"변경의 개념은 이만하면 거친 대로 정리되었으리라 봅니다. 하지만 이 땅의 상황을 규정하는 데 그런 개념이 필요한지는 아직도 애매한 학생이 있을 것 같아 그 현실적·구체적 적용을 살펴볼까 합니다."

김시형 교수의 특강은 이제 마무리로 접어들고 있었다. 보다 더 세련되고 정밀하기는 하지만 변경의 개념은 전에 황석현에게서 이미 한번 들어 본 적이 있는 것이라 느슨한 자세로 듣고 있던 인철은 거기서 조금 긴장했다. 황석현에게 들을 때 느꼈던 추상적이고 애매하다는 느낌이 이제 덜어질지도 모른다는 기대 때문이었다.

"두 제국의 변경이 이 땅에서 맞닿아 있다는 것은 경제구조건 정치 행태(行態)건 남과 북 모두에게 어떤 기본 틀을 주게 됩니다.

먼저 경제구조를 살펴보면 남과 북은 기본 구조는 피원조(被援助) 경제 혹은 지지(支持) 경제란 틀에 들어갈 수 있을 것입니다. 원래 하나였던 것이 둘로 분열되면서 남과 북은 모두 하나의 독립되고 자족한 경제 단위로 기능할 수 없게 되었습니다. 거기다가 체제 경쟁이 강요한 우의(友意)는 두 제국 모두에게 원조란 이름의 투입(投入)을 불가피하게 만들었습니다.

하지만 이후의 전개는 남과 북에 각기 다른 양상으로 나타날 것입니다. 피원조든 지지든 거기에는 핵심과 변경 간의 강한 연계 혹은 예속의 의미가 있습니다. 거기서 벗어나 자립(自立)을 추구할 경우 두 제국은 그 속성상 다르게 반응할 수밖에 없습니다.

국제적 잉여가치(剩餘價値)의 착취가 목적이 아니고 그걸 위한 구조도 갖추지 못한 소비에트 제국은 북(北)의 경제적 자립 노력에 당분간은 우호적일 수밖에 없습니다. 아직은 일방적인 원조나 증여를 줄이면서도 제국의 변경을 유지할 수 있는 까닭입니다. 그리고 확인된 바로도 자립이라는 측면에서 북한의 경제는 상당한 성취가 있는 것 같습니다.

이에 비해 궁극적으로 국제적 잉여가치의 획득이 목적인 아메리카 제국은 남(南)의 경제적 자립에 반드시 우호적일 수만은 없습니다. 소비에트 제국과의 경쟁 때문에 최소한 변경을 유지하고 더 나아가서는 번성의 외양을 보여 줄 필요가 있어 협조할 수도 있지만 거기에는 한계가 있습니다. 바로 언젠가는 국제적 잉여가치의 착취 구조로 기능할 여러 교환 구조, 곧 국제시장의 존재 때문입니다. 따라서 지금 남에서 추구되고 있는 여러 경제적 자립의 노력은 열에 아홉 하청 경제(下請經濟)나 마름 경제(舍音經濟)의 형태로 이룩될 공산이 큽니다. 하청 경제나 마름 경제는 국제적 교환구조를 통해 당장은 자립한 듯 보이지만 언제든 국제적 착취 구조 속으로 되돌아갈 수 있는 경제구조를 말합니다.

정치적 행태(行態)에서도 두 제국의 변경이 맞닿아 있는 이 땅에서는 특이한 표출(表出)이 예견됩니다. 맹방(盟邦) 혹은 동지(同志)라는 이름으로 위장되어 있지만 제국과 변경 간의 기본 틀은 종속적일 수밖에 없습니다. 그리고 이 종속에서 벗어나려는 노력에 대해서는 소비에트와 아메리카 두 제국 모두 같은 반응을 보일 것입니다.

모범적인 주변(周邊)은 제국의 이데올로기에 충실하고 그 종주권(宗主權)을 승인하며 소(小)제국 혹은 핵심 편입을 지향하는 형태일 것입니다. 그러나 이 변경이란 특수한 주변은 특별한 왜곡이 가능합니다. 왜냐하면 변경의 지도자들이 가지는 권력도 권력이며, 그것은 도취하기 쉬운 미각(味覺)과 부패하기 쉬운 속성을 가지고 있기 때문입니다.

부패한 권력, 치욕에 빠진 권력의 가장 큰 특징으로 나타나는 것은 일인 독재와 장기 집권입니다. 그런데 북(北)에서는 이미 25년 집권으로 그 모두가 현실화된 감이 있고, 남쪽에서도 실패는 했지만 그 시도로 이어져 왔으며, 지금도 이어지고 있다고 해도 지나친 말은 아닐 것입니다. 그것은 부패한 남과 북의 권력이 두 제국 모두 싫으면서도 용인할 수밖에 없는 변경적인 상황을 십분 활용했기 때문입니다. 하나를 잃으면 적대 제국에는 둘을 보태게 되는 변경의 특수한 산술 말입니다.

그런데 한 가지 유의할 것은 정치적 자주성의 문제입니다. 단순히 핵심과 주변의 문제일 경우, 주변의 정치적 자주성은 그 권력의 정당성과 비례하게 됩니다. 그러나 두 제국의 변경이 맞닿아 있는 이 특수한 상황 — 우리 식 표현으로는 분단 상황 — 에서는 정치적 자주성이 오히려 그 권력의 부패나 타락과 정비례할 수도 있습니다. 사악한 종이 자신의 잘못을 감추기 위해 주인의 약점을 잡고 대드는 것과 같은 이치입니다. 어떤 제국의 이데올로기도 변경 권력의 부패와 타락에 우호적일 수는 없지만, 또한 그들을 자극해 자신은 잃고 적대 제국에는 보태 결과적으로는 둘을 잃게 되는 것과 같은 상태를 원하지는 않기 때문입니다.

불행한 가정이지만 한 가지 예측을 하겠습니다. 남·북 어느 쪽이든 정치적 자주성을 그 체제 선전의 맨 앞머리에 놓게 되는 날이 오면 그때는 그 권력의 부패가 절정에 이르렀음을 뜻한다고 보아야 합니다. 만약 북에서 수정주의(修正主義) 이론이 나오거나 나아가 주체적인 이데올로기가 창안되어 선전되기 시작하면 북은 심각한 '권력의 치욕'에 빠져들고 있다고 보아도 크게 틀리지 않을 것입니다. 또 남에서 우리 식 혹은 토착적(土着的) 민주주의라는 말이 나오거나, 나아가 독특한 민족주의 이론이 자유민주주의에 대치되는 날이 와도 마찬가집니다. 그것은 우리가 지금까지 경험해 보지 못한 정치적 재앙의 예고가 될 것입니다."

김 교수의 특강은 대강 그렇게 끝을 맺었다. 그러나 아직 후기(後期) 자본주의와 산업화 사회 그 자체에 대한 이해가 깊지 않은 인철에게는 하청 경제, 마름 경제란 말이 주는 어두운 인상뿐, 그가 말한 경제구조가 변경 상황이 반영된 구체적인 현실 해석이란 느낌은 전혀 들지 않았다. 또 북한의 정권 세습(世襲)도 가시화(可視化)되지 않고 남한의 유신(維新) 기도 또한 그 당사자에게까지도 하나의 막연한 구상이던 시절이어선지 마지막에 덧붙여진 예측도 절실한 경고의 기능을 하지 못했다.

"에, 이로써 한국 현대사 특강 마지막 시간을 마치겠다. 지난 시간과 이 시간의 변경 논의에 대해 특별히 의문이 있는 사람은 지금 질문하도록."

강의를 마친 김 교수가 교탁을 정리하며 말투를 바꾸어 질문을 유도했다. 원래 그 강의를 들으려고 마음먹을 때 인철에게는 묻고 싶은 것이 몇 가지 있었다. 황석현을 통해서 들은 것이나 김 교수가 어떤 계간지에 발표한 변경론(邊境論)을 읽으면서 품었던 의문들이었다. 뭉뚱그려 말하면, 그들의 논의에서 보이는 결정론적(抉定論的)인 구조와 역사적 비관주의(悲觀主義) 관점에 대해서일 것이다. 하지만 자신이 정규 수강생이 아니라는 게 인철을 머뭇거리게 했다.

그때 한 학생이 손을 들고 일어섰다.

"먼저 지난 한 학기 열강에 감사드립니다. 특히 마지막 두 시간 변경에 관한 논의는 여러 가지로 저희들에게 많은 것을 생각하게 해 주셨습니다. 하지만 한 가지 의문이 있습니다. 그것은 변경론의 관념 체계가 어딘가 닫혀 있는 듯한 느낌을 주는 것입니다. 역사의 어떤 상황도 고착적인 것은 없습니다. 그런데 교수님의 말씀을 듣고 있으면 마치 두 개의 제국과 그 변경은 어떤 확정된 불변의 세계 같습니다. 하지만 이 상황이야말로 오히려 경과적·한시적(限時的)인 게 아니겠습니까? 오히려 한 관리 가능한 영역 안에 한 제국이라는 상태, 곧 하나의 핵심과 그 주변으로 편성된 세계가 더 보편적인 구조가 아니겠습니까? 아니면 적어도 통합과 분열의 변증적 과정으로 진행하거나……."

바로 인철이 묻고 싶은 것을 물어 준 것은 아니지만 그 역시 인철이 궁금하게 여겨 오던 것이었다. 김 교수는 별로 난처해하는 기색 없이 받았다.

"지난 시간 서두에서도 말했지만 나도 시장에 있는 일물일가(一物一價)의 원칙처럼 한 관리 가능한 권역 안에서는 하나의 제국만 존재하는 게 역사에서 훨씬 더 보편적으로 나타남을 전제로 했다. 또 이런 변경이란 특수한 상황이 완결되고 고착된 역사의 국면이라고 말한 적도 없다. 다만 지금 분석되고 활용되어야 할 틀로 변경을 강조하다 보니 논의가 그 상황 안으로 제한된 것뿐이다. 학생의 말대로 두 제국 중 한 제국이 소멸하고 세계가 한 제국의 질서로 재편되는 날은 틀림없이 온다. 그러나 그것은 지금으로 봐서는 가늠조차 서지 않는 불확실한 미래에 속하고, 따라서 그 논의도 불요불급(不要不急)한 조망(眺望)이라고 보아 뒤로 미뤘다."

"하지만 변경적인 상황이 종료되었을 때 우리에게 올 변화를 예측하는 것이 반드시 불요불급한 조망만은 아닐 것입니다. 오히려 변경일수록 어떤 제국이 소멸하고 어떤 제국이 남는가에 예민해야 할 필요가 있을지도 모르고, 그에 대한 대비도 지금 현재의 선택에 못지않게 중요할 수 있습니다. 좀 엉뚱한 질문이 될지 모르겠습니다만 교수님께서는 두 제국 중 어느 제국에 승산이 있다고 보십니까? 또 그렇게 보신다면 그 근거는 무엇입니까?"

아마도 그 학생이 정작 궁금했던 것은 그 부분이었을는지도 모른다. 그걸 위한 서두의 질문이 완곡하게 거절당한 뒤에도 그렇게 덧붙여 물었다. 김 교수는 잠깐 쓴웃음을 짓다가 이내 정색이 되어 말했다.

"한 희망 사항이 아니라 냉정한 예측을 말한다면 어떤 학생들에게는 실망스럽겠지만 역시 아메리카 제국 쪽이다. 그리고 그 근거는……."

거기서 그는 다시 무언가를 망설이다가 이내 말을 이었다.

"로마가 망한 데는 천 가지 이유가 있고 그게 다 옳을 수도 있다. 만약 소련이 망한다면 로마가 망한 것보다 더 많은 이유가 있겠지만 나는 그중에서 우선 한 가지만 말하겠다. 그것은 제국을 제국답게 유지시키는 힘, 특히 경제력이다."

그렇게 시작된 김 교수의 대답은 그러나 즉흥적인 것 같지는 않았다.

“잘 알다시피 제국의 발흥(發興)은 먼저 내부적 잉여가치의 축적에서 출발한다. 다시 말해 노예나 예속 농민 따위 내적(內的) 프롤레타리아의 생산에서 재생산(再生産)을 위한 최소한의 소비를 제외한 나머지를 축적하여 대외 진출의 물질적 바탕으로 삼는다. 그러나 제국의 성립과 유지는 약탈이건 조공(朝貢) 형태이건 또는 교환 구조를 통한 기술적 착취이건, 국제적 잉여가치의 획득에 더 많이 의지한다. 어떤 세계 제국도 외적(外的) 프롤레타리아를 착취함이 없이 성립되고 유지된 적은 없다.

그런데 소련은 특히 스탈린 시대에 가장 노골적이었던 그 제국적(帝國的) 행태에도 불구하고 국제적 잉여가치를 획득할 착취 구조를 가지지 못했다. 이념상 국제적 교환 구조로 위장된 신식민주의의 현대적 착취 구조를 받아들일 수 없기 때문이다. 소비에트 제국사(帝國史)에서 유일한 국제적 잉여가치 획득의 예는 2차 대전 직후 점령지에서 있었던 기계 설비 등의 약탈이었으나, 이도 미국과의 경쟁을 의식해 대부분 되돌려 준 것으로 알려져 있다. 그리고 그 뒤 확인되는 것은 오히려 사회주의 형제국에 대한 우의(友意) 표시 혹은 선물로 일컬어지는 내부적 잉여가치의 유출(流出)이다.

물론 내부적 잉여가치의 축적만으로 제국이 형성될 수 없는 것은 아니다. 그 좋은 실례를 바로 소비에트 제국이 보여 주고 있다. 소비에트가 축적할 수 있는 내부적 잉여가치는 크게 두 종류였다. 그 하나는 스탈린 시대에 특수하게 발생했던 신(新)노예제도가 생산한 것이고, 다른 하나는 소비에트가 자본가를 대신해 독점한 다수 인민들의 노동 잉여가치였다. 그런데 내가 소비에트 제국의 앞날을 비관하는 것은 바로 그런 내부적 잉여가치의 크기가 갈수록 줄어든다는 점에 있다.

스탈린 시대에는 최고 3천만의 정치범이 있었다고 한다. 이들은 재산이 몰수되고 강제 노역에 부쳐졌다. 그 몰수는 전비(戰費)가 안 드는 약탈의 효과를 낼 수 있었고, 그 강제 노역에서 얻어진 잉여가치는 아메리카 제국의 국제적 착취 구조보다는 효율성이 떨어질지 모르지만 소비에트 제국에는 없는 국제적 잉여가치 획득의 많은 부분을 대신할 수 있었을 것이다. 그러나 흐루시초프의 개혁 이후 그 방면의 내부적 잉여가치 생산은 현저히 줄어들었고 앞으로는 더욱 줄어들 것이다.

다수 인민들의 노동이 생산한 잉여가치도 감소의 추세는 마찬가지다. 혁명 초기 인민들이 이념으로 고양되어 있을 때의 높은 생산성과 순수한 열정으로 자율(自律)된 소비 사이의 폭넓은 차익은 국제적 잉여가치의 유입(流入) 없이도 소비에트의 제국화(帝國化)를 감당할 만했다. '능력에 따른 생산과 필요에 따른 소비'란 이상적인 모토는 필요의 극소화(極小化)를 유도함으로써 소비에트의 잉여가치 축적을 극대화(極大化)하는 데 활용되었다. 그러나 그 뒤 반세기가 지나가면서 그 고양과 열정은 현저하게 감소한 대신 소비의 욕구는 더 이상의 인내를 기대하기 어려울 만큼 자랐다.

그렇게 되면 인민의 생산과 소비 사이에 있는 잉여분은 줄어들 수밖에 없고, 제국의 유지에 전용(轉用)될 그 축적도 작아질 수밖에 없다. 거기다가 더욱 비관적인 것은 혁명 2세대에서 3세대로 내려갈수록 사정은 점점 더 악화될 것이란 점이다. 머지않아 생산성과 소비 욕구의 비례가 역전될 수조차 있다.

거기에 비해 아메리카 제국은 교환 구조로 위장된 신식민주의적 착취 구조를 통해 줄곧 국제적 잉여가치를 축적해 왔다. 이 땅처럼 특수한 변경적인 상황에서는 그 작동이 멈추거나 미뤄지는 수도 있지만 아메리카 제국이 그 구조 자체를 포기한 적은 한 번도 없고, 지금도 상대적으로 안정된 제국의 주변에서는 왕성하게 작동 중이다. 따라서 소비에트 제국이 국제적 잉여가치를 극대화할 수 있는 획기적 기제를 마련하지 않는 한 이 경쟁에서는 불리할 수밖에 없다고 본다."

거대 담론(巨大譚論)이란 말이 유행적으로 쓰이기 시작한 것은 1980년대도 후반에 이르러서다. 그러나 우리 대학에는 그 훨씬 이전부터 거대 담론을 즐겨 하는 전통이 있었다. 어쩌면 그날 인철이 우연히 끼어든 곳도 그런 전통의 현장인지 모를 일이었다. 다시 다른 학생이 손을 들었다.

"그럼 그때 이 변경적 상황은 어떻게 변합니까?"

김 교수가 무엇 때문인지 힐끗 손목시계를 보더니 짧게 대답했다.

"여러 가지 전개가 있겠지만 고립된 아이덴티티(自己正體性)와 마름(舍音) 또는 하청(下請) 의식의 경쟁이 있겠지. 고립된 아이덴티티는 북의 의식 상황이고, 마름 또는 하청 의식은 변경 상황의 종료와 더불어 남이 아메리카 제국으로부터 강요받게 될 의식을 말한다. 정지된 국제적 착취 구조가 작동을 시작하면서."

"고립된 아이덴티티란 말은 쉽게 이해가 됩니다. 그러나 마름 의식이란 말은 얼른 이해가 안 됩니다."

"마름이란 지주와 소작인 사이에 있는 존재다. 중간계급이지. 벌거숭이 국가 이기주의로 세계가 재편(再編)될 때 남한이 빠져 있는, 혹은 꿈꿀 수 있는 국제적 층위(層位)를 그렇게 가정해 보았다."

김 교수는 그 말과 함께 다시 시계를 보더니 출석부를 집으며 말했다.

"여러분들은 이런 변경 논의가 너무 결정론적이고 역사적 비관주의에 빠져 있는 것 같아 불만일 것이다. 실은 나도 불만스럽다. 하지만 불만스러우면 몇 번이고 함께 다시 고쳐 토론하고 보완해 나가는 데서 모든 논의는 가치를 가진다. 기회가 있으면 다음에 다시 한 번 얘기하기로 하고 오늘은 이만."

그러고는 강의실을 나가려다 문득 걸음을 멈추고 인철을 손짓해 불렀다.

"어이, 거기 학생. 잠깐 이리 와 봐."

그러잖아도 가서 인사를 할까 말까 망설이던 인철은 그 부름에 용기를 얻어 그에게로 다가갔다. 그러나 그는 인철이 꾸벅 머리를 숙여 인사해도 얼른 알아보지 못했다.

"이 시간 수강생은 아니고 누구지?"

"저, 지난 시월 형님 결혼식장에서……. 형님 이름은 이명훈입니다."

"맞아. 그래. 우리 학교에 다닌다고 했지. 명훈인 잘 있고?"

김 교수는 기대 이상으로 반가운 눈빛을 했다. 형의 안부를 묻는 어조도 형이 그를 말할 때보다는 훨씬 다감했다. 그게 인철의 어색한 기분을 많이 풀어 주었다.

"네."

"여긴 무슨 일로 왔나? 전공이 문학 쪽이라고 들은 것 같은데."

김시형 교수가 바로 용건을 묻는 바람에 인철은 잠시 당황했다. 새삼 그를 찾아보려 한 것이 엉뚱하고 당돌하게 느껴져 얼굴부터 화끈해 왔다.

"오랜만에 학교에 나왔다가 특강이 있으시다길래. 변경론은 황석현 기자님께 한번 들은 적도 있고…… 지금처럼 정리된 것은 아니지만."

인철은 자신도 모르게 말을 더듬거렸다. 그런 인철을 살피던 김시형이 갑자기 특별한 생각이 났다는 듯 인철의 어깨를 쳤다.

"내게 뭔가 할 말이 있는 모양인데…… 마침 잘됐다. 같이 가자. 부근에서 점심 약속을 한 사람이 있다. 그 사람이 너를 만나면 특별한 감회가 있을 여자라……."

너무 갑작스러운 제의라 인철이 얼른 대답을 못 하고 있는데 그가 다시 한 번 시계를 들여다보더니 당연한 걸 지시하듯 말했다.

"길 건너 상아탑다방에 먼저 가서 기다려라. 나는 연구실에서 정리할 게 좀 있어서. 내가 열두 시 반까지 도착하지 못하거든 손님 중에 미국에서 오신 김경애 씨를 찾아 네가 말 상대라도 돼 줘라. 이명훈의 동생이라고 하면 그 여자도 너를 모르는 척하지는 않을 거다."

그러고는 인철의 대답을 듣지도 않고 빠른 걸음으로 강의실을 나갔다.

미국서 온 김경애 씨란 말을 듣자 인철도 금방 그게 누군지를 알 것 같았다. 형의 오래된 일기 속에 그렇게도 자주 나오던 이름. 그리고 형의 수고(手稿) 시집 속에 그토록 많은 만가(輓歌)를 남기게 한 여자. 그걸 떠올리자 인철은 자신이 왜 학교에 나오게 되었으며, 김시형은 무엇 때문에 만나고 싶어 했는지를 까맣게 잊고, 묘한 설렘까지 느끼며 상아탑다방으로 향했다.

시경(市警) 대공분실(對共分室)에서의 닷새는 그러잖아도 불만과 회의로 비틀거리던 인철의 대학 생활에 마지막 통렬한 일격이 되었다. 그날 자신에게 덮씌워진 엄청난 혐의를 어렵게 벗고 하숙집으로 돌아온 인철은 남은 밤을 뜬눈으로 지새웠다.

먼저 그를 괴롭힌 것은 취조를 받는 중에 느꼈던 모멸감이었다. 다행히도 그들의 사죄 섞인 호의 속에 풀려나기는 했지만 취조실에서 보낸 사흘은 평생 잊지 못할 끔찍한 악몽으로 기억에 새겨졌다. 어쩌면 그런 곳에서는 대단한 것이 아닐지도 모르는 손찌검이나 욕설이 그가 태어나 당했던 그 어떤 폭행이나 모욕보다 몸서리쳐지는 기억으로 되살아나고, 막연한 공포와 절박감에 짓눌려 저항다운 저항조차 없이 그들의 취조에 끌려다닌 자신은 세상의 어떤 굴욕보다 더 참담한 굴욕을 당한 듯 느껴졌다. 그리하여 새삼스러운 분노로 온몸을 떨다가 다시 아득한 무력감 속으로 잦아들면서 풀려나온 첫날 밤을 잠든 듯 깬 듯 지새웠다.

하지만 날이 밝고 자신이 위험을 벗어났다는 게 확연해지면서 갑작스러운 충격으로 혼란스러웠던 의식도 논리를 회복하기 시작했다. 먼저 그때까지는 그야말로 프로그램적으로만 흘러들어 온 여러 근대적 인권 개념이 실질적인 의미로 다가들었다. 인신(人身) 구속의 절차, 불리한 진술을 강요당하지 않을 권리, 죄형법정주의(罪刑法定主義)…… 국민학교 때의 '사회생활' 과목부터 중학교 때의 '공민(公民)', 그리고 고등학교 과정의 '일반사회'에 이르기까지 인철은 참으로 많은 권리와 의무를 배워 왔다.

그러나 그는 한 번도 그런 원칙과 절차가 자신과 어떤 실질적인 연관을 가진 것이라고 느껴 본 적이 없었다. 그것들은 모두 흠없는 사람들을 대상으로 한 이상적인 국민 형성(國民形成)의 과정으로, 자기처럼 원죄(原罪)를 지고 태어난 인간에게는 하나의 예시적(例示的)인 나열일 뿐이라고 여겨 왔다. 자본주의적 경제구조와 자유민주주의 정치 체제 아래서는 내게 아무런 몫이 없다. 그게 한편으로는 어머니의 푸념과 한탄을 통해 주입받고 다른 한편으로는 체험을 통해 길러 간 인철의 사회적 의식이었다. 그런데 이제 그런 의식에 변화가 왔다.

'지난 며칠 나는 그런 원칙이나 절차 밖으로 밀려나 있었을 뿐만 아니라 그것들이 바로 자신에게도 적용되어야 할 절차와 원칙이라는 것조차 상기하지 못했다. 그럼 이 국가, 이 사회 안에서의 나는 무엇인가. 나는 대한민국 정부와 같은 해에 태어났고, 이 정부가 부여한 교육 과정에 따라 국민 형성 교육을 충실하게 받았으며, 되도록이면 이 사회의 규범에 맞게 살려고 노력해 왔다. 이 나라의 국적법(國籍法) 어디에도 나를 이 나라 국민에서 배제시킬 조항은 없다. 그런데도 어째서 나는 이 나라 헌법이 규정한 기본권조차 주장하지 못하는가.'

이렇게 시작된 의문은 이내 연좌제로 번져 갔다.

'이 불합리하기 짝이 없는 봉건적인 통치 기술의 잔재에 대해서도 이제는 따져 볼 때가 되었다. 이 정부, 이 사회에 대한 아버지의 죄를 인정하기로 하자. 그렇다 하더라도 과연 한 독립된 개체에게 핏줄의 연관만으로 그에게 책임 없는 죄를 물을 수 있는가. 그것도 주범(主犯)은 이 나라의 공소권(公訴權) 밖으로 도피한 지 이미 20여 년이 지나 공소시효가 만료되었는데 이 종범(從犯) 같지도 않은 종범은 언제까지 이 같은 불이익을 감수해야 하는가. 나는 지금까지 이 터무니없는 체제 방어 수단을 불문(不問)과 타성(惰性)으로 받아들였고 나아가서는 일종의 원죄 의식(原罪意識)을 품기까지 했다. 하지만 이제 더는 아니다. 그 정당성과 유효성을 의심해 볼 때가 되었다.'

한번 물음이 시작되자 물음은 다시 물음을 낳아 끝내는 그때껏 거의 본능적으로 피해 온 사회적·정치적 존재로서의 자신을 새롭게 되돌아보기에 이르렀다.

원죄 의식의 한 연장이겠지만, 이미 말한 대로 인철은 일찍부터 남한 사회와 정치에서 자신의 지분(支分)을 포기했다. 그것은 다만 그들, 아버지를 초라하게 패퇴시킨 그들의 몫이었다. 인철의 정치적 실존(實存)은 승리자의 관용에 의해 그들과 더불어 생존(生存)하는 게 아니라 그들 주변에 잔존(殘存)이 허용되었을 뿐인 어떤 존재였다.

특히 인철의 대학 초반은 시월유신(十月維新) 전야(前夜)의 여러 정치적 파행(跛行)이 진행 중이던 시기였다. 삼선 개헌(三選改憲) 반대, 교련(教鍊) 반대 등의 정치적·사회적 이슈들이 대학가를 휩쓸어 급우들과 공권력의 충돌이 눈앞에서 벌어지기도 했다. 그런데도 언제나 그는 그 충돌을 강 건너 불 보듯 무감동하게 보아 넘겼고, 때로는 '초월파(超越派)' 또는 '초연파(超然派)'란 있지도 않은 이름 뒤에 숨어 오히려 빈정거림의 눈길을 보내기도 했다.

스크럼을 짜고 기세를 올리며 교문을 뛰쳐나가는 동급생들을 보면서 인철이 기껏 느낀 것은 시기로 뒤틀린 선망(羨望)뿐이었다. 저기 대한민국 경찰과 군대에 감히 돌을 던질 멋을 부릴 수 있는 겁 없는 녀석들이 몰려 나가는구나. 정부에 당당히 기본권 보장을 요구할 수 있고, 자기가 저지른 일 이외에는 책임지지 않아도 되는 행복한 녀석들이…….

하지만 그날 밤 하얗게 날을 지새면서 그가 드디어 품게 된 의심은 자신의 원죄 의식이란 것도 실은 뒤진 사회의식이나 타고난 의지의 결함을 감추기 위한 구실일지도 모른다는 것이었다.

'나는 정치나 사회에 대한 내 의식의 둔감이나 마비를 변명하는 부적(符籍)으로 꼭 그래야 할 까닭도 없는 원죄의 개념을 키워 왔는지도 모른다. 원죄란 아버지의 불행한 선택과 실패에서 온 것이 아니라 나의 비겁과 무력감이 키워 온 지극히 편의적인 개념이었다. 그리하여 그 부적 뒤에 숨음으로써 정작 필요한 싸움과 그에 따른 소모를 피해 왔다. 패배의 불리와 고통이 두려워 외면과 유예(猶豫)로 초라한 자존심을 지켜 가려 했다. 하지만 이제 더는 내게 걸어온 싸움을 외면하고 유예할 수 있을 것 같지 않다.

내게는 아직도 이 체제 밑에서 살아야 할 날이 많이 남아 있다. 지금까지 살아온 것의 몇 배가 되는 세월이. 그런데 언제까지고 그들이 자랑하는 그 휘황한 이상과 원리 밖의 사람으로 살아야 하는가. 언제까지고 국외자(局外者), 소외자(疎外者)로 이 체제 밖을 맴돌면서 이 불합리하기 짝이 없는 변칙에 순응하고 그 불리(不利)를 감수해야 하는가. 그럴 수는 없다. 두렵고 자신 없더라도 이제는 응전(應戰)할 때다.'

이윽고 하얗게 밝아 오는 창을 바라보며 인철은 결연히 중얼거렸다. 하지만 응전의 구체적인 방안에 이르면 다시 막막할 뿐이었다. 어디서 무엇을 가지고 저들과의 싸움을 시작할 것인가…….

삶이 불가피한 싸움이라면 전공(專攻)이나 직업은 그 싸움의 수단이요, 근거라 할 수도 있을 것이다. 그리고 대학은 그 가장 세련된 수단과 근거를 마련하기 위한 단련장으로 볼 수도 있다. 하지만 그런 의미의 대학이라면 인철의 대학은 처음부터 구멍을 잘못 끼운 단추와도 같았다. 그는 전공의 선택부터 스스로 재단한 불공정(不公正) 경쟁 체제 아래 출발하고 있기 때문이었다.

그 무렵 인철과 전공의 불화는 학교 안에서도 공공연한 것이 되었다. 특히 문학에 빠져 보낸 그 학기는 당시의 그 헐거운 출석일수조차 채우지 못해 시험을 잘 쳐도 태반은 학점이 나오기 어려운 상태였다. 한 형과 노광석을 뺀 과우(科友)들에게 그는 진작부터 제외된 사람이었고, 강의를 듣기 시작한 지 2년에 가깝건만 과 교수들에게조차 이름과 얼굴이 잘 연결되지 않는 학생이었다.

그렇다고 문학이, 글쓰기가 그의 전공을 대신할 수도 없었다. 정숙과 함께 초대받아 간 집에서 식모살이를 하고 있는 어머니를 만난 그날로 문학은 그의 일차적(一次的) 지향에서 제외되고 말았다. 그때 받은 충격도 컸지만 곰곰이 돌이켜 보면 문학과의 만남과 그 앞뒤 없는 몰입 자체에도 의심스러운 구석은 많았다.

인철의 기억 속에 과장되어 그렇지 기실 인철과 문학의 만남은 '운명의 날카로운 첫 키스'라고 할 만큼 감동적인 것은 아니었다. 정규 교육 과정에서 벗어나 있었던 긴 세월 동안 의식적이든 무의식적이든 문학은 언제나 그와 함께 있었다. 오히려 진작부터 그가 품어 온 불안 중에 하나는 자신이 마침내는 그 특이하게 전용(轉用)된 말과 글의 사람으로 끝장을 보게 되지 않을까 하는 것이었다. 따라서 그에게 문학, 특히 소설은 결코 그렇게 눈부신 '새로운 하늘과 새로운 땅'일 수만은 없었다.

그런데도 처음 한동안 문학이 그토록 인철을 깊이 끌어들일 수 있었던 것은 그가 너무도 자신만만하게 오해한 문학의 본질과 무관하지 않아 보인다. 자율(自律), 타율의 엄격한 사상적 통제 아래 형성된 그의 고답적(高踏的) 문학관은 절로 예술지상주의(藝術至上主義) 또는 탐미적(耽美的) 경향을 띠었다. 그리하여 그가 그토록 흔쾌히 문학에 자신을 내던질 수 있었던 것은 무엇보다도 그런 문학관이 보장하는 현실에서의 국외자적 입장 때문이었을 것이다.

어떻게 보면 어머니가 빠져 있는 비참한 현실이 문학을 향한 인철의 열정에 찬물을 끼얹게 된 것도 그렇게 편향(偏向)된 문학관과 연관이 있다. 예술의 본질을 현실로부터의 초월 내지 둔피(遁避)로 이해하게 되면 필연적으로 그 현실적인 무력함을 승인할 수밖에 없다. 문학으로는 어머니를 비참한 현실에서 구해 내지 못할 뿐만 아니라 자신조차 지켜 낼 수 없으리라는 단정이 그를 그토록 황급히 문학에서 물러나게 했을 것이다.

'무엇을 해야 하나. 아아, 이제 나는 무엇을 하나…….'

인철은 갑자기 길을 잃은 사람처럼 막막해져서 그렇게 중얼거렸다. 돌아갈 곳도 없고 떠날 곳도 없다—. 날이 밝은 뒤까지도 한동안 그런 기분으로 줄담배만 피워 댔다.

하지만 또래보다 먼 길을 돌고 그래서 좀 지쳐 있는 편이긴 해도 인철은 아직 우리 나이 스물셋의 젊은이였다. 무엇이든 새로 시작해 볼 기력이 남아 있었고, 힘들고 고단한 삶이로 단련된 투지도 뜨거운 불씨를 유지하고 있었다. 그것들이 특유의 오기와 어울려 돌연한 결정으로 인철을 몰아갔다.

'지난 2년은 스스로 설정한 관념 속의 방황이었고 소모였다. 노래 부르기 위한 노래, 꿈꾸기 위한 꿈으로 열정과 세월을 낭비해 왔다. 하지만 더 이상의 소모와 낭비가 있어서는 안 되겠다. 또래 속의 자족(自足)도 집단 속의 안주(安住)도. 삶은 이렇게 해서 때워 낼 수 있는 안일한 놀이가 아니다. 효율 높은 장비와 도저한 자신감으로 헤쳐 가야 할 싸움이다. 그런데 지금 이 학교는 내게 해 줄 수 있는 것이 별로 없다. 나는 다시 떠나겠다. 지금까지와 다르게 새로 시작해 보고 싶다. 다시 한 번 '권력에의 의지'를 불붙여야겠다.'

그날 해 뜰 무렵 인철은 그렇게 니체까지 끌어대어 중얼거리며 짐을 싸기 시작했다. 그리고 학기 말 시험도 다 치르지 않은 채 오랜만에 새로 생긴 집으로 돌아갔다.

형과 어머니, 그리고 새로운 가족이 된 형수는 그렇게 돌아온 인철을 별 의심 없이 맞았다. 그해는 교련 반대 데모 때문에 부족한 수업 일수를 보충하기 위해 기말고사가 늦어졌을 뿐, 예년으로 봐서는 겨울방학에 들어가도 이르지 않은 때라 그랬을 것이다. 인철이 하나 남은 방을 차지하고 밤낮 없는 망상에 젖어 들어도 마찬가지였다. 오랜만에 인철이 돌아와 함께 있다는 사실에만 감격할 뿐 점점 흔들림 없이 자리 잡아 가고 있는 인철의 결의는 눈치채지 못했다.

깊은 동면(冬眠)과도 같은 그 겨울의 망상 속에서 인철이 처음 한동안 진지하게 검토한 것은 또 한 번의 재수(再修)였다. 새롭게 입시 준비를 해서 아무런 전제 없이 전공을 고름으로써 세상과의 싸움에서 보다 효율적이면서도 유력한 수단과 근거를 확보하고 싶었다. 하지만 그런 시도는 곧 포기되었다. 이미 또래보다 2년이 늦어진 데다 다시 대학에서 2년을 허비한 터라 운좋게 이듬해 입시에 합격한다 해도 남보다 4년이 늦어지는 셈이었다.

그러자 다시 문학에 대한 미련이 슬며시 고개를 들었다. 어쨌든 이 방면의 재능과 열정은 근래에 드물게 남의 인정을 받았다. 비록 그들이 같은 지망생들에 지나지 않는다 해도 생판 문학과 관계없는 사람들과는 안목이 다를 것이다. 세상도 그들처럼 나를 인정해 주어 그야말로 혜성처럼 등단(登壇)할 수만 있다면 현실적으로도 무력(無力)하기만 한 문학이 아닐 수도 있다 —. 그런 생각이 들어 태우다 남긴 원고지를 뒤적여 보기도 했다.

하지만 그것도 오래가지는 못했다. 삼십 분마다 한 번씩 자만과 절망 사이를 오락가락하다 결국은 성취의 불확실성과 여전히 의심스러운 성취 뒤의 무력감에 손을 들고 말았다.

그때 대안(代案)으로 나타난 것이 사법시험 준비였다. 그 자질이나 성향에 상관없이 가난한 수재들을 곧잘 유혹하던 그 시험은 인철에게도 진작부터 유혹이 되었다. 그러나 연좌제 때문에 쓰라리게 포기했던 것인데 이제 연좌제에 반발하게 되면서 다시 한 유혹으로 되살아난 것이었다. 어떻게 보면 성취의 불확실성은 문학에 못지않았으나, 성취 뒤의 무력감은 분명 덜할 것 같았다.

"공개 시험이니까 열심히 하면 필기시험은 합격할 수 있을지도 모르지. 하지만 그게 무슨 소용이겠어? 경찰이나 장교는 물론 일반직 공무원도 임용이 안 되는데 판사 검사를 시켜 주겠어?"

인철이 슬그머니 그런 뜻을 내비치자 형은 대뜸 그렇게 받았다. 오래된 상처와도 같은, 근원적인 좌절감이 형의 표정까지 우울하게 만든 것 같았다. 전 같으면 인철은 형의 그 같은 말을 현실적인 선고처럼 받아들였을 것이다. 하지만 그날은 달랐다. 인철은 자기도 모르게 격앙된 어조로 말했다.

"변호사도 괜찮습니다. 그것도 허용되지 않으면 사법시험 준비에서 익힌 바로 그 법으로 이 제도와 싸우는 겁니다. 지금 아는 것만으로도 연좌제는 명백히 헌법의 기본 정신에 어긋납니다. 만약 고시에 합격했는데도 임용시켜 주지 않으면 남은 세월 정부 상대로 행정소송이나 벌이며 보내죠, 뭐."

그러자 형이 다시 깊숙한 한숨과 함께 받았다.

"그렇게 사치한 삶이 네게 허용될 수 있을까? 황석현이 말마따나 이곳은 제국의 변경이다. 이념도 법도 여기서는 원형(原形)을 알아볼 수 없게 왜곡되어 버리고, 대항(對抗) 제국이 소멸할 때까지는 누구에게 그 왜곡을 따져 볼 수도 없다……."

인철에게 변경이란 말이 그 어느 때보다 선명하게 다가든 것은 그때였다. 전에도 인철은 황석현에게서 변경이란 말을 들은 적이 있었다. 독특하고 재미있어 선명하게 기억은 하지만 그 개념은 지극히 추상적이었다. 그런데 이제 형의 짧은 한마디에 그게 추상적인 개념이 아니라 우리 현실을 규정(規定)하는 말일 수도 있다는 생각이 들었다.

그날 인철이 김시형 교수의 강의를 듣게 된 것도 따지고 보면 결코 우연이 아니었다.

다시 망상이나 다름없는 몇 날 밤을 홀로 지새운 인철은 그날 아침 문득 함부로 어질러 놓고 떠나 버린 듯한 학교가 궁금해졌다. 그래서 훌쩍 떠나온 지 보름 만에 등교해 보니 이미 기말고사가 끝나 과우(科友)들은 하나도 만날 수가 없었다. 먼저 버리고 떠난 것은 그 자신이었음에도 막상 아무도 만날 수 없자 인철은 갑자기 버림받은 기분이 들었다. 그게 더욱 절실하게 그들을 그립게 해 강의실을 돌며 어쩌다 학교에 남은 아이들을 찾게 만들었는데, 그러는 동안에 알게 된 것이 김시형 교수의 특강이었다. 그런데 김 교수의 이름을 듣자 인철은 갑자기 자신이 만나려 한 것이 아이들이 아니라 그라는 기분이 들었다. 특히 '변경의 선택'이란 특강 제목을 알았을 때는 자신이 애초부터 그걸 듣기 위해 새벽같이 집을 나선 것이라는 착각까지 일었다.

방학이 시작되어 그런지 '상아탑' 안은 전처럼 붐비지 않았다. 아직 열두 시도 되지 않아 인철은 주위를 살필 것도 없이 구석진 자리를 찾아 앉았다. 그런데 자리를 찾을 때 벌써 인철의 예감을 자극하는 여자가 눈에 들어왔다. 모피 깃 달린 토퍼에 바지 차림이 어딘가 이국적이고 화장도 좀 짙은 듯하지만 결코 야하거나 천박스럽지 않은 분위기의 젊은 여자였다.

'저 여자다…….'

인철은 그렇게 직감했으나 내색 않고 자리에 앉았다. 그런데 그때였다. 무언가 딴생각에 잠겨 있다가 그제야 인철을 보았는지 반짝 그녀의 눈길이 쏘아져 왔다. 인철이 가만히 그 눈길을 받자 황급히 거두어지기는 했지만 틀림없이 어떤 동요가 느껴지는 눈길이었다. 그제야 인철은 좀 더 대담하게 그녀의 얼굴을 살펴보았다. 미군 장교와의 결혼이란 게 인철에게 칙칙한 선입견을 주어선지 모르겠으나 상상처럼 화려한 얼굴의 미인은 아니었다. 수수한 한복을 입혀 놓으면 오히려 새침한 새댁 같은 인상을 줄 것 같은 갸름하고 단정한 얼굴이었다.

그녀도 다시 인철을 훔쳐보아 잠깐 사이에 몇 번 둘의 눈길이 가볍게 마주쳤다. 그런데 알 수 없는 것은 그것이 인철에게 조금도 쑥스럽거나 어색하게 느껴지지 않는 점이었다. 아마도 그녀의 눈길에 담긴 어떤 따스한 빛살 같은 것 때문이었을 것이다. 김시형 교수가 말한 열두 시 삼십 분을 이십 분이나 남겨 두고 인철이 먼저 그녀를 찾은 것도 바로 그 따스한 빛살에 이끌렸다고 보는 편이 옳다.

"저어…… 미국에서 오신 분 아니십니까?"

아무래도 처음 만나는 사람이라 인철이 조금 쭈뼛거리며 그렇게 묻자 그녀도 일순 당황하는 기색이었다.

"네에, 그런데요……."

"그럼 김시형 교수님을 만나러 오신 분……."

인철이 그녀의 이름을 묻기가 쑥스러워 그렇게 말하자 비로소 그녀가 평온을 되찾은 얼굴로 받았다.

"맞아요. 그런데 김 교수님께서 보내서 왔어요?"

"네, 교수님은 정리할 게 있어 좀 늦으시겠다고……."

"많이 늦어지실 것 같대요?"

"아뇨, 한 삼십 분이나 그보다 조금 더."

"그럼 그냥 기다리게 하면 되지 일부러 사람까지 보내…… 그런데 이 학교 학생이세요?"

그녀가 살풋 웃으며 그렇게 물었다. 10년이나 위가 되고 한때 형의 연인이었던 여자지만 묘하게도 매혹이 느껴지는 미소였다. 인철이 당황하여 얼결에 자기소개를 했다.

"네, 그런데, 저…… 저는 이인철이라고 합니다. 이명훈이 저의 형님입니다."

그러자 일순 그녀의 얼굴이 굳어졌다. 그러다가 묘한 미소로 풀어지며 이어 감회 어린 목소리가 흘러나왔다.

"그랬구나. 그래서 아까부터 낯익게 느껴졌구나. 김 교수도 하필이면 너를 보내고……."

"저도 왠지 금세 알아봤습니다."

그녀가 말을 낮춰 주는 게 오히려 마음 편해 인철이 이번에는 별로 더듬거리지 않고 대답했다.

"나를 알아봤다고? 그럼 집에 아직도 내 사진 같은 게 있어?"

"아뇨, 모습은 그냥 상상 속에서 그려 봤을 뿐입니다. 그렇지만 제게는 뵈 온 것보다 더 익숙한 분이죠."

"그럼 명훈 씨가 자주 내 얘기를 했어?"

"그것도 아닙니다. 다만 형의 옛 일기장에서, 그리고 시집(詩集)에서 자주 만나……."

"시집? 그럼 명훈 씨가 시집을 냈어?"

"아뇨, 그냥 수고(手稿) 상태의 시집입니다. 제가 외는 것도 있는데 한 편 들려 드릴까요? 다 외지는 못하지만……."

인철이 자신도 알지 못할 감정의 충동으로 그렇게 제안했다. 그녀가 기대에 찬 눈빛으로 그 제안을 받아들였다.

"정말 상상하지 못한 사람을 만나 상상하지도 못한 시를 듣게 되네. 그래, 어떤 거지?"

"형님이 황무지를 개간한 얘기는 들으셨습니까? 그때 집에 아무도 없는, 비 오는 날 같은 때 몰래 형의 서랍을 열어 훔쳐보는 옛 일기며 한 편 한 편 늘어 가던 수고 시집은 제게 좋은 읽을거리였습니다. 그중에서도 떠나 버린 사랑을 노래한 것 같은 이 시는 특별히 애잔해 외게 되었습니다. 그때의 감흥이 살아날지 모르겠습니다만, 아마도 이 시가 바쳐진 대상이신 것 같아 들려 드립니다.

산길을 들길을 먼 하늘가 구름길을.

널 찾아 널 찾아 한없이 헤매어도

산새고 들꽃도 바람도

주인 없는 상여는 보지 못했노라.

아스라한 노을 녘에 무거운 지팡이를 던지면

아 — 발갛게 반짝이는 장마다

잃어버려 애태운 얼굴들이

그렇게도 많은 것을…….

그리고 결구(結句)가 있었는데 그것까지는 기억나지 않는군요. 하도 여러 해 전에 외웠던 것이 돼서."

듣고 있는 그녀의 얼굴에 형언할 수 없는 감회가 어렸다. 인철은 그걸 그리움과 회한으로 읽었다. 그러나 그런 그녀의 감회는 생각보다 쉽게 스러졌다. 곧 다감하기는 하지만 그리 어둡지 않은 미소로 그녀가 말을 받았다.

"그 시집은 남아 있지 않겠구나. 김 교수에게 들으니 명훈 씨도 이제 평강공주를 만났다며?"

"저는 왕자의 마차를 타고 화려한 성 안으로 들어간 신데렐라의 그 뒤가 궁금합니다."

그녀의 감회가 깊지 않음에 실망해 뒤틀어진 인철이 그렇게 받았다. 그녀가 그런 인철을 가만히 살펴보다가 가볍게 웃었다.

"정말 명훈 씨에게 사랑받는 동생인 모양이네. 그 얘기도 해 줬어? 그럼 로마군 천부장(千夫長) 얘기도? 은성(殷盛)한 제국의 수도(首都)와 변경 원주민 출신의 귀부인도?"

"형님에게 직접 듣지는 못했지만 무슨 말인지 알아들을 수 있을 것 같기는 합니다. 모든 걸 이루셨습니까?"

"그럴 때는 말투까지 비슷하네. 좋아, 뭐. 다 말해 주지. 신데렐라까지는 아니지만 그런대로 괜찮은 세월이었어. 본국으로 돌아간 이듬해 우리 천부장은 대령으로 예편해 가능성 있는 대통령 후보의 정책 보좌관이 되었지. 나중에는 자신도 지역 기반을 닦아 하원으로 진출한다는 계획이었는데, 내게는 원주민 왕녀(王女)의 역할이 맡겨졌어. 모든 게 잘돼 나갔지. 그런데 머지않은 미래의 하원 의원이 지난해 갑자기 죽어 그 동화(童話)는 엉망이 되었지."

그 말에 뒤틀려 있던 인철의 기분이 일시에 원상을 회복했다. 무어라 위로의 말을 꺼내려는데 그녀가 담담한 어조로 이어 갔다.

"폐암이었어. 정말 용감하게 죽어 가더구나. 죽어 가는 모습만으로도 그는 존경을 받을 만한 사람이었어."

인철은 무어라 말하고 싶었지만 그 경우에 합당한 말이 얼른 떠오르지 않았다. 그사이 핸드백에서 담배를 꺼내 불을 붙인 그녀가 자연스럽게 연기를 빨아들이며 툭툭 던지듯 말했다.

"뭐 그렇다고 나를 동정할 필요는 없어. 그래도 그는 잘생긴 아들 하나에다 내가 탕진하지만 않으면 일생 사는 것은 걱정하지 않아도 될 만큼의 재산과 연금(年金)을 남겨 주고 갔어. 이제 머지않아 내 마음속의 그만 떠나면 새로 시작할 거야. 아니 벌써 새로 시작했어. 대단한 건 아니지만 이번 여름 학기부터 마스터 과정에 등록했거든."

"형님도 그 뒤 그리 행복하지는 못했습니다. 이번 결혼도 형님에게는 새로 시작하는 의미가 있는 것 같습니다."

인철은 혹시라도 위로가 될까 하여 그렇게 말하다가 스스로 후회스러운 기분이 되어 말을 끊었다. 그런 인철의 속마음을 읽은 것인지 그녀가 쓸쓸하게 웃으며 받았다.

"열등감과 자의식으로 뒤틀리지 않고 잘 자란 명훈 씨를 만난 기분도 나쁘지는 않네. 그래, 공부는 뭘 해?"

"국문과였는데 이제 그만둘까 합니다."

인철이 솔직하게 대답했다. 그녀가 무엇 때문인지 살풋 이맛살을 찌푸렸다.

"그건 또 왜?"

"처음부터 구멍을 잘못 끼운 단추 같은 것이었어요. 그때는 내가 할 수 있는 공부가 그것뿐이라고 생각했는데, 이제 와서 보니 그거야말로 근거 없는 열등감과 자의식에 뒤틀린 단정이었던 것 같습니다. 그들이 부당하게 규정한 걸 아무런 저항 없이 한 고정관념으로 받아들인 거 말입니다."

그래 놓고 앞뒤 없이 불쑥 물었다.

"살아 보신 제국은 어땠습니까? 정말 들은 것처럼 그렇게 위대하던가요? 태평양 건너 이 구석진 곳에 사는 우리 모두의 운명까지도 좌우할 만큼?"

실은 인철에게는 절실한 물음이었다. 그러나 그녀에게는 앞엣말과 뒤엣말이 얼른 연결이 안 되는지 한동안 멀거니 인철을 바라보다가 되물었다.

"너에게도 열등감과 자의식이 있다고?"

"변경의 원주민 가운데서도 불행한 소수에게만 있는 특별한 원죄 의식 같은 거죠. 제국의 논리가 강요한."

"그게 뭐지?"

"상대편 제국의 이데올로기를 선택한 사람이나 그런 사람의 후예가 갖게 되는 특별한 심정 상태인데, 특히 연좌제란 이름으로 강요되면 십중팔구 거기 사로잡히게 되고 맙니다."

"아아, 그 얘기."

그제야 그녀가 알아듣겠다는 듯 고개를 끄덕이더니 쓸쓸한 웃음과 함께 말을 이었다.

"나도 김 교수한테 그 얘기 들었어. 그 사람이 미국에서 공부할 때부터. 그런데 나는 그걸 변경 의식이라고 하지. 실은 변경이란 말 자체가 열등감과 자의식에 찬 자기규정(自己規定)일 수도 있어. 아직 내가 미국을 잘 안다고 할 수는 없지만 적어도 김 교수가 말하는 그런 전능(全能)하고 전지(全知)한 제국을 솔직히 나는 보지 못했어. 변경이 변경인 것은 제국의 위대함 때문이 아니라 변경이 스스로를 그렇게 규정하기 때문이라고 봐. 방금 네가 말한 그 원죄 의식이란 것은 바로 그런 변경 의식 중에서도 가장 조악한 자기규정일지도 모르고."

"하지만 그거야말로 넉넉하고 편안한 제국 신민(臣民)의 논리가 아닐까요? 우리가 이러니까 너희도 그렇겠지, 하는. 방금 말씀하신 가장 조악한 자기규정이란 것도 이 땅의 원주민에게는 절실한 현실입니다. 이를테면 나나 형님이 두 달만 자신들의 감시 밖에 있어도 불안한 게 이 나라의 경찰이거든요. 그런데도 그 때문에 강요받는 원죄 의식을 조악한 자기규정이라고만 하시겠습니까?"

"또 제국의 신민 같은 발상이라고 할지 모르지만 나는 그게 이상해. 왜 그런 불합리와 부조리가 있으면 그것에 정면으로 맞서지 않고 오히려 그 불가피성(不可避性)의 논리를 끼워 맞추지? 내가 보기에 이 땅이 변경의 불행에서 벗어나는 첫걸음은 그런 변경 의식의 극복에서 시작될 거야."

"그러면 두 제국의 충돌에서 우리가 맛본 그 끔찍한 피와 불의 세례는? 그 엄청난 제국의 물량(物量)과 화력(火力)은?"

"그게 변경 개념의 결정론적인 근거가 될 수는 없을 것 같은데. 일본처럼 다가가는 수도 있고 월남처럼 맞서 보는 수도 있고……. 어느 쪽도 끝난 것 같지는 않지만 내 보기에는 둘 모두에 미국은 당황하고 있는 눈치였어."

그때 누가 인철의 어깨를 쳤다. 퍼뜩 정신을 차려 돌아보니 김시형 교수였다.

"야, 이 사람들 봐. 처음 만나는 사람들이 피라도 나눈 오누이라도 되는 것처럼 열심이네. 사람이 오는지 가는지도 모르고."

김 교수가 그렇게 말해 놓고 경애와 인철을 차례로 돌아보았다.

"어이구 이거 늦어서 죄송합니다. 학년 말을 처음 맞는 신출내기 교수라…… 이것저것 기일에 맞게 교무과에 제출할 게 많아서. 그리고 인철이라고 했나? 고마워, 나 대신 귀한 손님을 잘 모셔 줘서."

"대리인치고는 확실한 사람을 보냈더군요. 그 궁상스러운 변경론도 꽤나 숙지(熟知)하고 있고……."

경애가 웃으며 그렇게 받았다. 김 교수가 자리에 앉지도 않고 손짓으로 두 사람을 일으켜 세웠다.

"우리 자리 옮기지요. 점심이 너무 늦었습니다. 이런, 벌써 한 시가 다 돼 가네. 너도 일어나. 내게 할 얘기 있으면 같이 식사하면서 하지."

김 교수가 그렇게 재촉해 두 사람을 데려간 곳은 혜화동 쪽의 가정집 같은 한식당이었다. 자주 드나드는 곳인지 주인 여자가 유별난 친절로 그들을 한적한 방으로 안내했다. 방 안에 펼쳐진 상 위에는 이미 마른반찬 유가 차려져 있었다.

"호텔에서 사 드시는 음식 이젠 신물 나셨을 게고…… 뭐 전통이라고 할 것까지는 없지만 여기서 짭짤한 한식이나 하자고 모셨습니다."

자리를 잡고 앉은 김 교수가 그렇게 말하고 다시 변명 비슷이 이었다.

"한국엔 이제 아무도 안 계시니까 저희 집에라도 한번 모셔야 하는 건데…… 집사람이 통 음식 솜씨가 시원찮아서."

"전 별로 해 드린 것도 없는데 이렇게 신경 써 주시니 몸둘 바를 모르겠네요. 그저 온 김에 얼굴이나 한번 뵙자고 한 것뿐인데."

그녀가 그렇게 받자 자리는 한동안 두 사람의 추억담으로 이어졌다.

"해 주신 게 없기는……. 가난한 유학생 시절, 버터워스 보좌관 댁 주말 가든 파티는 더할 나위 없는 영양 보충의 기회였죠. 더군다나 거기는 김치까지 나왔으니까."

"정말 억척스러우시더니. 그리고 세상 인연 참 묘하죠? 선거 캠프에서 일할 동양계(東洋系) 유학생 하나를 추천 받는데 거기 김시형 씨, 아니 김 교수님이 오시다니……."

그사이 상이 차려져 식사가 시작되었다. 정말로 그녀가 반가운지 김 교수가 상기된 얼굴로 그녀에게 양해를 구했다.

"나 술 잘 못하는 거 아시죠? 그런데 오늘은 맥주 한 잔 곁들이고 싶군요. 괜찮으시겠습니까?"

그러고는 맥주를 청해 인철에게도 한 잔 권했다. 하지만 얘기는 그 뒤로도 한동안 두 사람의 미국 시절을 맴돌았다. 대화를 통해 그들의 인연이나 친밀감의 정도를 가늠하는 재미가 없는 것은 아니었으나 너무 오래 소외되자 인철은 그 자리가 조금씩 멋쩍어졌다. 그 기미를 알아차린 것일까, 경애가 갑자기 화제를 세 사람에게로 넓혔다.

"그런데 그 궁상맞은 변경론은 아직 그대로예요? 아니 더 세련되게 정리되셨는가 봐. 인철이 같은 수제자도 거두시고."

"세련되기보다는 글로 대강 정리해 보았죠. 발표했더니 재미있어하는 사람도 많고……. 하지만 재는 내 학생이 아닙니다. 그냥 어쩌다 오늘 내 마지막 특강을 들은 것뿐이고. 특강 내용이 변경 이야기가 된 것은 정규 강의 끝이라 여흥 삼아 색다른 걸 들려주고 싶었습니다."

"하지만 인철의 의식은 이미 변경 콤플렉스 중증(重症)이던데요. 변경적 결정론, 변경적 허무주의, 변경적 열패 의식(劣敗意識)까지. 그래서 이제는 이 나라에서 제일이라는 대학까지 집어치우고 본격적으로 떠돌 모양인데요. 결국에는 어디에도 소속 못 할 아웃사이더가 될 공산이 커 보이지만."

"공부를 시작하셨다더니 정말 제대로 시작하신 것 같습니다. 미래의 하원 의원 부인 때와는 말투부터 달라지셨네요. 어쨌든 반갑습니다. 그런데 인철이 너 학교를 그만둔다니 무슨 소리야?"

"아무래도 길을 잘못 든 것 같습니다. 그래서 늦었지만 지금이라도 제 길을 찾아가 보려고요."

그가 교수라서 그런지 인철이 죄지은 사람처럼 움츠러들며 말했다.

"제 길……이라면 공부를 그만둔다는 거냐?"

"그건 모르겠습니다만 학교로 돌아오지는 않을 것 같습니다."

"그럼 정말로 오늘 내 특강을 들은 게 우연은 아니었던 모양이구나. 무언가 내게 물을 게 있어 온 것 같은데. 그거 여기서 말할 수는 없어?"

김 교수가 문득 생각났다는 듯 물었다. 자신이 상상했던 대화의 분위기는 아니었으나 이미 받은 질문이라 인철은 머뭇거리지 않고 대답했다.

"실은 전에 황석현 기자님을 찾아갔다가 변경이란 개념에 대해 들은 적이 있습니다. 그때는 재미있고 인상적이었는데, 지난번 어떤 계간지에 실린 교수님의 글을 보고는 다른 느낌이 들었습니다. 교수님께서도 자인(自認)하셨듯이 그 논의가 너무 결정론적이고 닫혀 있으며 역사적 허무주의에 기반하고 있다는 느낌이었습니다. 그리고 그게 뭔가 나와도 깊은 연관이 있는 것 같아, 다시 말해 나의 삶도 크게는 그 변경이란 틀 속에 갇혀 있고, 결정되어 있는 것 같아 우울했습니다. 그런데 그 답은 이미 교수님께서 오시기 전에 여기 이 누님에게서 들은 것 같습니다."

인철은 누님이란 말이 좀 쑥스러웠지만 달리 마땅한 말을 찾지 못해 경애를 그렇게 지칭했다. 경애가 이상스레 감동적인 어조가 되어 받았다.

"내가 그렇게 거창한 질문에 답한 건가……."

"호오, 그래? 그게 뭔데?"

김 교수가 흥미 있다는 듯 인철에게 물었다.

"그 같은 변경론이야말로 변경의 여러 특징적인 의식 중에서 가장 조악한 변경 의식이며 변경을 언제까지고 변경으로 묶어 놓는 불리하기 짝이 없는 자기규정이라고 하시더군요."

"하지만 나도 변경을 그렇게 규정하지는 않았는데. 변경의 선택이란 말은 곧 변경이란 틀이 깰 수도 있고 변모시킬 수도 있는 어떤 거라는 의미로는 들리지 않던가?"

"하지만 그 선택도 이미 변경이란 틀이 결정해 둔 몇 가지 중의 택일이라는 식이었습니다. 그런데 누님이 말씀하신 선택은 그 틀 자체에 대한 부인이고 저항이었습니다. 승인할 때도 그저 그 틀 속에 편입되기만을 추구하는 것이 아니라 그 틀을 자신의 것으로 전화(轉化)·발전시키는 계기로서였습니다."

"아니, 그사이에 그렇게 깊은 얘기들을 했어?"

김 교수가 약간 어이없다는 듯 경애 쪽을 돌아보며 그렇게 물었다. 그녀가 새삼 어색해하며 겸양했다.

"전 그저 인철이의 쓸데없는 열등감과 자의식이 안타까워 미국식으로 몇 마디 했을 뿐인데…… 역시 시인의 동생이라 그런지 꿈보다 해몽이 좋아."

"실은 네가 말한 것은 모두 전부터 지적받아 온 것이고 나도 아직은 인식 틀로만 유효한 변경론을 보다 활용도가 높은 실천 틀로 전환시키는 걸 과제로 삼고 있다."

뒷날 제3세계론과 절충되어 1980년대 초기 운동권의 한 흐름을 지도하게 될 이론가답게 김 교수의 태도는 유연성이 있었다. 아직은 더듬어 가는 소장(少壯) 학자의 패기에 찬 겸양으로 자신의 난점을 시인한 뒤, 다시 친구의 아우를 보는 자상한 눈으로 인철을 보며 물었다.

"그래, 그게 나를 찾아올 만큼 네게 절실했던 까닭은 뭐였지?"

“이제는 저도 변경 의식에서 놓여나고 싶어서요. 특히 내 터무니없는 원죄 의식을 벗어던지고 싶어서요. 그래서 그것들에 주눅들어 잘못 이루어진 선택들을 바로잡고 싶어서요.”

“그런 거라면 진작에 네 형 명훈에게도 권하고 싶던 것이었다. 나도 변경이란 인식 틀이 터무니없고 불리하기만 한 자기규정으로 기능하기를 원치 않는다. 또 네가 새로 떠나려는 길이 그런 길이라면 불안하더라도 기대를 가지고 지켜보고 싶다.”

그걸로 그날 인철의 외출에서 중요한 의미를 가진 대화는 끝이었다. 그 뒤 다시 찻집에서 헤어질 때까지 인철이 기억할 만한 말은 김 교수가 명훈을 만날 거냐고 물었을 때 경애가 한 대답 정도였다.

“전에도 말씀드렸지만 이미 오래전에 내 가슴에 묻은 아도니스예요. 그냥 며칠 서울에 더 머물다 내 나라로 돌아갈 거예요. 인철이 너도 형님에게 날 만났단 소리는 하지 마.”

뜬구름, 혹은 거품

“무슨 일이야? 이렇게 아침 일찍부터 사람을 부르고, 전화로는 말 못 하고 직접 와서 봐야 된다는 게 뭔데?”

부동산 사무실로 발을 들여놓으면서 영희가 물었다. 그때쯤 영희가 도착할 줄 알고 기다리고 있었던 듯한 김 상무가 담배를 비벼 끄며 몸을 일으켰다.

“우선 여기 앉으시죠. 숨이나 돌리고 얘기합시다.”

김 상무가 세련된 손짓으로 자기 맞은편에 놓인 소파를 가리키며 말했다.

“사람이 궁금하잖아. 척하면 삼천리인 김 상무가 이렇게 뜸을 들이니 말이야.”

영희가 맞은편 자리에 앉으면서 다시 대답을 재촉했다. 그러나 김 상무는 늘 그렇듯 영희에게 드링크 한 병까지 대접하고 나서야 비로소 운을 뗐다.

"실은 말입니다. 지난가을부터 눈여겨보고 있는 게 있는데 영감이 안 잡혀서요."

"그게 뭔데?"

"그동안 여긴 발 끊다시피 하셨지만 얘기는 들으셨겠지요, 누님? 모란 단지라고 대규모 개발 사업 벌어진다는 거."

"글쎄…… 들은 것도 같고……."

영희는 그 말과 함께 기억을 더듬어 보았다. 모란우체국이 있고 모란시장이 있어 모란이란 말은 귀에 익었지만 막상 모란 단지가 무얼 뜻하는지는 얼른 떠오르는 게 없었다.

"그런데 그게 왜? 그러지 말고, 김 상무, 내가 아무것도 모른다 치고 그냥 계속 얘기해 봐."

"하긴…… 아직은 이 바닥에서의 소문이니까. 그런데 그게 엄청나단 말임다. 말하자면 광주 대단지의 열두 배가 넘는 신도시가 광주 대단지의 투자 규모의 열다섯 배가 넘는 대자본을 들여 개발된다는 겁니다. 이번에는 자급자족이 될 만큼 크고 많은 산업체와 공장을 가진 2백 5십만 인구의 신도시가."

"뭐? 그것 참 굉장하네. 그런데 왜 아직 홍보되지 않아? 고시도 없고."

"정부가 하는 게 아니라서 그렇답니다. 순전히 민간 차원에서 하는 개발이라…… 하지만 오늘 정식 기공식이 있습니다."

"아니 민간인이 무슨 돈이 있어 그렇게 엄청난 투자를 할 수 있어? 광주 대단지 열다섯 배나 된다며?"

"거기 또 기막힌 얘기가 있습니다. 투자의 50프로가 넘는 7백억은 일본에서 들어오기로 되어 있는데, 그게 일제 때 유명한 친일파인 송병준의 돈이랍니다. 송병준은 한일 합방에 앞장선 공으로 일본 천황에게서 북해도에 엄청난 땅을 하사 받았다고 하더군요. 7백억은 바로 그 땅을 판 돈인데, 자손들이 그걸 조국에 투자함으로써 조상의 죄를 속죄하려 한다는 겁니다. 그리고 마루베니라는 일본 기업도 개발에 참가하는 모양이던데요."

"글쎄, 얘기는 그럴듯한데, 뭐가 좀……."

영희는 일본이라는 나라도 그렇거니와 들먹여지는 돈의 액수도 너무 엄청나 솔직히 믿음이 가지 않았다. 그러자 김 상무가 팸플릿 하나를 내밀었다.

"저도 그렇게 생각했는데 여기 고문진(顧問陣)을 한번 보세요. 고문이라는 게 뒤에서 봐주는 사람들이란 뜻이라면 이 사람들, 상당하지 않아요?"

영희가 받은 팸플릿의 펼쳐진 쪽을 보니 바로 '모란 개척단 고문진' 명단이었다. 현역 국회의원 둘에 예비역 장성이 셋이나 되었다. 거기다가 더욱 눈에 띄는 것은 뒤에 곁들여진 일본인들의 이름이었다. 다히다케라는 공학(工學)박사를 비롯해 대학교수가 둘이었고 도시계획 전문가도 끼어 있었다.

"그건 그렇군. 하지만 이 사람들이 진짜 모란 단지 고문이란 건

믿을 수 있어?"

"진짜가 아니라면 이렇게 버젓이 팸플릿을 만들어 돌리겠어요? 게다가 실은 며칠 전 주식회사 모란개척단 본사(本社)도 구경하고 왔습니다. 퇴계로 4가에 있는 일흥빌딩을 빌려 쓰고 있었는데 굉장합디다. 복도에까지 양탄자를 좌악 깔아 놓고 삐까번쩍한 황동(黃銅) 간판을 걸어 놓은 게 그냥 눈가림으로 처발라 둔 거 같지는 않더라고요."

"그런데 말이야. 그 모란 단지가 나나 김 상무하고는 무슨 상관이야?"

"그야 땅장사죠. 여기서도 분양증을 팔 모양인데 철거민 딱지만큼은 아니겠지만 사고 팔다 보면 떨어질 게 있을 것 같아서요. 더군다나 이건 정부가 하는 게 아니니까 난데없이 전매 금지 같은 조치가 나올 리도 없고."

"그렇지만 값이 높게 매겨져 나오면 헛일이잖아? 민간인들이 하는 거라면 오죽이나 셈판을 굴린 거겠어?"

"것도 꼭 그렇지는 않을 것 같습니다. 들리는 말로는 여기 딱지값보다 크게 높지 않을 거라던데요."

"그건 또 무슨 소리야? 정말로 그 사람들이 무슨 복지사업이라도 하는 거래?"

"그게 아니라 아무리 일본에서 자본이 들어온다 하더라도 절반은 자체에서 해결해야 하지 않겠어요? 그래서 자본 유치 차원에서 1차분 분양증은 거의 개발 원가로 나올 거랍니다."

거기서 다시 영희의 경계심을 자극하는 게 있었다. 삶의 밑바닥을 구르면서 본능적으로 익힌 감각이었다.

"그거 참 이상하네. 본사 가 보니 그렇게 으리번쩍하더라면서? 그런 사람들이 자본금이 없어 헐값으로 땅을 내주고 시민들 푼돈 끌어모아야 한단 말이야?"

영희는 그렇게 반문해 놓고 들고 있던 팸플릿에서 단장으로 표기된 사람의 이름을 짚으며 덧붙였다.

"단장이면 이 사람이 총책임자인 모양인데, 이 사람 뭐 하는 사람인지 알아?"

"아, 그분요? 그분이라면 좀 알죠. 김창숙 씨라고, 전에 광주군수까지 지내셨던 분이세요. 예비역 대령이고."

"전에 뭐 했냐가 중요한 게 아냐. 지금 어떤 일을 하고 있느냐고?"

"그것도 알 만큼은 알아요. 실은 여기 관심을 가지면서 나름대로 조사해 봤거든요. 꽤나 감동적인 사람이더라고요."

"감동적인 사람? 그게 어떤 사람인데?"

김 상무가 한참이나 뜸을 들이다가 대답했다.

"그 사람은 고향이 평양인데 월남하여 군대에 투신했다가 서른두 살 되던 1950년대 말에 대령으로 예편해 여기 하대원리(下垈院里)에 자리 잡고 황무지 개간 사업을 시작했답니다. 그때는 대원천(垈院川)이나 단대천이 치수(治水)가 제대로 되지 않아 비만 오면 물바다가 되는 바람에 버려진 땅이 많았다더군요. 그 사람은 갈

데 없는 제대군인들을 모아 그 땅들을 농토로 일구어 나갔는데, 그의 뜻을 따르는 사람이 많아 나중에는 50명이 넘었다는 겁니다. 이에 그는 그 집단의 명칭을 재향군인개척단이라 하고 그들과 숙식을 같이하면서 모란시장 일대에 농토를 일궜다는군요. 5·16 직후에 예비역 대령 경력으로 광주군수를 지냈는데 그것도 얼마 안 돼 그만두고 다시 돌아와 황무지 개척에만 전념해 왔대요. 모란이란 그곳 지명도 평양에 있는 모란봉에서 따와 그 사람이 붙인 거라고 합니다. 모란시장을 연 것도, 모란우체국을 끌어들인 것도, 모란학원을 세운 것도 모두 그 사람 힘이고요."

거기까지 듣자 영희는 왠지 김창숙이란 사람이 친밀하게 느껴졌다. 돌내골에서의 개간 시절과 오빠 명훈이 떠오른 까닭이었다. 하지만 오빠의 외롭고 고단하던 싸움을 떠올리자 경제적으로는 다시 불신이 일었다.

"하지만 그 사람이 가진 게 뭐야? 뭘 믿고 그 엄청난 사업에 손을 댔냐고?"

"사람들의 신망을 받는 편이지만 딱히 내놓을 만한 재산은 없어요. 실은 저도 그 때문에 맘을 정하지 못하고 돌아가는 형편만 살피고 있는 거라고요."

그제야 김 상무도 그렇게 실토를 했다. 영희가 그의 다음 말을 가로챘다.

"그래서 오늘이 기공식이니 한번 같이 가서 살펴보자 이거지? 그래서 될성부르면 함께 딱지 장사 다시 시작해 보자 이거야?"

"이래서 누님이라니까. 그래요. 이따가 기공식에 그 김창숙이란 사람하고 고문진 모두 온다니까 감으로 한번 때려잡아 봐요. 행정 관청에서도 어떻게 나오는지들 잘 살펴보시고……."

그때 요란한 폭음 소리와 함께 헬리콥터 한 대가 낮게 날아갔다. 김 상무가 몸을 일으켜 창가로 갔다가 돌아오며 말했다.

"오늘 무슨 별짜리가 헬리콥터 타고 직접 기공식장에 내릴 거라더니 그 헬리콥턴가?"

"헬리콥터를 타고 온다고? 거 쉽지 않을 텐데. 정말 끗발 대단한 사람인 모양이네."

"국회의원 둘도 올 거랍디다. 그뿐만 아니라 도지사, 군수, 경찰서장까지 모두 올 거라던데요. 중앙에서 장관이 뜬다는 말도 있어요. 교수·박사도 오고."

그 말에 영희도 마음이 움직였다. 반드시 그 개발 주체를 믿게 되어서가 아니라 그 무렵의 자금 사정이 새로운 투자 대상을 찾게 했다. 지난여름 잠실에 넣었던 돈이 그새 적잖은 이익이 붙어 되돌아온 까닭이었다.

"기공식이 몇 시야?"

"열한 시라고 했는데……."

그러면서 시계를 들여다보던 김 상무가 갑자기 서두르기 시작했다.

"갑시다. 아직 사십 분이나 남았지만 미리 가서 이것저것 살펴보는 게 나을지도 모르겠어요. 사람들 모여 왁작거리고 국회의원,

장관, 장군 다 뜬 뒤엔 거기 눈이 부셔 뻔히 눈 뜨고도 볼 걸 못 보는 수도 있으니까."

영희가 김 상무와 함께 기공식이 있는 공터로 가니 아직 시간이 이십 분이나 남았는데도 공터는 벌써 사람들로 북적거렸다. 곳곳에 늘어진 현수막과 확성기 성능을 시험하는 소리가 흥청거리는 분위기를 한층 끌어올렸다. 공터 한쪽에는 김 상무의 말대로 헬리콥터 한 대가 내려 있었고 또 다른 쪽에는 번들거리는 승용차들이 줄지어 서 있었다.

"저 사람들 모두 여기 사람들이야?"

행사 관계자로는 보이지 않는 사람들을 가리키며 영희가 물었다. 선전과 동원이 있겠지만 아무래도 지나쳐 보이는 열기였다. 김 상무가 그들을 훑어보는 척하다 말했다.

"근처 땅 주인들 같은데요. 멀리서 구경 온 사람들도 있겠지만 가장 예민한 이해 관계자는 그 사람들일 테니까."

"땅 주인들? 땅 주인들이 왜? 이런 개발의 경우 통상 반대하고 나서는 게 원래 땅임자들 아냐?"

"아니죠. 이번엔 경우가 달라요. 저 사람들이 개발을 바라게 생겼다고요."

"그건 왜 그래?"

"생각해 보세요. 단대천 하나를 두고 저쪽은 개발이다 어쩌고 해서 하루가 다르게 땅값이 치솟는데 모란 지역은 그대로 헐값 농토로 남아 있으니 땅 주인들로서는 당연하죠. 게다가 대단지 쪽은 환지(換地)가 20프로밖에 안 되지만 모란 단지는 52프로나 환지해 준다는데, 땅 주인치고 누가 솔깃하지 않겠어요? 땅을 내놓으면 저들이 개발한 뒤 반 이상을 되돌려 준다는데, 다시 말해 가진 땅의 절반을 개발 뒤의 오른 값으로 처분할 수 있게 되는데……"

"그럼 모란 단지 쪽은 뭐야? 개발 뒤에 땅을 절반이나 그냥 내주면 뭘로 들어간 돈을 뽑아? 개발 차익이 절반으로 줄어드는 셈인데 그걸로 뭐가 돼냐고?"

"계산상으로야 되죠. 워낙 덩치가 크니까. 말씀드렸잖아요? 광주 대단지의 열두 배가 넘는 대개발이라니까요. 다 되기만 하면 그 덩치 때문이라도 엄청난 차익이 남죠."

그때 다시 확성기를 조정하는 소음이 삐익삐익 기분 나쁜 소리를 내더니 전문 사회자인 듯한 사람의 목소리가 울려 나왔다.

"안녕하십니까, 안녕하십니까, 내빈 여러분. 잠시 후부터 역사적인 모란 단지 개발 기공식을 거행하겠습니다. 초청 받으신 귀빈들은 단상의 지정된 자리에 앉아 주시고 일반 내빈들도 준비된 자리에 차례로 앉아 주십시오. 안내 책자가 필요하신 분은 식이 끝난 뒤 따로이 본부석 동쪽으로 오시면 되겠습니다. 그럼 곧 식을 거행하겠습니다."

그 말에 영희는 연단 쪽을 바라보았다. 어디서 빌려 왔는지 연단 주위에는 적잖은 의자들이 놓이고 먼빛으로 보기에도 거물 같아 뵈는 사람들이 차례로 자리를 메워 나가고 있었다. 그러나 막상 식이 시작되기까지는 그와 같은 안내 방송이 서너 번은 더 되풀이되었다.

식은 거창하기 그지없었다. 군대식에 가까운 삼엄한 국민의례도 그랬지만 귀빈 소개는 더욱 휘황했다. 현직 국회의원에 예비역 장성이 둘이고 일본인이 서넛에 서양인도 몇 있었다. 마뜩잖은 눈으로 관찰하고 있는 영희에게도 은근히 믿음이 가는 주최였다.

사업 계획 보고는 더했다. 영희로서는 도저히 실감 나지 않는 거액의 투자 계획도 그랬지만 제시되는 신도시의 모양도 상상 밖이었다. 이렇다 할 산업체가 없어 벌이는 서울시에 의지할 수밖에 없는 광주 대단지와 달리 그곳은 외국 기업체가 유치될 국제 공단이 계획되고 있었다. 곧 일본의 마루베니 주식회사가 30억 원을 투자하고 국제개발협회의 주택 자금 5천만 달러가 미 국무성을 통해 개발 자금으로 들어오게 되어 있다는 내용이었다.

"그럼 광주 대단지와 합치면 여기가 서울보다 더 커지겠네? 광주 대단지도 백만 가까이 불어날 모양이고, 거기다가 여기 신도시 2백 5십만을 보태면 인구만 해도 벌써 서울과 비슷하잖아?"

지루한 사업 계획 보고가 끝날 무렵 영희가 김 상무에게 물었다. 그때껏 입 한 번 떼는 법 없이 사업 계획만 귀 기울여 듣고 있던 김 상무가 상기된 얼굴로 대답했다.

"그런 셈이죠. 좀 허황되기는 하지만……."

"좀이 아니라 많이 허황된 것 같은데. 어디까지 믿어야 할지 모르겠어."

그러자 김 상무도 심각한 표정이 되어 받았다.

"하기는 따져 봐야 할 데가 많군요. 여기 오면 뭘 좀 더 확실하게 알 수 있을 것 같더니."

그때 영희의 눈길에 무언가 강하게 와 닿는 것이 있었다. 그쪽으로 흘깃 눈을 돌리니 저만치 명훈의 옆모습이 보였다. 몇 달 전보다는 말쑥한 차림에 표정에 궁상도 보이지 않았다.

'오빠…….'

영희는 하마터면 자신도 모르게 명훈에게 다가갈 뻔했다. 하지만 이내 마음속에 도사리고 있는 모진 결의가 되살아났다. 영희는 얼른 고개를 다른 쪽으로 돌리며 가볍게 김 상무의 옷깃을 끌었다. 김 상무가 뜻밖이라는 눈길로 영희를 보며 물었다.

"왜, 벌써 가시게요? 다 들어 보지 않고……."

"그럴 일이 있어. 조용히 따라와요."

영희는 그러면서 사람들 사이를 앞서 빠져나왔다.

'오빠, 아직은 우리가 만날 때가 아닌 것 같아. 내가 준비가 덜 되었거든. 여전히 내 손은 비어 있고 나는 아무것도 아니거든. 미안해, 오빠.'

영희는 속으로 가만히 그렇게 중얼거렸다. 그때 뒤따라오던 김 상무가 영문을 알 수 없다는 표정으로 물었다.

"무슨 일이십니까, 누님? 또 누굴 만나셨어요? 만나서는 안 될 사람이라도."

"그건 아니고…… 더 들어 보았자니까."

영희는 그렇게 대답해 놓고 슬쩍 말머리를 돌렸다.

"들어 봤자라니요? 무슨 감 잡으셨어요?"

김 상무가 긴장하며 영희를 바라보았다. 영희는 김 상무가 자신의 직감을 너무 믿는 것이 오히려 부담스러워졌다.

"감이라기보다…… 그렇잖아? 일이란 게 원래 이 일에서 저 일로 옮아갈 때 그래도 비슷하게 이어지는 부분이 있어야 하잖아? 하지만 여기서는 뭔가 매끄럽게 이어지지 않는 부분이 있어. 그게 맘에 걸린다고."

"어떤 점이 그러세요?"

"그 단장이란 사람, 김 상무 말대로라면 지금까지의 그는 전형적인 개척자의 인상이야. 나도 그런 사람 하나 알고 있어. 5·16 직후 우리 오빠. 선산 발치를 개간하는데, 내가 보기에는 턱없는 일을 용감하게 밀어붙이더군. 이를테면 권력이나 돈과는 상관없이 오직 신념과 이상만으로 밀고 나가는 게 개척자란 말이야. 그런데 재향군인개척단과 주식회사 모란개척단 사이에는 비슷하게 이어지는 부분이 없어. 김 상무가 서울서 봤다는 것이나 오늘 기공식에서 보여 주고 있는 것은 칭송받는 그 사람의 경력과는 전혀 달라. 어딘지 빽이라든가 자본의 위세를 과장하는 듯한 데가 있어. 그 사람이 변했든, 아니면 우리가 알지 못할 상황이 그를 그렇게 몰아갔든 하여튼 앞뒤가 맞지 않아."

"그건 그렇지 않을 수도 있죠. 오랜 세월 쌓아 올린 신용과 명예가 그 사람에게 힘과 돈을 모이게 했을 수도 있잖아요?"

“설령 그렇더라도 이 사업은 그리 미덥지 않아 보이는데. 뭔가 이상해. 왜냐하면 이 방식은 지금까지 성공해 온 그 사람의 방식이 아니기 때문이야.”

“그럼 누님은 투자할 생각이 없으세요?”

“글쎄, 기분은 그런데…… 김 상무는 어때?”

“저는 좀 더 지켜봤으면 해요. 기공식이 있었으니까 곧 무언가 눈에 보이는 진척이 있지 않겠어요? 그걸 보아 가며 손을 대든지 말든지 하죠, 뭐.”

표정으로 미루어 김 상무는 그래도 미련을 버리지 못한 것 같았다. 이번에는 영희의 마음이 흔들렸다. 거래를 시작한 지는 1년밖에 되지 않지만 부동산에 관한 그의 감각은 다른 어떤 전문가보다 믿을 만한 데가 있었다.

“하긴 요즘 땅장사 위험 없이 어떻게 해? 살피다가 손댈 생각이 들면 그땐 내게도 연락해. 크게 걸고 싶지는 않지만 다시 한 번 생각은 해 보지.”

영희는 그쯤 해 두고 김 상무와 헤어졌다. 실은 마땅한 곳이 없어 돈을 묶어 두고 있자니 적잖이 좀이 쑤셨다. 너무 서둘러 팔아치운 감이 없지 않지만 연말 잠실 단지에서 빠지면서 얻은 차익을 거의 빼돌려 영희가 이제 시아버지의 눈치를 보지 않고 굴릴 수 있는 돈만도 3백만 원은 되었다.

그런데 버스 정류장으로 가면서 영희는 잠시 오빠의 일로 마음이 흔들렸다. 문득 지난가을 오빠가 일하던 주택 공사장이 떠오르며 그게 엉뚱한 추리로 이어진 까닭이었다.

'혹시 오빠가 이곳에 자리 잡은 것은 아닐까. 그 집이 바로 우리 집은 아닐까.'

그렇지만 영희는 이내 고개를 저었다. 모든 일이 어려서부터 오빠에게 품어 온 기대와는 너무도 맞지 않은 느낌이었다.

'역시 그냥 가는 게 좋겠어. 설령 오빠가 정말로 여기에 자리를 잡았더라도 아직은 만날 때가 아니야. 쓸데없는 감상에 젖어 약해져서는 안 돼.'

이윽고 영희는 그렇게 자신의 마음을 다잡고 마침 멈춰선 송파행 버스에 올랐다.

김 상무로부터 전화가 온 것은 그로부터 사흘도 되지 않아서였다. 아침 설거지를 끝내고 억만과 시아버지가 일하는 비닐하우스로 일을 거들러 나가려는데 전화벨이 울렸다.

"엎어지든 자빠지든 저는 들어가 볼랍니다. 누님은 어떠세요? 같이 들어가 보지 않으시겠습니까?"

"그쪽에서 벌써 물건이 나온 모양이네. 그건 그렇고 장사하는 사람이 엎어지든 자빠지든은 또 뭐야?"

"20평짜리가 3만 8천 원에 나왔는데 날개 돋친 듯 다 나갔어요. 다음번엔 좀 더 올릴 모양이지만 요새 이자 따지면 작년 서울시 분양가보다 크게 높은 것도 아니라고요."

"그렇지만 문제는 개발이야. 개발은 확실하게 되는 거야? 정말 그게 집 지을 땅이 되느냐고?"

"그렇게 크게 공사를 벌이는데 아무 탈 없는 걸 보면 선전대로 맞는가 봅니다. 그런 일 관장하는 행정관청이고 그 지역 땅 주인들이고 아무 말 없으니까. 그리고……."

"그리고, 뭐야?"

"이번에도 사람 머릿수 한번 믿어 보는 거죠, 뭐. 접때 말했잖아요? 머릿수만 많으면 모든 게 보장된다고."

"그럼 이번에도 그렇게 사람이 몰려?"

"모르긴 하지만 이대로 가면 여기도 몇만은 몰릴 것 같아요."

"그래애?"

영희는 머릿속으로 잠시 계산을 따져 보았다. 민간 개발이고 여러 가지로 광주 대단지 쪽보다 조건이 좋은데도 값이 생각 외로 싼 게 좀 마음에 걸렸으나, 아무 일 없다면 적잖은 투자 이익이 보장된 것이나 다름없었다.

"몇 장 샀어?"

"이번에는 곱장사만 되면 넘길 생각으로 오늘은 우선 다섯 장 거뒀어요. 괜찮다 싶으면 한 스무 장 거둬 볼랍니다."

"김 상무가 그렇게 결정했다면 나도 생각을 달리해야지. 그런데 정말 물건 되겠어?"

"아니면 사무실 다른 곳으로 옮겨야 할 판이니 저야 걸어 볼 수밖에 없지만 누님은 다시 한 번 따져 보세요."

김 상무가 제법 생각해 주는 말투로 말했다. 그게 오히려 영희의 마음을 굳혀 주었다.

"좋아. 그럼 나도 한 열 장만 들어가 보지. 지금이라도 물건 나오거든 5만 원까지는 받아 줘. 다음은 또 다음대로 값을 매기기로 하고……."

날은 다하고

아직 3월인데도 교정의 나뭇가지는 겨울의 그것과는 사뭇 달랐다. 벌써 봄기운이 가지 끝마다 파르스름하게 맺혀 있는 듯했다. 그런데도 그것들을 쳐다보는 인철의 마음은 어둡고 쓸쓸하기 그지없었다. 몇 날 밤을 다지고 다져 드디어 실행으로 나선 마음속의 결의 때문이었을 것이다. 이제는 떠난다…….

그러고 보니 그날이 바로 2년 전 입학식 날이었다. 그때 나는 얼마나 큰 기대와 흥분으로 이 교문을 들어섰던가 —. 인철은 아득한 옛일을 회상하듯 그날을 떠올리며 속으로 가만히 중얼거렸다. 탄식은 아니었지만 그렇다고 그리움에서 우러난 것도 아니었다.

교무처의 창구는 추가 등록과 이런저런 학사(學事) 업무로 붐비고 있었다. 인철은 자신이 필요로 하는 용지를 찾기 위해 창구 앞을 두리번거렸다. 그때 누군가 어깨를 쳤다. 돌아보니 2학년 때 과 대표를 한 친구였다.

"야, 이인철 너 여기서 뭐 해? 추가 등록이라도 하는 거야?"

"아니, 그냥 볼일이 있어서……."

인철은 그렇게 우물거렸으나 속으로는 자신이 등록하지 않은 걸 그가 알고 있는 게 궁금했다. 그때 그가 또 뜻밖의 말을 했다.

"니 마침 잘 만났다. 그러잖아도 찾았는데 통 연락이 돼야지."

"내게? 무슨 일로?"

"실은 학과장님이 네가 이번 학기에 등록하지 않은 걸 아시고 널 만나고 싶어 하셨어. 지금이라도 연구실로 가 봐. 틀림없이 거기 계실 거야. 삼십 분 전에도 거기 계신 걸 봤어."

창구가 혼잡해 수속에 들어가기가 망설여지던 인철은 그 말에 잠시 일을 뒤로 미루고 학과장 연구실로 올라갔다. 그러잖아도 학과장은 그곳을 떠나 다시 돌아오지 않게 된다면 작별 인사쯤은 반드시 치러야 할 사람이었다. 같은 호감으로 다가가지는 못했지만 그가 입학 때부터 자신에게 각별한 관심과 애정을 보이고 있음을 인철은 진작부터 느껴 오고 있었다.

지난해 초여름의 일이었다. 인철이 문학회에 들어가 처음 시작하는 자의 열정으로 소설에 몰입해 들어가던 때의 어느 강의 시간이었는데, 좀체 강의 시간에 잡담이 없는 그가 강의 중에 인철을 유심히 내려다보며 말했다.

"그것도 또 다른 가치일 수는 있겠지만 소설을 쓰기 위해 우리

과에 왔다면 효율성에서 문제가 있을 것 같다. 여기는 학문 연구를 위한 기초 과정을 다지는 곳이지 문학작품 생산을 지도하거나 장려하는 곳은 아니다. 따라서 창작을 원한다면 지금이라도 처음부터 그쪽을 지향해 설립되었거나, 그렇지는 않아도 그쪽을 장려해 주는 과로 옮기는 것이 현명할 것이다. 이를테면 신라예술대학 문창과나 한국대 국문과 같은 곳이. 혹시 이 중에서 전학이나 전과(轉科)를 희망하는 사람이 있다면 내가 주선해 줄 수도 있지."

말투는 빈정거림에 가까웠으나 인철은 그게 학과장이 특별히 자신에게 해 주는 충고임을 직감했다. 그것도 잡담 없기로 유명한 그의 강의로 미루어 보면 예사 아닌 관심, 나아가서는 엄청난 호의일 수도 있었다.

한 번은 인철을 직접 부른 적도 있었다. 지난가을 학기가 시작된 지 며칠 되지 않아서였는데, 그날도 며칠인가 점심때부터 얼큰해 있는 인철을 그가 연구실로 불렀다.

"들으니까 요즘 계속 술만 마셔 댄다는데 무슨 일 있어?"

그렇게 제법 자상한 관심을 보이다가 그로서는 파격적일 수밖에 없는 제안을 했다.

"그 원인이 가난과 피로라면 제안할 게 있다. 내 연구실에서 조교로 일해 보는 게 어때?"

그 시절 조교로 일한다는 것은 등록금이 면제된다는 뜻이고 연구실에서 숙식할 수도 있다는 뜻이었다. 곧 라면값만 있으면 공부에 전념할 수 있는 기회를 얻게 되는 셈이어서 공부에 뜻을 둔

시골 유학생들에게는 선망의 자리이기도 했다. 하지만 그 무렵 이미 인철의 정신은 학과장의 전공인 언어학과는 멀어도 너무 먼 곳에 가 있었다. 그 바람에 핑계를 지어내 거절은 해도 그 남다른 호의만은 뚜렷이 느낄 수 있었다.

2학년 때 과대표가 말한 대로 학과장은 연구실에 있었다. 테가 넓고 좁은 안경 둘을 겹쳐 쓴 우스꽝스러운 모습으로 책을 보고 있던 그가 방문을 열고 들어서는 인철에게 흔하지 않은 반가움의 표정을 드러냈다. 보일 듯 말 듯한 미소가 그날따라 찡한 감동으로 다가왔다.

"절 찾으셨습니까?"

"그래. 이번에 등록하지 않았다면서? 왜 그랬나?"

그가 성격대로 말을 돌리지 않고 바로 물었다. 오래 생각해서 결정한 일이었으나 다른 사람도 아닌 학과장이 맞대 놓고 물어 오자 인철은 한마디로 자신의 결심을 밝히기가 어색했다.

"네, 저어……."

"군대인가? 그거라면 나는 지금이라도 추가 등록을 권하고 싶은데. 공부하는 사람은 단절이 있어서는 안 돼. 가더라도 한 과정을 마쳐 놓고 가는 게 옳을 듯해. 다른 사람도 아닌 바로 나 자신의 경험으로 하는 말이야."

"군대도 가야겠지만 꼭 그런 건 아닙니다. 실은……."

"그럼 형편이 어려워서인가? 그거라면 전에 말한 대로 내 연구실을 써. 그래도 어렵다면 일주일에 한두 번 나가는 시간제 가정교사 자리라도 마련해 주지."

그러는 그의 목소리에는 자못 간절한 데가 있었다. 그 예사 아닌 호의가 새삼 감격스러웠으나 인철의 마음을 흔들어 놓지는 못했다. 오히려 그대로 있다가는 더 난처해질 것 같은 예감에 인철은 서두르는 기분으로 받았다.

"저 오늘 실은 자퇴(自退) 원서를 내러 왔습니다. 그러잖아도 선생님을 찾아뵙고 인사를 드리려던 참이었는데……."

"뭐? 자퇴? 휴학이 아니고?"

목소리뿐만 아니라 표정에도 평소 볼 수 없던 마음의 동요가 그대로 드러나는 게 다시 한 번 인철을 감동시켰다. 그러나 내친 걸음이었다.

"네, 이번에 떠나면 다시는 돌아오지 않을 겁니다. 아무래도 제가 길을 잘못 든 것 같습니다."

"우리 과에 들어온 게 길을 잘못 든 거라고? 그럼 결국 소설 하러 떠난다는 건가?"

"그것도 아닙니다. 거기도 역시 잘못 든 길이었습니다."

"그건 또 무슨 말이야?"

"선생님 말씀대로 그 역시 한 가치는 될 수 있을는지 모르지만 제게는 너무 사치한 추구였습니다."

그러자 학과장은 조금 짜증 난 표정이 되었다. 무심코 뱉은 사치한 추구라는 말이 명료성을 으뜸으로 삼는 그의 언어적 결벽을 건드린 듯했다.

"그럼 뭔가?"

"지금 제가 알고 있는 것은 제가 뭘 해야 할지 모르겠다는 것뿐입니다."

"그렇다면 굳이 자퇴까지 할 건 없지 않은가? 휴학이란 것도 있을 텐데…… 잠시 쉬면서 생각을 가다듬을 수도."

"물러날 곳을 만들어 놓고 떠나고 싶지 않습니다. 물을 등지고 싸우는 병사가 가장 용감하다고 합니다."

"하지만 배수진(背水陣)을 친 군대가 싸움에 지면 전멸하는 수밖에 없지."

학과장은 그때까지만 해도 감정이 밴 목소리였다. 하지만 그걸로 끝이었다. 이내 평소의 메마른 목소리로 돌아가 벗었던 안경을 다시 쓰며 말했다.

"다른 사람에게서 자신과 유사한 점을 보는 태도에는 두 가지가 있네. 간단히 말해 우호적인 것과 부정적인 것이지. 나는 아마 우호적인 쪽일 거야. 그래서 자네가 당장은 흔들리고 있어도 일단 자리만 잡으면 좋은 학자로 자라 갈 수 있을 거라고 기대했지. 하지만 지금부터는 나와 달라질 모양이군. 자네가 어디 가서 무얼 하려는지 모르지만 나는 거기에 대해서는 전혀 아는 바가 없으니 더 할 말도 없네. 잘 가게."

그러고는 다시 읽던 책으로 눈길을 돌렸다. 인철은 그제야 일제 때의 소학교를 마지막 학력으로 고학으로만 국립대학의 교수에 이른 학과장의 이력을 떠올리고 자신에 대한 그의 별난 관심이 이해되었다. 그러나 이번에는 그리 감동적이지 않았다.

인철이 다시 교무과로 내려오니 한 차례 썰물이 지나간 듯 창구가 조금 한산해졌다. 자퇴 원서 용지가 없어 교무과에서 내준 백지에 대충 맞춘 양식으로 써 내려가고 있을 때, 누군가가 살며시 다가와 팔을 건드렸다. 정숙이었다.

"여기서 뭐 하는 거야?"

글씨가 흔들려 짜증 난 눈길로 돌아보는 인철에게 그녀가 웃음기 없는 얼굴로 물었다. 왠지 가슴이 서늘해 왔다. 그러고 보니 못 만난 지 벌써 석 달이었다.

"자퇴 원서를 내고 있어. 이제 여길 뜨려고."

인철이 담담한 어조로 그렇게 말하자 그녀의 얼굴에 묘한 표정이 떠올랐다. 감동을 받을 때, 혹은 인정을 쓸 때 그녀가 짓는 특유한 표정이었는데, 인철에게 새삼 그런 걸 느끼는 게 난처하다는 기분까지 아울러 드러내고 있었다. 그러면서도 타고난 호기심으로 인철이 쓰고 있는 원서를 곁눈질하는 게 까닭 모르게 안쓰러워졌다.

"너는 뭘 하러 왔지?"

인철이 자퇴 원서를 쓰다 말고 정숙을 돌아보며 물었다. 어쩌면 이 여자애를 다시 애틋하게 그리워하게 될지도 모른다는 생각이 문득 떠올라 인철의 목소리를 다소 정감 있게 했다. 정숙도 다시 연인으로 만나지 않기로 하고 헤어진 여자의 것으로 듣기에는 지나치게 친절하고 성의 있는 말투로 대답했다.

"수강 신청 변경할 게 있어서. 나는 전공을 현대문학 쪽으로 생각하고 수강 신청을 했는데 곰곰이 생각해 보니 역시 아니야. 어학(語學) 쪽으로 바꿔야겠어."

"그래? 좀 뜻밖인데."

인철은 그렇게 말을 받다가 전혀 예정에 없던 제의를 덧붙였다. 자신이 알고 있던 그녀와 전혀 다른 전공 선택에서 받은 자극 때문이었는지도 모를 일이었다.

"우리 이따가 좀 만날까?"

그 말에 정숙이 한동안 가만히 인철을 쳐다보았다. 그러다가 마침내 망설임을 뿌리치는 말투로 받았다.

"그러지 뭐. 그런데 어디서?"

"교문 앞 목마다방 어때? 서류 제출하고 곧장 거기 가 있을게. 삼십 분이면 되겠지?"

그러자 정숙이 묘한 눈길로 잠깐 인철을 살피다가 조금 가라앉은 목소리로 대답했다.

"아마 갈 수 있을 거야. 그럼 거기서 기다려."

그러고는 다른 창구 쪽으로 갔다.

목마다방의 삐걱거리는 나무 층계를 오르면서 인철은 비로소 왜 그녀가 그런 눈으로 자신을 쳐다보았는지를 알 듯했다. 급우들을 따돌리고 둘이서만 처음 마주앉은 다방이 바로 거기였다. 그녀는 인철이 그곳을 선택한 것에 어떤 특별한 의미가 있는가를 탐색했음이 분명했다.

정숙은 삼십 분을 조금 넘겨 다방으로 들어왔다. 그러고 보니 석 달 만에 둘만이 호젓하게 마주 앉는 자리였다.

"그동안 어떻게 지냈어?"

인철이 그렇게 묻자 정숙이 문득 비난하는 눈길이 되었다가 이내 평상으로 돌아가며 담담한 반문으로 받았다.

"넌?"

"나야 뭐, 언제나 그렇지. 네 말마따나 되지 않을 일만 꿈꾸며 겨울잠을 자듯이……."

"그럼 이번에 굳이 자퇴까지 하며 꾸는 꿈은 뭐지?"

그녀가 무엇에 자극 받았는지 다소 비꼬는 어조가 되어 물었다.

"글쎄, 20대 후반 늦깎이 데뷔로 권투 미들급 세계 챔피언을 먹거나 다음번 40대 가수로 대한민국 13대쯤의 대통령이 되는 것 둘 중 하난데, 아직 결정은 못 했어. 다만 이 학교에 남아 졸업을 하는 것은 어느 쪽에도 도움이 되지 못한다는 것만 확실해서 우선 그것부터 그만두는 것뿐이야."

그녀의 갑작스러운 악의에 자극된 탓일까, 인철도 그렇게 삐뚜름하게 대답했다.

"틀림없이 둘 다 안 되겠지만 발상만은 너답군. 용케 네가 할 수 없는 것만 골랐네."

"그건 그때 가 봐야 알게 될 일이고, 그래 너는 이 긴긴 겨울 어떻게 났어?"

자기들이 헤어진 연인 사이란 걸 갑자기 상기한 인철이 뒤틀린 말투를 고쳐 그렇게 물었다. 정숙이 또 한동안 인철을 살피다가 역시 원래의 담담함으로 돌아가 말했다.

"유행가 가사가 그 어떤 진지한 진술보다 더 절실한 진실을 담고 있다는 걸 느끼며 한겨울을 보냈지. 경구(警句)도 싸구려가 더 절실하다는 걸 깨달았고. 이를테면 사랑은 여자에게는 운명의 전부지만 남자에게는 다만 일부다, 따위……."

인철은 그게 무슨 말인지 금세 알아들을 것 같았다. 너는 지금 헤어진 뒤의 쓸쓸함을 말하고 있구나……. 그러자 때늦은 상실감이 가슴을 쑤셔 왔다.

겨울잠을 자는 곰처럼 골방에 틀어박혀 보낸 자신의 지난겨울도 어쩌면 그런 쓸쓸함이 한 원인이 되었을는지 모른다는 생각이 퍼뜩 들었다. 내가 너를 정말로 사랑했는지도 몰라. 어쩌면 아직도…….

"그래, 왜 보자고 했지? 석 달 동안 전화 한 통 않길래 나는 네가 영 나를 잊은 줄 알았는데?"

인철의 표정을 살피던 정숙이, 그나마 별로 기대하지 않는 얼굴로 물었다. 인철은 공연히 속마음이 들켜 버린 것 같은 기분에 가슴 철렁해하면서도 기억을 더듬어 대답했다.

"계획에 있었던 일은 아닌데…… 너를 만나니까 문득 부탁할 게 있어서……."

"그게 뭔데?"

"나는 지금 떠나. 가는 곳이 어딘지 모르지만 아마 내 또래들이 통상 가는 곳은 아닐 듯해. 그런데 옛날과는 달리 이번에는 왠지 겁이 나네. 다시 또래들과 떨어져서 무엇이 무엇인지 모를 나만의 길을 걸어야 한다는 게 말이야. 그래서 너에게 부탁하고 싶은데…… 그거 들어줄 수 있겠어?"

"말해 봐. 들어 보고."

"내가 아주 불안하거나 혼란에 빠져 내 또래들을 돌아보고 싶을 때 네가 그 통로가 되어 주지 않을래? 내가 너희들에게서 얼마나 멀리 떨어진 곳에 와 있는가를 알고 싶을 때……."

"그게 무슨 뜻이야?"

"이렇게 떠날 때 나는 늘 용감했는데 이번에는 느낌이 달라. 혼자 길을 가도 너희들과 온전히 단절된 채는 전갈잖게 어려울 것 같아. 그래서 너희들이 어디쯤에서 어떤 생각을 하고 있는지를 알고 싶을 때 내가 다시 여기까지 돌아오지 않고도 그걸 알 수 있게 해 달란 말이야."

"또 어딘가 엉뚱한 곳에서 엉뚱한 짓을 하다가 갑자기 자신이 불안해져 과장된 문장으로 편지 같은 거라도 보내면 답장이나 해 달라는 얘기야? 위로나 격려 비슷한 투로……."

"대충 비슷하게 맞혔는데 반드시 정확하지는 않아. 감히 위로나 격려까지는 바라지 않으니까. 다만 내가 알고 싶은 것만 성의 있게 답해 주면 돼. 그리고 어떤 때는 이 부근에 와서 서성거릴지도 몰라. 그때는 지금처럼 나를 만나 차라도 한잔 같이 마셔 주고 묻는 것에 아는 대로 대답만 하면 돼."

"거절하겠어."

듣고 있던 정숙이 갑자기 싸늘해져 보이는 얼굴로 그렇게 말했다. 인철은 거절당한 무안함보다는 더 확연해지는 상실감으로 콧마루가 시큰해 왔다.

자칫 눈물이나 보이지 않을까 당황하며 대꾸를 못 하고 있는데 그녀가 또박또박 말을 이었다.

"너와의 지난 1년만으로 나는 충분히 피곤했어. 좀 전 어떻게 겨울을 났느냐고 물었는데 대답에 빠뜨린 게 하나 있어. 잠. 겨울 방학에 집으로 돌아가 얼마나 잤는지 알아? 처음 한 열흘 틈만 나면 잤는데 그건 바로 너와 사귀면서 쌓인 피로 때문이었을 거야. 나 자신도 막연한 그 관념의 유희에 장단을 맞추느라, 네 비뚤어진 자존심을 건드리지 않으려고, 네 편견과 독단에 베이지 않으려고, 그 변덕과 허영에 아첨하느라고 내가 얼마나 피곤했는지 너는 모를 거야. 그래서 거기서 놓여났다 싶자 그렇게 잠이 쏟아진 걸 거라고. 그런데 이제 와서 다시 그 피로 속으로 날 되돌리라고?"

그러는 그녀의 두 눈에서는 심장이 얼음장에 닿은 듯한 한기가 느껴졌다. 그게 다시 인철을 당황스럽게 해 인철은 말까지 더듬었다.

"그, 그런 게 아니고……."

"세상에는 가끔씩 비상한 사람들이 있다는 걸 나는 알아. 또 어쩌면 너도 그 비상한 사람 중에 하나일지 몰라. 하지만 비상함이 다른 사람을 피곤하게 만들 권리는 아냐. 이제 더는 그런 근거 없는 권리에 피곤해지기 싫어."

"나는…… 그런 뜻이 아니었는데, 우리 다시 시작해 보자고 한 건…… 아니었는데……."

"것도 알아. 우리 사이를 예전처럼 되돌리자는 것이 아니라 네가 필요로 하는 통로가 돼 달라는 거겠지. 그래도 마찬가지야. 너는 아주 겸손하게 또래들을 궁금히 여기는 척하겠지. 하지만 나는 알지. 그때도 나는 내가 본 진실이 아니라 네가 바라는 답을 해 주기를 강요당하리라는걸. 모두 그렇겠지만 특히 너는 보고 싶은 것만 보고 이해하고 싶은 것만 이해하는 사람이니까."

그 말을 듣자 인철은 갑자기 온몸에서 힘이 다 빠져나가 버리는 기분이었다. 설득이나 해명은커녕 최소한의 감정 표현조차 힘들 만큼 입이 얼어붙어 멍하니 그녀를 바라보기만 했다.

정숙은 그로부터 몇 분 안 돼 자리에서 일어났다. 그녀가 준 충격에서 깨어나지 못한 인철은 마지막 인사말조차 기억하지 못한 채 그녀를 보내고 홀로 자리에 남았다. 한동안 그는 막연한 슬픔에 젖어 그녀가 규정한 자신의 참모습을 돌아보았다. 그러나 머릿속은 이내 자신을 그날로 이끈 그의 지난겨울의 기억들로 가득 찼다. 내게 무슨 일이 일어났던가. 나는 무슨 결의를 하였던가. 이제 무엇이 나를 기다리는가…….

"아직 여기 있었구나."

누가 세게 어깨를 치는 바람에 인철은 우울한 상념에서 깨어나 뒤를 돌아보았다. 노광석이었다. 그도 등록을 안 한 것으로 미루어 모진 고초를 겪고 아직도 구속 중인 줄 알았는데, 뜻밖에 나다난 것이었다. 모습도 그리 고생한 사람 같지는 않았다.

"너…… 나와 있었어?"

인철이 놀라움과 반가움을 섞어 그렇게 묻자 광석이 씨익 웃으며 받았다.

"왜? 내가 무기징역이라도 받을 줄 알았어?"

"그래도…… 들으니 엄청나던데."

"뭐가? 책상물림들끼리 둘러앉아 마르크스 책 몇 권 읽은 거? 물감으로 서투르게 그려 규격에도 맞지 않은 인공기(人共旗) 걸어 놓고 실속도 없이 공화국 만세 몇 번 부른 거?"

광석이 거침없이 말했다. 인철은 자신도 모르게 주위를 둘러보며 목소리를 낮췄다.

"그럼 일 없이 풀려난 거야?"

"그거야 데모 주동으로만 몰려 달려 가도 당하는 일이고…… 기소유예야. 그 선배만 1년 받았어."

거기서 무얼 상기했는지 광석이 잠깐 얼굴을 찌푸렸다가 이내 표정을 회복해 말을 이었다.

"하긴 네 얘기 얼핏 듣긴 했는데 너도 꽤나 당한 모양이군. 우리에게는 병도 되고 약도 됐다."

"병도 되고 약도 되다니?"

"접선, 지령, 사상 학습 같은 것은 우리를 수사하는 과정에서 네가 나타나면서 덮씌워진 혐의야. 그런데 네가 용케 그걸 벗고 풀려나니까, 우리에게도 그 방향으로의 추궁은 더 없더군. 자생적(自生的) 공산주의 운동으로 한 건 크게 엮을 듯하더니 곧 얼치기 사상 서클로 떨어뜨려 내보내 주더라. 집안 배경도 사상 범죄 전력도 없는 것들이라 정신이 번쩍 나게 따귀 한번 올리고 엉덩이를 호되게 걷어차 내쫓는 걸로 충분하단 식이지."

"언제 나왔어?"

"한 달쯤 고생하고 나서. 지난 연말이야."

"그럼 등록은 왜 안 했어?"

그러자 광석의 얼굴에서 묘한 거드름기와 억지로 지은 듯한 미소가 사라졌다. 별것 아닌 것처럼 얘기하고는 있어도 그 또한 이번 사건으로 적지 않은 충격을 받은 것임에 틀림없었다.

"실은 나도 조금 지쳤어. 좀 쉬고 싶어."

"그럼 휴학?"

"군대에나 갔다 왔으면 해. 어차피 한 번은 다녀와야 할 곳이고, 그들도 그런 암시를 했고……."

"그들?"

"경찰 말이야. 처음에는 은근한 강요같이 들렸는데, 지금은 나도 기꺼이 동의하게 되었어. 실은 끊임없이 감시받고 있다는 기분을 못 견디겠어. 감시란 게 이토록 효과적인 억압의 수단일 줄은 몰랐어. 차라리 잘됐지 뭐."

인철에게도 군대가 한 대안으로 떠오른 것은 그때였다. 맞아, 거기서 한 3년 파묻혀 있다가 나오면 무언가 할 만한 일이 보일지도 모르지…….

"너 신체검사 연기했다고 하지 않았어? 그럼 당장 신체검사를 받는다 해도 입대까지 1년은 더 기다려야 할 텐데."

"실은 해병대에 지원했어. 가장 빨리 입대할 길은 그 방법밖에 없어서. 보름 후에 입대해."

"그랬구나……."

"그런데, 넌 자퇴를 한다고? 정말 아주 떠날 거야?"

"그건 어디서 들었어?"

"학과장님께 인사차 들렀더니 그러시더군. 정숙이한테도 들었고…… 이유가 뭐야?"

인철은 그제야 그가 자신이 있는 곳을 알고 찾아올 수 있었던 까닭을 알 듯했다. 자신의 마지막 요청을 매정하게 거절하고 떠난 정숙을 떠올리자 갑자기 말투가 뒤틀어졌다.

"여긴 잘못 끼어든 놀이판이었어. 나 같은 놈에겐 전혀 어울리지 않는……. 정숙이 걔가 그건 말해 주지 않았어?"

"참, 그것도 궁금하네. 그러면 니네들은 어떻게 돼? 군대에 갔다가 돌아온다는 것도 아니고 영영 학교를 떠난다는 건데, 정숙이 걔는 뭐래?"

"뭐라고 할 것도 없어. 우린 벌써 지난 연말에 끝났으니까. 그냥 허영에 찬 작별의 의식이랄까, 마지막으로, 그것도 우연히 학교에서 부딪쳐서 차 한잔 나눈 것뿐이야."

인철이 애써 대수롭지 않다는 표정을 지으며 그렇게 받았다. 광석이 그런 인철을 한동안 살피다가 피식 웃으며 말했다.

"꼭 그렇지도 않던데. 정숙이 개 그렇게 심각하고 슬퍼 보이는 표정으로 혼자 있는 거 입학하고 처음 봤어. 너 혹시 너무 네 기분에만 취해 후회할 소리 한 건 아냐?"

광석이 전해 준 정숙의 표정이 뒤틀려 있는 인철의 기분에 묘한 진정의 효과를 나타냈다. 인철은 공연히 찌르르해 오는 가슴속을 들키지 않으려고 애썼지만 목소리에 어리는 감상까지 감출 수는 없었다.

"쓸데없이 미련만 들켰어. 한번 돌아섰으면 되돌아보지 말았어야 하는 건데…… 네가 본 것은 그애의 슬픔이 아니라 내게 보내는 경멸이었을 거야."

광석이 그런 인철을 물끄러미 건네보다가 다시 알 수 없다는 듯 물었다.

"미련만 들켰다니? 화해하려다가 거절당한 거야?"

"그건 아니지만 개는 그렇게 들었을지도 몰라. 실은 떠나면서 한 가닥 너희들과 이어지는 통로를 남겼으면 했거든."

"그래? 그런데 어디로 갈 작정이야?"

"그건 잘 모르겠어. 지금 확실한 것은 여기 더 머물러 있어서는 안 된다는 거야. 수틀리면 너처럼 군대나 다녀올지도 모르지. 아직까지는 계획에 없지만."

광석이 다시 심각한 눈빛으로 인철을 살폈다.

"너도 결국은 그 찬연한 예술 지상(藝術至上)의 이데아에 머물지 못하게 된 모양이군. 무언가가 네 철판 같은 둔감의 벽을 뚫은 거야. 네 아버지로부터 피로 전해진 어두운 열정을 너도 문학만으로는 삭이지 못하게 된 것인지도 모르지. 하지만 아무런 목표 없이 학교부터 그만둔다니 좀 뜻밖이네."

그래 놓고는 몸을 일으키며 인철의 어깨를 쳤다.

"나가자. 우리 어디 가서 술이나 한잔하자. 지금 헤어지면 언제 다시 만날지 모르게 됐으니 이별주 한잔이 없어서야 되겠어? 비록 각기 다른 길로 갈라서긴 했지만 그래도 한때 우리는 누구보다 좋은 길동무였으니까."

아직 밖은 정오도 안 된 한낮이었지만 인철은 두말없이 따라나섰다. 어찌된 셈인지 늘 궁상을 부리던 광석이 그날따라 앞장서 깃발을 들었다.

"오늘은 우리 '알타미라'로 가자. 낮이지만 왠지 불빛 아래서 술을 마시고 싶네."

알타미라는 동굴 술집으로 그들이 늘 가는 학교 앞 대폿집보다는 비싸게 먹히는 곳이었다. 그러나 인철도 오랜만의 외출로 용돈은 전에 없이 넉넉한 편이어서 그대로 따라나섰다. 교문을 벗어나기 전에 광석이 갑자기 생각났다는 듯 발걸음을 멈췄다.

"이게 이 학교를 끈으로 삼는 우리들의 마지막 술자리라면 당연히 한 형도 있어야 하지 않겠어? 너는 모르지만 비록 동급생이라도 한 형은 내게 정신적인 형이었어. 내가 이 길로 접어들 때 가장 염려하면서도 잘 이해해 주었고…… 문학에서는 네게도 어느 정도 그런 역할을 한 것으로 아는데?"

"어느 정도가 아니라 그가 바로 날 눈뜨게 해 주었지. 그런데 어디 가서 찾지? 오늘 학교 나오기는 한 거야?"

한 형을 떠올리자 인철도 갑자기 감상적이 되었다. 정숙 때문에 잠깐 잊기는 했지만 아침에 집을 나설 때 꼭 만났으면 했던 사람은 기실 한 형이었다.

"찾아서 함께 가자. 그 형 원래 무엇에든 열심인 형 아냐? 강의가 없어도 도서관에는 있을 거야. 거기도 없다면 근처 대폿집 어디에 있을 거고. 맘 좋은 양반이 실없이 낮술 마시자고 들러붙는 얼치기들을 뿌리치지 못해……."

광석이 그러면서 인철의 팔을 끌고 다시 교정으로 돌아갔다.

도서관으로 올라간 그들은 어렵잖게 한 형을 찾아냈다. 그러나 한 형을 끌어내기 위해 다른 설명을 할 필요는 없었다. 그들을 보자마자 한 형은 읽고 있던 책을 덮고 주섬주섬 책가방을 싸더니 앞장서 열람실을 빠져나왔다.

"나는 둘 다 못 보고 영영 헤어지나 했더니…… 실은 누가 봤다는 사람이 있어 조금 전까지 교정을 뒤지다시피 했소. 그래도 안 보이길래 무정한 사람들이라고 혀를 찼지. 하도 심란해 책도 눈에 들어오지 않던 참이었소."

그래서 셋이 동굴 술집 알타미라에 자리를 잡은 것은 아직 정오가 되기 전이었다. 착실한 집에 가정교사로 입주해 도시락을 싸 가지고 다니는 한 형이 가방에서 도시락을 꺼내 탁자 위에 펼쳐 놓으며 말했다.

"여기 특주란 게 막걸리에 도라지 위스키 섞은 거니 미리 속을 채워 놓는 게 좋을 거요. 우선 이걸로 안주 삼고 파전 몇 장 곁들입시다."

그러고는 앞장서 술을 시켰다. 아마도 보내는 자의 몫으로 준비해 온 게 있는 듯했다. 이미 만반의 태세를 갖추고 온 인철과 광석이라 머뭇거림이 있을 리 없었다. 이에 셋은 입학 이래 가장 흔쾌하고 넉넉한 기분이 되어 술을 비우기 시작했다.

"그런데 노가 너 말이야. 입대 그거 괜찮겠어?"

먼저 술잔을 비운 한 형이 물들인 군용 바바리코트 자락으로 입가를 닦으며 물었다. 뒤따라 술잔을 놓던 광석이 멀거니 한 형을 바라보았다.

"뭘?"

한 형은 어찌 된 셈인지 세 살 아래인 인철에게는 말을 높이면서도 두 살 아래인 노광석에게는 말을 놓았다. 광석도 한 형에게 반말로 응수했지만 둘을 함께 보는 인철에게는 그렇게 뒤틀린 말의 질서가 늘 혼란스러웠다.

"요즘은 군대도 옛날 같지 않다는 말이 있어. 옛날에는 웬만한 사고 치고도 군대만 가 버리면 그만이었는데, 그게 아니라는 거야. 특히 데모하다가 간 녀석들은 월남 직행이라던데."

"월남? 그거 잘됐네. 한 형 폼 절반은 월남 갔다 온 거 때문 아냐? 이왕 가는 군대 월남이나 갔다 와서 후배들한테 폼이나 잡지 뭐."

"그건 살아 돌아온 뒤의 얘기고 노가 너 우선 월남 가는 것 그 자체부터 받아들일 수 있겠어? 이 시대의 사상가를 자처하던 주제에 아무리 민족이 달라도 명색 사상의 동지들이 벌이는 게릴라전을 진압하러 갈 수 있겠느냔 말이야. 그것도 니네들 말대로라면 아메리카 제국의 용병(傭兵)으로……."

"어쭈, 이제 떠나는 판이라고 날 제법 봐 주네. 언제는 지각한 사회주의자니 어쩌니 빈정대더니? 그렇지만 어쩌겠어? 가라면 가야지. 이미 몽골족한테 항복한 고려 군사가 되었는데, 쿠빌라이의 명을 거절할 수 있겠어? 가미카제[神風]를 만나 목이 날아가더라도 여몽(麗蒙) 연합군의 배를 타야지."

광석이 뜻밖으로 느긋하게 대답했다. 평소와 달리 먼저 흥분의 기색을 드러낸 것은 오히려 한 형 쪽이었다.

"그럼 지난 1년 그렇게 열 올리며 몰려다닌 게 그저 한번 해 본 거였어? 마르크스가 어떻고 공화국이 어떻고 하던 거 네 말마따나 폼이나 한번 잡아 본 거였냐고?"

한 형의 그 같은 물음에도 광석은 느긋하기만 했다.

"형, 그러고 보니 뜻밖으로 순진한 데가 있었네. 재작년에 경찰서에 끌려갔다 와서 홧김에 한 소리 죄다 믿은 모양이지? 솔직히 내가 박정희 정권을 싫어하는 건 사실이지만, 그렇다고 코뮤니스트가 되고 싶었던 건 아냐."

"그럼 인공기 걸어 놓고 김일성 만서이(만세) 고래고래 외쳤다는 건 뭐야?"

"그건 그러면 이 정권이 싫어할 거라는 것 때문이었을 거야. 그가 독자 노선(獨自路線)을 걷는다는 게 멋있어 보였어. 아메리카가 제국이라면 소비에트도 제국이야. 나는 그것 말고 다른 제국의 논리에는 관심이 없어."

"거 참, 이상한 사상가도 있네. 달동네 하꼬방에 모여 1년 가까이나 열 올린 게 겨우 그런 유치한 감정놀음이었단 말이야?"

한 형은 그러다가 갑자기 흥이 빠진 사람처럼 화제를 인철에게로 돌렸다.

"그건 그렇고 이 형은 또 웬일이슈? 작년 겨울 일은 저 얼치기 노가네 패거리들 파편 맞은 거라며? 그런데 왜 갑자기 학교는 때려치우고? 무슨 일이오?"

원래 인철은 한 형을 만나면 진지하게 속을 털어놓고 조언을 구할 작정이었다. 그러나 광석의 태도에서 받은 자극일까, 어느새 그런 마음이 사라지고 없었다.

"국어 선생 노릇은 아무래도 적성에 맞지 않는 것 같아서요. 그렇다고 문학합네 하며 밑도 끝도 없이 빈둥거릴 팔자도 못 되고…… 다시 세상으로 나가 어슬렁거리다가 어디 적당한 곳에 퍼질러 앉아 마음 편하게 살려고요."

"이거 오늘 내가 낮도깨비들한테 홀렸나? 둘 다 뭔가 심상찮은 일을 저질렀는데, 대는 이유들은 하나같이 엉뚱하니. 하기야 지금 우리가 무슨 짓을 한들 이해받겠어? 그리고 무슨 짓을 한들 이해해 주지 않겠어? 알아서들 하슈."

한 형도 마침내 캐묻기를 단념하고 정작 할 일은 이거라는 듯 한동안 술잔만 벌컥벌컥 비워 댔다. 하지만 끝내 그렇게 덤덤하게만 이어질 수 있는 자리는 아니었다. 세 번째 특주 항아리가 비워질 때까지도 시답잖은 얘기로 킬킬거리던 노광석이 어느새 혀 굳은 소리가 되어 한 형에게 물었다.

"실은 나 월남에나 다녀오려고 일부러 해병대에 지원했는데…… 형 허풍 빼고 말해 봐. 정말 전투병 선발 부대로 갔다 온 거 맞아? 다낭 들어갈 때 여자 머리 베어 허리에 하나씩 차고 들어간 거냐고? 그리고 거기 어땠어? 콩까이들 정말 그리 예뻤어? 마음먹으면 얼마든지 돈도 벌 수 있고?"

그러자 조금 전까지도 몽롱해져 가던 한 형의 얼굴에서 술기운이 싹 걷혔다. 한참이나 광석의 표정을 관찰하던 눈길이더니 차갑게 말했다.

"왜 월남을 가려고 하는지를 먼저 알아야겠는데……."

"말했잖아? 덕분에 외국 구경도 좀 하고…… 콩까이도 안아 보고, 돈도 벌 수 있으면 벌고……."

광석이 과장된 말투로 한 형의 말을 받았다.

"허세 부리지 말고 말해. 그래야 정말로 대답을 할 수 있어."

"정말이라니까. 나라 바깥 구경도 하고, 돈도 좀 벌고, 월남의 잔느 뒤발(보들레르의 정부)도 안아 보고……."

노광석이 그렇게 흥얼거리자 한 형이 문득 정색을 했다.

"뱃멀미로 지난 설에 먹은 떡국까지 게워 내고 비실거리며 낯선 항구에 내려보면 숲이 좀 무성하긴 해도 우리와 비슷한 땅과 적어도 양키들보다는 훨씬 우리와 닮은 사람들을 만나게 되지. 진지를 구축하고 들어앉거나 작전을 나가거나 이국정취 같은 사치한 감상을 느낄 겨를은 없어. 돈? 하기야 국내보다는 하루 1달러의 생명 수당이 더 붙지. 하지만 그뿐이야. 좋은 보직 받아 목숨 걸고 군수품 도둑질을 않는 한 국군 사병의 월급뿐이라고. 예쁜 콩까이? 월남의 잔느 뒤발? 나중에 그런 얘기를 그럴듯하게 써 갈기는 놈이 나오겠지만 그건 소설일 뿐이야. 천막보다 못한 얇은 휘장을 내려 치고 드러누워 하루에도 수십 명씩 받아 내는 작고 새까만 납작코의 매춘부가 콩까이의 참모습이라고. 한번 갔다 오면 일주일은 국제 매독 걱정으로 잠을 설쳐야 하는……."

그리 자주는 아니지만 그전에도 한 형은 더러 월남 얘기를 했다. 그때 인철이 받은 인상 중에는 틀림없이 프랑스 외인부대(外人部隊)와 흡사한 것도 있었다. 그것도 영상으로 아름답게 해석된. 그러나 그날 한 형이 보여 준 월남은 전과는 사뭇 달랐다.

"거기다가 머리에 든 먹물도 가끔은 사람을 짓이겨 놓지. 특히 월남 지식인들을 만날 때 느끼는 그 싸늘한 눈초리……. 심지어 월남군 장교에게서조차 그걸 느낄 때도 있지."

"어어, 한 형 왜 이래? 아메리카 용병(傭兵)으로 월남 가 한몫 잡으렸더니 재를 뿌려도 너무 심하게 뿌리잖아?"

광석이 여전히 그렇게 이죽거리며 받았다. 그제야 한 형도 광석의 뒤틀린 심사를 알아차린 듯 인철 쪽으로 말머리를 돌렸다.

"이 형은 말하자면 다시 한 번 '닻을 올리는 거'요? 하지만 그래도 대강의 방향은 있을 거 아뇨?"

"권투 미들급 세계 챔피언을 먹거나 대한민국 제13대 대통령 정도를 생각하고 있습니다만……."

인철은 정숙에게 써먹었던 말을 다시 되풀이했다. 광석이 킥킥거렸으나 한 형은 웃지 않았다.

"그럼 정말로 다시는 여기 돌아오지 않을 생각이오?"

"그건 아마 틀림없을 것 같습니다."

"문학으로도? 소설로도?"

"역시 마찬가지일 겁니다. 실은 지금 거기서 달아나고 있는지 모르겠습니다. 그 저주받은 운명으로부터. 나야말로 길을 잘못 든 속인(俗人)이었습니다."

그러자 한 형이 술 한 잔을 성급히 비우더니 나직이 읊조렸다.

"약함 또는 힘 너 거기 있구나. 힘이어라

너는 내가 어디로 가는지, 왜 가는지 모른다

너는 아무 데나 들어가고 모든 것에 대답한다

네가 시체일 때와 마찬가지로 사람들은 결코 너를 죽일 수 없으리……."

인철은 그게 그가 한때 미쳐 지냈다는 랭보의 구절임을 알아차렸다. 술기운과 함께 이상한 흥취가 일어 역시 나직한 읊조림으로 받았다.

"틀림없이 방당은 어리석다. 악덕은 어리석다

썩은 부분은 멀리 던져 버려야 하리라

그러나 시계가 마침내 순수한 고통의 시간만을 울리게 되는 법은 없으리."

그러자 한 형이 취한 사람답지 않게 깊숙한 눈으로 인철을 바라보다가 무슨 예언처럼 말했다.

"이 형도 '체형(體刑)을 받으면서 노래하는 족속'이지……. 이것이 우리에게는 이 세상에서의 마지막 작별일지는 모르나 이 형은 반드시 문학으로 돌아올 것이오."

그리고 인철이 그의 말뜻에서 어떤 불길함을 찾아내기도 전에 한숨과 함께 광석을 돌아보며 덧붙였다.

"떠날 수 있는 너희들이 오히려 부럽구나. 사람의 아들이여, 이제 우리는 더 머물 곳도 떠날 곳도 없어라……."

한 형이 감상적이 되면서 그런 분위기는 순식간에 광석과 인철에게도 옮아 붙었다. 광석이 어울리지 않게 축 처진 목소리로 한 형의 시를 받았다.

"그래도 이제 날은 다하였고 우리는 떠나지 않으면 안 되리라……."

그다음은 그야말로 이취(泥醉)였다. 정말로 그곳 특주가 막걸리에 도라지 위스키를 섞은 것인지는 알 수 없지만 주정(酒精) 도수가 막걸리의 배를 넘어 그들이 우울한 작별의 의식을 마치고 술집을 나섰을 때는 아직 해가 지지 않았는데도 몸을 가누기 어려울 정도로 취해 있었다.

인철은 어디가 어딘지 모를 길을 걷고 차를 갈아탔다. 하지만 그래도 아직 젊은 덕분인지 저녁 아홉 시 무렵에는 성남의 집 앞에 이르렀다. 무슨 일인가로 마침 대문께에 나와 있던 형수가 벽을 짚고서 비틀거리는 인철을 보고 놀라 형을 불러냈다. 그런데 그사이 어떤 감정의 굴곡을 거친 것일까, 인철은 형에게 부축되어 집 안으로 들어가면서 기세 좋게 선언했다.

"형님, 저 결국 사법시험을 보기로 결정했습니다. 어쨌든 시험은 합격해 놓고 볼 겁니다. 그들이 정히 저를 판사나 검사로 임용해 주지 않으면 전에 말씀드린 대로 평생 정부 상대로 행정소송이나 벌이며 보내죠, 뭐. 그것도 해 볼 만한 일 같지 않습니까?"

그러자 못마땅하게 굳어 있던 형의 얼굴에 갑자기 애처로워하는 빛이 어렸다. 부축하고 있던 팔에 힘을 주어 인철을 꽉 껴안으며 한숨처럼 받았다. 하지만 한편으로는 그런 돌연한 전환을 예견하고 있었던 사람같기도 했다.

"그래, 할 수만 있다면 해 봐라. 나는 언제나 저들이 요구하는 것보다 한 발 앞서 스스로를 진창에 내굴렸지만, 너는 달라야겠지. 너를 한층 높이 끌어올려 저들에게 맞서는 것도 좋은 방법이 될 거다. 나도 힘껏 도우마."

떠나는 이의 뒷모습

"이 선생, 이 선생님 계십니까?"

누군가 대문을 두드리며 일부러 점잔을 빼는 목소리로 그렇게 소리쳤다. 그게 자신을 찾고 있는 목소리란 걸 얼른 알아듣지 못한 채 신문을 뒤적이고 있던 명훈은 대문이 요란스레 흔들리는 소리를 듣고서야 몸을 일으켰다.

"누구십니까? 누굴 찾아오셨습니까?"

명훈이 방문을 열고 그렇게 묻자 나무 대문 너머 번질거리는 대머리만 보이는 사내가 반갑게 받았다.

"저 이웃에 사는 사람입니다. 이명훈 선생을 찾아뵈려고 왔습니다만……."

그 대답에 명훈은 마당으로 나가 대문을 열었다. 대머리 때문에 얼른 나이를 짐작할 수 없는 낯선 사내가 명훈을 보고 서둘러 자기 소개를 했다.

"저는 저쪽 12호에 사는 임장수올시다. 반장님의 소개로 이렇게 이 선생을 찾아왔습니다."

"전 반장님을 잘 모르는데…… 몇 번 뵙기는 했지만."

"실은 소개라기보다 일방적으로 부탁을 했지요. 우리 동네에서 남 앞에 나서서 말마디라도 할 수 있는 분을 알려 달라고 했더니 대학물을 먹은 분이라고 이 선생을 소개해 주시더군요. 사모님도 교원이시고."

"반장님이 무얼 잘못 아신 것 같은데요. 제가 잠시 대학을 다닌 적은 있지만 그것도 하마 10년 전의 일이고, 더구나 남 앞에 나서서 말 같은 걸 해 본 적은 전혀 없습니다. 그런데 무슨 일로 저를 찾아오셨는지요?"

명훈이 그같이 묻자 그의 목소리가 갑자기 낮고 은밀해졌다.

"그건…… 어디 조용한 곳으로 가서 말씀 좀 나눌 수 없을까요? 큰길가 장미다방이 좋겠습니다만."

"무슨 일인지 모르겠습니다만 저희 집에서는 안 되겠습니까? 마침 혼자 있는 터라…… 여기도 조용해서 얘기하기에는 나쁘지 않은 곳입니다만."

어머니와 인철이 서울로 나가고 경진은 출근을 해 밖으로 나가자면 문을 잠그고 나가야 했다. 그게 귀찮다기보다는 왠지 그 사내의 용건이 시답잖을 것 같은 기분에 명훈이 그렇게 받자 사내는 몸까지 꼬며 황송하다는 표정을 지었다.

"그래도 되겠습니까? 초면에 실례가 될까 봐서."

명훈은 그런 사내를 집 안으로 끌어들였다. 처음에는 거실 삼아 쓰는 마루에서 몇 마디 얘기나 들어 보려고 했으나 아무래도 나이든 사람 대접하는 예의가 아닐 것 같아 안방으로 안내했다.

"이거 방 안이 어수선합니다. 집사람이 없어 차 한잔 대접도 못하고……."

명훈이 방바닥에 펼쳐져 있던 차렵이불과 베개를 한쪽으로 밀며 방석을 내놓자 사내가 방 안에 들게 해 준 것만으로도 충분하다는 듯 손사래를 치며 그대로 방바닥에 앉았다.

"그래, 무슨 일로 절 찾아오셨습니까?"

그러자 사내가 담배를 꺼내 불을 붙이고 몇 모금 빨아들이며 뜸을 들인 뒤에야 대답했다.

"저…… 분양지 전매 금지 조치에 대한 서울시의 결정을 들으셨습니까?"

"원(原)분양자들한테는 큰 문제가 없고, 전매자에게는 시가(時價)에 일시불로 땅을 분양하겠다고 한 것 같은데……."

명훈이 들은 풍문대로 받자 사내의 얼굴이 금세 벌겋게 상기되기 시작했다. 소심하면서도 성미가 급한 사람 같았다.

"그런데 그 시가란 게 어느 정도인지 아십니까?"

"그건 아직 자세히 모르고 있습니다."

"제가 알아본 바로는 4단계로 구분하는데, 최저가가 평당 8천

원이고 최고가는 만 6천 원까지 간다고 합니다."

사내가 거기까지는 정상적인 목소리로 말했으나 곧 성미를 못 이겨 목소리를 높였다.

"죽일 놈들. 땅장사를 해도 유분수지. 그래, 평당 백 원에 수용한 땅을 만 원에 넘기겠다니 도대체 2년 만에 몇 배 장사야?"

그 말에 명훈도 후끈 달아올랐다. 명훈도 작년 7월의 전매 금지 공고를 들었고, 어느 정도 추가 지출을 각오하고 있었다. 하지만 기껏해야 원분양자가 내야 할 금액의 두 배는 넘지 않을 거라고 믿었는데 자칫 열 배에 가까울 거란 사내의 말을 듣고 보니 너무도 엄청나 터무니없기까지 했다.

"뭘 잘못 들으셨겠지요. 아무렴 서울 시내에서도 좋다는 남산 주변도 평당 2만 원이 안 될 텐데요. 그건 차라리 전매자에게서 분양 자격을 아예 박탈하는 것보다 더하지 않습니까?"

"그래서 이렇게 이 선생을 찾아온 겁니다. 그 조치는 틀림없어요. 서울 시청에서 확인한 거란 말입니다. 곧 공고가 나붙을 거라고요."

그래도 명훈은 그 말을 믿을 수가 없었다. 평당 만 원씩만 쳐도 20만 원을 더 내야 대지를 불하받을 수 있는데 그들의 형편으로는 불가능에 가까운 거액이었다. 어머니와 경진의 저축은 지금 살고 있는 집을 짓고 살림을 차리는 데도 모자라 오히려 얼마간의 빚을 지고 있는 형편이었다.

"혹시 8백 원, 천 6백 원을 잘못 들으신 거 아닙니까? 그래도 전매 딱지 좀 비싸게 산 사람은 원분양자보다 땅값을 두 곱 세 곱 무는 꼴이 되는데……."

"틀림없다니까요. 오죽했으면 그 소리 듣고 하늘이 다 노랗게 보였겠습니까?"

사내가 소리치듯 그렇게 말해 놓고 다시 목소리를 가다듬었다.

"짐작하셨겠지만 저도 전매잡니다. 댐 건설로 고향이 물에 잠겨 받게 된 쥐꼬리만 한 보상금으로 여기저기 기웃거리다가 좋다는 소문만 듣고 이리로 오게 된 겁니다. 딱지 한 장 사 집이라고 얽고 나니 시장에 좌판 벌일 밑천도 안 남아 눈앞이 캄캄한데, 이게 무슨 날벼락입니까?"

"좀 전 말씀하신 서울시의 분양가 책정이 정말이라면 저희도 사정은 마찬가집니다. 누가 부동산 투기 얼마나 해 빼간지는 모르지만 우리 같은 실수요자들은 다르게 취급해 줄 줄 알았는데……."

"바로 그겁니다. 따지고 보면 우리나 철거 이주민이나 다를 게 뭐 있습니까? 잡으려면 딱지 팔고 떠난 원분양자들이나 그걸 몇 배나 튀겨 먹은 투기꾼들을 잡아야지……."

사내의 번들거리는 눈길이나 다시 담배를 붙이는 손길의 떨림이 점점 더 그가 가져온 정보의 신뢰도를 높여 명훈의 가슴에서도 천천히 불길이 솟아올랐다. 그게 사실이라면 집을 지켜 내기는 어려울 것 같았다. 3만 원 남짓인 경진의 월급만으로는 20만 원이란 새로운 빚을 감당해 내기 어려울 뿐만 아니라 당장 그만한 돈을 빌릴 수 있을까조차 의심스러웠다. 겨우 마련한 근거지를 잃고 또 도회의 밑바닥을 떠돌아야 하는가 —. 명훈이 암담한 기분으로 말을 잃고 있는데 사내가 몇 모금 빨지도 않은 담배를 비벼 끄며 결연히 말했다.

"그래서 힘도 없고 배운 것도 적지만 제가 이렇게 나선 겁니다. 우선 전매자들의 수를 파악하고 그중에서 똑똑한 사람들을 골라 어떻게든 싸워 보려고요. 알아보니 다행히 다른 동네에서도 이 같은 움직임이 있다는 겁니다. 아직은 풍문이라지만 무슨 대책위원회 같은 것도 구상되고 있는 모양입니다. 어떻습니까? 이 선생도 한번 나서 보지 않겠습니까? 이건 단순히 이 선생 집 한 칸 지키는 일이 아닙니다. 무식하고 힘없는 대중을 도와준다는 대의도 있단 말입니다."

하지만 그 말은 오히려 명훈의 가슴속에서 은은히 일고 있던 불길에 찬물을 끼얹는 효과를 냈다. '싸운다.' '대책위원회' '무식하고 힘없는 대중', 그런 말들이 연상시킨 아버지의 행적 때문이었다. 아버지의 월북 이후 다중(多衆)의 힘으로 대한민국 정부의 권위에 도전한다는 것은 명훈이 상상조차 해 보지 못한 일이었다.

"거기다가 서울시가 또 착각하고 있는 게 하나 있어요. 그것은 전매자의 수를 대수롭지 않게 여기고 있는 것인데, 한번 생각해 보십쇼. 우리 주위만 해도 세 집에 한 집은 전매자 아닙니까? 여기 인구 15만이라고만 해도 5만이란 말입니다, 5만. 자칫하면 피땀으로 얽은 집을 송두리째 날리게 되는 사람이 어른 아이 합쳐

5만이나 된다는 겁니다."

사내가 다시 열을 올렸다. 지난겨울 황석현이 하던 말이 떠올랐다. 가난의 권리화(權利化)란 말이 전혀 터무니없어 보이지는 않았다. 그러나 그럴수록 명훈은 움츠러들었다. 나는 아니다. 내게는 가난도 권리가 될 수 없다 —. 그런 단정적인 기분이 들며 오히려 찾아온 사내에게 엉뚱한 의심까지 품었다.

'혹시 나를 떠보기 위한 정보기관의 끄나풀이 아닐까…….'

"말씀하시는 것을 들으니 어째 시골에서 농사짓던 분 같지 않으시군요. 실례인지 모르겠습니다만 전에도 혹시 이런 경험이 있으십니까?"

명훈이 그렇게 묻자 사내가 펄쩍 뛰듯 말했다.

"전에 고향에 있을 때 이장(里長) 노릇을 좀 한 적이 있을 뿐입니다. 중학교 나왔다고 떠맡기는 바람에……. 그러다 마을이 수몰될 때 농지 보상 문제로 등 떠밀려 앞장서 본 적은 있지만 결국 이 꼴로 떨려 나고 말았지요. 더군다나 이번 일은 이놈의 나라에서도 처음 있는 일인데 어떻게 경험이 있겠습니까? 그저 이대로 당하고만은 있을 수 없다 싶어서……."

하지만 명훈의 마음은 이미 닫혀 버린 뒤였다. 그가 수상쩍어서라기보다는 시간이 흐를수록 그런 일에 관여할 수 없는 자신의 처지가 더욱 뚜렷하게 느껴진 까닭이었다. 더 길게 끌어 좋을 게 하나도 없다 —. 그런 마음이 들어 짐짓 정색을 하고 말했다.

"죄송합니다. 찾아온 뜻은 고맙지만 저는 남 앞에 나설 처지가 못 됩니다. 말 못 할 사정이 있다는 것만 알아주시고 달리 그럴 만한 사람을 찾아봐 주십시오."

사내는 명훈의 거절을 의례적인 겸양 정도로 받아들인 듯했다. 정색하고 있는 표정조차 살피는 둥 마는 둥하고 자신의 말만 이어 갔다.

"우리가 해 봐야 당장 무얼 하겠습니까? 그저 우리 동네만이라도 말마디 할 사람들을 대표로 뽑아 다른 동네와 손을 잡을 수 있도록 해 두는 거지요. 마침 전체 대책위원회 말도 나오고 하니 미리 준비해 둔다는 정도로다……."

"그래도 제가 나설 수 있는 자리는 아닌 것 같습니다. 다른 사람을 찾아보십시오."

명훈은 그의 눈치 없음이 약간 성가셔 더욱 목소리를 차갑게 했다. 그제야 사내도 명훈의 의중을 알아차린 듯했다. 그러나 쉽게 단념하지는 않았다.

"이거 나만 잘되자고 하는 일 절대 아닙니다. 따지고 보면 우리는 모두 한 배를 탄 거란 말입니다. 너나없이 고향 잃고 쫓겨나 서울 밑바닥을 헤매다 여기까지 밀려난 것도 서러운데, 그나마 마련한 집칸 뻔히 눈뜨고 날리게 되었으니…… 그런데 어떻게 가만히 손 처매 놓고 나리님들 처분만 기다립니까?"

그렇게 명훈을 달래 보려 들었다. 그러나 이번에는 고향 잃고 쫓겨났다는 표현이 명훈에게는 수상쩍기 그지없게 들렸다.

"댐으로 물에 잠겨 버렸으니 고향을 잃었다고 할 수는 있겠습니다만 쫓겨났다는 말은 영 이해가 안 되는데요. 아까 보상금 받았다고 하지 않으셨습니까? 제가 듣기로 그런 보상은 통상으로 시가보다는 높다고 하던데요. 그걸로 인근에서 토지를 사면 전보다 땅을 넓힐 기회가 될 수도 있었을 텐데……."

명훈이 슬며시 떠보는 기분으로 그렇게 받자 사내의 얼굴이 다시 벌겋게 달아올랐다.

"그건 실정 모르고 생색만 내는 공무원들 소립니다. 물론 경우에 따라서는 원래보다 후한 값으로 보상을 받은 사람도 있지요. 하지만 수몰 지구가 생기면 인근의 땅값이 솟는 것은 정한 이치 아닙니까? 땅은 그대론데 갑자기 살 사람이 늘어나면 말입니다. 거기다가 규모란 게 또 있지 않습니까? 땅이 많다면야 그 보상금으로 인근에 눌러앉을 수도 있고 막말로 도회지에 나가 장사를 해도 한 밑천 넉넉하게 시작할 수 있겠지요. 하지만 그런 사람 몇이나 되겠습니까? 천둥지기 논 몇 마지기에 비탈밭 몇백 평으로 남의 땅을 빌려서야 겨우 입에 풀칠이나 하는 게 대부분의 우리네 농가 실정 아닙니까? 그런 사람들은 근처에 눌러앉고 싶어도 눌러앉을 수가 없어요. 인근 땅값이 올라 농사지을 땅은 오히려 줄어들지, 지척이 천리라고 낯선 곳이라 남의 땅 빌리기도 쉽지 않지…… 어디 꼭 등 떼밀어 쫓아내야 쫓겨나는 겁니까? 할 수 없이 떠나야 하면 그게 바로 쫓겨나는 거지."

그래 놓고는 더욱 격해진 목소리로 말을 보탰다.

"나 별로 배운 것은 없지만 이눔의 정부가 왜 농민을 못살게 내

모는지는 압니다. 이게 다 그눔의 공업환지 산업환지 때문이라고요. 잘살아 보자는 구호밖에 내걸 게 없는 군사정권이 계획적으로 우릴 내몬 겁니다."

"그건 또 무슨 말씀이죠? 계획적으로 내몰다니……."

돌내골에 있을 때부터 많이 들어 본 소리지만 명훈은 본능적으로 섬뜩해져 물었다.

"이 선생, 정말 몰라서 물으십니까? 총칼로 정권을 잡은 놈들이 그것도 하마 이승만이만큼이나 해 먹은 놈들이 국민들한테 내놓을 게 뭐 있겠습니까? 그래서 귀에 딱지가 앉도록 '잘살아 보자'란 구호를 틀어 놓고 그걸 위해 공업화다 뭐다 하고 있지만, 그게 잘되겠어요? 우리한테 뭐가 있습니까? 사들인 원료에, 꾸어 온 자본에, 역시 사들인 기술로 물건 만들어 봐야 선진국들과 경쟁이 될 리 없어요. 꼭 경쟁하려면 헐값 수출로 떠안길 수밖에 없는데, 그러다 보니 생산 원가(原價)를 줄일 수 있는 길은 낮은 임금뿐이다, 이겁니다. 다른 말로 하면 싼 노동자를 대량으로 얻는 길뿐이지요. 그런데 인구의 태반이 농사에 묶여 있으면 어디서 싼 노동자를 구해 냅니까? 결국 그들을 농촌에서 못살게 해 도회로 내쫓는 길밖에 더 있겠어요? 결국 여기 와 있는 우리는 대부분이 바로 그 희생자라 이겁니다."

그런 사내는 명훈에게 그 방면의 전문가 같은 인상까지 주었다.

'이건 자연 발생적인 반발이 아니다. 어쩌면 알지 못할 불온한 조직의 일부가 이 사태를 이용하려 들고 있는지 모른다……'

그런 생각이 퍼뜩 들어 명훈은 더욱 경계심을 돋우었다.

"아무려면 설마……."

"보니까 이 선생도 본적이 경북 지방이고 그것도 산골이던데, 어떻게 여기까지 흘러오게 되었는지는 모르지만, 그만큼 당하고도 아직 그 이치를 모르십니까? 따지고 보면 이 10년 흘러든 이농민이 바로 서울 시민 셋 중에 하나라는 무허가 판잣집 주인이고 철거민들 아니겠습니까. 아닌 말로, 이 정도 집터는 정부가 공짜로 주어도 아깝지 않은 거란 말입니다. 자기들 정책에 희생된 사람들에게 당연히 해야 할 보상일 수도 있지요. 그런데 거꾸로 우리를 상대로 토지 수용가의 열 배도 아닌 백 배 땅장사를 하려고 들어? 죽일 놈들……."

그러자 명훈은 점점 더 궁지로 몰리는 기분이 들었다. 더 끌려가다가는 무슨 소리가 나올지 모른다는 걱정으로 자신이 가진 마지막 수단을 서둘러 동원했다.

"듣고 보니 그럴 수도 있겠습니다만 저는 아닙니다. 저는 개인적인 불운과 실수가 겹쳐 여기까지 흘러오게 되었을 뿐입니다. 처음부터 전매가 금지된 철거 이주민의 분양증을 산 것도 저희 불찰이고…… 그리고 아울러 밝히고 싶은 것은 이 일에 선뜻 나설 수 없는 저의 처집니다. 저는 여러분에게 전혀 도움이 될 수 없을 뿐만 아니라 저를 끌어들이는 게 오히려 여러분의 치명적인 약점이 될 수도 있습니다."

명훈의 목소리가 워낙 가라앉고 차가워서인지 그제야 사내도 살피는 눈길이 되어 명훈을 보았다. 하지만 한참을 살피고 나서도 여전히 명훈을 단념하지는 못했다.

"그게 무엇 때문인지요? 혹 제가 알면 안 되겠습니까?"

"꼭 들으셔야겠다면 말씀드리지요. 제 아버님은 월북한 골수 빨갱이입니다. 지금도 북쪽에서 상당한 고위직에 있는 걸로 소문 듣고 있고요."

명훈이 그렇게 말하자 사내의 얼굴빛이 알아보게 변했다. 그리고 다리를 움찔하는 게 자신도 모르게 일어서려다 주저앉은 듯했다. 명훈이 그의 대답을 기다리지 않고 더욱 차갑게 보탰다.

"휴전 이후 우리는 주욱 경찰의 감시 아래 있었습니다. 한때는 피해 다닌다고 피해 다녀 보기도 했지만 1968년 주민등록법이 생기고부터는 그것도 틀려 버렸습니다. 의심스러우시면 지금이라도 광주경찰서나 성남지서에 가서 제 이름을 대고 한번 알아보십시오. 대공(對共) 형사 중에 누군가 제 담당이 있을 테니."

"그건 이 선생 죄가 아니고……."

사내가 물러나면서도 한번 뱉은 말을 일시에 거두지 못해 어정쩡하게 받았다. 명훈이 그를 풀어 주듯 말했다.

"도움은 못 돼도 애매한 누명을 쓰게 해서야 되겠습니까? 제가 끼어들면 사상적으로 의심 받기 십상입니다. 정당한 권리 주장이 빨갱이의 선동으로 몰려서는 너무 억울하지 않습니까?"

그러자 사내도 마음 놓고 물러났다.

"하긴 그렇군요. 이 선생께 그런 사정이 있는 줄도 모르고……

실례가 많았습니다."

하지만 사내가 나가고 난 뒤 명훈은 새삼스러운 분노로 자신의 처지를 곱씹어 보았다. 사내가 한 말이 사실이라면 어렵게 얻은 집을 지켜 내지 못할 뿐만 아니라 그 집을 짓기 위해 들어간 본전도 찾아낼 길이 없어질 판이었다.

계산만으로는 집을 팔아 분양 대금을 치르고 남는 돈에서 본전을 찾으면 되지만 실제는 그렇지가 못했다. 대부분의 전매 입주자들이 명훈네와 별로 사정이 다르지 않아, 이번 조치도 매물이 쏟아지게 되면 집값은 형편없이 떨어질 게 뻔했다. 최악의 경우에는 헐값으로도 넘길 수 없어 경매로 고스란히 집을 날릴 수도 있었다.

'도시 빈민들이 정부의 억지스러운 산업화 정책의 희생이란 말까지는 믿지 않는다 쳐도 과연 지금 우리가 당하고 있는 일이 개인적인 불운이고 실수 탓인가. 난곡동이나 봉천동에서도 분양지 전매 금지 규정은 틀림없이 있었지만 한 번도 지켜지지 않았다. 이번에도 지켜지지 않을 거라고 믿고 어머니가 분양증을 사들인 게 애써 장만한 집 한 채를 고스란히 날려야 할 만큼 큰 실수인가. 그리고 이 분양가 책정은? 공공사업을 구실로 헐값에 수용한 황무지와 야산을 서울 시내의 대지값이나 진배없는 고가로 전매자에게 강요할 수 있는가. 그런 당국의 불합리한 정책에 걸려든 게 과연 개인적인 불행일 뿐인가.'

생각이 거기에 이르자 명훈은 문득 그 사내의 요청이 없어도 당연히 나서서 지켜야 할 권리를 포기했는지도 모른다는 자책 비슷한 감정에 빠졌다. 그 바람에 불만스럽고 울적해져 줄담배를 태우고 있는데 다시 밖에서 대문 두드리는 소리가 났다.

"주인 계세요? 안에 아무도 안 계세요?"

명훈이 은근히 성가셔하며 대문께로 나가 보니 문을 두드린 것은 낯선 소년이었다.

"무슨 일이냐?"

겨우 짜증을 감춘 목소리로 명훈이 그렇게 묻자 소년이 재빨리 주위를 살피다가 목소리를 죽여 말했다.

"저…… 이 집에 이명훈 씨란 분 있어요?"

"내가 바로 이명훈인데 — 어디서 왔지?"

"누가 쪽지 한 장을 전해 달라고 해서요. 정말 이명훈 씨 맞으세요?"

그러는 소년은 중학교에 다닐 나이 같았지만 학생은 아니었다. 허름한 차림이나 세상살이에 깎이고 찌든 티가 드러나는 얼굴이 음식점이나 여관에서 잔심부름이나 하는 녀석 같았다.

"그렇다니까. 그런데 쪽지를 준 사람이 누구냐?"

"예쁜 아줌만데요 — 이 쪽지 보시면 알 거래요."

소년이 그러면서 양면 괘지를 접어 만든 쪽지를 내밀었다. 명훈이 받아서 펴니 눈에 익은 필체였다. 그게 누구의 것인가를 알아보자 명훈은 갑자기 등골이 서늘해왔다.

'이 여자가 무슨 일로? 아니…… 드디어 올 것이 왔구나.'

결혼 뒤 몇 달 명훈은 가끔씩 모니카가 찾아드는 악몽에 시달렸다. 식장에서 그처럼 맵시 있게 자리를 수습해 준 것은 감동을 넘어 감격스럽기까지 했지만 그 같은 방식은 명훈이 알고 있는 모니카의 방식이 아니었다. 떼어 내기 힘든 끈끈한 운명 같은 느낌이랄까, 그녀는 결코 그렇게 산뜻한 모습으로 자신의 삶에서 떨어져 나갈 사람이 아니라는 생각이 여러 가지 악몽의 형태로 명훈의 꿈자리를 뒤숭숭하게 만들었다. 어떤 때는 자신을 중혼죄(重婚罪)로 고소해 경찰과 함께 나타나고, 어떤 때는 어린아이를 안고 쳐들어와 안방을 차지하고 눕기도 했다. 그러다가 반년이 넘도록 나타나지 않자 조금씩 마음을 놓고 있었는데 결국은 다시 그렇게 찾아 왔다.

명훈 씨에게

이제 달콤한 신혼은 끝났는지요? 더는 참을 수가 없어 나무라실 줄 알면서도 이렇게 만나러 왔어요. 사거리 성남여관 206호실에 있으니 다녀가셨으면 해요. 기다리겠어요.

모니카 올림

쪽지에 쓰인 내용은 그랬다. 예전과 조금도 달라진 게 없는 그녀의 말투가 공연히 명훈의 가슴을 답답하고 불안하게 만들었다. 아픔을 아픔으로 느끼지 못하는 그녀 특유의 철저한 둔감, 혹은 마비가 그날따라 섬뜩하게 느껴졌다.

쪽지를 다 읽고 다시 무언가를 물으려고 보니 심부름 온 소년은 제 할 일 다 했다는 듯 건들거리며 저만치 골목을 벗어나고 있었다. 명훈은 그를 소리쳐 부르려다가 그만두고 잠시 생각에 잠겼다. 식장에서부터 자신이 품고 있는 고정관념을 깬 그녀라 그렇게 찾아온 의도 또한 얼른 짐작이 가지 않았다.

명훈은 한동안 대문께에 붙어 서서 생각에 잠겼다. 당장은 가야 할 것인가 말아야 할 것인가조차 얼른 판단이 서지 않았다. 그러나 시간이 지날수록 가야 한다는 쪽으로 마음이 기울었다. 애증이 뒤섞인 것이기는 해도 그녀와 자신 사이를 얽어 온 10년 세월의 무게가 그의 감정을 짓누른 탓이었다.

"오셨군요. 고마워요."

명훈이 그녀가 기다리고 있는 여관방으로 찾아들자 그녀는 환하게 웃으며 맞았다. 마치 어제 집 나갔다 돌아오는 사람을 맞이하는 듯한 태도였다.

'내가 알고 있던 여자가 아니다…….'

틀림없이 신파 조의 원망과 넋두리가 먼저일 것이라 각오하고 있던 명훈은 거기서 다시 섬뜩한 기분을 맛보았다.

"언제 왔어? 집은 어떻게 알고?"

명훈은 되도록이면 태연하려고 애쓰며 심부름 온 소년에게 묻고 싶었던 것을 먼저 물었다. 그녀도 예전과 다름없는 억양으로 대답했다.

"오늘 아침에요. 그리고 명훈 씨 계시는 곳을 제가 모르면 어떻게 해요?"

그 말이 다시 까닭 모르게 심뜩했으나 명훈은 내색하지 않고 받았다.

"그랬어? 그런데 웬일이야?"

그러자 그녀가 가만히 눈을 들어 명훈을 살폈다. 감정(憾情)이나 원망의 빛은 조금도 없는 탐색의 눈길이었다. 오히려 눈이 마주치는 게 두려워 눈길을 피하는 것은 명훈 쪽이었다.

"너무 오래 저를 찾아오지 않으셔서. 설마 절 잊어버리신 건 아니겠죠?"

그 말에 명훈은 갑자기 온몸에서 힘이 쭈욱 빠지는 기분이었다. 이 철저하게 황폐한 영혼, 혹은 온전히 비어 있거나 터무니없이 순진한 영혼…… 모니카가 그런 명훈에게서 무슨 느낌을 받았는지 황급히 덧붙였다.

"제가 너무 빨리 찾아왔나요? 여섯 달이면 신혼으로 충분하다고 생각했는데."

그 순간 명훈은 자신이 애써 벗어났다고 생각한 질척한 수렁으로 다시 빠져들고 있는 기분이었다.

'결국 이 여자는 아무것도 변한 게 없다. 이 여자가 변했다고 생각한 것은 한낱 오해에 지나지 않았다. 이 여자가 그날 식장에서 그토록 세련되게 자리를 수습해 준 것은 결혼의 의미를 제대로 이해해서가 아니라 전혀 이해 못 해서였다. 결혼 예식을 나를 잠시

경진에게 빌려 주는 행사쯤으로 여겼음에 틀림이 없다.'

그런 생각이 들자 모니카에 대한 예전의 자신감이 짜증과 함께 되살아났다. 그러면서도 한편으로는 모니카의 특이한 의식구조가 은근히 궁금해지기까지 했다.

"내가 다시 찾아올 거라고 기다렸단 말이지?"

"네, 한 달 뒤부터요. 명훈 씨 비슷한 발소리만 들려도 대문께로 달려 나가 봤어요."

그 말에 명훈은 다시 한 번 온몸에서 힘이 쭈욱 빠졌다. 잠시 아연해질 만큼 대처가 막막했다. 그런 명훈의 기분을 아는지 모르는지 그녀가 이번에는 자랑하는 투로 이었다.

"저도 쉽진 않았어요. 언젠가는 다른 여자에게로 떠날 사람이라고는 생각했지만 눈앞에서 명훈 씨 결혼식을 보게 되니 잠시 눈앞이 캄캄하더군요. 그 뒤에도 그랬어요. 시간을 드려야 한다고 다짐은 했지만 어디서 누구와 어떻게 산다는 걸 뻔히 알면서도 여섯 달을 참아 내기는 힘들었어요."

'그렇지, 너에게 그런 일면도 있었지. 그렇지만 네 말을 믿어 줄 수가 없구나.'

"그럼 내가 결혼한 건 당연하단 말이지?"

"네, 말없이 떠나 버리신 게 조금은 섭섭했지만 그렇다고 끝내 저와 함께 있으리라고는 믿지 않았어요."

그 말에 명훈은 희미한 자책과 감동 같은 것까지 느꼈다.

"그럼 처음부터 나와의 결혼까지는 바라지 않았다는 뜻인데,

그건 왜지? 어떤 점에서 그랬어?"

"사람이 다르다니까요, 사람이……."

그런 그녀의 말에 어딘가 비꼬는 듯한 투가 있는 것 같아 명훈이 다시 물었다.

"사람이 다르다고? 다 같이 진창을 뒹굴었는데 다르긴 뭐가 달라? 더구나 이런 민주 세상에……."

"종자부터가 다르죠. 근본이. 안동에 있을 때 누군가 명훈 씨 집안을 잘 아는 사람에게 들었어요. 명훈 씨는 어쩌다 잘못돼 밑바닥으로 굴러떨어진 명문가의 공자님이고 저는 전쟁미망인으로 술집 마담이 된 거리의 여자 딸이고…… 공부도 그래요. 저는 고등학교까지는 가방 들고 오락가락했지만 에이, 비, 씨도 몰라요. 만화책 외엔 책 한 권 끝까지 읽어 본 것도 없고…… 그런데 명훈 씨는 대학까지 다녔고 책도 많이 읽으셨잖아요? 또 있어요. 더 큰 거요. 그게 제 잘못인지 아닌지는 모르지만 명훈 씨를 처음 만났을 때 이미 제 몸은 더럽혀진 뒤였어요. 요새는 세상이 좋아졌다지만 나같이 함부로 몸을 굴린 년, 정식으로 결혼해 살기는 틀렸다는 것쯤은 진작 알고 있었어요."

거기까지 듣자 명훈은 이상하게 가슴이 아파 왔다.

'너와 내가 다른 점이 있을는지는 모르지만 네가 말한 그것들은 아니야. 우리는 그 점에서 오히려 비슷하지. 오십보백보 차이일 뿐만 아니라 설령 그렇더라도 네가 책임 져야 할 일도 아니야.'

그런 생각이 일자 그녀를 다시 안게 될 때마다 자신을 변명해 주게 되는 연민의 감정이 일시에 되살아났다. 하지만 또한 경계심도 함께였다. 어찌 보면 이 하염없이 착하고 때묻지 않은 혼은, 그러나 철저하게 망가지고 문드러진 의식의 겉모습일지도 모른다.

"그렇다면 저번의 결혼사진 소동은 뭐야?"

명훈의 그전의 화해 때처럼 연민에 지지 않으려고 애쓰며 추궁하듯 물었다.

그녀가 강경한 부인의 기색으로 대답했다.

"그때 말씀드리지 않았어요? 그냥 눈에 보이는 걸로 명훈 씨와의 인연을 증명하는 걸 남기고 싶었을 뿐이에요. 어머니가 괜한 욕심을 부려서 그랬지, 전 그 이상 아무런 딴생각이 없었어요."

그나마 추궁할 게 없어지자 명훈의 마음은 처음 방에 들어설 때와 달리 누진해져 갔다. 세월이 지나도 변하지 못하는 영혼, 싫어하고 미워하면서도 끝내 떨쳐 버릴 수는 없는 이 특이한 개성…….

"그래, 이렇게 새삼 찾아온 까닭은 뭐야?"

"이젠 제 몫을 되찾을 때가 되었다 싶어서요. 돌아와 주세요. 다시 옛날처럼 지내요."

모니카가 태연스럽게 말했다. 아무런 거리낌 없는 그 요구가 녹아내리던 명훈의 마음을 다시 얼어붙게 만들었다.

"그게 무슨 소리야? 결혼한 지 얼마나 됐다고 네게로 돌아가?"

명훈이 날카로운 목소리로 그렇게 되묻자 그녀가 겁먹은 눈길로 재빨리 말했다.

"돌아가자는 건 가서 예전처럼 함께 살자는 게 아니에요. 이제 가정이 있는 사람이 어떻게 그럴 수 있겠어요? 다만 틈을 보아 한 번씩 들러 달라는 말이에요. 일주일에 한 번도 좋고 열흘에 한 번도 좋고……."

그녀의 그 말은 새로운 기습과도 같았다. 거부의 여지가 없도록 치밀하게 계산된 강요처럼 들렸다. 어떻게 그 말을 받아야 할지 얼른 생각이 나지 않아 일순 말문까지 막힐 정도였다. 그런 명훈의 침묵을 자신의 설명이 충분하지 않아서인 걸로 잘못 이해한 그녀가 덧붙였다.

"제 뒤에 명훈 씨가 있다는 것만 알게 해 주세요. 실은 요즘 동네 건달들도 눈치가 달라요. 명훈 씨가 오래 보이지 않자 무슨 낌새를 느꼈는지 외상술은 예사고 자칫하면 자릿세까지 내놓으라고 나설 판이에요."

그녀 딴에는 좀 더 현실적인 필요성을 밝힌 것이었는데 그게 실수였다. 그 말을 듣자 명훈은 비로소 돌아가자는 말의 의미가 섬뜩하게 가슴에 와 닿았다. 변두리 싸구려 요정의 마담 기둥서방으로 되돌아간다는 뜻이며, 세상의 그 어떤 것보다 더 끈질기고 맹목적인 그녀와의 치정(痴情)으로 돌아간다는 뜻이며, 경진과 새롭게 설계한 밝고 성실한 삶에 배신의 그늘을 드리운다는 뜻이기도 했다.

"그건 안 되겠어. 그럴 수는 없어."

명훈이 짐짓 목소리를 차게 해 잘라 말했다. 그녀의 눈이 놀라움으로 휘둥그레졌다. 경우에 따라서는 금세 슬픔으로, 그녀 특유의 줄줄이 흘러내리는 눈물로 변할 수 있는 놀라움이었다.

"왜요? 그게 왜 안 돼요?"

"결혼이란 그런 게 아니야. 그건 엄숙한 약속이고 예의야."

"제가 뭐랬게요? 금방 이혼하고 돌아서서 제게로 오란 것도 아니잖아요? 틈을 보아, 일주일 만이고 열흘 만이고간에 한 번씩 들러달라는 것뿐이잖아요? 아니, 그것도 곤란하면 한 달에 한 번만이라도 좋아요. 그냥 저와 이어져 있기만 하면 돼요. 그런데 그게 왜 안 된다는 거예요?"

그사이에 그녀의 두 눈에 어려 있던 놀라움의 기색은 어느새 슬픔으로 바뀌어져 있었다.

나이를 먹고 술과 육욕에 찌들어도 탁해질 줄 모르는 그녀의 두 눈 가득 고인 맑은 눈물이 금세 두 볼을 타고 내릴 듯했다. 그게 먼저 마음을 적셔 왔으나 명훈은 굳건히 저항했다. 이 세상에서는 이제 끝나야 할 인연 — 무슨 결의를 다지는 사람처럼 명훈은 그녀와의 관계를 그렇게 단정했다.

"그것도 안 되겠어. 나를 위해서뿐만 아니라 너를 위해서도. 이젠 너도 이 저주스러운 운명에서 벗어나야 돼. 너와 나의 인연은 서로가 애써 벗어나지 않으면 끝내는 함께 죽을 수밖에 없는 악연이 되고 말 거다."

명훈은 자신이 듣기에도 신파 조가 되어 그렇게 말했다. 말해 놓고 나니 어조에서 시작된 과장이 감정 전반에 번진 것인지 자신도 무언가 의미심장하면서도 신비로운 운명을 얘기하고 있다는 기분이 들었다. 그런데 모니카의 대답이 뜻밖이었다.

"그 반대일 수도 있어요. 거기서 벗어나면 죽을 수밖에 없는 운명 — 적어도 저에겐 명훈 씨가 그래요."

약간 감동적이기는 해도 그때껏 알아 온 그녀와는 전혀 어울리지 않는 대답이었다. 명훈은 그녀가 자신이 하고 있는 말을 제대로 이해하고 있는가조차 의심스러워 물었다.

"그게 무슨 소리야? 무슨 말을 하는 거야?"

"믿지 않으셔도 좋지만 제가 지금껏 살아올 수 있었던 것은 명훈 씨 때문이었어요. 저라고 혼이 없는 줄 아세요? 저도 세상이 허망하고 지겨울 때가 있다고요, 그만 내팽개치고 딴 세상으로 훌훌 떠나고 싶을 때가…… 거기 무엇이 있는지 모르지만 하여튼 이 땅과는 다른 곳으로 달아나고 싶을 때가 있다고요. 그때 무엇이 나를 잡아 줬는지 아세요? 그래도 여긴 명훈 씨가 있다. 이 땅 위에는, 저 하늘 밑에는 — 그런 생각이 들면 버리고 떠날 마음이 싹 가셨다고요."

그러는 그녀의 두 볼에서는 어느새 눈물이 줄줄 흘러내렸다. 명훈은 잠시 무엇에 홀린 기분이었다. 그녀가 그런 말을 할 수 있다는 게 까닭 모르게 섬뜩하기까지 했다. 하지만 이번에는 지난날 그토록 그녀를 혐오하면서도 그녀와의 질척한 관계 속으로 되끌려 들어가게 만들던 그 눈물이 그의 감동을 가로막았다. 너도 나이를 먹으니 말을 배우는구나, 하지만 네 눈물에는 더 이상 속지 않겠다 — 이내 그런 기분이 되어 자르듯 말했다.

"그래도 안 돼. 너와 나의 이 세상에서의 인연은 이제 끝났어. 내가 오고 싶지 않으면서도 여기 온 것은 아무래도 이 말을 해 둬야 할 것 같았기 때문이다."

그러고는 몸을 일으켰다. 그러자 그녀가 정말로 신파극의 주인공처럼 명훈의 다리를 끌어안고 매달렸다.

"잠깐만요. 조금만 더 제 얘기를 들어주세요."

그러면서 명훈을 올려다보는 그녀의 얼굴은 눈물로 번들거렸다. 그게 명훈을 더욱 짜증 나게 만들어 그도 신파극의 배우처럼 과장된 동작으로 그녀를 뿌리쳤다. 그녀 특유의 친친 감기는 듯한 느낌도 소름 끼칠 만큼 과장되게 전해 왔다.

"이거 놔. 더 들어 볼 말도 없어."

그러자 그녀가 전과 달리 순순히 다리를 감고 있던 두 팔을 풀었다. 그녀가 스스로 풀어 주는 것이 아니라 절로 힘이 다해 스르르 풀리는 것 같은 그 느낌이 명훈의 기분을 묘하게 헝클어 놓았다.

"뭐야? 말해 봐."

방문 쪽으로 몇 발짝 옮겨 간 명훈이 문득 걸음을 멈추고 물었다. 아무래도 그대로 떠나서는 안 될 것 같은, 뭔가 수상쩍은 느낌 때문인지도 몰랐다.

모니카가 흐르는 눈물을 닦으려고도 않고 그윽이 명훈을 올려보다가 말했다.

"정말 절 다시는 보지 않으시겠어요? 이제 우리는 다시 만날 수 없게 되는 건가요?"

"그래. 그럴 수도 없고, 그래서도 안 돼."

"불편하게 해 드리지 않을게요. 한 달에 한 번도 어려우면 1년에 한 번이라도 찾아 주실 수 없어요? 이 근처에는 얼씬도 않고 기다릴게요."

거기서 명훈의 마음은 다시 흔들렸다. 하지만 새파란 눈길로 파들거리는 경진의 얼굴을 떠올리고 마음을 다잡았다. 안됐지만 이쯤에서 끝낼 것은 마땅히 끝내야 한다.

"잘 들어 둬. 이건 불편하다거나 시간이 있고 없고의 문제가 아냐. 관계 그 자체의 문제야. 이젠 너와의 악연에서 벗어나고 싶어. 이 세상에서는 다시 너와 얽히고 싶지 않단 뜻이야."

명훈은 다소간 위악적(僞惡的)인 기분마저 느끼면서도 한마디 한마디를 자르듯 차갑게 말했다. 그 말에 그녀의 표정이 일순 얼어붙은 듯 굳어졌다. 한참이나 명훈의 표정을 살피다가 그제야 절망적인 진상을 알아차렸다는 듯 길게 한숨을 내쉬었다.

"내 말도 모두 진심인데 그럼 어떡해야지……."

명훈에게라기보다는 혼자만의 중얼거림 같은 그 말에 명훈은 돌아서서 문을 열었다. 뒤이어 처연한 넋두리가 쏟아질 것 같은 예감 때문이었다. 그런데 방을 나오는 명훈의 귓전에 들리는 말은 마구잡이 넋두리가 아니었다.

"그래도 한 번은 더 생각해 봐 주세요, 네? 저 여기서 내일까진 가만히 기다릴게요."

역시 별로 경험에 없는 그녀의 차분함이었다. 그게 일껏 무거운 짐을 벗어 던졌다는 기분으로 방문을 나서던 명훈에게 새롭고 이상한 무게로 느껴져 왔다. 아무것도 벗어 던진 게 없다는 기분까지 들게 할 정도였다.

명훈의 그 같은 기분은 아무도 없는 빈집으로 돌아와 홀로 생각에 잠기면서 더해 갔다. 분명 그럴 권리가 있음에도 작은 원망의 기색조차 없던 그녀의 태도가 먼저 마음에 걸려 왔다. 이제 모든 게 끝났다고 보고 지난 세월을 냉정히 따져 보면 그녀가 실제적으로 자신에게 해악이 되었던 적은 별로 없었다. 오히려 불행으로 비뚤어진 그를 맞아 베풀 수 있는 한의 위로와 도움을 베풀려고 애썼다는 편이 옳았다.

처음부터 그녀 쪽에서 일방적으로 다가왔고 자신은 언제나 탐탁지 않은 마음으로 받아들이기만 했지만 이래저래 10년 가까운 세월에 고인 정이 전혀 없을 수는 없었다.

특히 안동에서의 1년과 지난해의 열 달은 생활공간을 함께한 것이라 사실상의 혼인 관계나 다름없는 세월만도 2년에 가까운 셈이었다. 스스로는 마음 한구석으로 끊임없는 경멸과 혐오를 품고 있었다고 주장해도 엄밀히 따져 그 경멸과 혐오가 실효 있는 감정일 수는 없을 듯했다. 다만 그녀의 사랑을 받아들이는 좀 특이한 감정 양식일 뿐이라는 편이 옳았다.

거기다가 남의 눈에 비치는 삶의 방식이야 어떻든 그녀가 명훈에게 드러내 보인 애정과 헌신은 돌이켜 보기엔 새삼 애처로울 지경이었다. 그 자신이라면 치를 떨고 돌아섰을 인간적인 모멸을 받고 내몰렸다가도 다시 불러세워 두 손만 벌리면 언제든 환하게 웃으며 다가들던 그녀였다. 그걸 정말 주인의 휘파람 소리에 달려오는 개, 혹은 백치의 영혼 없는 사랑으로 단정할 수 있을 것인가.

이제 이 세상에서의 인연은 끝났다고 단정해서인지 홀로 앉아 돌이켜 볼수록 명훈의 감정은 그녀에게 우호적으로 변해 갔다. 정말로 싫었으면 처음부터 얽혀 들지 않았어야 하고, 한번 받아들였으면 무언가 그녀를 받아들일 수 있게 한 감정의 실체를 인정했어야 했다. 그런데도 나는 처음의 감정만을 무슨 권리처럼 고집하여 인간적인 모멸을 계속해서 더해 온 것은 아닌가. 더욱 나쁘게는 비뚤어진 욕정을 발산하는 손쉬운 수단으로 그녀를, 그녀의 치정을 이용해 오지는 않았는가…….

하지만 그것도 무슨 운명인지 명훈의 그 같은 감정의 변화가 견딜 수 없는 죄의식으로까지 번지게 되는 일은 일어나지 않았다. 거기다가 그날따라 일찍 퇴근한 경진도 더 이상의 감상적인 전개를 차단했다.

"웬일이세요? 무슨 걱정 있으세요?"

그때 명훈은 문득 모든 걸 사실대로 경진에게 알리고 싶은 유혹을 느꼈다.

그러나 출산이 임박한 그녀의 부른 배와 거북한 거동이 그 유혹을 떨쳐 버리게 했다. 모니카의 일이라면 웬만한 것은 다 알고 있는 그녀라지만 또다시 그들 주위를 배회하고 있다는 것까지 알려 가뜩이나 힘든 그녀를 더 힘들게 만들 까닭은 없을 성싶었다.

"아니, 응. 조금……."

명훈은 그렇게 얼버무리고 낮에 다녀간 사내의 얘기로 둘러댔다. 경진도 대수롭지 않게 받았다.

"거절해 보냈으면 됐네요. 잘하셨어요. 우리 집 문제는 형편 돌아가는 걸 보아 정하죠, 뭐. 우리가 감당할 수 있으면 어떻게 건질 수 있도록 힘써 보는 거고, 정히 안 되면 이 집 팔고 셋방 나가는 거죠."

그렇지만 명훈은 끝내 아무런 내색 없이 그날 밤을 넘길 수는 없었다. 저녁상을 물리기 바쁘게 집을 나간 그는 술이 거나해서야 돌아왔는데 그때까지도 여관방에서 우두커니 기다리고 있을 모니카의 모습이 눈에 밟혀 왔다.

다음 날 아침 전날과 비슷한 시간에 명훈은 다시 어제의 소년으로부터 모니카가 보낸 편지 한 통을 받았다. 전날과는 달리 꽤나 두툼한 편지였다.

명훈 씨에게

날이 하얗게 밝도록 오시지 않는 걸 보니 이제 내가 떠나야 할 때가 된 모양이군요. 명훈 씨는 언제나 나를 영혼이 없는 여자라고 말씀하셨지만 그래도 좋은 시 한 구절쯤은 나도 기억할 수 있답니다. 언젠가 술자리에서 어떤 손님이 외던 시가 생각나네요.

가야 할 때가 언제인가를

분명히 알고 가는 이의

뒷모습은 얼마나 아름다운가.

그때는 정말 이상한 시도 있다 싶었고, 그래서 더 잘 기억하게 됐는지도 모르지만 이제 와서 보니 절실한 시였네요. 아시지요? 일생 내가 얼마나 명훈 씨에게 예쁘게 보이고 싶어 했는지를요. 하지만 또한 잔인한 시네요. 세상에는 떠날 수 없는 사람도 있잖아요? 떠나서는 살 수 없는 사람 말이에요.

그 사람에게서 떠나는 것은 죽음이고, 보여 줄 수 있는 뒷모습도 죽음뿐인데, 그것도 아름다울 수 있을까요? 영혼이 없는 여자에게는 고통도 없을 것 같지만 꼭 그렇지도 않을 거예요.

이 세상 사는 고통을 이런저런 이치나 구실로 추슬러 줄 영혼이 없어 더욱 고통스러울 수도 있어요. 그런데 왜 그리 되었는지 모르지만 명훈 씨는 한번 만난 뒤로 내가 이 힘들고 추잡스러운 세상을 참고 살아 나가야 할 구실이 되어 주었어요. 명훈 씨가 어디 있는지조차 모르고, 만날 기약조차 없는 사람일 때도 내가 세상을 살아가는 유일한 이유가 명훈 씨가 있기 때문이었다면 믿어 주실는지요? 하지만 이제는 그때처럼 미련스러운 믿음조차 품을 수 없게 되었으니 억지스레 살아야 할 구실도 없어진 셈이지요.

그리고 또 하나 명훈 씨에게 말씀드리고 싶은 게 있어요. 저는 틀림없이 많은 남자를 겪었어요. 그게 무엇보다도 명훈 씨에게 무시당한 원인이었겠지만 그래도 이건 알아주셔야 해요. 내가 안기고 싶어서 그렇게 한 건 명훈 씨뿐이었고, 돌아서서도 그리워하고 다시 만나려고 애쓴 사람 역시 명훈 씨 한 사람뿐이었어요. 이 마당에 무슨 구구한 소린가 싶으실 테지만 그래도 꼭 말씀드리고 싶었어요. 그럼 안녕히 계세요, 명훈 씨. 그래도 원망하지는 않겠어요. 스물아홉이란 나이, 결코 길게 산 것은 되지 못하겠지만 그나마 명훈 씨마저 없었다면 내 삶에 무엇이 남겠어요? 부디 행복하세요.

1971년 4월 28일

유인순 드림

다 읽고 난 명훈은 자신도 모르게 섬뜩해져 몸을 떨었다. 도대체 그녀가 이렇게 긴 말을 이토록 조리 있게 할 수 있다는 게 놀랍다 못해 어떤 초월적인 힘까지 느끼게 했다. 죽음을 앞둔 영혼의 마지막 고양(高揚)이었을까, 엉망이던 그녀의 맞춤법도 신기하리만치 가지런하기만 했다. 세례명을 모독하는 줄도 모르고 평생을 멋 삼아 본명처럼 써 오던 모니카란 이름 대신 원래의 촌스러운 자기 이름을 쓴 것도 예사롭지 않기는 마찬가지였다.

영혼이 없는 인간도 자살할 수 있구나. 이 여자는 정말 죽을지도 모른다. 명훈은 그런 두서없는 생각에 내몰리듯 대문을 잠그는 것도 잊고 집을 뛰쳐나갔다.

아직 아침나절이어선지 여관은 조용했다. 접수창구에서 졸고 있던 아주머니가 명훈이 올 줄 알고 기다렸다는 듯 일러 주었다.

"그 손님 반 시간 전에 나갔이요. 밤새 잠 안 자고 기다린 눈치던데."

명훈은 다시 가까운 버스 정류장으로 달려 나가 보았다. 그러나 거기에서도 그녀의 모습은 찾을 길이 없었다. 그러자 이제 두 번 다시는 그녀를 보지 못하게 될지도 모른다는 느낌이 단순한 예감 이상의 확신으로 명훈을 섬뜩하게 하면서, 떠나는 그녀의 뒷모습을 지켜보아 주지 못한 자신의 비정을 자책하게 만들었다.

명훈이 모니카의 죽음을 안 것은 그로부터 사흘 뒤였다. 한편으로는 그녀를 찾아볼 엄두가 나지 않아, 다른 한편으로는 자신의 예감이 미련에서 비롯된 기우이기를 빌며 안절부절못하고 있는데, 이번에는 명훈이 잘 아는 색시 하나가 거침없이 집으로 찾아들었다. 모니카와 언니 동생, 하며 지내는 사이로 개업할 때부터 죽 그 술집에서 일해 온 나이 든 아가씨였다. 경진이 출근하고 한 시간도 되기 전이었다.

"아저씨, 험한 꼴 보고 싶지 않으시면 잠자코 따라오세요."

그녀는 의아하게 쳐다보고 있는 어머니와 인철을 전혀 아랑곳않고 명령조로 차갑게 말했다. 함께 있을 때는 상냥스럽기 그지없던 아가씨였다.

그녀가 명훈을 데려간 곳은 변두리 시립병원 영안실이었다. 모니카가 그 분별없는 짓을 저지른 것은 전날이었던 듯, 시신은 이미 입관된 채 영구차에 올려져 있었다. 낯익기도 하고 낯설기도 한 아가씨 몇과 넋 나간 듯한 모니카의 어머니가 기묘한 침묵으로 명훈을 맞았다.

영구차는 명훈이 오르자마자 화장터로 향했다. 차가 시가지를 벗어날 무렵 모니카의 어머니가 쉰 목소리로 물었다.

"4·19 나던 해 우리 애와 뚝섬에서 뱃놀이한 적 있어?"

"그런…… 것 같습니다. 네, 그랬어요."

아무래도 눈물이 나오지 않는 걸 난감스러워하던 명훈이 부옇게 안개라도 낀 듯한 머릿속을 더듬으며 그렇게 대답했다.

"재는 거기에 뿌려 달래. 자네 손으로."

모니카의 어머니가 여전히 덤덤한 목소리로 그렇게 말해 놓고 한숨 섞어 덧붙였다.

"내 인생은 전쟁이 망쳤지만 이 아이는 무엇이 이렇게 만들었지……."

"……."

"정말 착한 아이였지. 일생 남에게 죄진 적 없어. 언제나 남이 얘한테 죄를 지었지. 내 딸이라고 하는 소리가 아냐."

"……."

"그런데 내가 지금 왜 이리 점잖은 줄 아나? 누굴 갈아 마셔도 시원치 않을 이 속을 어째서 이리 잘도 누르고 있는지 아느냐고? 바로 인순이의 유서 때문이야. 살았을 때 남에게 큰소리 한번 해 본 적 없는 게 나보고는 갖은 악담으로 협박했어. 만약 내가 한마디라도 자네에게 막말을 하는 날이면 죽어서 악귀가 되어서라도 찾아와 그 원수를 갚겠다는 거야."

다시 모천(母川)에서

"내가 백지로 니를 여다 뿌뜰어 논 게 아인가 몰라. 장터 국밥집에라도 밥을 부치게 했으믄 멀건 소뼈다구 국물이라도 자주 얻어먹을 낀데. 참말로 니 이래 먹고 공부 해낼라? 여사(예사로) 힘든 공부가 아이라 카든데."

아침 밥상을 치우면서 주계 할매가 걱정스러운 듯 말했다. 예순을 넘긴 나이지만 생기 바르기뿐만 아니라 수다로도 동네의 어떤 젊은 새댁네에 뒤지지 않는 할머니였다. 그러나 그날은 그저 해 보는 소리가 아니었다. 아무래도 자신이 치우고 있는 밥상이 인철의 열중과 소모에 비해 부실하다고 여기고 있는 듯했다. 보리와 쌀이 반반 섞인 밥에 된장 뚝배기와 김치 보시기, 그리고 산나물국이 모두인 밥상이었다.

“또 씰데없는 소리. 아이, 그래믄 큰집 아아들이 이 돌내골 와서 장터 것들한테 밥을 부쳐 먹어야 한단 말가? 그 집 지하(支下)만 해도 몇 집인데…… 장캉 밥캉이라도 당연히 여다서 먹어야지. 여러 소리 말고, 오늘 장이니께는 임(林)고기쟁이한테 가가주고 고등어나 한 손 사 온나.”

일을 나가려던 주계 할배가 눈을 흘기며 그렇게 타박을 주었다. 옛날보다 기세는 많이 죽었지만 가장으로서의 권위를 잃지 않겠다는 결의는 살아 있었다. 주계 할매가 따발총 같은 수다로 받아쳤다.

“저 신농씨(神農氏) 같은 양반이 머라 카노? 세상이 어떤 세상이라꼬, 안 죽고 굶지만 않으믄 단 줄 아는 모양이제. 새마을 노래도 못 듣고 5개년 계획도 모리나? 앰프 소리 귀동냥만 해도 그만 거는 알따마는, 요새 세상에 우리맨치로 만날 꽁보리밥에 장캉(된장하고) 밥캉(밥하고만) 먹는 집이 어딨노? 서울은 집집이 쌀밥에 고깃국이라 카더라. 자(저 애)도 거다서는 그래 먹고 지냈을 게고. 모리믄 가마이 있기나 하지, 짤아 빠진 재고등어 한 손 사 오는 거 가지고 무신 개나 한 마리 잡아 주는 거맨치로(만큼이나)…….”

그러자 주계 할배가 해진 조끼 주머니에서 꼬깃꼬깃한 백원짜리 한 장을 꺼내 놓았다.

“그래믄, 화산이한테 가가주고 돼지 잡았거든 육고기나 한 근 끊어 온나.”

여전히 성난 사람처럼 말은 그렇게 해도 6년 전 인철이네가 돌내골에 살 때는 상상조차 할 수 없었던 양보였다. 대단한 게 아닌 줄은 알지만 어쨌든 자신 때문에 생긴 시비라 인철은 공연히 미안해졌다. 주계 할배를 따라 일어나면서 진심으로 제안해 보았다.

"주계 할매, 먹는 건 이만하면 충분해요. 하지만 정히 마음에 걸리시면 제 돈이라도 좀 드릴까요? 집에서 하숙비로 받아 온 돈 그대로 있어요."

그러자 주계 할매가 말 그대로 펄쩍 뛰었다.

"야가 머라 카노? 참말로 환갑 진갑 다 지내고 친정으로 쫒개(쫓겨) 가는 꼴 볼라 카나? 저 영감쟁이 저래도 꼬꾸장한(꼬부라진) 소가지는 안죽 살아 있데이. 요새는 기운이 떨어져서 옛날처럼 고래괌(고함)을 못 지르이 한 분씩 나대(덤벼들어) 보기는 하지마는, 한 푼이라도 니 돈 받았다가는 이 집에 괴변 난다, 괴변 나."

"그럼 저 신경 쓰지 마시고 늘 해 드시던 대로 해 드세요. 그래야 제가 편하죠. 아니면 정말 어디 하숙이라도 구해야겠어요."

"아이다, 그것도 그양 해 본 소리라. 니 쪼매도 맘 쓰지 마라. 말이사 바른말이따마는, 너어 할배가 원체 오랜만에 들따보는 너어 아재들한테도 닭 한 마리 못 잡아 주게 하는 숭악한 구두쇠 아이라? 요새 밥에 그만큼 쌀 섞는 것도 니가 우리 집에서 밥 먹는 덕이라."

그렇게 대답하는 주계 할매의 말투에는 어딘가 장난기가 느껴졌다. 인철은 좀 전의 시비가 자신 때문이 아니라는 것에 마음이 놓이면서도 진정한 까닭을 알고 싶었다.

"그럼 왜 일 나가시는 할배를 그렇게 몰아대셨어요?"

인철이 그렇게 묻자 주계 할매는 숨김없이 장난기를 드러내 웃으며 말했다.

"야야, 그게 참 이상트라. 요새는 늙어 가면서 왜 너어(너희) 할배 젊을 때 내 속 썩인 일만 자꾸 떠오르노? 그래고 그게 왜 인제 와서 도로 다시 분하노? 그래다 보이 일마다 어예믄 저누무 영감쟁이 허패(허파)를 한분 뒤집노, 하는 궁리뿌이라."

"할배가 젊을 때 할매 속을 썩였어요? 아니, 할배가 어떻게?"

인철은 그들에게도 젊은 날이 있었다는 게 도무지 상상이 안 돼 그렇게 되물었다. 네 속 내가 다 안다는 듯 주계 할매가 악의 없이 눈을 흘기며 말했다.

"자가 우리도 젊을 때가 있었다 카이 영 못 믿겠는 모양이제? 그카지 마라. 너어 할배 지금은 저래 쪼그랑 망탱이가 됐지마는 젊을 때는 억시기 참했디라. 하얀 명주 바지저고리에 옥색 두루마기 걸쳐 놓으믄 그양 하늘로 폴(포르르) 날라갈 듯했니라. 뿐이가? 풍정(風情)도 있고 재물 뿌릴 줄도 알았제."

처음부터 늙은 주계 할배밖에 본 적이 없는 인철로서는 더욱 상상이 안 닿는 말이었다.

"그래이 열 기집이 마다하겠노? 한번은 야학(夜學) 선생으로 온 신식 여자를 꼬와(꾀어) 만주까지 달라뺀 적이 있었디라. 셋째 아재 이름이 왜 중태가 됐는 동 아나? 그때 너어 할배 찾을라고 팔삭 잉부(孕婦)가 만주까지 갔다가 거다서 낳아 중국이라 카는 중(中)

자를 써서 그래 된 게라."

그렇게 시작된 주계 할매의 얘기는 한참이나 더 이어졌다. 주계 할배가 2백 석은 착실하던 윗대 살림을 다 날리고 뒷날의 인색하고 고집스러운 농부로 눌러앉게 되기까지의 경위였다. 그러다가 갑자기 인철이 하고 있는 공부를 떠올렸는지 급하게 말을 끊었다.

"참, 내 정신 함 봐라. 바쁜 아 뿌뜰고 수다시럽기로…… 니 얼른 정자 나가 봐라. 우리도 오늘 모판 붓는 날이따."

그러고는 부엌으로 내려가 급하게 설거지를 했다. 주계 할매가 그렇게 몰아대듯 하니 인철도 공연히 늦었다는 기분이 들어 급하게 주계 댁을 나왔다.

정자가 있는 언덕길을 오르다 보니 벼랑처럼 가파른 개울 쪽 등성이를 덮고 있는 참나무붙이 잎새들이 눈부실 만큼 푸르렀다. 대개가 수령 몇백 년이 되는 아름드리라 한창 피어난 잎들과 어울려 더욱 장관을 이루었다. 돌내골에 살 때가 어렵고 힘들어서였을까, 인철의 기억에 남아 있는 그 언덕은 언제나 썩고 뒤틀린 고목 등걸과 쓸쓸하게 휘날리던 낙엽들뿐이었다.

'같은 언덕이라도 보기에 따라서는 이렇게 다르구나. 정말로 사람은 보고 싶은 대로 보고 이해하고 싶은 대로 이해할 뿐인가…….'

인철은 오관(五官)의 부실함을 새삼 절감하며 길섶 바위에 앉아 담배에 불을 붙였다.

학교를 그만두고 사법시험 쪽으로 마음을 정한 뒤 인철이 처음 부딪친 것은 응시 자격 문제였다. 상식만 믿고 누구든 응시할 수 있는 줄 알았는데 시험 요강을 알아보니 그게 아니었다. 그때만 해도 사법시험은 일반대학을 졸업하거나 법대 3년을 수료해야 응시 자격이 있었다.

대학 2년도 F학점투성이로 겨우 채운 인철은 잠시 당황했다. 그런데 다행스러운 것은 그 시험에 응시하는 데도 검정고시와 같은 성질의 자격 고시가 있다는 점이었다. '사법 및 행정 요원 예비 시험'이라는 긴 이름으로 바뀐 이전의 보통고시(普通考試)가 그랬다.

인철이 급하게 알아보니 공교롭게도 그해는 5월 초순으로 이미 시험 일자 공고가 나와 있었다. 남은 날을 계산해 보니 50일이 채 안 됐다. 달리 길이 없는 인철은 절망적인 기분으로 그 시험 준비에 매달렸다. 전공에 마음이 없어 강의실과 강의실 사이를 배회하던 시절에 들어 둔 법학통론이나 경제 원론 같은 것들이 요긴하게 도움이 되었으나 워낙 시간이 모자랐다.

그런데 그것도 운명의 한 변형일까, 가망 없는 기분으로 시험장을 나섰는데도 한 달 뒤 신문에 난 합격자 공고에는 인철의 이름이 들어 있었다. 그때까지도 몽롱하기 짝이 없던 인철의 삶을 더욱 예측할 수 없는 국면으로 몰아넣은 하나의 사건이었다.

하지만 그 운 좋은 합격은 현실적으로 여러 가지 이득을 주었다. 그 첫째는 인철 스스로 받게 된 이득이었다. 명확한 목표가 생김으로써 대학 진학 후 줄곧 그를 괴롭혀 온 정신적인 방황에서 벗어나게 된 일이 그랬다. 그다음은 식구들의 지원이었다. 인철의 사법 시험 응시를 걱정스럽게만 보아 오던 형도 그 신속하고 명확한 결과를 보고 마음을 바꾸었다.

"고시를 옛날의 대과(大科)로 보면 이건 초시(初試)다. 이 초시, 잘해 봐. 내 등골이 빠지더라도 장원급제할 때까지 뒤를 대 보지. 까짓 거, 네 말대로 판·검사로 임용되고 안 되고는 다음 문제야."

그러면서 뒤늦게 사법시험에 열을 올렸다. 인철의 이름이 들어 있는 신문의 예비시험 합격자 공고를 찢어 뒷주머니에 넣고 다니다가 기회만 있으면 꺼내 사람들에게 자랑했다. 그 한 달 무슨 일인가로 축 처져 있던 사람 같지 않은 활기였다.

그저 믿지 않을 정도가 아니라 걱정까지 하던 어머니도 어떤 이유에선지 생각을 바꾸었다.

"이왕 벌인 거이 원이나 없거로 시험이라도 되기나 해 봐라. 혹 아나? 그사이 세월이 바뀌믄 니도 판·검사 자리에 처억 앉을 수 있을지."

그리고 전에 없던 비원(悲願)까지 걸었다.

"하기사 니가 고시 되믄 할매가 말하던 삼대 불하당(三代不下堂: 삼대 안에는 당상관이 나온다는 뜻)까지는 못 돼도 양반집 면(免) 체면은 할따. 아무리 요새 세상이라 카지마는 벼슬 귀한 거야 다리겠나(다르겠나)."

그 덕분에 인철은 이제 아무런 거리낌 없이 시험 준비에 들어갈 수 있었다.

형수도 그 일에는 반대가 없었을 뿐만 아니라 법률 서적을 갖추는 데도 앞장서 주었다. 어떤 때는 아직 1차도 합격하지 못한 인철에게 2차 때 필요한 참고 서적을 구해 내밀기도 했다.

인철이 돌내골로 내려오게 된 것도 그런 식구들의 격려 때문이었다. 열흘 전이었다. 대낮같이 벌겋게 취해 돌아온 형이 새로 시작하는 자의 열정으로 법률 책에 빠져 있는 인철의 방에 들어와 말했다.

"여, 이 초시. 이대로 공부가 되겠어?"

"이대로라니요? 이대로가 어때서?"

"내가 보니 고시 공부는 절에 가서 많이 하던데. 여긴 길갓집이라 시끄럽고…… 이런저런 집안일로 신경 써야 하는데 괜찮겠냔 말이야."

그때만 해도 인철은 집에서 공부하는 데 별 불편이 없었다. 오래 집을 나가 떠돌면서 어렵게 공부해 온 터라 세끼 걱정 없이 차려 주는 밥 먹으면서 혼자 방을 쓸 수 있는 것만으로도 너무 사치스럽게 느껴질 정도였다.

"할 만해요. 넉넉지도 못 한데 집 나가 봤자 돈만 들고……."

그러자 형이 호기롭게 말했다.

"바로 그거야. 형이 놀고 있으니까 네가 청승 떠는 것 같아서 물어보았더니…… 돈 문제면 걱정 마. 공부가 더 잘될 곳으로 옮기라고. 절간에라도. 까짓 절 밥값 한 달에 얼마 한다고."

"그래도 제가 나가 공부하게 되면 하숙비 책값 합쳐 한 달에 만

원 부담은 더 생길 거예요. 지금 우리 형편에……."

"나 오늘 일자리 얻었어. 만 원 아니라 그 이상도 필요하다면 대 줄 수 있으니까 더 능률적인 환경으로 바꿔 봐."

"취직을 하셨다고요?"

"그래, 겉보기엔 일 같잖지만 월에 만 6천 원은 보장 받았어."

그러자 인철의 생각도 달라졌다. 학습의 능률을 높이는 환경 자체도 매력적이었지만 자신의 지향을 대외적으로 공표해 물러서려 해도 물러설 수 없도록 하는 효과도 무시할 수 없었다. 이유가 된다면 집을 나가 사법시험 한 방향으로 힘을 집중해 보는 것도 괜찮을 듯싶었다.

그날부터 인철은 공부하기에 마땅한 산사(山寺)를 찾아보았다. 그러나 평소 그쪽으로는 별로 발길이 없어 갈 만한 곳이 얼른 떠오르지 않았다. 몇 군데 이름만 들어 아는 큰 사찰이 있어도 고시생을 받는지는 알 길이 없었다.

고향 돌내골은 그러다가 우연히 떠올린 대안이었다. 조용하고 공기 맑은 곳을 찾다 보니 고향에 있는 정자가 떠올랐고, 그곳이 항상 비어 있었던 게 기억났다.

"돌내골로? 하필이믄 왜 거기……."

무엇 때문인지 어머니가 먼저 반대하고 나섰다. 그러나 형은 어머니와 달리 찬성이었다.

"아니, 그거 괜찮겠다. 경치 좋고 조용하기로 치믄 어느 절 못잖고 장터에 밥집을 정하면 부실한 절 음식보다는 나을 수도 있지."

형은 그렇게 찬성의 이유를 밝혔으나 속뜻은 따로 있는 것 같았다. 그것은 곧 어머니를 설득하는 과정에서 밝혀졌다.

"어머님은 돌내골에서 우리가 망했다는 것 때문에 별로 좋아하지 않으시지만 그럴수록 더 그곳을 버려서는 안 됩니다. 반드시 그곳에서 옛말 하며 살 수 있도록 해야지요. 당장도 그렇습니다. 우리가 아직 망하지 않고 재기(再起)를 꾀하고 있다는 것을 거기 사람들에게 보여 주는 것도 괜찮습니다. 인철이에게도 낯선 절간보다는 고시 준비에 자극이 되는 게 있을 거고요."

그리고 형은 인철을 따라 돌내골까지 와서 작은 잔치까지 벌여 공부할 자리를 잡아주고 갔다. 또래의 친척 아저씨들과 옛날 따라다니던 건달들을 불러 모아 술을 사 주며 이미 나달나달해진 신문 공고를 내보이고 인철이 금세라도 고시에 합격할 것처럼 허풍을 치고 돌아간 일이 그랬다.

정자는 인철이 아침밥을 먹기 위해 나설 때와 다름없이 조용했다. 정자 마루로 오르는 댓돌에 멈춰 서서 새삼스럽게 정자를 올려보았다. 먼저 '동악정(東嶽亭)'이란 현판이 눈에 들어왔다. 건물은 근년에 손을 봐 서까래와 회벽은 깨끗했으나 현판은 3백 년 전 그대로라 바탕이 되는 목판은 뒤틀려 있고 자획도 약간 어그러져 있었다. 인철이 알기로는 숙종조에 대사헌과 이조판서를 지낸 조상 한 분이 만년에 고향으로 돌아와 은거하면서 지은 정자였다.

신발을 벗고 마루로 올라선 인철은 방으로 들어가지 않고 다시 마루에 걸린 현판들을 돌아보았다. 목판에 각자(刻字)된 '동악정기(記)'가 둘인데 하나는 참판(參判)인 권 아무개였고, 하나는 인철도 그 이름을 들어 아는 대산(大山) 이상정(李象靖)이라는 선비가 쓴 것이었다. 그리고 다시 '순씨팔룡(荀氏八龍)'에 비유되던 조상 여덟 부자의 시들이 각자된 현판이 있고, 마지막으로 중수기(重修記)가 걸려 있었다. 철종 연간에 중수가 있었던 모양으로, 기를 쓴 사람은 바로 인철의 5대조 좌해(左海) 할아버지였다.

전에도 인철은 그것들을 훑어본 적이 있었다. 열 평 남짓한 정자에는 지나친 말의 사치 같았으나 그날은 왠지 그럴 만한 이유가 있을 것 같다는 생각이 들었다. 아마도 그 현판들에 더께 앉은 세월의 무게 때문이었을 것이다.

인철은 정자 난간에 기대 한참이나 앉았다가 방으로 들어갔다. 바깥과는 달리 거기에는 현대적인 공부방이 펼쳐져 있었다. 앉은뱅이책상 위 2층 책꽂이에는 법전과 법률학 책들, 그리고 1차 시험을 위한 객관식 문제집들이 빼곡히 꽂혀 있었다. 책상에 펼쳐진 것은 어울리지 않게도 영어 사전과 그 무렵 영어 독해력을 기르기 위해 읽고 있던 펭귄판 『인간의 굴레』였다. 그 곁에는 담배꽁초가 수북이 쌓인 재떨이가 있어 책상 위의 어지러움을 더했다.

방바닥도 어지럽혀져 있기는 책상 위와 다름없었다. 쓰러져 있는 빈 물주전자와 두 개의 물컵, 빗자루와 쓰레받기, 그리고 개지 않은 이부자리…… 인철은 어질러진 방 안을 들여다보다 문득 자신이 무슨 큰 불경스러운 죄라도 짓고 있는 기분이 들었다. 그러고 보니 벌써 일주일째 청소를 하지 않은 방이었다.

인철은 먼저 널브러져 있는 이불부터 개고 재떨이를 비웠다. 그리고 다시 방바닥을 비로 쓸고 있는데 무언가 나무 막대 같은 것으로 돌을 두드리는 소리와 헐떡이는 숨소리가 정자 쪽으로 다가왔다. 이어 정자 마루 위로 똑똑거리는 소리가 나더니 가래 끓는 목소리가 들려왔다.

"안에 있나?"

인철이 빗자루를 든 채 문을 열어 보니 집안 할아버지 한 분이 지팡이에 기대 숨을 헐떡이고 있었다. 동곡(東谷) 할배였다. 6년 전인가, 인철이 마지막으로 보았을 때도 해소로 숨을 헐떡이고 있어 그리 오래 사시지 못할 것 같았는데, 거의 변함없는 모습으로 찾아온 걸 보자 인철은 까닭 모르게 신비한 기분이 들었다.

"네에……."

인철이 무어라 응대해야 될지 몰라 그렇게 우물거리자 동곡 할배가 왠지 흘기는 듯한 눈빛으로 인철의 아래위를 훑어보다가 말없이 방안으로 들어가 앉았다. 그제야 인철은 황급히 빗자루를 놓고 큰절을 올렸다.

"니가 큰집 둘째라? 이름이 뭐라 캤제?"

"인철입니다."

인철이 공연히 죄진 기분이 되어 무릎을 꿇은 채 대답했다. 동곡 할배가 이제는 못마땅함을 완연히 드러내는 목소리로 물었다.

"내 방금 주계장(長: 여기서는 나이 적은 윗항렬에 붙이는 존칭)이 찾아 머라 카고(나무라고) 오는 길이따. 니 여기 온 지 얼매 되노?"

"이제 한 일주일 됩니다."

"그럼 요놈아, 니는 아아(아이)도 없고 어른도 없나? 명색 할애빈데 내가 똑 이래(이렇게) 찾아와 니를 봐야 될라?"

"죄송합니다. 미처 생각을 못 해……."

그제야 자신의 잘못을 깨달은 인철이 절로 떨려 오는 목소리로 사죄했다.

집안의 가장 나이 드신 분이면 마땅히 찾아뵈어야 하는데 잊고 있었기 때문이다.

"세상이 이래 한심타. 집안이 짜가리짜가리(조각조각)나디 인제는 아, 어른도 없어졌구나. 하기사 주계장이까지 그 모양이니 철없는 니를 나무래 뭐 하겠노? 글치만 아이다. 아무리 세상이 망해도 인사를 폐해서는 안 된다."

동곡 할배는 한숨까지 내쉬며 그렇게 한 번 더 나무라 놓고서야 목소리를 풀며 물었다.

"그래, 큰집 종부(宗婦)는 잘 있나?"

이어 서울의 가족들 소식을 묻는 그 목소리에는 끈끈한 정이 배어 있었다.

인철은 그 정에 더욱 당황해하며 어머니와 형의 근황을 공손히 답해 주었다. 그런 마음가짐과 태도가 어느 정도 전해졌는지 동곡 할배도 곧 노여움을 풀었다.

"하기사 내가 너무 오래 살았제. 상고머리 아가 헌헌장부가 됐으이 이기 몇 년 만이로? 그때도 헐떡헐떡하던 내가 안죽 살아 있는 줄 니가 어예 알았겠노? 글치만 원래 해소란 게 수(수명)하고는 관계없다는 말이 있니라. 편작(扁鵲)이 숙부도 해소가 있었지만 수를 감할까 봐 편작이가 고쳐 주지 안 했다 카이께는."

그렇게 자신이 오래 산 탓으로 인철의 잘못을 덜어 준 뒤에 다시 부드러운 타이름으로 그 일을 모두 풀어 버렸다.

"그래도 그게 누구든 동 집안 어른들 인사는 잊지 마라. 내보다 나이는 어리지만 닭실[酉谷] 아재와 천전(川前)이도 하마 칠십객이 넘었으이 딜따(들여다)봐야 된데이."

"알겠습니다. 죄송합니다."

그러자 동곡 할배가 화제를 바꾸었다.

"그런데 니 고시 준비한다꼬?"

"네, 한번…… 시작해 보았습니다."

"그게 옛날 과거 같은 거라믄 들은 말이 생각난다. 여암 할배 그리 되신 뒤로 우리 집안에서 과거를 보러 가믄 노론(老論) 시관(試官)들이 그 시권(試券)을 깔쥐뜯고(집어 찢고) 저끼리 눈짓하며 '안리! 안리!' 캤다 안 카나?"

하지만 인철은 그게 무슨 말인지 알아들을 수가 없어 어려운 가운데도 묻지 않을 수가 없었다.

"네? 그게…… 무슨 뜻입니까?"

"안리란 우리 안릉 이씨를 가리키는 말이라. 노론이 얼매나 여암 할배한테 시껍했으믄(혼이 났으면) 그랬겠노?"

그래도 인철은 잘 알아들을 수 없었다.

"노론이 혼이 나다뇨?"

"야가, 니는 역사도 안 배왔나? 니 우암(송시열)이 남인(南人) 때메 죽은 거는 알제? 그런데 노론은 그걸 모도 우리 여암 할배 탓으로 돌리고 그래는 게라."

그제야 인철에게도 잡혀 오는 역사의 구도가 있었다. 그러나 송시열이란 역사적인 거목(巨木)과 돌아가신 지 얼마 되지 않은 집안 할아버지처럼 느껴지는 여암 할배 사이에 가로놓인 거리감 때문에 도무지 실감이 나지 않았다.

"저도 들은 적이 있기는 합니다만 어째 통……."

조금 마음을 놓은 인철이 솔직하게 자신의 기분을 드러냈다. 인철에게는 문중이 앉으나 서나 내세우는 여암 선생의 전설이 어쩐지 몰락한 토반(土班)의 자위로만 느껴졌다. 동곡 할배가 웬지 다시 엄해진 눈길로 인철을 보며 물었다.

"뭐가 말이로?"

"도무지 제가 배운 역사에는 여암 할배가 전혀 나오지 않았거든요. 그런데 늘 우암 송시열과 나란히 놓고 말한다는 게."

그러자 동곡 할배가 알겠다는 듯 고개를 끄덕였다.

"하기사 우암 선생, 큰사람이제. 저어끼리는 송자(宋子)라꼬까지 높이는 모양이더라마는, 『우암문집』을 『송자대전』이라 칸다든강……. 그러이 여암 할배가 그런 큰사람하고 맞서 싸왔다는 게 영 안 미덥단 말이제?"

"역사뿐만 아니라 이 지방 떠나면 도무지 여암 선생을 알아주는 사람이 없어서요. 대사헌 이조판서 했다는 말도……."

"그거사 당연하제. 남인이 조정에 못 들어간 게 하마 몇 년이로? 3백 년이따, 3백 년. 영조 때 번암 선생하고 몇몇이 탕평책으로 쪼매 빛을 봤지마는 그것도 기호 남인 얘기고 대원군 때 낙동대감(유후조)이 잠시 우의정 지낸 게 3백 년 만에 유일하게 벼슬살이다운 벼슬살이랬다. 그래고는 모도 노론이 잡고 있었으이 어예 됐겠노? 임금까지 죽인 그 숭악한 노론들이 무슨 짓인들 못 할로? 여암 할배를 의리 죄인(義理罪人)으로 몰아 동서남북 귀양 보내 죽여 놓고도 모자래 돌아가신 뒤까지 문자옥(文字獄)에 그양 푹 파묻어 놨디라. 니 『여암집』 봤나?"

"아직……."

"니 요새 여암집 흔한 거 보고 그 책 아무따나(함부로) 생각하지 마래이. 순조 때까지 그 책 찍는 사람은 목숨을 걸어야 했고 읽는 사람까지 성찮았데이. 요새 말로 불온서적이라도 그런 불온서적이 없었제. 뿐이가? 여암 할배가 죄적에서 풀리고 시호 도로 찾은 게 겨우 고종 때라. 그때까지 만고에 대역죄인이 돼 있었단 말이따. 참말로 눈알이 빠져도 그만하기 다행이제, 그대로 합방돼 조선 망했으믄 어옐 뻔했노? 박정희한테 가서 풀어 달라 칼 수도 없고……."

인철에게는 그 감정이 전혀 이해되지 않았으나 동곡 할배의 얼굴에는 정말로 천만다행이라는 표정이 떠올랐다.

“그래 철저하게 파묻어 놨으이 누가 여암 할배를 알고 역사책에 올리겠노? 글치만 니 생각해 봐라. 서로 싸웠다는 거는 그만큼 제배(상대)가 되어 싸운 거 아이라? 다른 사람은 몰라도 자손된 너는 그래믄 안 된데이. 조상 내력은 알아야 된데이.”

동곡 할배는 그렇게 말해 놓고 인철에게도 어느 정도 귀에 익은 여암 할배의 전설로 들어갔다.

“참말로 너어는 알아야 된데이. 여암 할배가 얼매나 대단한 분인동. 미수(眉叟) 허목(許穆) 선생이 천거해 임금께서 불렀는데 그 사자를 위해 안동부(安東府)에서 우리 돌내골까지 새로 길을 닦았디라. 처음 내린 벼슬은 이조 좌랑이었지마는 여기서 서울까지 가는 동안에 어예 됐는 동 아나? 재 하나 넘을 때마다 품계를 올려 광주에 이르이 이조판서가 돼 있었는 게라. 임금의 기대가 얼매나 컸으믄 그랬겠노?”

동곡 할배는 그렇게 열을 올렸으나 인철에게는 여전히 그리 실감 나지 않았다. 거기다가 이조 좌랑으로 출발했으나 서울까지 올라가는 동안 승차를 거듭해 조정에 이르렀을 때는 이조판서가 되어 있더란 말이 터무니없이 과장된 신화라는 것은 인철도 이미 알고 있었다. 그저 미수 허목에 대해서는 들어 본 바가 있어 모든 게 생판 만들어 낸 얘기는 아닐 거란 짐작이 갈 뿐이었다. 동곡 할배는 그 뒤로도 한참이나 옛 영광을 되새기다가 갑자기 쓸쓸한 어조가 되어 문중의 몰락사를 얘기하기 시작했다.

“그 뒤 우리 문중에서 지 발로 과장(科場)에 걸어 들어간 적이 없다는 말도 실은 그래서 나온 게라. 가 보이 뭐 하노? 언놈(어느 놈)이 씨게조야(시켜 줘야) 하제. 그래도 조선 망할 때까지 양반 행세하고 지낸 거는 학문 덕이따. 실직(實職)으로 조정에는 못 들어도 증·행직(憎行職)은 뻔드르르해 족보사 그럴듯하제. 그래다가 겨우 노론 세도 끝나는강 싶으이 조선 망하고…… 해방 뒤에도 글타. 새 세상 온다꼬 우리도 우리대로는 준비했디라. 이런 꼴티기(골짜기)에 우리만큼 동경 유학생 많이 키운 말(마을)도 드물 께라. 하지만 그러이 뭐 하노? 모도(사상적으로) 밸갛게(빨갛게) 돼 와 가주고 맞아 죽고 북으로 내빼고……."

그래 놓고 헐떡이는 숨결을 잠시 가다듬은 동곡 할배가 갑자기 말을 끊고 인철을 쳐다보았다. 늙고 힘없는 눈길이었지만 무언가 뜨거운 열기 같은 것이 느껴졌다. 나중의 짐작이지만 간절한 기대가 그렇게 전화되어 인철에게 감지된 듯했다.

"그런데 니가 고시를 한다 카이 감회가 새롭다. 니 재주 있단 말은 들었다마는 그 고생하며 컸는데 어예 그 공부할 여력이 남았노? 장타. 장하고 기특하다. 아무리 시대가 달라졌다 카지마는 이거는 니 일신 영달을 위한 것만이 아이고 문중을 위하는 일도 된다. 우리 일가 모도 니를 쳐다보고 있을 테이께는 열심히 해라. 내 살아 니 합격하는 거 못 보믄 죽어서라도 빌어 주꾸마."

이윽고 동곡 할배는 그런 말로 자신의 간절한 염원을 드러냈다. 그런데 알 수 없는 일은 그 말이 주는 감동이었다. 동곡 할배는 촌수로도 열 촌이 넘고, 고시는 철저하게 왕조 시대의 과거와

동일시되고 있었으나, 인철은 강한 전류에라도 닿은 것처럼 찌르르한 감동을 느꼈다.

동곡 할배가 쿨럭거리며 돌아간 뒤에도 인철은 한동안 정자 마루에 걸터앉아 자신이 받은 감동의 원인을 따져 보았다. 그동안 억지스러운 강요로만 느껴지던 문중이란 개념이 갑자기 실감 나는 인간 관계로 다가들고, 몰락한 토반의 자위로만 느껴지던 그 옛 영광이란 것도 반드시 회복돼야 할 기득권의 일종으로 의식 속에 자리 잡기 시작했다. 다분히 감정적이고 애매하기 짝이 없던 사법시험 응시에 구체적인 당위성이 더해진 느낌까지 들었다. 이곳으로 돌아오길 잘했다. 비록 낡은 권력 지향일지 몰라도 저들의 기대를 저버리지 않으리라…….

(12권에 계속)

邊境

변경 11

신판 1쇄 인쇄 2021년 9월 17일
신판 1쇄 발행 2021년 9월 25일

지은이 이문열

발행인 양원석
편집장 최두은 디자인 김유진 영업마케팅 양정길, 강효경, 정다은, 김보미, 구채원

펴낸 곳 ㈜알에이치코리아
주소 서울시 금천구 가산디지털2로 53, 20층(가산동, 한라시그마밸리)
편집문의 02-6443-8844 도서문의 02-6443-8800
홈페이지 http://rhk.co.kr
등록 2004년 1월 15일 제2-3726호

ISBN 978-89-255-7976-4 04810
978-89-255-7978-8 (세트)